JN167984

Runaway

Alice Munro

ジュリエット

アリス・マンロー

小竹由美子 訳

目　次

RUNAWAY
by
Alice Munro

First Japanese edition published in 2016 by Shinchosha Company
Japanese translation rights arranged with Alice Munro
c/o William Morris Endeavor Entertainment, LLC, New York
through Tuttle-Mori Agency, Inc., Tokyo

Illustration by Hatano Hikaru
Design by Shinchosha Book Design Division

ジュリエット

メアリー・ケアリー
ジーン・リヴァーモア
メルダ・ブキャナン
わたしの友人たちの思い出に

家出

Runaway

車が、このあたりでは丘と呼ばれているちょっとした勾配を登りつめるまえに、カーラはそれがこちらへ向かってくる音を聞きつけていた。あの人だ、とカーラは思った。ミセス・ジェイミソン――シルヴィア――が、ギリシャ旅行から帰ってきたのだ。家畜小屋の戸口から――でも、たやすく姿を見られないようじゅうぶん奥に入ったところで――ミセス・ジェイミソンの運転する車が通るはずの道路をカーラは見つめた。彼女の家はクラークとカーラの家から道路をさらに半マイル進んだところにある。

この家の門に入ってくるつもりの車なら、いまごろは速度を落としているはずだ。それでもなおカーラは祈った。あの人じゃありませんように。

あの人だった。ミセス・ジェイミソンは一度さっとこちらを向いたが――雨で砂利道にできた轍や水溜りを縫って運転するのに手一杯で――、ハンドルから手をあげて振ったりはしなかった。カーラに気づかなかったのだ。肩までむきだしの日に焼けた腕がちらっとカーラの目に映った。髪も以前よりさめた色になっている、シルバーブロンドというよりはもう白だ。そして、むきになっていらついて、なおかつ苛立っている自分を面白がっているような表情——悪路をなんとか通り抜けようとしているときのミセス・ジェイミソンがまさに見せそうな顔だ。こちらに向けた彼女の顔には何やら明るいきらめき——問いかけるような、期待に満ち溢れているような——が浮かんでいて、カーラをたじろがせた。

そういうわけだ。

たぶん、クラークはまだ知らないのではないか。パソコンと向きあって座っているなら、窓と道路には背を向けているだろう。

でも、ミセス・ジェイミソンはもう一度車を出さなければならないかもしれない。空港から帰宅する途中に、車を停めて買い物してこなかったかもしれない——家に着いて何が要るか確かめてからにしよう、と。クラークは、今度はあの人を目にするかもしれない。それに、暗くなればあの人の家の明かりが見えるだろう。でもいまは七月、遅くまで暗くならない。あの人は疲れ果てていて明かりをつけようとは思わないかもしれない、早めに寝てしまうかも。

とはいえ、電話してくるかもしれない。いまにも。

雨また雨の夏だった。朝はまず一番に移動住宅の屋根を騒々しく打つ雨音が聞こえた。小道は泥に埋まり、丈の高い草が濡れそぼち、実際には空から雨が激しく降っているわけではなく雲も消えかけているように見えるときでさえ、頭上の木の葉が無差別に雨を降らせた。カーラは外に出るときはいつも、オーストラリア製のつば広の高さのある古ぼけたフェルト帽をかぶり、太くて長いおさげ髪をシャツのなかにたくしこんだ。

トレイル・ライドには誰も来なかった。クラークとカーラは、キャンプ場はすべて、それにカフェや観光案内所の掲示板や、そのほか思いつくところならどこにでもビラを貼ってまわったのだが。レッスンを受けにくるのはほんの数人の常連で、サマーキャンプで休暇を過ごす子供たちの群れがバスでごっそり来てくれることはなかった。去年の夏はそのおかげでやっていけたのだが。おまけに頼りにしている常連たちまでもが、旅行に行くからと休んだり、天気がはかばかしくないからといってキャンセルしたりした。連絡があまりにぎりぎりだった場合、クラークはその時間分の料金をあくまで請求した。二、三人が文句を言って、そのままやめてしまった。

それでも、預かっている三頭の馬からは多少の収入があった。この三頭と、それに二人のものである四頭は、いまは外の野原で、木々の下草をつつきまわしていた。雨がちょっとのあいだやんでいることなどわざわざ気に留める様子もない。午後は一時やむことがよくあるのだ。おかげでこちらはつい希望を抱いてしまう——雲は白っぽく、薄くなり、隙間から光が洩れ広がっても、決して本物の陽光とはならず、たいてい夕食まえには消えてしまうのだが。

カーラは家畜小屋の掃除を終えた。ゆっくり時間をかけた——毎日の作業のリズムが、家畜小屋の天井の高い空間が、においが好きだった。今度は運動場へ行って、五時の生徒が来た場合に備えて、地面の乾き具合を確かめる。

いつものにわか雨は大半がとくに烈しいものではなく、風を伴ってもいなかったのだが、先週は、突然あたりの様子がおかしくなったかと思うと、梢を突風が吹き抜け、ほぼ横殴りの、周囲が見えないほどの激しい雨が降った。十五分後に嵐は過ぎ去った。だが道路には木の枝が何本も横たわり、水力発電の電線は垂れ下がり、運動場を覆う大きなプラスチック屋根は裂けて剝がれた。トラックの端には池のような水溜りができ、クラークは日が暮れてからも水路を掘りつづけ、水を排出した。屋根はまだ修理ができていなかった。クラークは馬が泥のなかへ入らないよう鉄条網を巡らし、カーラはトラックのラインを短くした。

目下クラークはウェブ上で、屋根材を買えるところを探していた。自分たちにも買える値段のリサイクルショップとか、そういったものを中古で処分したがっている個人とか。町のハイ・アンド・ロバート・バックリーズ建材店には頑として行こうとしなかった。彼はあの店をハイウェイ強盗糞野郎（ロバーズ・バジャリー）と呼んでいた。店に多額の借金をこしらえて、揉めていたからだ。

クラークが揉めるのは借金の相手だけではなかった。最初は人を惹きつけずにはおかない彼の親しみやすさは、突如とげとげしくなることがあった。自分では足を踏み入れようとしない場所、かならずカーラを行かせる場所があった。何か揉めごとを起こしたせいだ。ドラッグストアもそんな場所のひとつだった。おばあさんが彼の前に割り込んだ――つまり、何か買い忘れた物を取りにいって、もどってきて、列の後ろにつくのではなく割り込んだのだ。彼が文句を言うと、レジ係は、「その人は肺気腫なんだ」と言い、クラークは「へえ？　俺だって痔だぞ」と言い返し、呼ばれて出てきた経営者が、余計な口をきくなと言ったのだった。そして、幹線道路沿いのコーヒー店では、午前十一時を過ぎていたため広告に出ていた朝食の割引をしてもらえず、クラークは言い争ったあげくテイクアウトのコーヒーを床にぶちまけた――店側によると、もうちょっとでバギーに乗った子供にかかるところだった。子供は半マイルむこうにいたし、カップを落としたのは紙製のホルダーをもらえなかったからだ、とクラークは言った。ホルダーをくれとは言わなかったと店側は反論した。頼む必要なんかないはずだとクラークは言い返した。

「あんたったら、むきになっちゃって」とカーラは言った。

「男なら当然だ」

ジョイ・タッカーとの揉めごとについては、カーラはクラークに何も言わなかった。ジョイ・タッカーは町の図書館司書で、二人のところに馬を預けていた。馬はリジーという名前の気性の荒い栗毛の牝馬で——ジョイ・タッカーは、おふざけ気分のときはリジー・ボーデン（一八九二年マサチューセッツ州で起きた実父と継母惨殺事件の容疑者）と呼んでいた。彼女はきのう、まったくおふざけ気分でない状態で車でやってきて、屋根がまだ修繕されていないと文句を言い、リジーがひどく具合が悪そうだと、まるで風邪でもひかせたんじゃないかと言わんばかりだった。

実際のところ、リジーはなんの問題もなかった。クラークは、なだめようと努力した——彼にしては珍しく。ところがジョイ・タッカーのほうがむきになり、ここはゴミ溜めだ、リジーにはふさわしくないと言い出し、クラークは「お好きにどうぞ」と返した。カーラの予想どおり、ジョイはリジーを連れ出さなかった——というか、まだ連れ出していない。だがクラークは、以前はあの小さな牝馬がお気に入りだったのに、もうかかわりを持とうとしなかった。リジーは気持ちを傷つけられ、その結果——訓練では言うことをきかないし、カビを防止するための毎日の蹄の手入れのときも大騒ぎした。カーラは嚙まれないよう用心しなければならなかった。

だがカーラにとって最悪だったのは、家畜小屋でも野原でも馬たちの仲間だった、小さな白ヤギのフローラがいなくなってしまったことだった。二日間というもの、影も形もなかった。野犬かコヨーテ、あるいはもしかしたら熊にやられたのではないかとカーラは心配だった。

昨夜もそのまえの夜も、カーラはフローラの夢を見た。最初の夢では、フローラは真っ赤な林檎をくわえてまっすぐベッドへ歩いてきたのだが、二番目の夢——昨夜の——では、カーラがやってくるのを見ると逃げ出した。脚が痛そうだったのに、それでも走っていってしまった。フローラはカーラをどこかの戦場にでもありそうな鉄条網のバリケードのところへ導き、そして彼女——フローラ——は、痛む脚を抱えながらもするりとそこを、まるで白いうなぎのようにすり抜けて消えてしまったのだった。

カーラが運動場へとやってくるのを見た馬たちは、皆フェンスのところへ来て——ニュージーランドブランケットを掛けているのにびしょ濡れに見える——家へ帰るカーラに目を留めてもらおうとした。彼女は馬たちに静かな口調で話しかけ、手ぶらで来たことを詫びた。首筋をさすり、鼻面を撫で、フローラのことを何か知らないかと訊ねた。

グレイスとジュニパーは荒い息を吹き出しながら鼻面をすり寄せ、まるでその名をちゃんとわかっていていっしょに心配しているかのようだったが、そこへリジーが割って入り、カーラが撫でていたグレイスの頭を押しのけた。リジーはおまけにカーラの手をがぶっとやり、カーラはこってり叱りつけなければならなかった。

三年まえまで、カーラは移動住宅というものにまともに目を向けたことがなかった。そういう呼び方もしなかった。両親と同じく、「移動住宅」だなんて仰々しい、と思ったことだろう。トレーラーに住んでる人もいる、それだけのことだ。トレーラーはトレーラーだ。ここに住むようになったとき、クラークとのこの生活を選んだとき、カーラは物事を新たな目で見はじめた。それからは

「移動住宅」と呼ぶようになり、ほかの人々がどんなふうに整えているか観察するようになった。どんなカーテンが掛かっているか、飾り枠をどんなふうに塗っているか、どんなふうに意欲的にポーチやテラスをつくり、部屋を増築しているか。カーラは自分でもそんな改良に取り掛かりたくてうずうずした。

クラークも、しばらくは彼女の考えに同調してくれた。新しい階段をつくり、そこにつける古い錬鉄製の手すりを長い時間をかけて探した。キッチンや浴室に塗るペンキやカーテン生地への出費にも文句を言わなかった。カーラはそそくさとペンキを塗ってしまった——当時は、戸棚の扉の蝶番を外さなければいけないということも知らなかった。カーテンに裏をつけることも知らなかったので、色あせしてしまった。

クラークが二の足を踏んだのはカーペットを引きはがすことだった。どの部屋も同じ柄で、カーラがいちばん取り替えたいと思っていたものだった。小さな茶色い四角が連なっていて、それぞれにもっと濃い茶色と錆色と黄褐色のくねくねした線や形の模様がついていた。長いあいだ彼女は、ひとつひとつどれも同じ線や形で、同じように並んでいるのだとばかり思っていた。ところが、時間のあるときに、たっぷり時間のあるときによくよく見てみると、四つの模様が合わさってより大きなまったく同じ四角形になっているに違いないと思うようになった。合わさり方がすぐわかることもあれば、苦労してようやくわかることもあった。

外が雨で、クラークの不機嫌が家のなか全体にのしかかり、彼がパソコンの画面にしか関心を向けたがらないようなときに、カーラはこれをやった。でも、そういうときにいちばんいいのは、家畜小屋での用事を何か思いつくとか思い出すとかすることだった。カーラの気持ちが沈んでいるとき、馬たちはこちらを見ようとはしないのだが、繋がれたことのないフローラは、やってきて体をこすりつけ、同情というのではない――むしろ親しげな冷笑に近い――表情をチラチラ光る黄緑色の目に浮かべて見上げるのだった。

クラークが馬具を安く手に入れようと出かけた農場から連れ帰ったとき、フローラは成長途中の子ヤギだった。その農場の一家は、田舎暮らしを、というか少なくとも動物の飼育を断念しようとして――馬は売り払ったが、ヤギは処分できずにいた。ヤギが一匹いると厩舎に安心感や安らぎが生まれると聞いていたクラークは、試してみようと思ったのだ。いずれ子を産ませるつもりだったが、発情する気配はまったくなかった。

最初フローラは完全にクラークのペットで、どこへでも彼のあとをついてまわり、注意を惹こうと踊ってみせた。子供の頃のフローラはすばしっこく優雅で挑発的で、無邪気な女の子が恋に落ちたような様子に、二人は笑わされた。ところが、成長するにつれカーラを慕うようになったらしく、この愛情のなかで急にぐっと賢くなり、お転婆なところがなくなってきた――かわりに、控えめで皮肉っぽいユーモアを漂わせるようになったと感じられた。馬たちに対するカーラの態度は優しいながらも厳しく、いわば母親的だったが、フローラとの仲間意識はまったく違っていて、フローラはカーラの優越性を一切認めていなかった。

「相変わらずフローラの手がかりはなし？」家畜小屋用の長靴を脱ぎながら、カーラは訊ねた。クラークはネット上に「迷子のヤギ」の問合せを投稿していた。

「いまのところはないな」何かに気をとられてはいるが、不機嫌ではない声でクラークは答えた。これが最初ではなかったが、フローラは雄ヤギを見つけにでかけただけかもしれないと彼は言った。

ミセス・ジェイミソンの話は出なかった。カーラはやかんを火にかけた。クラークはパソコンの前に座っているときによくやるように、小声でハミングしていた。

画面に向かって何やら言い返していることもあった。ふざけんな、と誰かの異議申し立てに対して言ったりする。あるいは笑ったり——でも、あとでカーラが訊ねても、何がおかしかったのかは思い出せない。

カーラが「お茶飲む？」と声をかけると、驚いたことにクラークは立ち上がってキッチンへやってきた。

「あのさ」と彼は言った。「あのさ、カーラ」

「何？」

「あのさ、彼女から電話があった」

「誰？」

「陛下だ。シルヴィア女王。帰ってきたんだ」

「車の音は聞こえなかったけど」

「聞こえたかどうかなんて訊いてないさ」

「で、なんの電話だったの？」

「お前に家の片づけを手伝いに来てもらいたいんだとさ。そう言ってた。明日だ」

「なんて返事したの？」

「わかったって言っといた。だけど確認の電話をしといたほうがいいな」

カーラは、「なんで電話しなきゃならないのよ、あんたが返事したのに」と言った。彼女は二つのマグカップにお茶を注いだ。「あの人が発つまえに家はあたしが掃除したのよ。こんなにすぐにやることなんかないんじゃない」

「出かけてるあいだにアライグマでも入り込んで汚したのかもしれないぞ。もしかして」

「べつにすぐ電話することもないでしょ」とカーラは言った。「お茶も飲みたいし、シャワーも浴びたいの」

「早いほうがいいぞ」

カーラは自分のお茶のカップを浴室へ持っていきながら、声を張り上げた。「コインランドリーへ行かなくちゃ。タオルが、乾いてもカビ臭いの」

「話を変えるなよ、カーラ」

カーラがシャワーを浴びはじめたのにもかまわず、クラークはドアの外に立って呼びかけた。

「逃げようったってダメだぞ、カーラ」

浴び終わって出てもまだそこに立っているかもしれないと思ったのに、彼はパソコンにもどっていた。カーラは町へ出かけるような服を着た——二人でここから出てコインランドリーへ行って、カプチーノの店でテイクアウトを買ったりすれば、もっと違う雰囲気で話せるかもしれない、なんとか重しが取り除かれるかもしれない、と思ったのだ。カーラはきびきびと居間へ入っていって、後ろから彼に両腕を絡めた。ところがとたんにこみ上げるつらさに呑み込まれてしまった——シャワーの熱気のせいで涙腺がゆるんだに違いない——そして彼女は泣き崩れながら彼のほうへ屈みこんだ。

彼はキーボードから手を離したが、じっと座ったままだった。

「頼むから、あたしのこと怒らないで」とカーラは言った。

「怒ってやしない。お前がそんなふうなのが嫌なんだ、それだけさ」

「あんたが怒ってるからこんなふうになってるのよ」

「俺がどうこうって言わないでくれ。そんなことしたら息がつまる。夕飯をつくれよ」

そこでカーラはそうした。もう明らかに、五時の生徒は来そうになかった。彼女はジャガイモを取り出して皮をむき始めたが、涙はどうしても止まらず、自分のやっていることが見えない。彼女はペーパータオルで顔を拭くと、新しいのをもう一枚ちぎり、それを持って雨のなかへ出ていった。家畜小屋へは行かなかった。フローラがいなくては、惨めすぎるからだ。彼女は小道を森のほうへ行った。馬たちはべつの野原にいた。柵のところまで来て、カーラを見つめている。リジーは飛び跳ねたりちょっと鼻を鳴らしたりしていたが、ほかの馬たちは皆、カーラの注意が自分たちに向いていないことをちゃんとわかっていた。


きっかけは死亡記事、ミスター・ジェイミソンの死亡記事を二人が見かけたことだった。記事は地方紙に掲載されていて、彼の顔は夜のニュースにも出た。去年まで、ジェイミソン夫婦は二人にとって、近所づきあいをしない隣人にすぎなかった。妻は四十マイル離れた大学で植物学を教えていたので、どうしても往復に時間がかかった。夫は詩人だった。

それは誰もが知っていた。ところが彼はほかのことで忙しいようだった。詩人にしては、そして老人にしては——おそらくミセス・ジェイミソンより二十歳年上——頑丈で活動的だった。彼は排水溝を掃除して内側に石を敷き詰め、自宅の排水システムを改良した。野菜畑を耕して植え付けをし、囲いをして、森を抜ける小道を切り開き、家を修理した。

家そのものは、何年もまえに、廃屋になった古い農家の基礎の上に彼が友だち数人と建てた、奇妙な三角形のしろものだった。そういう類の人間はヒッピーと呼ばれていた——もっともミスター・ジェイミソンは、ミセス・ジェイミソンの登場以前の当時でさえ、そう呼ばれるにはちょっと年がいっていたが。森のなかで皆で栽培したマリファナを売り、金をガラス瓶に入れて密閉し、敷地のあちこちに埋めている、という噂もあった。クラークはこれを町で知りあいになった連中から聞かされた。でたらめだ、とクラークは言った。

「でなきゃ、いままでに誰かが入り込んで掘り出してるさ。どこにあるのかあいつに吐かせる方法を、誰かが見つけてるはずだ」

死亡記事を読んで、カーラとクラークは初めて、レオン・ジェイミソンが死ぬ五年まえに大きな賞を受賞していたことを知った。詩の賞だ。こんなことは誰の口にものぼっていなかった。どうやら皆、マリファナで得た金がガラス瓶に入って埋められているという話は信じても、詩を書いて金を得たという話は信じられなかったらしい。

このちょっとあとで、クラークは、「あいつに金を払わせられたんじゃないか」と言い出した。

カーラにはすぐ、なんの話かわかったが、冗談ととることにした。

「もう遅すぎる」と彼女は答えた。「死んじゃったら払えないでしょ」

「あいつは払えない。女房には払える」

「あの人、ギリシャへ行っちゃったわ」

「ギリシャにずっといるつもりじゃないだろ」

「あの人は知らなかったのよ」カーラは真面目な口調になって言った。

「彼女が知ってたなんて言ってないぞ」

「あのことについては、まったく何も知らないのよ」

「決着をつけられる」

カーラは、「だめ、だめよ」と言った。

クラークはカーラが口を開かなかったかのように続けた。

「訴えると言ってやればいいんだ。みんな始終そういうことやって金を手に入れてる」

「そんなことどうやってできるの？　死んだ人を訴えたりできないわよ」

「新聞社へ行くって脅してやる。一流の詩人だぜ。新聞社は飛びつくだろう。俺たちはただ、脅かせばいいんだ。そうすれば彼女は降参する」

「ただの空想よね」とカーラは言った。「冗談で言ってるのよね」

「いや」とクラークは答えた。「じつを言うと、本気だ」

もうこの話はしたくないとカーラは言い、わかった、とクラークは答えた。

ところが、つぎの日もその話になり、そのつぎの日も、そのまたつぎの日も。クラークはときどき、こういう実行不可能で違法でさえあるかもしれないような考えを抱くことがあった。そういう考えを、しだいに興奮を募らせながら口にし、それから——カーラにはなぜかわからないのだが——ぷっつり諦めてしまう。雨が止んでいれば、普通の夏のようになっていれば、それまでのようにこの考えも諦めたかもしれない。でもそうはならず、前の月のあいだ彼は、この計画が完全に実行可能な真剣なものであるかのように何度も口にしていたのだった。問題は、金をいくら請求するかだ。あまり少ないと、あの女はまともに取りあわないかもしれない、はったりかどうか確かめようとするかもしれない。多すぎると、腹を立てて意固地になるかもしれない。

カーラは、冗談よね、というのはやめにした。かわりに、うまくいかないんじゃないかと言った。なにしろ詩人というのはどうせそんなものだと世間は思っている。だから、そんなことを隠すために金を払う価値なんかないだろう。

ちゃんとやればうまくいく、と彼は反論した。カーラは泣き崩れながら、ミセス・ジェイミソンにすべてをぶちまける。そこへクラークが、たったいま知って、すっかり動転している、みたいな顔で割り込む。彼は激怒し、世間に知らせると言う。ミセス・ジェイミソンのほうが最初に金の話を持ち出すよう仕向けるのだ。

「お前は傷ついた。お前はみだらなことをされて辱められ、俺も傷つき辱められた、お前は俺の女房なんだからな。敬意の問題だ」

何度も何度も繰り返してクラークはカーラにこんなふうに話し、カーラはクラークの気をそらそうとしたが、彼はしつこく要求した。

「約束しろ」と彼は言うのだ。「約束しろ」

どうしてこんなふうになったかといえば、カーラがクラークにした話のせいだ。こうなってはもう、取り消すことも否定することもできなくなった。

あの人、あたしに興味を持つことがあるんだけど。
あの爺さんか？

奥さんがいないときに部屋へ呼び込んだりして。

へえ。

奥さんが買い物に出なきゃならなくて、看護師もいないときに。

カーラの思いついたうまい展開は、たちまちクラークを喜ばせた。

で、お前はそんなとき、どうするんだ？　入っていくのか？

彼女は恥ずかしそうにしてみせる。

ときどきは。

あいつはお前を自分の部屋へ呼び込むんだな。それで？　なあカーラ？　それから？

なんの用事なのか確かめようと入っていくの。

で、あいつの用事はなんなんだ？

たとえ聞いている者など誰もおらず、二人のベッドというネヴァーランドにいるときでさえ、この話は訊ねるのも話すのも囁き声だった。寝物語、そこでは細部が重要で、毎回付け足していかなければならず、いかにも本当らしく、気の進まない様子で、恥ずかしげに、くすくす笑いながら、みだらに、みだらに、語るのだ。そして、いそいそと嬉しそうなのは彼だけではなかった。彼女もそうだった。いそいそと彼を喜ばせよう、興奮させようとし、自分も興奮しようとした。この話が相変わらず効果があるということが、毎回嬉しかった。

そして、彼女の心の一部では、それは確かに本当のことだった。彼女はあのすけべ爺が、シーツの下でもっこりさせているのを目にしたのだ、実際のところ寝たきりで、ほとんど口もきけないのに巧みな手真似で自分の欲望をほのめかし、つついたり触れたりして彼女を共犯関係に、協力的な行為へ、睦みあいへと誘い込もうとする（当然のことながら彼女は拒否するのだが、一方でまた奇妙なことに、その拒否にクラークはちょっとがっかりするらしい）。

ときおり、すべてが台無しにならないよう叩き潰しておかなければならない光景が浮かび上がってきた。シーツに包まれた現実のおぼろげな姿を思い起こしてしまうのだ。レンタルの病院用ベッドで薬漬けになって日々縮んでいく姿を、ミセス・ジェイミソンか訪問看護師がドアを閉め忘れたときにほんの数回垣間見ただけだ。カーラ自身は、実際にはそれ以上彼に近づいたことはない。

じつをいえば、彼女はジェイミソン家へ行くのが怖かったのだが、金が必要だったし、それにまるで夢遊病にかかっているかのように途方に暮れてひどく心を悩ませているミセス・ジェイミソンに同情もしていた。一、二度カーラは、雰囲気を和らげたい一心で、うんと馬鹿げたことをやってみた。不器用でおっかなびっくりの乗馬初心者が恥ずかしくてたまらない思いでいるときに、カーラがやるような類のことだ。以前は、クラークが不機嫌なとき、そんなこともやってみていたのだ。いまはもう彼には効き目がなかった。でも、ミスター・ジェイミソンの話は断然効き目があった。

小道にしろ、その横の濡れそぼった丈の高い草むらにしろ、水溜りを避けるのは無理だった。最近花をつけたノラニンジンの茂みでも。だが空気はじゅうぶん暖かかったので、肌寒くはなかった。カーラの服はびしょ濡れで、まるで汗みずくになったか、小雨と一緒に顔をつたっている涙で濡れたかのようだった。やがて涙はおさまっていった。鼻をかむものを何も持っていなかったが——ペーパータオルはもうぐしょぐしょだった——身を乗り出して、水溜りへむかって思いっきりふんとやって鼻水を飛ばした。

カーラは頭を上げると、長々とビブラートをかけて口笛を吹いた。フローラへのカーラの——クラークも同じようにするのだが——合図だった。二、三分待ってみてから、フローラの名前を呼んだ。何度も何度も繰り返して、口笛を吹いては名前を呼び、口笛を吹いては名前を呼んだ。

フローラの返事はなかった。

とはいえ、フローラを失ったつらさ、フローラをおそらくは永遠に失ったつらさだけを感じているのは、ほとんど安らぎだった。彼女が踏み込んでしまったミセス・ジェイミソンがらみのごたごたと、それにクラークとのシーソーのように揺れ動く惨めな状況と較べると。すくなくともフローラがいなくなったことについては、彼女——カーラ——には疚しいところは一切ないのだ。

家で、シルヴィアがやらなくてはならないのは窓を開けることくらいだった。それと、すぐにカーラに会えるだろうと考えること——さほど驚くことではないが、我ながらがっくりくるほどいそいそした気持ちで——くらいしか。

病気がらみのものはそっくり取り除かれていた。以前はシルヴィアと夫の寝室で、それから夫の死に場所となった部屋はきれいに掃除して整えられ、何事もなかったかのように見えた。火葬を済ませてギリシャに出発するまでの目まぐるしい数日間、カーラがそうしたことをすべて手伝ってくれた。レオンが身につけた衣類は一枚残らず、着たことのないものも、包装から取り出されることすらなかった彼の姉妹たちからのプレゼントまで、車の後部座席に積み込まれリサイクル店行きとなった。夫の錠剤やひげ剃り道具、彼を持ちこたえさせるのに何にも劣らず効果のあった栄養飲料の未開封の缶、一時何ダースも食べていたゴマクッキーの箱、背中の痛みを和らげるローションの入ったプラスチックボトル、彼が横たわっていた羊のなめし革――それら一切合切をビニール袋に放り込んで、ゴミに出し、しかしカーラは何ひとつ訊ねたりはしなかった。「誰か使う人がいるかもしれませんよ」とはけっして言わなかったし、いくつもの段ボール箱に詰まっている缶がそっくり未開封だと指摘することもなかった。シルヴィアが「衣類を町へ持っていくんじゃなかった。ぜんぶ焼却炉で燃やしちゃえばよかったわ」と言っても、カーラはまったく驚きを見せなかった。

二人はオーヴンを掃除し、戸棚を磨き上げ、壁も窓も拭いた。ある日、シルヴィアは居間に座って、受け取ったお悔やみ状すべてに目を通していた（物書きならそうなのではないかと思われそうだが、処理すべき原稿やノートの山はなかった。未完の作品も走り書きの草稿もなかった。シルヴィアは夫から、何もかも処分したと何か月もまえに聞かされていた。そして、まったく後悔していない、と）。

家の南側の傾斜壁は大きな窓が組みあわさっていた。目を上げたシルヴィアは、射しはじめた淡い陽光に驚いた――というか、たぶんカーラの影に驚いたのだ。脚はむき出し、腕もむき出しで、梯子のてっぺんに登っており、編むには短すぎるタンポポのような縮れっ毛を戴いた顔は決然たる表情だ。彼女はせっせとガラスにスプレーしては磨いている。シルヴィアに見つめられているのに気づいた彼女は、手を止めると、その場で磔にされたかのように両腕を広げ、ガーゴイルのような変な顔をしてみせた。二人とも笑い出した。シルヴィアはこの笑いが陽気なせせらぎのように体じゅうを走るのを感じた。彼女はお悔やみ状にもどり、カーラは窓拭きを再開した。こうしたいたわりの言葉もぜんぶ――心からのものであろうと形だけのものであろうと、賛辞も哀悼も――羊のなめし革やクッキーと同じところへやってしまえばいいとシルヴィアは決めた。

カーラが梯子を降ろすのが聞こえ、テラスで長靴の足音がすると、彼女は急に気恥ずかしくなった。そこに座ったままうなだれていると、カーラが部屋に入ってきて、バケツと雑巾を流しの下にしまいにキッチンへ行こうとして、背後を通り抜けた。カーラはほとんど立ち止まりもせず、小鳥のように素早かったが、シルヴィアのうなだれた頭にさっとキスした。それから何かひとりで口笛を吹き続けた。

それ以来、シルヴィアの心にはあのキスがあった。とくに何か意味があったわけではない。元気出して、という意味だ。それとも、だいたい片づいたわね。二人はいい友だちで、いっしょにたくさんの気の滅入る仕事をやってのけたのだという意味だ。それとも、もしかしたら、太陽が顔を出したというだけのことだったのかもしれない。カーラは家へ、自分の馬たちのところへ帰ることを考えていたのかも。それでもなお、シルヴィアにはあのキスが華やかな花のように、更年期の火照りのような荒々しい熱気を漂わせて自分の心のなかで花弁を広げているように思えたのだ。

彼女の植物学のクラスには、ときおり特別な女子学生がいた――賢さや熱心さや不器用なエゴイズム、あるいは自然界に対する純粋な情熱さえもが、シルヴィアに若い頃の自分自身を思い出させるような女の子。そういった女の子たちは彼女に恭しくつきまとい、自分でも――たいていの場合――想像がつかないようなある種の親密さを期待し、たちまち彼女を苛立たせるのだった。

カーラはそういう女の子たちとはまるで違っていた。シルヴィアの人生における誰かに似ているとしたら、彼女が中等学校時代に知っていたある種の女の子たちのはずだ――頭はいいが、けっしてよすぎることはなく、スポーツを気軽に楽しむが熱心に競争したがるわけではなく、快活だが騒々しくはない。生まれながらに満ち足りている。

「わたしがいたのは小さな村なんだけどね、古い友だち二人とすごした、うんと小さなその村は、そう、観光バスはごくたまに、まるで迷いこんだようにして停まるだけ、観光客は降りてあたりを見まわして、まったく途方にくれちゃうの、だってね、すっかり当て外れ。何も買うものがないんだもの」

シルヴィアはギリシャの話をしていた。カーラは数フィート離れたところに座っていた。あの手足の大きい、落ち着きのない、まばゆいばかりの女の子が、ついにそこに座っている、シルヴィアの思いが詰まった部屋に。カーラはかすかに微笑みながら、ちょっと遅れて頷いていた。

「で、さいしょはね」とシルヴィアは話した。「さいしょは、わたしも途方にくれたの。すごく暑かった。だけど、光についてはほんとうね。素晴らしいの。それから、何をすればいいかわかった。いくつかの単純なことだけなんだけど、それで一日が過ぎちゃうの。半マイル歩いてオイルを買いにいく、そしてべつの方向へまた半マイル歩いてパンかワインを買いにいく、それで午前中は終わり、で、木の下で何かお昼を食べて、お昼のあとは暑くて何もできなくて、鎧戸を閉めてベッドに横になって本でも読むしかないの。さいしょは本を読むのよ。でも、そのうちそれすらしなくなっちゃう。なんで本なんか読むの？　しばらくすると影が長くなっているのに気がついて、起き上がって泳ぎにいくの」

「そうだ」シルヴィアは急に話を止めた。「そうだ、忘れてた」

ぱっと立ち上がると、買ってきたお土産を取りにいく。ほんとうはぜんぜん忘れてなどいなかった。すぐに渡したくなかったのだ、もっと自然に機会が訪れるのを狙っていて、しゃべりながら、海のこと、泳ぎにいくことに触れられる頃合をあらかじめ見計らっていたのだ。そして、いまこうしてしゃべっているようなことが言える頃合を。「泳ぎにいくってところでこれを思い出したの。じつはね、これは小さなレプリカなのよ、ほら、海のなかで見つかった馬の小さなレプリカなの。ブロンズ製のね。長い時間が経ってからようやく引き上げられたの。紀元前二世紀ごろのものと考えられているのよ」

カーラが入ってきて何をすればいいのか見まわすと、シルヴィアは言ったのだった。「あら、とにかくちょっと座ってちょうだい、ここへもどってから誰も話し相手がいなかったのよ。お願い」カーラは椅子の端っこに腰を下ろし、脚を広げて、両手は膝のあいだに置き、どことなく暗い雰囲気だった。離れたところにある礼儀正しさに手を伸ばすかのように、カーラは訊ねたのだった。

「ギリシャはどうでした?」

いまやカーラは立ち上がっていた。くしゃくしゃと馬に巻きついていた薄紙を手にして。馬の包装はまだ完全にはがされてはいなかった。

「競走馬を模していると言われてるの」とシルヴィアは言った。「レースでラストスパートしているところ、最後のひと頑張りね。騎手の男の子もそう、馬を力の限界まで急き立てているのがわかるでしょ」

その少年がカーラを思い出させたのだということは口にしなかったし、いまとなってはその理由も言いようがなかっただろう。少年はほんの十歳か十一歳くらいだった。たぶん、手綱を握りしめているに違いない腕の力強さと優雅さ、あるいは、子供っぽい額の皺や夢中になってひたすら奮闘している様が、春にカーラが大きな窓を拭いていた姿とどこか似ていたのだろう。ショートパンツ姿の彼女の力強い両脚、幅広の肩、ガラスを拭く大きな動き、それから、ふざけて両腕を広げてみせ、シルヴィアを笑いに誘おうと、というか、無理に笑わせようとさえした様子。

「ほんとね」カーラは、今度は小さなブロンズ色がかった緑の像をしげしげ見つめながら答えた。

「どうもありがとう」

「どういたしまして。コーヒー飲まない？　ちょうど淹れたところなの。ギリシャのコーヒーはすごく濃くてね、わたしの好みよりはちょっと濃すぎるんだけど、パンは抜群。それに熟れたイチジク、びっくりするほどおいしかったわ。もうちょっと座っててよ、お願い。わたしがこんなふうにべらべらしゃべり続けるのを止めてちょうだい。こっちはどう？　ここの生活はどうだった？」

「ほとんど雨だった」

「それはわかるわ。そうだったってことは」シルヴィアは大きな部屋の端のキッチンユニットからそう答えた。コーヒーを注ぎながら、もうひとつの土産のことは黙っていようとシルヴィアは決めた。そちらは金はまったくかかっていない（馬は、カーラのような娘が思い浮かべそうな額より高かった）、道端で拾ったただの小さいきれいなピンクがかった白の石だった。

「これはカーラによ」シルヴィアは並んで歩いていた友だちのマギーにそう言った。「馬鹿げてるのはわかってる。ただね、あの子にこの土地の小さなかけらを持っていてもらいたいの」

カーラのことはすでにマギーにも、同行していたもうひとりの友だちソラヤにも話していた。あの娘の存在が自分にとってどんどん大事なものとなってきたこと、言葉では表せない絆が自分たちのあいだに育ってきているように思えたこと、過ぎ去った春のつらい数か月のあいだあの娘に慰められたことを話したのだ。

「誰かを目にするってだけのことだったんだけどね——とっても爽やかで、はちきれそうに健康な人が家に入ってくるのを」

マギーとソラヤは、思いやりはあるけれど気に障る笑い方をした。

「いつも女の子なのよね」ソラヤは太った茶色い両腕を気だるげに伸ばしながら言い、マギーも

「わたしたちみんな、ときどきそうなるのよね。女の子におネツをあげるの」

シルヴィアはなんとなくその時代遅れの言葉に腹が立った——おネツをあげる。

「レオンとのあいだに子供がいなかったせいかもしれない」と彼女は言った。「馬鹿みたいね。見当違いの母性愛だなんて」

二人の友人は同時に、ちょっと違った言い方で、馬鹿げているかもしれないが、つまるところそれも愛だ、という意味のことを述べた。

ところが今日、その娘は、シルヴィアの記憶にあるカーラとは似ても似つかなかった。落ち着いた快活な精気はまるでないし、ギリシャでずっとその面影を胸に抱いていた屈託のない寛容な若者ではなかった。

土産にもほとんど興味を示さなかった。コーヒーのマグカップに手を伸ばす顔はほとんど不機嫌そうだ。

「あなたならすごく気に入るだろうと思ったことがひとつあったわ」シルヴィアは元気よく言った。

「ヤギよ。完全に大人になっていても、すごくちっちゃいの。ぶちのもいれば白いのもいて、岩の上を跳ねまわって、まるで——土地の精霊みたいなの」シルヴィアはわざとらしく笑った。自分が

抑えられなかった。「角に花冠をかけていたって驚かなかったわね。あなたのヤギさんは元気？ 名前を忘れちゃったけど」

カーラは「フローラよ」と言った。

「フローラね」

「いなくなっちゃった」

「いなくなった？ 売ったの？」

「消えちゃったの。どこにいるかわからない」

「あら、それは大変。シルヴィアは大変ねえ。だけど、またもどってくるってことはないの？」

返事はない。シルヴィアは真っ向から娘を見つめた。いままでなんとなく、そうできなかったのだ。そして、相手の目が涙でいっぱいで、顔がまだらになっていることに気づいた——じつのところ、顔は薄汚く見えた——それに、悲嘆にくれているらしいことにも。

カーラはシルヴィアの視線をいっさい避けようとはしなかった。口元をきゅっと引き結び、目を閉じて、声をあげずに泣き叫んでいるかのように体を前後に揺すり、それから、信じがたいことに、本当に泣き叫んだ。泣き叫び、涙を流し、あえぎ、頬に涙を伝わせ、鼻腔からは鼻汁を滴らせ、何か拭うものはないかとあたふたあたりを見まわしはじめた。シルヴィアは飛んでいって、ティッシュを両手に鷲摑みにしてきた。

「心配しないで、ほら使って、さあ、だいじょうぶだから」この娘を両腕で抱きしめるべきなのかもしれないと思いながら、シルヴィアは言った。でも、そうしたいとはさらさら思わなかったし、そんなことをすれば事態をいっそう悪化させるかもしれない。そんなことをしたいとシルヴィアがまるで思っていないのを、じつのところこのけたたましい騒ぎにぎょっとしているのを、娘は感じ取っているかもしれない。

カーラは何か言った、同じことを繰り返した。

「最悪」と彼女は言った。「最悪」

「そんなことないわ。誰だってときには泣かないではいられないものよ。いいのよ、気にしないで」

「最悪だ」

そしてシルヴィアは、この悲嘆の表明のひとこまひとこまにおいて、この娘が自分をごくありきたりの存在に、彼女――シルヴィア――のオフィスでめそめそする学生と変わらない存在にしてしまっていると感じずにはいられなかった。学生たちのなかには成績のことで泣いてみせる者もいたが、それは戦略的なものであることが多く、すぐに終わってしまう、説得力のないすすり泣きだった。もっと珍しい、本物の愁嘆場の場合は、恋愛とか親とか妊娠と関係しているのが判明することとなる。

「あなたのヤギのことじゃないんでしょ？」

「そうじゃないの。そうじゃないの」

「水を一杯飲むといいわ」とシルヴィアは言った。

彼女は冷たくなるまでしばらく水を流しながら、ほかに何をしたらいいのか、何を言えばいいのか考えようとした。そして、水を持ってもどると、カーラはもう落ち着いていた。

「さてと」水を飲むカーラにシルヴィアは言った。「ましになった？」

「うん」

「ヤギのことじゃないのね。なんなの？」

カーラは答えた。「もう我慢できないの」

この子は何を我慢できないのだろう？

それは夫のことだとわかった。

夫はのべつまくなしカーラに腹を立てるのだ。彼女が嫌でたまらないような態度をとる。やることなすことすべて気に入らない、彼女は何も言えない。夫と暮らしていると、頭がおかしくなる。すでにおかしいのかなと思うこともある。夫が頭がおかしいんじゃないかと思うこともある。

「ねえカーラ、ご主人はあなたを痛い目にあわせるの？」

いいや。体を傷つけたりするようなことはしない。でも、夫はカーラを憎んでいる。忌み嫌っている。カーラの泣くのが我慢できないのだが、夫がひどく腹を立てるから泣かずにはいられない。

どうしたらいいのかわからない。

「どうしたらいいのか、たぶんあなたはちゃんとわかってるんじゃないの」とシルヴィアは言った。

「逃げ出す？　できるものならとっくにそうしてる」カーラはまた泣き出した。「逃げ出せるものならなんだってしてあげちゃう。無理なのよ。お金もないし。どこにも行くところがないし」

「ねえ、考えてみて。ほんとうにそうなの？」シルヴィアはできるだけ助言者らしく問いかけた。

「ご両親はいないの？　キングストンで育ったって言ってたわよね？　そこにご家族はいないの？」

カーラの両親はブリティッシュ・コロンビアへ引っ越してしまった。両親はクラークが大嫌いだ。カーラが生きていようが死んでいようが気にかけない。

きょうだいは？

九歳上の兄がひとり。結婚してトロントにいる。兄もカーラのことなど気にかけない。兄もクラークが好きじゃない。兄嫁は気取り屋だ。

「女性のための避難所（シェルター）は考えてみたことない？」

「ぶちのめされなきゃ置いてくれない。でもそうしたらみんなにわかっちゃって、うちの商売に差し支える」

シルヴィアは優しく微笑んだ。

「いまはそんなこと考えてる場合かしら？」

するとカーラはほんとうに笑った。「わかってる」と彼女は言った。「あたし、どうかしてるよね」

「聞いてちょうだい」とシルヴィアは言った。「ちょっと聞いて。もし出ていけるだけのお金を持ってたら、出て行く？　どこに行く？　何をする？」

「トロントへ行く」カーラは待ってましたとばかりに答えた。「でも、兄さんには近寄らないけどね。モーテルかどこかへ泊まって、乗馬用厩舎で仕事を見つける」

「見つけられると思うのね？」

「クラークと会った夏、あたしは乗馬用厩舎で働いてたの。あの頃よりいまのほうが経験を積んでるもの。もっとずっと」

「このことについて考えてたみたいな言い方ね」シルヴィアは考え込みながら言った。

カーラは「いま考えたの」と答えた。

「で、もし出ていけるとしたら、いつ行くの？」

「いまよ。今日。この瞬間に」

「出て行かない理由はお金がないからというだけなのね？」

カーラは深く息を吸い込んだ。「出て行かない理由はそれだけ」と彼女は答えた。

「わかったわ」とシルヴィアは言った。「じゃあ、わたしの提案を聞いてちょうだい。あなたはモーテルへ行くべきじゃないわ。バスでトロントへ行って、わたしの友だちのところへ泊まるの。ルース・スタイルズという名前よ。大きな家で独り暮らしだから、気持ちよく泊めてくれるわ。仕事が見つかるまで彼女のところにいればいい。お金はわたしがいくらか都合してあげる。トロント周辺にはうんとたくさんの乗馬用厩舎があるはずよ」

「あるわ」

「で、どう思う？　バスが何時に出るか、電話して確かめましょうか？」

カーラはそうしてほしいと答えた。彼女は震えていた。両手で腿を上へ下へと撫で、頭を左右に乱暴に振った。

「信じられない」と彼女は言った。「お金は返すから。つまりその、ありがとう。お金は返すからね。なんて言えばいいのかわかんない」

シルヴィアはすでに電話機のところで、バス発着所の番号をダイヤルしていた。

「しーっ、時刻表を聴いてるの」とシルヴィアは言った。じっと聴き入り、それから受話器を置いた。「返してくれるのはわかってるわ。ルースのことは賛成してくれる？　彼女に知らせるわ。でも、ひとつ問題があるわね」彼女はカーラのショートパンツとTシャツをじろじろと眺めた。「その服装で家出するのはまずいわねえ」

「家に取りに帰るのは無理だよ」カーラは慌てふためいて言った。「これでだいじょうぶだってば」

「バスはエアコンが効いてるわ。こごえちゃうわよ。わたしのもので何かあなたが着られそうなのがあるはずよ。わたしたち、背格好はだいたい同じじゃない？」

「あんたのほうが十倍細いよ」

「昔はそうじゃなかったわ」

結局ふたりはほとんど着ていない茶色の麻のジャケット――シルヴィアは自分が着るには失敗だったと思っていた、型がそっけなさすぎるのだ――それにオーダーメイドの黄褐色のパンツとクリーム色のシルクのシャツに決めた。この服装に、カーラのスニーカーで間に合わせなければならなかった。彼女の足はシルヴィアより二サイズ大きかったのだ。

カーラはシャワーを浴びにいき――その朝の心理状態ではそれどころではなかった――そしてシルヴィアはルースに電話した。ルースはその夜は会合があって外出するが、二階の借家人に鍵を預けていくので、カーラはそこの呼び鈴を鳴らしてくれればいいから、とのことだった。

「でも、バス発着所からはタクシーに乗らなくちゃならないわよ。その子、だいじょうぶでしょうね？」とルースは言った。

シルヴィアは笑った。「彼女、べつに能なしじゃないわ、心配しないで。ただ、悪い状況にいるっていうだけよ、よくあるようにね」

「なら、よかったじゃない。つまり、逃げ出すのはいいことよ」

「ぜんぜん能なしなんかじゃないわ」シルヴィアはそう言いながら、オーダーメイドのパンツと麻のジャケットを試着しているカーラを思い浮かべた。若い人はなんと素早く絶望から立ち直ることか、そして、新しい服を着たあの子がなんとぱりっと見えたことか。

バスが町に停まるのは二時二十分だ。シルヴィアは昼食にオムレツをつくることにした。テーブルにはダークブルーのクロスを掛けて、クリスタルグラスを出して、ワインを開けよう。

「何か食べられるくらいお腹が減ってるといいんだけど」こざっぱりと輝かしく、借着に身を包んで出てきたカーラに、彼女は言った。カーラのうっすらそばかすの散った肌はシャワーのせいで紅潮し、濡れた髪は色が濃くなり、三つ編みを解かれた愛らしい縮れ毛はいまはべったり頭に張りついていた。お腹は減っているとカーラは言ったのだが、オムレツをフォークにひとすくい口へもっていこうとしても、手が震えてだめだった。

「どうしてこんなに震えちゃうんだろう」とカーラは言った。「きっと興奮してるんだね。こんなに簡単にいくとは思ってもみなかった」

「あまりに突然だものね」とシルヴィアは答えた。「きっと現実とは思えないんじゃないの」

「だけど、思えるよ。いまは何もかもがほんとに現実って感じ。いままでのほうが、ぼうっとしてたみたい」

「なにか決心したときって、ほんとうに心を決めたときって、そんなものなのかもしれないわね。というか、そうじゃなくちゃいけないのかも」

「友だちがいれば」カーラは照れくさそうな笑顔を浮かべ、額を紅潮させながら言った。「ほんとうの友だちがいればね。つまり、あんたみたいな」彼女はナイフとフォークを置くと、自分のワイングラスを両手でぎこちなく掲げた。「ほんとうの友だちに乾杯」カーラはもそもそと言った。「ひと口も飲んじゃいけないのかもしれないけど、飲んじゃう」

「わたしも」シルヴィアはわざと陽気に言った。飲み下した彼女は、つぎの言葉でその場を台無しにしてしまった。「ご主人には電話する？　知らせておかなくちゃ。あなたが家に帰るはずの時間までには、すくなくとも所在は知らせておかなくちゃ」

「電話はだめ」カーラはぎょっとしたように言った。「電話なんかできない。できればかわりにしてもらえると――」

「だめよ」とシルヴィアは答えた。「だめ」

「そうよね、馬鹿げてる。言うんじゃなかった。なんだか頭がまともに働かなくて。たぶんどうしたらいいかっていうと、郵便受けに手紙を入れとけばいいんだ。だけど、あんまり早くあの人の手に渡ってほしくはないの。車で町まで連れてってもらうときにあそこを通るのもいや。裏から行きたい。だからね、あたしが手紙を書くから――手紙を書くから、できれば、できればあんたが帰ってくるときに郵便受けに入れてきてもらえないかな？」

ほかに良い選択肢はないと見てとって、シルヴィアは承知した。

彼女はペンと紙を持ってきた。ワインをもうすこし注いだ。カーラは座って考え込み、それから数語書き記した。


「出ていきます。大丈夫（オールライト）だから（本来のall rightが、「書く」という意味のwriteになっている）」

バス発着所からの帰り道で折り畳まれた手紙を開いたシルヴィアが読んだのはそんな言葉だった。

カーラにはちゃんとrightとwriteの区別はついていたはずだ。手紙を書くことを話していたし、気持ちが高ぶって混乱していたというだけのことだ。シルヴィアが気づいていた以上に混乱していたのだろう。ワインのせいでおしゃべりが尽きなかったが、そうした話にはとりたてて苦悩や動揺の気配はなかった。彼女は中等学校を卒業したばかりの十八歳のとき、働いていた厩舎でクラークと知りあった話をした。両親は娘の大学進学を望み、彼女は獣医になってもいいのなら、という条件つきで承知していた。彼女のほんとうの望みは、そしてそれは生まれてこのかた同じなのだが、動物といっしょに働き、田舎で暮らすことだった。彼女は中等学校では、よくいるどんくさい女の子、ひどい冗談の種にされるような類の女の子だったが、気にしてはいなかった。

クラークはそこでは最高の乗馬の指導者だった。たくさんの女に追いかけられていて、皆、彼に教えてもらいたいがために乗馬を始めるのだった。カーラはそうした女たちのことで彼をからかい、さいしょ彼はそれを喜んでいるように見えたのだが、やがてむっとするようになった。カーラは謝り、機嫌を直してもらおうと、どこか田舎のほうで乗馬学校を、厩舎を始めるという彼の夢——じつのところ、彼の計画——の話をせがんだ。ある日、厩舎に入っていったカーラは、サドルを掛けている彼を見て、自分が彼に恋していることを悟ったのだった。

いまではあれは性欲だったのだとカーラは思っていた。たぶんただの性欲だったのだ。

秋になり、カーラは仕事を辞めてグェルフの大学へ行くはずだったのだが、行くのを拒んだ。一年休みたいのだとカーラは言った。

クラークは、頭は抜群に良かったが、中等学校を卒業するのさえ待てなかった。家族とはきっぱり縁を切っていた。家族というのは血液中の毒のようなものだと彼は考えていた。精神病院で付添人をやり、アルバータ州レスブリッジのラジオ局でディスクジョッキーを務め、サンダーベイ近郊の幹線道路で道路整備員をやり、理髪師見習いや軍の放出物資の店のセールスマンもやった。彼女が聞かされた職だけでもこれだけあった。

カーラは彼にジプシー放浪者(ローヴァー)というあだ名をつけた。歌から、母親がいつも歌っていた古い歌からとったのだ。いまやカーラは家のなかでいつもその歌を歌うようになり、何かが起きていることに母親は気づいた。

昨夜身を横たえたのは羽毛のマットレス
絹の布団をかけて
今夜身を横たえるのは固くて冷たい地面の上――
愛しいジプシー男の隣

母親は言った。「あの男、あんたをつらいめにあわせるよ、まちがいなく」技術者だった継父はクラークにそれだけの力さえ認めなかった。「負け犬だ」継父は彼のことをそう呼んだ。「あちこち放浪して歩くようなやつだな」まるでクラークが、さっと服から払いのければすむ虫であるかのように。

そこでカーラは言った。「放浪して歩くやつが、農場を買うだけのお金を貯めたら？　言っとくけどね、彼はそれをちゃんとやってのけたんだけど？」継父は、「お前と議論するつもりはない」と答えただけだった。どのみち実の娘でもないんだし、と継父はつけ加えた、それが決め手だといわんばかりに。

そこで当然のことながら、カーラはクラークと駆け落ちしなければならなかった。彼女の両親の態度は、事実上そうなるに決まっていると言っていたようなものだった。

「落ち着いたら、ご両親に連絡する？」とシルヴィアは訊ねた。「トロントから？」

カーラは眉を上げ、頬をすぼめて口を小生意気にOの形にした。「しない」とカーラは答えた。

明らかに、ちょっと酔っ払っていた。


手紙を郵便受けに届けて家に帰ったシルヴィアは、まだテーブルに出ていた皿を片づけ、オムレツのフライパンを磨き洗いし、ブルーのナプキンとテーブルクロスを洗濯物かごに投げ込み、窓を開けた。こういうことをしながら、彼女の心にはわけのわからない後悔と苛立ちがあった。あの娘にシャワーを使わせるときに、彼女は新しいリンゴの香りの石鹸を出してやったのだが、その香りが、車のなかと同様家のなかにも漂っていた。

雨は降りださないままだった。シルヴィアはじっとしていられず、レオンが切り開いた小道伝いに散歩に出た。沼地の部分にレオンが敷いた砂利はほとんど流されている。以前は春になると二人で、野生の蘭を探しに散歩に出たものだった。シルヴィアは夫に野生の花の名前をいちいち教えた――彼はエンレイソウをのぞいて、ぜんぶ忘れてしまった。彼はシルヴィアのことを僕のドロシー・ワーズワースと呼んでいた。

この春、シルヴィアは一度出かけてカタクリの小さな花束を夫に摘んできたのだが、夫は疲れ果てた拒絶の眼差し――ときどき彼女にも向ける――を向けたのだった。

彼女の脳裏にはずっとカーラの姿があった。バスに乗り込むカーラの姿が。彼女の感謝の言葉は心底からのものだったが、すでにほとんど無頓着になっていて、手を振る様は暢気そうだった。救われることに慣れてしまったのだ。

家にもどったシルヴィアは、六時頃、トロントのルースに、カーラがまだ着いていないのを承知の上で電話をかけた。留守番電話だった。

「ルース」とシルヴィアは話した。「シルヴィアよ。あなたにお願いしたあの女の子のことで電話したの。ご迷惑にならないといいんだけど。大丈夫だといいんだけどねえ。あの子、ちょっと自分のことばかり考えているように見えるかもしれないけれど。ただ若いせいだと思うの。連絡ちょうだいね。いい？」

寝るまえにもう一度電話したが、留守電だったので、「またまたシルヴィアです。確かめただけよ」と言って切った。九時と十時のあいだで、すっかり暗いというほどでもない。きっとルースはまだ出かけていて、あの娘は知らない家で電話を取りたくなかったのだろう。彼女はルースの二階の借家人の名前を思い出そうとしてみた。きっとまだ寝てはいないだろう。でも思い出せなかった。だけどかえって幸いだ。借家人にまで電話するのは、あまりに大騒ぎしすぎじゃないか、心配のしすぎ、やりすぎだ。

シルヴィアはベッドに入ったが、そこでじっとしていられず、軽い上掛けを持って居間へ行き、ソファに横になった。レオンの人生最後の三か月、彼女はそこで寝ていたのだ。そこでも眠れそうになかった――部屋の窓にはカーテンがなく、空の様子から月が上っているのがわかった、月自体は見えなかったが。

つぎに気づくと、彼女はどこかでバスに乗っていた――ギリシャか？――知らない人たちが大勢いっしょで、バスのエンジンは異様なノックのような音をたてている。目を覚ますと、ノックされているのは玄関のドアだった。

カ、ー、ラ、？

カーラはバスが町を出てしまうまでずっと頭を下げていた。窓は色つきで、なかは覗き込めないのだが、外を見ないようにしなければならなかった。クラークが現れるといけないから。店から出てくるとか、道を渡ろうと待っているとか、カーラに捨てられようとしていることなど露知らず、今日もまた普通の午後だと思いながら。いや、今日の午後こそ二人の計画――彼の計画――を実行に移すのだと思い、カーラがどこまでやってのけたか知りたがっているのだ。

いったん田舎へ出てしまうと、カーラは目を上げ、深く息を吸い込んで、窓ガラスのせいでちょっと紫色がかった野原を眺めた。ミセス・ジェイミソンの存在はある種驚くべき安心感と健全さでカーラを包み、この逃亡を考えられうる限りもっとも道理に叶った、じつのところ、カーラのような状況にある者にできる唯一の自尊心ある行動だと思わせてくれた。同情を得られるのは間違いなく、その上皮肉っぽく正直にも聞こえるような話し方で、自分の生活をミセス・ジェイミソンに打ち明けながら、カーラは自分がいつにない自信を持ち、成熟したユーモア感覚さえ駆使できるように感じていた。それに、カーラにわかる限り、ミセス・ジェイミソンの――シルヴィアの――期待に応えられていると。非常に敏感で厳しい人だという印象を受けるミセス・ジェイミソンをがっかりさせてしまう恐れがあると感じていたのは確かだが、その心配はないように思えた。

あの人のそばにあまり長くいる必要さえなければ。

ここしばらくそうだったが、太陽が輝いていた。昼食のテーブルについていたとき、ワイングラスが陽光にきらめいていた。早朝からこっち、雨は降っていなかった。びしょぬれの塊になっていた道端の草を、花の咲いた雑草を、持ち上げるくらいの風が吹いている。雨雲ではない夏雲が空を流れていた。田園風景全体が変化して、本物の輝かしい七月の昼間へと身を振りほどいていた。そして、バスが加速していくにつれ、ごく最近の天候の痕跡はあまり目につかなくなった――種が洗い流されたことを示す畑の大きな水溜りもないし、みすぼらしい有様のひょろひょろしたとうもろこしの茎やなぎ倒された穀物もない。

クラークに話さなければ、とカーラはふと思った――もしかしたら自分たちは何か奇妙な理由で、田舎のなかでも湿気のひどい悲惨なところを選んでしまったのではないか、うまくやっていけた場所がほかにあったんじゃないか、ということを。

それとも、まだうまくいく可能性はある？

それから、もちろんクラークに何か話すなんてことはないのだと気がついた。もう二度とないのだ。彼がどうなろうとカーラが気にすることはない、あるいは、グレイスやマイクやジュニパーやブラックベリーやリジー・ボーデンがどうなろうと。万が一フローラが帰ってきても、カーラがそれを知ることはないのだ。

何もかも置き去りにするのはカーラにとってこれが二度目だった。さいしょのときは、ちょうどあのビートルズの昔の歌のようだった――テーブルに手紙を置いて朝の五時に家を抜け出し、通りの先の教会の駐車場でクラークと落ちあったのだ。がたごと出発しながら、カーラは実際にあの歌をハミングしていた。「シーズ・リーヴィング・ホーム、バイバイ」背後で太陽が上ってきたこと、ハンドルに置かれたクラークの両手を、彼の有能な前腕の黒い体毛を見つめたこと、トラックの車内のにおいを、ガソリンと金属、道具類と厩舎のにおいを吸い込んだことが、いまカーラの脳裏に蘇った。秋の朝の冷たい空気がトラックの錆びた継ぎ目から吹き込んできた。それはカーラの家族の誰も乗ったことがないような、一家が暮らしていた街ではまず見かけないような車だった。

あの朝クラークが運転（車は401号線に到達していた）に神経を集中させていた様子、トラックの調子への懸念、ぶっきらぼうな受け答え、細めた目、有頂天になっているカーラに対する彼のかすかな苛立ちさえも——それらすべてがカーラをぞくぞくさせた。彼のこれまでの人生の無軌道ぶり、自認している孤独癖、馬と、それからカーラに対して示すことのある優しさなどと同様に。カーラは彼のことを自分たちのこれからの人生の設計者と見なし、自分は虜であると、自分が服従するのは当然かつ素晴らしいことであると思っていた。

「自分が何を置き去りにしていくのか、あなたにはわかっていないのよ」カーラが受け取り、そして返事は出さなかったあの一通だけの手紙に、母親はそうしたためていた。でも、あの早朝の逃避行に身震いしていた時間、カーラは確かに自分が何を置き去りにしようとしているのかわかっていなかった。自分が何をしようとしているのか、いささかぼんやりと把握はしていたのだとしても。カーラは両親を、住まいを、裏庭を、家族アルバムを、家族のバカンスを、フードプロセッサーを、化粧室を、ウォークインクローゼットを、芝生の自動散水システムを、軽蔑していた。したためた短い手紙のなかで、カーラは本物の、という言葉を使っていた。

「わたしはいつも、もっと本物の生活をしたいと思ってました。こういうことを理解してもらえると期待しても無理なのはわかってます」

バスはちょうど、道程のさいしょの町で停まっていた。発着所はガソリンスタンドだった。まさにこのスタンドへ、カーラとクラークはいっしょに暮らし始めた頃に安いガソリンを買いに来ていた。あの頃、ふたりの世界には周辺の田園地帯のいくつかの町が含まれていて、ふたりはときどき旅行客のように、薄汚れたホテルのバーで名物料理を味見したりしていた。豚足、ザワークラウト、ポテトパンケーキ、ビール。そして帰る道々ずっとイカれたヒルビリー（アメリカ南部の山地住民を指す蔑称）のように歌を歌った。

でも、しばらくすると、外出はすべて時間と金の無駄と思えるようになった。外出というのは生活の現実を悟るまえにやることなのだ。

カーラはいまや泣いていた。知らないうちに目が涙でいっぱいになっていた。トロントのことを、この先のさいしょの段取りのことを考えようとした。タクシー、見たことのない家、ひとりで眠る慣れないベッド。明日は電話帳で乗馬用厩舎の住所を探し、それからそこへ出かけて、仕事をさせてくれと頼む。

カーラには思い描けなかった。自分が地下鉄や路面電車に乗って、初めて会う馬の世話をして、初めて会う人たちと話をして、毎日クラークじゃない大勢の人たちのあいだで暮らすなんて。

ある特別な理由で選んだ生活、場所――そこにクラークは含まれないという理由で。

こうして思い描いているうちに明らかになってきたのだが、これから先の世界について奇妙で恐ろしいのは、カーラはそこに存在していないということだった。ただ歩きまわって、口を開いてしゃべって、こんなことやあんなことをするだけ。本当にそこにいるわけではないのだ。そしてそのことで奇妙なのは、カーラはこうしたことをすべて、このバスに乗っていることにしても、自分を取りもどしたいと願ってしていることということなのだった。ミセス・ジェイミソンならこう言うかもしれない——そしてカーラ自身も満足げに言ったかもしれない——自分の人生に責任を持つ。誰かに睨みつけられることもなく、誰かの不機嫌に惨めな思いをすることもなく。

でも、カーラは何を大事に思えばいいのだろう？　自分が生きているとどうやってわかる？　クラークから逃げようと——こうして——しているのに、彼はなおもカーラの人生に場所を占めていた。でも逃げおおせたあとは、ただ進み続けるときには、彼の場所に何を置けばいいのだろう？　ほかの何が——ほかの誰が——あれほどはっきりした生きがいとなってくれるのだろうか？

カーラはなんとか泣き止んだが、震え始めた。自分は危険な状態なのだ、落ち着かなくては、しゃんとしなくてはならない。「しゃんとしろ」、カーラがうずくまって泣くまいと努めている部屋を通り抜けざま、クラークがそう言うことがあったが、それこそまさにカーラがしなければならないことだった。

バスはまたべつの町で停まった。カーラがバスに乗った町から数えて三番目の町だ、ということは、二番目の町はカーラが気づきもしないうちに通り過ぎたのだ。きっとバスは停まり、運転手が地名を叫んだのに、彼女は恐慌状態の霧のなかにいて聞こえもせず、何も目にしなかったのだ。すぐにバスは主要幹線道路に入り、トロントに向かって疾走していくだろう。

そしてカーラは途方にくれるだろう。

途方にくれてしまうだろう。タクシーに乗って、新しい住所を告げることに何の意味がある？　朝起きて、歯を磨いて、世の中へ出て行ってどうなる？　なぜ仕事を見つけなくてはならない？

食べ物を口にいれ、公共交通機関であっちへこっちへ移動しなければならない？

いまや、自分の足が体から恐ろしく離れているような気がした。見慣れないパリパリしたパンツに包まれた膝は鉄の重しをつけられたようだ。二度と立ち上がれない病気の馬のように、カーラは地面に沈みかけていた。

バスはすでにこの町で待っていた数人の乗客を乗せ、小荷物を積み込んでいた。女がひとり、バギーに乗せた赤ん坊といっしょに、誰かにさようならと手を振っている。母子の背後の建物、バス停になっているカフェもまた動いていた。液化の波が煉瓦や窓を舐めていき、まるで溶けかけているようだ。人生の危機のなか、カーラは自分の巨大な体を、鉄の手足を、前へと引きずった。カーラはよろめき、叫んだ。「降ろして」

運転手はブレーキをかけ、苛立った声で叫んだ。「あんた、トロントへ行くんじゃなかったのか？」乗客はのんきにカーラに好奇の目を向け、誰も彼女が苦しんでいることには気づいていないようだった。

「ここで降りなくちゃならないの」

「トイレなら後ろにあるよ」

「違う。違う。降りなくちゃならないの」

「待ってはいられないよ。わかってる？　荷物は下？」

「いいえ。はい。いいえ」

「荷物はないの？」

バスのなかで誰かが言った。「閉所恐怖症だな。あの子はそれだよ」

「気分が悪いの？」と運転手が訊ねた。

「いえ。いえ。とにかく降りたいの」

「わかった。わかった。俺は構わんさ」


「迎えにきて。お願い。迎えに来て」

「行くよ」


シルヴィアはドアに鍵をかけるのを忘れていた。ここで鍵をかけなくては、開けるんじゃなく、と気づいたのだが、時すでに遅しで、ドアを開けてしまっていた。

そして誰もいなかった。

でも、確かに、確かにあのノックの音は現実だった。

彼女はドアを閉め、今度は鍵をかけた。

陽気な調子でカタカタ叩く音が、窓が組み合わさった壁のほうから聞こえてきた。シルヴィアは明かりを点けたが、そこには何も見えなかったのでまた消した。何か動物だ——たぶんリス？ 窓と窓のあいだで観音開きになる、テラスに繋がるフレンチドアも鍵がかかっていなかった。きちんと閉まってさえおらず、家に風を入れるために一インチかそこら開けたままになっていた。閉めかけると、すぐそばで誰かの笑い声がした。いっしょに部屋のなかにいるといえるほどの近さだ。

「俺だ」と男は言った。「驚かせちまったかな？」

彼はガラスに体を押しつけていた、彼女のすぐ横だ。

「クラークだよ」と男は言った。「道路の先のクラークだ」

お入りくださいと言うつもりはなかったが、彼の目の前でドアを閉めるのも怖かった。閉まってしまうまえに彼はドアを摑めるだろう。明かりを点けるのも嫌だった。彼女は長いTシャツを着て寝ていた。ソファから上掛けを持ってきて体を包んでおけばよかったのだが、いまさら遅かった。

「服を着たかったんじゃないか？」と彼は訊ねた。「俺がここに持ってるものが、まさにあんたに必要なものかもしれんぞ」

彼は手提げ袋を持っていた。それをシルヴィアにむかって突き出したが、いっしょに踏み込もうとはしなかった。

「何？」彼女はびくついた声で訊いた。

「見てみろよ。爆弾じゃあない。ほら、どうぞ」

彼女は袋のなかを、見ないまま手探りした。何か柔らかいものだ。すると、ジャケットのボタンに気がついた。シルクのシャツ、パンツのベルト。

「返したほうがいいと思ったもんでね」と彼は言った。「あんたのだろ？」

シルヴィアは顎をぎゅっと閉じて歯がカタカタ鳴らないようにした。口も喉も恐ろしくからからだった。

「あんたのだよな」彼は穏やかに言った。

舌の動きが毛糸の束のようだ。なんとか「カーラはどこ？」と声を絞り出した。

「俺の女房のカーラのことか？」

いまではシルヴィアには男の顔がさっきよりもはっきり見えた。相手が楽しんでいるのが見てとれた。

「俺の女房のカーラは家でベッドに入ってる。ベッドで寝ているよ。自分の家でね」

彼はハンサムな男であると同時に変ちくりんにも見えた。背が高くてほっそり引き締まって頑丈で、でもわざとらしく猫背で。不自然で自意識過剰な、不穏な雰囲気がある。額には黒髪がひと房かかり、こけおどしのしょぼしょぼした口ひげ、希望に満ちているようにも見えるし嘲るようにも見える目、つねにいまにもふくれっ面になりそうな少年っぽい微笑み。

シルヴィアはいつもこの男の姿を目にするのが嫌だった——自分の嫌悪感をレオンに話すと、あの男はただ自分に自信が持てないだけだ、ただちょっと馴れ馴れしすぎるだけだよ、と夫は答えた。

この男が自分に自信が持てないのだとしても、だからといっていまの彼女がより安全であるということにはならないだろう。

「かなり疲れきってる」と彼は言った。「ちょっと冒険したもんでね。あんたに自分の顔を見せてやりたかったよ——その服に気がついたときのあんたの表情を見せたかったね。何を考えた？　俺があいつを殺したとでも思ったか？」

「びっくりしたわ」とシルヴィアは答えた。

「そりゃそうだろう。あいつの家出にあれだけ手を貸したんだからな」

「わたしが手助けしたのは——」シルヴィアは必死の思いで返事をした。「わたしが手助けしたのは、彼女が悩み苦しんでいるように思えたからよ」

「悩み苦しんでいる」と彼は、その言葉を吟味するかのように言った。「そりゃあそうだっただろう。あのバスから飛び降りて、迎えにきてくれって俺に電話してきたときは、恐ろしく悩み苦しんでいたよ。おいおい泣いてるもんで、あいつが何を言ってるのかほとんど聞き取れなかったくらいだ」

「家に帰りたがったの？」

「ああ、そうさ。もちろん、あいつは帰りたがってた。帰りたくてほんとにヒステリー起こしてたよ。あいつは感情の起伏が激しいやつでね。まあでも、あんたは俺ほどあいつのことがわかっていないと思うがね」

「彼女、出ていけるのがすごく嬉しそうだったわ」

「ほんとうか？　まあ、あんたの言葉を信じるしかないな。ここへあんたと議論しにきたわけじゃないし」

　シルヴィアは何も言わなかった。

「俺がここへ来たのは、俺と女房との生活に余計な首を突っ込まれるのはありがたくないってことを言うためだ」

「彼女はひとりの人間よ」とシルヴィアは、口を閉じておいたほうがいいのは承知しながらも言った。「あなたの妻であるまえに」

「なんとまあ、そうなのか？　俺の女房はひとりの人間だと？　ほんとか？　教えてくれてありがとう。だがな、俺にわかったふうな口きかないでもらいたいな。シルヴィア」

「わかったふうな口をきくつもりなんかないわ」

「けっこう。あんたにそんなつもりがなくて嬉しいよ。腹を立てたくはないんだ。ただ、あんたに言っておかなくちゃならん大事なことがふたつある。ひとつは、俺と女房の生活の、いついかなる場面にも、あんたに鼻を突っ込んでもらいたくはないってことだ。もうひとつは、これ以上女房をここへ寄越したくないってことだ。あいつにしたって、べつにここへ来たがりはしないだろうけどな、どう考えても。目下のところ、あいつはあんまりあんたのことをよく思っちゃいないからな。それに、あんたもそろそろ自分の家の掃除の仕方を覚えていい頃だ」

「さてと」と彼は言った。「さて。よくわかったか？」

「じゅうぶんわかったわ」

「うん、わかってもらえたことを願うよ。そう願いたいね」

シルヴィアは「そうね」と言った。

「で、俺がほかに何を考えているか、わかるか？」

「何？」

「あんた、俺に借りがあるだろう」

「なんですって？」

「あんたは俺に——ことによると——謝るべきなんじゃないかな」

シルヴィアは答えた。「わかったわ。あなたがそう思うんなら。ごめんなさい」

彼は体を動かした、たぶん手を差し出そうとしただけだったのだろう。そしてその相手の体の動きといっしょに、彼女は悲鳴を上げた。

彼は笑った。シルヴィアがドアを閉めないよう、彼はドアの枠に片手を置いた。

「いいい、あれは何？」

「何ってなにが？」ひっかけようとしても無駄だぞ、とでも言いたげに彼は問い返した。ところが、彼もまた窓に映る何かを目にし、さっと振り向いた。

この家からさほど遠くないところに広い浅瀬があってこの時期にはよく夜霧がたちこめていた。そこには今夜も、それまでずっと霧が出ていた。ところがいまやそのなかの一点が変化していた。霧が濃くなってべつの形をとり、なにやら先のとがった眩いものに変形している。さいしょは生きているタンポポの綿毛の玉が前へ転がってきたのだが、それが凝縮してこの世のものならぬ動物になった。純白のものが突進してくる、巨大な一角獣のようなものが、こちらへ襲いかかってくる。

「なんてこった」クラークが小声で、心底驚いて言った。それからシルヴィアの肩を鷲摑みにした。こんなふうに触られても彼女はまったく警戒心を感じなかった――彼はシルヴィアを守ろうとしたかあるいは自分が安心したくてそうしたのだとわかっていたのだ。

すると、視野が炸裂した。霧のなかから、そして拡大する光――この裏道を、たぶん駐車場所を探して走っている車のライトだとこのときわかった――のなかから、そんななかから、白いヤギが現れた。小躍りしている小さな白いヤギ、せいぜい牧羊犬くらいの大きさだ。

クラークは手を放した。彼は声をあげた。「いったいぜんたい、どこから来たんだ?」

「おたくのヤギだわ」とシルヴィアは言った。「おたくのヤギよね?」

「フローラだ」と彼は答えた。「フローラ」

ヤギはふたりから一ヤードほど離れたところで立ち止まり、おどおどした様子になってうなだれた。

「フローラ」とクラークは言った。「いったいどこから来たんだ? お前、俺たちを死ぬほどぎょっとさせたんだぞ」

俺たち、

フローラは近づいてきたが、相変わらず頭は上げなかった。フローラはクラークの脚に頭を押し当てた。

「まったくこのバカなケダモノめ」彼の声は震えていた。「どこから来たんだ?」

「迷子になっていたのよね」とシルヴィアは言った。

「ああ。そうだ。ほんとのとこ、こいつの姿はもう二度と見られないだろうと思ってたよ」フローラは顔を上げた。月明かりで目がきらめいた。

「俺たちを死ぬほどぎょっとさせやがって」クラークはヤギに言った。「恋人を探しにいってたのか? 死ぬほどぎょっとさせやがって。ええ? 俺たち、お前を幽霊かと思ったんだぞ」

「霧のせいだわ」とシルヴィアは言った。彼女はいまやドアから出てテラスの上にいた。なんの危険もなく。

「そうだな」

「それと、あの車のライトと」

「幻影って感じだった」彼の声は本調子になってきていた。そして、自分がこの表現を思いついたことで気を良くしていた。

「そうね」

「宇宙から来たヤギ。お前はそれだ。お前はなんと、宇宙から来たヤギだぞ」彼はフローラの頭を撫でた。でも、シルヴィアが同じようにしようと空いているほうの手——もう片方の手はなおもカーラが着ていた衣類の入った袋を握っていた——を差し出すと、フローラはすぐさま、思い切り頭突きを食らわせてやろうとするかのように頭を下げた。

「ヤギってのは予測がつかないんだ」とクラークは言った。「飼い慣らされているように見えるけど、実際はそうじゃない。大人になるとそうはいかないんだ」

「このヤギは大人なの？　すごく小さく見えるけれど」

「これ以上は大きくならないよ」

ふたりは立ったまま、ヤギがさらに話の種を提供してくれるのを期待するかのように見下ろした。だが、明らかにそれはなさそうだった。ふたりは、いまのこの瞬間から前へ進むこともできないし後もどりするわけにもいかないのだ。シルヴィアは、そのことを残念に思う気持ちがちらと彼の顔を過ぎるのが見えたように思った。

だが彼はそれに気がついた。彼は口を開いた。「もう遅い」

「そうね」まるでこれがあたりまえの来訪だったかのようにシルヴィアは答えた。

「よし、フローラ。家に帰る時間だぞ」

「必要なら、家事の手伝いには誰かほかの人を探すわ」とシルヴィアは言った。「どっちにしろいまのところは必要なさそうだし」彼女はほとんど笑いながらつけ加えた。「あなたたちを煩わせないようにするわ」

「わかった」と彼は答えた。「なかへ入ったほうがいいぞ。風邪を引いちまう」

「昔は、夜霧は害があると思われていたのよ」

「それは初めて聞いたな」

「じゃあ、おやすみなさい」とシルヴィアは言った。「おやすみ、フローラ」

そのとき電話が鳴った。

「失礼するわ」

彼は片手を上げて向きを変えた。「おやすみ」

電話はルースからだった。

「ああ」とシルヴィアは言った。「計画が変わったの」


彼女は眠らずに、あの小さなヤギのことを考えた。霧からの出現はますます魔法のように思えてきた。あの出現にはもしかしたらレオンが関わっていたということもあり得るのではないかとさえ考えた。もし彼女が詩人なら、そういったようなことについて詩を書くところだ。でも彼女の経験からすると、詩人だったら書けるのにと彼女が思うテーマは、レオンの気に入るものではなかった。


カーラはクラークが出かける物音は耳にしなかったが、帰ってきたとき目を覚ました。ちょっと家畜小屋を見まわってきたのだとクラークは言った。

「ちょっとまえに車が一台道を通っていったんで、ここで何をしてるんだろうと思ってね。外に出てどこも異常がないか確かめるまで眠れなかったんだ」

「で、異常はなかった?」

「俺の見た限りじゃね」

「でさ、起きてるあいだに」と彼は言った。「ひとっ走りしてきたほうがいいんじゃないかと思ったんだ。服を返してきた」

カーラはベッドの上で上体を起こした。

「あの人を起こさなかったでしょうね？」

「起きたよ。だいじょうぶだ。二人でちょっと話をした」

「ああ」

「だいじょうぶだよ」

「あのことは何も言わなかったでしょうね？」

「何も言ってないさ」

「あれはほんとにぜんぶつくりごとなんだからね。ほんとよ。あたしの言うこと、信じてよね。ぜんぶ嘘なんだから」

「わかった」

「あたしの言うこと、信じてくれなくちゃだめだよ」

「なら、信じるよ」

「ぜんぶつくりごとだったの」

「わかった」

彼はベッドに入った。

「あんたの足、冷たいね」と彼女は言った。「濡れちゃったみたい」

「露がひどかったんだ」

「さあおいで」と彼は言った。「お前の手紙を読んだとき、自分が空っぽになったような気がしたんだ。ほんとだぞ。もしもお前が出ていってしまったら、俺は自分のなかに何も残っていないような気分になっちまうよ」

晴れ渡った天気は続いていた。通りでも、店でも、郵便局でも、人々は互いに、やっと夏が来ましたねと挨拶を交わしあった。牧草も、なぎ倒された哀れな穀物でさえ頭をもたげた。水たまりは干上がり、泥は埃になった。暖かいそよ風が吹き、みんなまたやる気がでてきた。電話が鳴った。トレイル・ライドの、乗馬レッスンの問い合わせ。いまではサマーキャンプ側も乗り気になり、美術館見学をキャンセルしていた。落ち着きのない子供たちを満載したミニバンがやってきた。ブランケットをはぐってもらった馬たちは、柵に沿って飛び跳ねた。

クラークはじゅうぶんな大きさの屋根材をお値打ち価格で手に入れることができた。「家出の日」(カーラのバスの旅のことをふたりはそう呼んでいた)後の第一日目をまるまる費やして、彼は運動場の屋根を直した。

二日ほどのあいだ、仕事をしながら彼とカーラは互いに手を振りあった。たまたま彼の近くを通りかかってまわりにほかに誰もいないと、カーラは薄い素材の夏のシャツの上から彼の肩にキスしたりした。

「もしまた俺から逃げようとしたら、尻を叩いてやるからな」と彼は彼女に言い、彼女は「ほんとに?」と問い返した。

「何が?」

「あたしのお尻を叩くの?」

「そのとおり」彼はこのところはつらつとしていて、初めて知り合った頃のようにたまらなく魅力的だった。

鳥がいたるところにいる。ハゴロモガラス、コマドリ、夜明けにさえずるつがいのハト。たくさんのカラスに、湖から偵察にやってきたカモメ、半マイルほどむこうの森のはずれにある枯れたオークの枝には、大きなヒメコンドルが何羽かとまっていた。さいしょはただそこにとまってかさばる羽を乾かし、ときおり試験飛行のために体を起こしてはちょっと羽をバタバタさせ、それからまた体を落ち着けて太陽と暖かい空気の効果に身を任せていた。一日か二日後には元気を回復して、高く舞い上がり、円を描いては急降下し、森の彼方へ姿を消し、もどってくるとお馴染みの裸の木で休息した。

リジーの持ち主——ジョイ・タッカー——が、日に焼けて、愛想よく、またやってきた。雨に嫌気がさして、ロッキーマウンテンへハイキングに行っていただけだったのだ。いまはもどってきていた。

「天気は完璧なタイミングだな」とクラークは言った。彼とジョイ・タッカーとはたちまち何事もなかったかのように冗談を交わしていた。

「リジーは体調いいみたいね」と彼女は言った。「だけど、あの子の小さなお友だちはどこにいるの？　なんて名前だったかしら——フローラ？」

「いなくなったんだ」とクラークは答えた。「たぶんロッキーマウンテンへ出かけたんじゃないかな」

「あそこには野生のヤギがいっぱいいるのよ。見事な角の」

「そうらしいな」

三、四日のあいだ、ふたりはひどく忙しくて、郵便受けを見にいく暇がなかった。カーラが開けてみると、電話代の請求書と、ある雑誌を購読すれば百万ドル当たるチャンスがあるとする勧誘、それにミセス・ジェイミソンの手紙が入っていた。

カーラへ
ここ数日の（なかなかドラマチックな）出来事のことを考えながら、自分自身に話しかけているつもりでじつはあなたに話しているのに気がつくの。それがあまりにしょっちゅうなので、あなたに話さなくてはならないと思いました。手紙というかたち――いまではわたしのとりうる最上の方法です――でしかありませんけどね。でも心配しないで――お返事の必要はありませんから。

そのあとミセス・ジェイミソンは、あまりにもカーラの人生に深く踏み込みすぎ、それにカーラの幸せと自由は同一だとなんとなく思ってしまうという過ちを犯した、と続けていた。彼女が気にかけているのはカーラの幸せだけであり、いまではあなた――カーラ――はきっと結婚生活のなかにそれを見いだすものと思っている。彼女としては、おそらく逃避行と感情の波乱のおかげでカーラの本当の気持ちが表面へ現れ、そしてまたおそらく夫の本当の気持ちにも気づかされたのではないかと願うしかない。
カーラがこの先自分を避けたいと思うなら、それはもっともなことだと思うし、あのようなつらい時期に自分の生活のなかにカーラがいてくれたことをいつまでも感謝する、と彼女は述べていた。

この一連の出来事のなかでわたしにとってもっとも不思議ですばらしく思えるのは、フローラがまた現れたことです。じつのところ、奇跡のようにも思えます。それまでずっとどこにいたのでしょう、どうしてちょうどあの瞬間を選んでまた現れたのでしょう? きっとあなたもご主人から話は聞いていることと思います。わたしたちはテラスのドアのところでしゃべっていたのですが、まずわたし——外のほうを向いていた——が、あの何か白いものを目にしたの——夜の闇のなかからこちらへ飛びかかってくるのを。もちろんそれは地霧のせいでした。でも本当に怖かった。わたしは大声で悲鳴をあげてしまったみたい。生まれてこのかた本当の意味であんなふうに魔法にかけられたように感じたのは初めてです。正直言って恐ろしかった。わたしたち大の大人がふたり、その場に凍りついていると、やがて霧のなかから小さな迷子のフローラが現れたのです。

この出来事にはきっと何か特別なことがあるはずです。もちろん、フローラがただの小さな動物なのはわかっています、たぶんしばらくどこかへ行って妊娠してきたんでしょう。あのヤギがもどってきたことは、一応はわたしたち人間の人生となんの関係もありません。それでもなお、あの瞬間にフローラが現れたことは、あなたのご主人とわたしに甚大な影響を及ぼしました。敵意によって分かたれたふたりの人間が、ふたりとも同時に同じ幻影によって惑わされ——いえ、ぎょっとさせられ——るや、互いのあいだに絆が生まれ、自分たちがおよそ予期しなかったような具合に結ばれたのがわかる。互いの人間性において結ばれる——そうとしか表現のしようがありません。わたしたちはほとんど友人として別れました。だからフローラはわたしの人生における守り神となっていますし、たぶんあなたのご主人の、そしてあなたの人生においても同じなんじゃないかしら。

ご多幸を祈って、シルヴィア・ジェイミソン

カーラはこの手紙を読み終えるや、くしゃくしゃに丸めた。それから流しで燃やした。心配になるほど炎が上がったので蛇口をひねって水を出し、それから、気色の悪い柔らかな黒いものをすくいあげてトイレに流した。さいしょからそうしておけばよかったのだ。

その日はそのあとずっと忙しく、つぎの日も、そのつぎの日もそうだった。その間彼女はふたつのグループをトレイル・ライドに連れて行かなくてはならず、子供たちの個人レッスンとグループレッスンもしなくてはならなかった。夜になってクラークに抱きすくめられると——彼もいまや忙しかったが、疲れ果てているということはなかったし、不機嫌でもなかった——協力的な態度をとるにやぶさかではなかった。

まるで肺のどこかに凶器となる針が潜んでいて、注意深く呼吸すればそれを感じないでいられるかのようだった。でも、ときおり深く息をしないではいられず、すると針はやはりそこにある。

シルヴィアは教えている大学町でアパートを借りた。家は売りに出されてはいなかった——というか、すくなくとも正面に売家の表示は出ていなかった。レオン・ジェイミソンは死後何かの賞を授与された——そのニュースが新聞に出た。今回は金に関することは一切書かれていなかった。

からっとした黄金色の秋の日々が近づくと――心を励まされる、儲かる季節だ――心のうちに潜むトゲのような思いに自分が慣れてしまったことにカーラは気がついた。それはもはやさほど鋭くはなくなっていた――じつのところ、もうそれに驚かされることはなくなっていた。そして今ではほとんど誘惑的といっていい考えが心に住み着いていた。つねに低く垂れこめる衝動が。

目を上げさえすれば、ある方向を見さえすれば、どこへ行けばいいかわかる。その日の用事が片付いたら、夕方の散歩に出る。森のはずれの、ヒメコンドルが集まっていた裸の木のところへ。

すると、小さな汚れた骨が草のなかにある。頭蓋骨には、もしかしたら血まみれの皮の小片がくっついているかもしれない。紅茶茶碗のように片手に収まる頭蓋骨。片手に収まる認識。

それとも、もしかしたらないかもしれない。そこには何も。

べつの展開となったこともあり得る。彼がフローラを追い払ったということだって。あるいはトラックの荷台にくくりつけて、ある程度走ってから放すとか。元いた場所へもどすとか。あのヤギがそばにいて、思い出させられることのないように。

自由になっているのかもしれない。

日々は過ぎていき、カーラがあの場所に近づくことはなかった。彼女は誘惑に屈しなかった。

Chance

一九六五年六月半ばで、トーランス・ハウスの学期は終了。ジュリエットは常勤の座を提示されてはおらず――彼女が代わりを務めた教師は回復していた――今頃は帰郷の途についていてもよかったのだ。だが、彼女の言うちょっとした寄り道をしている。海辺に住む友人に会うために、ちょっとした寄り道を。

一か月ほどまえ、彼女はもうひとりの教師――職員のなかでただひとり彼女と歳の近い、唯一の友人であるファニータ――と「二十四時間の情事」という映画の再上映を観にいった。見終わったあとファニータは、自分も映画に出てきた女と同じく既婚男性――生徒の父親――と恋愛関係にあるのだと告白した。するとジュリエットは、じつは自分も似たような状況なのだが、彼の妻が痛ましいありさまなので、そのまま進展させるわけにはいかないのだと話した。妻は完全に寝たきりで、ほぼ脳死状態だった。わたしの恋人の奥さんも脳死状態だったらいいんだけど、残念ながらそうじゃないのよね、とファニータは言った――精力的で逞しく、ファニータをクビにしてしまいかねないのだという。

そしてそのすぐあとに、そんなつまらない嘘というか嘘まがいが現実になったかのように、手紙が届いた。封筒はしばらくポケットに入れてあったみたいに薄汚れていて、宛て先はただ、「ブリティッシュ・コロンビア州バンクーバー、マーク・ストリート1482、トーランス・ハウス、(教師)ジュリエット様」となっていた。「あなた宛じゃないかしら。苗字が書いていないのは変だけれど、ここの住所はあっているし。住所は調べられるものね」と言いながら女校長が渡してくれたのだ。

ジュリエットへ
君がなんていう学校で教えているのか忘れていたんだが、先日ふっと思い出し、それが君に手紙を書けというお告げのような気がした。君がまだその学校にいることを祈っているが、学期が終わるまえに辞めてしまっているとしたら、ずいぶんひどい職場だということになるし、それにそもそも、僕には君が簡単に辞めてしまう人のようには思えない。

西海岸の気候はどう? バンクーバーは雨ばかりだと思うなら、その倍を想像してみてください、それが僕の住んでいるところの天気です。

寝ないで晃星を眺めながら、よく君のことを考える。ほらね、晃って書いてしまった。もう夜も更けて、本当なら寝ている時間だ。

アンはだいたい同じ状態です。旅から帰ったときにはうんと衰えたように思えたけれど、それは、ここ二、三年のあいだにどれほど悪化したかあらためてわかったせいです。妻を毎日見ているときには衰えには気がつかなかった。

息子に会うためにリジャイナに立ち寄るのだとは言わなかったよね。息子はもう十一歳になる。リジャイナで母親と暮らしています。息子もずいぶん変わっていた。

やっと学校の名前を思い出せたのは嬉しいが、今度は困ったことに君の苗字を思い出せないようだ。ともかく封をして、苗字が思い浮かぶことを祈るよ。

よく君のことを考えます。

よく君のことを考えます

よく君のことを考えますZZZZZZ

ジュリエットはバスでバンクーバーの中心部からホースシューベイへ行き、それからフェリーに乗る。そして本土の半島を横切ってべつのフェリーに乗り、また本土に上陸して、手紙を書いた男の住む町へ。ホエールベイ。それにしても、たちまち——ホースシューベイまで来ないうちにもう——街から荒野へ入っている。今学期のあいだずっと、彼女はケリスデールの花壇や芝生のあいだで暮らしていて、晴れているときには北岸の山並みが舞台の幕のように目に映った。学校の敷地は石壁で囲って保護され、きれいに整えられていて、一年を通じて何か花が咲いている。それに周囲の家々の敷地も同様だった。かくも夥しいきちんと刈り込まれた緑——ロードデンドロン、モチノキ、月桂樹、藤。ところがホースシューベイまでも行かないうちに、公園の森ではなく本物の森が迫ってくる。そしてそこからは——水と岩と黒っぽい木々と垂れ下がるコケだ。ときおり、ぼろぼろの湿っぽい小さな家から煙が立ち上っている。そんな家では庭一面に、薪や木材やタイヤ、車と車の部品、壊れていたり、あるいはまだ使える自転車、玩具といったあらゆるものが、車庫や地下室がないせいで野ざらしになっている。

バスが停まる町々はまったく整備されていない。同じ家――社宅――が数軒、かたまって建っているところもあるが、ほとんどの家はどれも森のなかの家と同じように取り散らかった広い敷地のなかにてんでに建っていて、他の家が目に入るのは偶然にすぎないと言わんばかりだ。貫通している幹線道路を除いて道路は舗装されておらず、歩道もない。郵便局や役場らしき大きく堅牢な建物はひとつも見当たらないし、目立つようにつくられたきらびやかな商店街もない。戦争の記念碑も、噴水式水飲み場も、花の咲いた小さな公園もない。ときどき、ただのパブにしか見えないホテルがある。新しい学校や病院が目に映ることもある――ちゃんとしたものだが、倉庫のように低くて飾り気がない。

そしていつしか――二番目のフェリーではどっと――自分のやっていることそのものに対する胃のねじれるような疑いが湧きはじめる。

よく君のことを考えます。

君のことをよく考えます。

あれはお愛想で言うような、あるいは誰かを思いどおりにしたいという淡い欲望から出る類の言葉でしかないのでは。

だがホエールベイにはホテルか、すくなくとも簡易宿泊施設はあるはずだ。そこへ行こう。大きなスーツケースはあとで取りにいこうと学校に置いてきた。旅行かばんを肩にかけているだけ、目立つことはないだろう。一泊のつもりだ。彼に電話してみようか。

そして、なんと言う？

友人を訪ねてたまたまこっちのほうへ来た。教員仲間のファニータが、夏の別荘を持っていて――どこに？　ファニータは森のなかに山小屋を持っている、怖いもの知らずのアウトドア派の女性だ（実際のファニータはぜんぜん違う、ハイヒールを履いていないことは滅多にない）。そしてその山小屋はたまたまホエールベイのすぐ南だった。山小屋へファニータを訪ねたあと、ジュリエットは思った――彼女は思ったのだ――すぐそばまで来ているのだから――いいんじゃないかしら……。

岩、木々、水、雪。六か月まえの、クリスマスと新年のあいだのとある朝のこと、列車の窓の外ではこういうものが絶えず構成を変えながら景色を織りなしていた。岩は大きく、突き出しているときもあれば丸石のように滑らかなこともあり、色は黒っぽい灰色か完全な黒だった。木々は大半が常緑樹で、松かトウヒかヒマラヤスギだ。トウヒ――クロトウヒ――のてっぺんには、もう一本の木、本体のミニチュアのように見えるものがくっついていた。常緑樹ではない木々は葉がおちてひょろひょろしている――ポプラかアメリカカラマツかハンノキかもしれない。幹がまだら模様になっている木もあった。雪が岩の上を厚く覆い、木々の、風が吹きつける側にもこびりついていた。あまたある凍った大小の湖も雪でふんわり滑らかに覆われていた。凍っていないのはところどころにある幅の狭い暗い急流だけだった。

ジュリエットは膝の上に本を広げていたが、読んではいなかった。過ぎ去っていく景色から目が離せなかったのだ。二人がけの座席にひとりで座っていて、向かいの席には誰もいなかった。夜になるとそこに彼女のベッドがつくられた。目下この寝台車のボーイは、夜間の設えを片づけるのに大忙しだった。ジッパーで閉じられた暗緑色の布がまだ床に垂れ下がっている席もあった。テント生地のような布のにおいが漂い、そこに寝巻きとトイレのにおいもかすかに混じっていたかもしれない。車両の一方の端のドアを誰かが開けるたびに新鮮な冬の大気が吹き込んできた。最後の一群が朝食に行くところで、もどってくる人たちもいた。

雪には跡がついていた。小動物がつけた跡だ。点々とした足跡が、輪になったり、消えていったり。

ジュリエットは二十一歳で、すでに古典の学士号と修士号を取得していた。博士論文に取り組んでいるところだったが、ちょっと中断してバンクーバーの私立女子校でラテン語を教えることにしたのだ。教職の訓練は受けたことがなかったが、学期半ばに予期せぬ欠員が出た学校側は彼女を雇いたがった。たぶん他には誰も求人広告に応募してこなかったのだろう。給料は正規の教員ならおそらく納得しないような額だった。だが、しみったれた奨学金で何年も暮らしてきたジュリエットは、どれだけの金だろうと稼げるのは嬉しかった。

ジュリエットは背の高い娘で、色白で骨細、明るい茶色の髪は広げてもふっくらした形にはならなかった。用心深い女学生といったふうに見えた。頭を高く上げ、丸みを帯びた整った顎に唇の薄い大きな口、あぐらをかいた鼻、明るく輝く目、懸命になったりありがたく思ったりするとよく紅潮する額。師事する教授たちは彼女の存在を喜ばしく思っていた——昨今では古代語を選択する学生なら誰に対しても感謝の念を覚える彼らだったが、かくも才能があるならなおさらだ——だが、彼らはまた気を揉んでもいた。問題は、彼女が女の子だということだった。もし結婚したら——これは可能性があった、彼女は奨学金をもらっている女子学生にしては見栄えが悪くなかったのだ、見栄えはぜんぜん悪くなかった——彼女の、そして教授たちの懸命の努力はすべて無駄になってしまうし、結婚しなければ、おそらくわびしい孤独な女となり、昇進では男に先を越されることになるだろう（男は家族を養わねばならないからより昇進を必要とする）。それに彼女には古典学という自分の風変わりな選択の正当性を主張することはできないだろう。古典学のこういうところが無意味あるいは退屈なのだと世間の人から言われても納得できず、男のようにそれを無視することができないだろう。風変わりな選択は男にとってはもっと容易だ、大部分の者には喜んで結婚してくれる女が見つかる。逆の場合はそうはいかない。

教職の話が来ると、教授たちは彼女に受けるよう強く勧めた。よかったじゃないか。ちょっと世間に出てみたらいい。現実の社会を見てきてごらん。

ジュリエットはこうした助言には慣れていたが、自分自身はさほど熱心に現実社会を見てまわった様子のない男たちから言われるのには閉口した。彼女の育った町では、彼女のような知性は足の障害とか指が一本余分にあるとかいったことと同じカテゴリーに入れられることが多く、それに伴うであろう欠点を人びとはすぐ指摘した——彼女がミシンをかけられないことや、包みをきちんと紐で結わえられないことを。あるいは、彼女がスリップをのぞかせていることを。問題は、彼女がどんな人間になるかということだった。

娘を誇りに思っている両親でさえ、そう思った。母親は娘に人気者になってほしくて、スケートとピアノを習うようせっついた。彼女は気も進まなかったし、上手にもならなかった。父親はとにかく娘が皆とうまくやっていくことを望んだ。みんなとうまくやっていかなくちゃいけないよ、と父は言った。でないと、よってたかって人生を最悪のものにされてしまうからね（この言葉は、父親にしても、そしてジュリエットの母親はとりわけ、自分たちだってあまりうまくやってはおらず、それでいて惨めではない、という事実を無視していた。もしかすると父親は、ジュリエットの場合、自分たちほど幸運でいられるか懸念を抱いていたのかもしれない）。

うまくやってるわよ、家を出て大学に入るとジュリエットはそう言った。古典学部では、うまくやっている。ぜんぜんだいじょうぶ。

だが、彼女を高く評価し、喜ばしく思ってくれているように見えた恩師たちから、なんと同じメッセージを投げかけられたのだ。彼らの快活な口調も懸念を隠しおおせてはいなかった。世間に出ていきなさい、と彼らは言ったのだ。彼女がいままでいたのはなんの意味もない場所だったかのように。

とはいえ、列車のなかで、彼女は楽しかった。

タイガだ、と彼女は思った。いま見ているものに対する呼称としてその言葉が正しいのかどうかはわからない。自分をどこか、ロシアの小説に出てくる若い女になぞらえていたのかもしれない。恐ろしいながらもわくわくする未知の大地のなかへ入っていく、そこでは夜になると狼が遠吠えし、女は自分の運命と出会うのだ。その運命が——ロシアの小説のなかでの——陰鬱なものに、あるいは悲惨なものに、あるいはその両方になったところで、かまいはしなかった。

どのみち、個人の運命は問題ではない。彼女を引き寄せるのは——じつのところ魅了するのは——先カンブリア楯状地（たてじょうち）のごちゃまぜになった地表に見られるまさにその無頓着さ、その繰り返し、調和を気にせず軽んじる様相だった。

彼女の視野の隅に影が現れた。それからズボンを穿いた脚が入ってきた。

「この席、誰かいますか？」

もちろん、空いてますとも。そうとしか言いようがないじゃないか。

タッセルの付いたローファー、褐色のズボン、えび茶の細い線が入った褐色と茶のチェックのジャケット、ダークブルーのシャツ、青と金の水玉がついたえび茶のネクタイ。どれも新品で、どれも——靴以外は——ちょっと大きすぎるように見える。買ったあとで、なぜかなかの体が縮んでしまったかのように。

おそらく五十代くらいの男で、明るい金茶色の髪の房をぺったり地肌に撫でつけていた（染めているはずないわよね、あんなちょっぴりしかない髪を、染めたりするわけないもの）。男の眉はもっと色が濃くて赤みがかっており、もじゃもじゃとへの字になっていた。顔の皮膚は全体にややでこぼこで、サワーミルクの表面のように厚い。

醜男？　もちろんそうだ。彼は醜男だったが、彼女に言わせれば、彼の年頃の男の、うんと、うんと多くがそうだった。際立った醜男だったなどと、あとになってから彼女が言ったことはなかったはずだ。

男の眉が上がり、明るい色の潤んだ目が陽気さを演出するかのように大きく見開かれた。男は彼女の向かいに腰を下ろした。「外はたいして見るものがないでしょう」と彼は言った。

「そうですね」彼女は本に目を落とした。

「ああ」気持ちのいい雰囲気が芽生え始めているかのように、男は言った。「で、どちらまで？」

「バンクーバーです」

「私もです。この国をはるばる横切ってね。横断しながらすっかり見ておこうじゃないか、そうでしょう？」

「ええ」

だが男はしつこかった。

「あなたもトロントから乗ったんですか？」

「はい」

「あそこが私の故郷なんです、トロントが。生まれてからずっとあそこで暮らしていたんです。あなたもそうなんですか？」

「いいえ」とジュリエットは答え、また本を見つめて、なんとかそのまま沈黙を続けようとした。だが、何かが——育ちのせいか、きまりの悪さからか、おそらくは憐れみの情に負けて、彼女は故郷の町の名を告げてしまい、それからさまざまな大きい町からの距離やヒューロン湖、ジョージアン・ベイに対する位置を話して、その町がどこにあるか説明した。

「コリングウッドには従姉妹がいます。あのあたりはいいところですね。従姉妹やその家族に会いに何度か行きました。ひとりでご旅行ですか？　私みたいに？」

男は片手でもう片方の手の甲を交互にぴしゃぴしゃ叩きつづけていた。

「はい」もうたくさん、と彼女は思う。もうたくさん。

「どこかへ長旅するのはこれが初めてなんです。たったひとりで大旅行です」

ジュリエットは何も答えなかった。

「あなたがそこでひとりで本を読んでいるのが見えたもんですからね、あの人もたったひとりで長旅をしているのかもしれない、ならばもしかしていっしょに仲良くやれるんじゃないかって思ったんですよ」

　その仲良くやれる、という言葉を聞いて、ジュリエットの心中に冷たい乱気流が起きた。男が自分を引っかけようとしているのでないことはわかっていた。ときどきげんなりさせられるのだが、やや不器用で孤独な魅力のない男が、自分と同じ境遇になるぞと仄めかしながら、露骨にナンパしてくることがあった。だが、この男はそういうことをしているのではない。友だちをほしがっているのであって、恋人ではない。この男は、仲良くやりたいのだ。

　多くの人の目には、自分は風変わりで孤独に見えるのだろうとジュリエットは承知していた――そして、ある意味では確かにそのとおりだった。だが、これまでの人生の大半で、こちらの注意を、時間を、心を吸い取ろうとしたがっている人たちに囲まれているという感覚も経験してきた。そしてたいていは、そうさせておいた。

　つきあいやすく、愛想よくしていること（とりわけ、自分が人気者でないときには）――それが、小さな町や、それにまた女子の寄宿舎で学ぶことなのだ。相手がこちらをしゃぶりつくしたがっているなら言いなりになっておく、こちらがどんな人間か何もわかっていない相手だとしても。

　彼女はこの男をまっすぐに見つめ、にこりともしなかった。男は彼女の決意を見てとって、顔にぴくっと懸念を浮かべた。

「いい本を持ってるじゃないですか。なんの本ですか？」

　それが古代ギリシャにおけるギリシャ人の注目すべき非理性への傾倒についての本だなどと答えるつもりは、彼女にはなかった。ギリシャ語を教えることにはならないだろうが、「ギリシャ思想」

と題するコースは教えることになっていて、何か役に立たないかとドッズを読み直していたのだ。

「わたしは本を読みたいんです。展望車へ行くことにします」と彼女は答えた。

そして、立ち上がって歩み去りながら、行き先を言うんじゃなかったと思った。男も立ち上がってついてきて、謝りながらまたべつのことを懇願するかもしれない。それに、展望車は寒くて、セーターを持ってくればよかったと思うことだろう。こうなったら取りにもどることはできない。

列車後部の展望車からの広角の眺めは、寝台車の窓からの眺めほど満足できるものではなかった。ここではつねに列車そのものが目の前に割り込んでくる。

もしかしたら問題は、思っていたとおり寒いということなのかもしれなかった。それと、動揺していること。でも、申し訳ないとは思わない。もうちょっとあのままでいたら、彼のじっとりした手が差し出されていたことだろう――じっとりしているか乾いてガサガサかのどちらかだろうと彼女は思った――名前を教えあい、抜け出せなくなっていただろう。こういうことで彼女が勝利をおさめることができたのは初めてだった。しかも、これまでのもっとも哀れみを誘う、もっとも惨めったらしい相手に対して。いまや彼女には、彼が仲良くやるという言葉を咀嚼しているのが聞こえた。謝罪と無礼な言動。謝罪は彼の習慣だ。そして無礼な言動は、孤独で飢えている自分の殻を打ち破りたいという彼のいくばくかの希望あるいは決意だ。

必要なことではあったが、簡単ではなかった、まったく簡単ではなかった。じつのところ、あんな状態の相手に抵抗するというのは、間違いなくよりいっそうの勝利だった。如才なく自信たっぷりな男に対するよりも、なおいっそうの勝利だ。だがしばらくのあいだ、彼女はなんとなく憂鬱だった。

展望車に座っているのは、ほかに二人だけだった。年輩の女性が二人、それぞれひとりで座っている。小さな湖の、雪に覆われた完璧な表面を、大きな狼が横切っていくのを目にしたジュリエットは、ほかの二人も見たに違いないと思った。ところが二人のどちらも沈黙を破らず、それが彼女には心地よかった。狼は列車にはなんの注意も払わず、躊躇いもしなければ足を急がせることもしなかった。毛は長く、銀色がかった白だった。雪にまぎれて姿を消しているつもりだろうか？

彼女が狼を見つめているあいだに、またべつの乗客が入ってきた。男性で、通路を隔てた向かい側の席に座った。彼も本を持っている。そのあとに年輩のカップルが続いた――女は小柄で快活、男は大柄でのっそりしていて、当てつけるように荒い息をしていた。

「ここは寒い」腰を落ち着けると男のほうがそう言った。

「ジャケットを取ってきましょうか？」

「わざわざかまわん」

「わざわざってほどのことじゃないわ」

「だいじょうぶだ」

女はすぐに、「ここはきっと眺めがいいわよ」と言った。男は答えず、女はまた話しかけた。「あたり一面が見えるわ」

「何が見えるっていうんだ」

「山を通り抜けるまで待っていてごらんなさい。きっと素晴らしいわよ。朝ごはんは美味しく食べられた？」

「卵がちゃんと焼けてなかった」

「知ってるわ」と女は同情を示した。「キッチンに乗り込んでわたしが自分で料理すればよかったと思ってたの」

「調理室（ギャレー）。ギャレーって言うんだと思ってたわ」

「船のときにそう言うんだ」

　ジュリエットも通路を隔てた向かい側の男も、それぞれ同時に本から目を上げ、なんの感情も浮かばない冷静な視線が合わさった。するとたんに列車が速度を落とし、それから停車し、二人は視線をほかへ向けた。

　列車が停まったのは森のなかの小さな村落だった。片側には暗赤色に塗られた駅舎があり、もう片側には同じ色で塗られた家が何軒かあった。鉄道従業員たちの家、というか宿舎だ。ここで十分停車するとアナウンスがあった。

　駅のプラットホームは除雪されていて、前方を見つめていたジュリエットの目に、ちょっと歩いてみようと何人かが列車から降りるのが映った。彼女もそうしてみたいところだったが、コートなしでは無理だった。

　通路の向こうで男が立ち上がり、周囲に目を向けることなく階段を下りていった。どこか下のほうでドアが開き、ひんやりした空気が忍び入ってきた。年配カップルの夫のほうが、ここで何をしてるんだ、そもそもここはなんて名前の駅なんだ、と訊ねた。妻は車両の前方へ行って名前を確かめようとしたが、だめだった。

　ジュリエットはマイナディズムに関する文章を読んでいた。この儀式は真冬の夜に行われた、とドッズは書いていた。女たちはパルナッソス山の頂上に登っていくのだが、あるとき吹雪に阻まれて、救助の一隊が出向くこととなった。狂乱状態のなかで救助を受け入れて麓に連れもどされたマイナス（バッコスに仕える巫女）志望者たちの衣服は、板のようにかちかちだった。これはジュリエットにはむしろ現代の行為のように、祝祭参加者の馬鹿騒ぎに現代的な光を投げかけているように思えた。学生たちもそう見るだろうか？　おそらくそれはないだろう。学生というのはそういうものだが、どんな楽しみの可能性に対してであろうと、どんな関わりに対してであろうと、おそらく身構えることだろう。そしてさほど身構えない者は、それを表に出したがらないだろう。

乗車してくださいという指示が聞こえ、新鮮な空気は断ち切られ、しぶしぶ脇へ寄るような動きがあった。目を上げて見ると、ちょっと先のほうで先頭の機関車がカーヴを曲がって消えていった。すると、急にがたんと傾いた、というか振動した。振動は列車全体を走ったように思えた。この二階の展望席では、車両が左右に揺れるような感覚があった。いきなり停車した。

皆は座ったまま列車がふたたび動くのを待ち、誰もしゃべらなかった。不平屋のあの夫でさえ黙っている。数分が過ぎた。ドアが開いたり閉まったりしている。男たちの声が響き、不安と動揺が広がる気配。真下のラウンジから鉄道側の人間の声が聞こえた——たぶん車掌だろう。だが、なんと言っているのかは聞き取れなかった。

ジュリエットは立ち上がって、車両の前へ行き、前方に連なる客車の屋根を眺めた。何人かが雪のなかへ走っていくのが見えた。

連れのいない女の片方がやってきて、彼女の傍らに立った。

「何かが起こるような気がしたの」と女は言った。「あそこで、そう感じたのよ、停車していたときにね。また動き出さなきゃいいのにって思ってた、何か起こる気がして」

もうひとりの連れのいない女もやってきて、背後に立っていた。

「なんでもないわ」と彼女は言った。「たぶん線路に木の枝でも落ちてたのよ」

「列車の前を走らせるようなのがあるでしょ」最初の女が言った。「線路に落ちてる枝みたいなものを拾うための」

「落ちたばかりだったのかもしれない」

女たちはどちらも同じイングランド北部の訛りで、見知らぬ者同士、あるいは知人同士の礼儀正しさはなかった。こうして二人をはっきりと見たジュリエットには、おそらく姉妹だろうと察しがついた。片方は若々しくて顔の幅が広かったが。とすると二人はいっしょに旅をしていながら、べつべつに座っていたのだ。それとももしかすると、喧嘩でもしたものか。

車掌が展望車の階段を上ってきた。彼は半分まで上ると、振り向いてこう言った。

「皆さん、何もご心配なさるようなことはありません、どうやら線路に落ちていた障害物に衝突したようです。列車の運行が遅れて申し訳ありません、できるだけ早くまた出発するようにいたしますが、ちょっとのあいだここに停車する可能性もあります。もうすぐ旅客係がこの下のラウンジで無料のコーヒーを準備しますとのことです」

ジュリエットは車掌について階段を下りた。立ち上がったとたん、自分自身の問題に気がついていたのだ。冷たくあしらったあの男がまだいようといまいと、自分の席の旅行かばんのところへもどらなければならない。車両を通り抜けていくと、ほかにも動きまわっている人たちがいた。乗客たちは列車の片側の窓に張りついているか、ドアが開くのを待っているかのように車両の連結部分で立ち止まっていた。ジュリエットには質問している暇はなかったが、通りすぎながら、クマかへラジカかウシかもしれないという声が聞こえた。そして、いったいウシがこんな森林で何をしていたんだろう、とか、クマは今頃みんな寝てるんじゃないか、とか、どこかの酔っぱらいが線路の上で寝ちまったんじゃないか、とか言っているのが。

食堂車では、乗客たちが、白布がすっかり取り払われてしまったテーブルに座っていた。皆、無料のコーヒーを飲んでいた。

ジュリエットの席にも向かい側の席にも誰もいなかった。彼女はかばんを持つと、婦人用トイレへ急いだ。毎月の出血は彼女の生活の悩みの種だった。三時間に及ぶ大事な筆記試験を受けられなかったことさえあった。出血の手当のために部屋を出るわけにはいかないからだ。

火照りと腹痛、軽い目眩とむかつきを覚えながら便器に腰をおろした彼女は、じっとりしたパッドを取り除いてトイレットペーパーで包み、備え付けの容器に捨てた。立ち上がって、バッグから出した新しいパッドを当てる。便器のなかの水と小水が血で真っ赤になっているのが目に映った。水を流すボタンに手を置いた彼女は、列車が停車中はトイレの水を流さないでくださいという注意書きが目の前にあるのに気がついた。もちろん、列車が駅の傍で停車しているときには、人目に触れるところで排出が行われることになり、非常に不快だからという意味だ。ここでならかまわないかもしれない。

ところが、またボタンに触れたちょうどそのとき、すぐ近くで何人かの声が聞こえた。列車のなかからではなく、トイレのワイヤーガラスの窓の外からだ。たぶん鉄道従業員が通り過ぎたのだろう。

列車が動くまで待っていてもいいのだが、どのくらいかかるだろう？　それに、もしも是が非でも使いたがっている人が来たら？　蓋を下ろして出るしかない、と彼女は心を決めた。

彼女は自分の席へもどった。向かい側では、四、五歳くらいの男の子が、開いた塗り絵帳一面にクレヨンをなすりつけていた。子供の母親はジュリエットに、無料のコーヒーのことを話しかけた。「無料らしいけど、自分で取りにいかなくちゃならないみたいなの」と母親は言った。「もらいにいくあいだ、この子を見ててもらえません？」

「この人といるのなんか、いやだ」子供は目を上げもせずにそう言った。

「わたしが行ってきましょう」とジュリエットは答えた。ところがちょうどそのとき、コーヒーワゴンを押してウェイターが車両に入ってきた。

「あらあら。あんなにはやばやと文句言うんじゃなかったわ」と母親は言った。「ニ、ン、ゲ、ン、だったって、聞いた？」

ジュリエットは首を振った。

「その男の人、コートも着てなかったんですって。降りて前のほうへ歩いていくのを見た人もいるんだけど、何をしようとしているのか気がつかなかったらしいわ。きっと、停めるのが間に合わなくなるまで機関士に見つからないよう、カーヴを回り込んでおいたのね」

母親の側の通路のいくつか先の座席の男が言った。「ほら、皆もどってきたぞ」するとジュリエットの側の何人かが立ち上がって、覗こうと身をかがめた。子供も立ち上がって顔を窓ガラスに押しつけた。母親は息子に座るよう言った。

「あんたはお絵かきしてなさい。ほらこんなにめちゃくちゃにしちゃって、線の上に塗りたくってるじゃないの」

「とても見られないわ」と母親はジュリエットに言った。「あんなもの見るなんて、とても無理」

ジュリエットは立ち上がって見てみた。男たちの小さな一群が重い足取りで駅へ向かってもどってくる。コートを脱いでいる者も何人かいて、脱いだコートは二人がかりで担いでいるストレッチャーの上に掛けられていた。

「何も見えないよ」ジュリエットの後ろの男が座ったままの女に言った。「遺体はすっかり覆われている」

頭を垂れて歩いている男たちの全員が鉄道従業員というわけではなかった。上の展望車で向かいに座っていた男がいることに、ジュリエットは気づいた。

それからさらに十分か十五分して、列車は動きはじめた。カーヴの周辺には、列車のどちら側にも血の痕跡はなかった。だが、踏み荒らされた部分が、シャベルでかき集められた雪の山があった。彼女の後ろの男がまた立ち上がっていた。「きっとあれが現場だろうな」と男は言って、ちょっとのあいだ他に何かないだろうかと見つめ、それから向き直って腰を下ろした。列車は、遅れを取りもどそうとスピードを出すのではなく、以前よりゆっくり走っているように思えた。たぶん弔意からか、あるいはこの先の、つぎのカーヴあたりに何かが横たわっているかもしれないという不安からか。ボーイ長が昼食の第一陣の方はどうぞと告げながら車両を通り抜けていき、母親と子供がすぐに立ち上がってそのあとに従った。行進が始まり、横を通ったある女が「ほんと？」と言うのがジュリエットの耳に聞こえた。

その女に話しかけていた女が低い声で言った。「そう言ってたわよ。血だらけだったって。きっと飛び散ったのね、列車が轢いたときに――」

「やめてよ」

ちょっと経って、行進が終わってさいしょの客たちが昼食を食べているときに、あの男が入ってきた――外の雪のなかを歩いているのが見えた、あの展望車の男だ。

ジュリエットは立ち上がり、さっと彼の後を追った。車両の連結部の暗くて冷え冷えとした空間で、男が目の前の重いドアを押しているちょうどそのときに、彼女は声をかけた。「すみません。お訊きしなくちゃならないことがあるんです」

この空間にはせわしない物音が響き渡っていた。レールを走る重い車輪のガチャガチャいう音だ。

「なんですか?」

「あなたはお医者さまですか? ご覧になったんですか、あの男の人を――」

「私は医者ではありません。この列車には医者は乗っていません。ただ、私は多少、医療経験があるもので」

「何歳くらいだったんですか?」

男は揺るぎない忍耐といささかの不愉快さをにじませて彼女を見つめた。

「なんとも言えないですね。若くはなかったです」

「ブルーのシャツを着てましたか? ブロンドがかった茶色の髪でした?」

彼は首を振った。彼女の質問に答えたのではなく、答えるのを拒否したのだ。

「お知り合いの方だったんですか?」と彼は訊ねた。「もしそうだったのなら、車掌に話すべきですね」

「知り合いじゃありません」

「じゃあ、失礼」彼はドアを押し開けて、去っていった。

当然だ。他のたくさんの人たちと同じような、下劣な好奇心でいっぱいの女だと思われたのだ。血だらけ。そりゃあ気色が悪かったろう。

あの女性客の思い違い、忌まわしい笑い話のことは誰にも言えない。あんなことをしゃべろうものなら、とんでもなく下品で無情だと思われてしまう。それに誤解の一方の端にあるもの――ぐしゃぐしゃになった自殺死体――が、そんな話のなかでは、彼女自身の経血とたいして変わらない程度の不快さ、凄惨さにしか思えなくなるだろう。

誰にも話してはいけない（じつのところ、彼女は数年後、クリスタという女に、あの当時はまだ名前も知らなかった女に話してしまったのだが）。

だが彼女は誰かに何かを話したくてたまらなかった。彼女はノートを取り出し、その罫線の引かれたページに両親への手紙を書き始めた。

列車はまだマニトバの州境に着いておらず、大半の人たちは景色がやや単調だと文句を言っていますが、この旅に劇的な出来事が欠けているとは言えません。今朝、列車は北部の森林のなかの人里離れた小さな村に停車しました。どの建物もあの「うっとうしい鉄道特有の赤色」なんです。私は列車後部の展望車に座っていたんですが、暖房をケチっているので凍え死にしそうでした（きっと景色の素晴らしさで寒さが気にならなくなるとでも思ってるんでしょうね）、わざわざセーターを取りにもどるのは面倒だったもので。そこで十分か十五分座っていたら、また列車は動きはじめ、機関車が前方のカーヴを曲がるのが見えました、すると、突然「ドンというような恐ろしい音」がして……

彼女も父親も母親も、いつも面白い話を家に持ち帰ることにしていた。これには、事実についてのみならず世間での自分の立ち位置に関する微妙な調整が必要だった。というか、ジュリエットは自分の世間が学校だった頃、そう思っていた。彼女は自分をどちらかというと高みに立つ、傷つくことのない観察者の位置に置いていた。そしてこうして家を離れると、この姿勢はいつも習慣に、ほとんど義務となっていた。

ところが「ドンというような恐ろしい音」という言葉を記すやいなや、自分がそれ以上書き続けられないことに気づいた。いつもの口調では書き続けることができないと。

彼女は窓の外を見てみたが、同じ要素からなっている景色は、変化していた。百マイルも進んでいないのに、もっと暖かい気候になったように見えた。湖は周辺が凍っているだけで、全体が氷で覆われてはいない。冬の雲の下の黒々した水、黒々した岩が、一面を暗くしている。眺めるのに飽きた彼女はドッズを取り上げ、どこでもいいとばかりに開いた。どのみち、以前に読んでいるのだから。数ページごとに線を引きまくっているようだ。魅了された一節なのだが、読んでみると、以前はかくも満足を覚えながら飛びついていたものが、いまでは曖昧で混乱させられるように思えるのだった。

……生活の部分像としては悪霊の行為に見えるものが、死者のより幅広い洞察力をもってすると普遍的正義の一様相であることがわかる……

本が手から滑り落ち、目を閉じた彼女はいまや何人かの子供（生徒？）と湖の表面を歩いていた。それぞれがどこへ足を向けようと、そこには五角形のひびが入り、それらはどれも美しくさえあり、おかげで氷はタイル張りの床のようになってしまった。子供たちは彼女にこの氷のタイルの名前を訊ね、すると彼女は自信たっぷりに、弱強五歩格（アイアンビック・ペンタミター）だと答える。ところが子供たちは笑い、この笑い声でひび割れは広がる。すると彼女は自分の間違いに気づき、正しい言葉のみが事態を収拾できると思うのだが、その言葉がつかめない。

目を覚ますと、あの男が、彼女が追いかけていって車両の連結部でしつこく質問を浴びせた男が、向かい側に座っていた。

「おやすみでしたね」男は自分の言葉にちょっとにやっとした。「言うまでもないことですが」

彼女は老婆のように頭を前に垂れて寝ていて、口の端からよだれが出ていた。しかも、スカートに何も染み出ていないことを祈りながらただちに婦人用トイレへ行く必要がありそうだった。彼女は「失礼」（まさに彼から最後に言われた言葉だ）と言い、かばんを手にすると、恥ずかしそうな早足にならないよう努めながら出ていった。

顔を洗って身だしなみを整え、手当もしてもどってくると、男はまだそこにいた。

彼はすぐさま口を開いた。謝りたかったのだと彼は言った。

「失礼な態度を取ってしまったんじゃないかと思いましてね。あなたから訊ねられて――」

「はい」と彼女は言った。

「あなたのおっしゃったとおりだったんです」と彼は言った。「あなたの説明どおりの人でした」

これは彼としては情報の提供というよりは、率直かつ当然の会話らしかった。もしも彼女に話をする気がなければ、彼はそのまま立ち上がって出ていくかもしれない、とくに失望することもなく、ここへやってきた目的を果たして。

恥ずかしいことに、ジュリエットの目には涙があふれた。まったくの不意打ちだったので顔をそむける暇はなかった。

「いいんだ」と彼は言った。「いいんだよ」

彼女は数回せかせかと頷き、惨めに鼻をすすり、バッグのなかからようやく見つけたティッシュで洟をかんだ。

「だいじょうぶです」と彼女は言い、それから何があったか率直に話した。あの男がかがみこんで、席が空いているかどうか訊ねたこと、男は腰を下ろし、彼女は窓の外を見ていたのだが、それ以上続けられなくなったので本を読もうとした、というか、読んでいるふりをしたこと、男は彼女にどこから列車に乗ったのか訊ね、どこに住んでいるのか聞き出し、そのまま会話を続けようとしていたが、彼女は本を持って男から離れたのだ。

ただひとつ打ち明けなかったのは、仲良くやるという言葉だった。口にしたらまたもわっと泣きだしてしまうだろうという気がしたのだ。

「女の人の邪魔をするものなんですよ」と彼は言った。「男より話しかけやすいから」

「そう。そうですね」

「女の人のほうが親切なはずだと思ってるんだ」

「でも、あの人は誰かと話がしたかっただけなんです」彼女はちょっと体をもぞもぞさせた。「わたしが誰かに邪魔されたくないよりもっと、あの人は誰かを必要としていた。いまはそれがわかるんです。そしてね、わたしは意地悪には見えないでしょう。残酷には見えない。でも、実際はそうだったんです」

鼻をぐすぐす言わせ、あふれる涙をまたも抑えるあいだ、彼女は言葉を切った。

彼は言った。「これまで誰かにそんな態度を取ろうと思ったことはなかったんですか？」

「ありました。でも、一度もそうしたことはなかったんです。あそこまでやったことはありません。そして、今回はどうしてやってしまったかというと――あの人がひどく遠慮がちだったからです。あのね、あの人、服がぜんぶ新品だったんですよ、きっとこの旅行のために買ったんでしょう。たぶん気分が落ち込んでいて、旅行に出たらいろんな人と出会って友だちになれると思ったんでしょうに」

「もしも、あの人がすぐそこまで行くだけだったら――」と彼女は言った。「でもあの人バンクーバーまで行くって言ってましたから、何日もつきあわされることになったでしょう」

「そうですね」

「本当にそうなっていたかもしれません」

「そうですね」

「そういうわけなんです」

「運が悪かった」彼はかすかな笑みを浮かべて言った。「初めて勇気を奮い起こして人を手厳しく扱ったら、相手が列車に身を投げるとはね」

「あれが最後の一撃だったはずはありません」いまやちょっと身構えながら彼女は答えた。「そんなはずないわ」

「とにかく気をつけることですね、これからは」

ジュリエットは顎をあげて彼をじっと見つめた。

「わたしが大げさに言っていると思ってらっしゃるのね」

するとさきほどの涙と同じく不意にこみあげてくるものがあった。彼女の口元がぴくぴくし始めた。不敬な笑いが湧き起こってきた。

「ちょっと考えすぎですよね」

彼は答えた。「ちょっとね」

「わたしが大げさに考えていると思ってるんでしょう？」

「そんなふうに考えてしまうものですよ」

「でも、間違いだと思ってるのね」笑いを抑えて彼女は言った。「罪の意識を感じたりするのはただ自分に酔っているだけだと？」

「思うに――」と彼は答えた。「こんなのは小さなことじゃないですか。あなたの人生にはこれからいろんなことが起こる――人生にはたぶんいろんなことが起こるでしょう――そうすれば、これもささいなことだと思えるようになる。罪の意識を感じることが、ほかにいろいろでてきますからね」

「でも、人はいつもそんなふうに言いません？　自分より若い人にむかって。いつかそんなふうに思わなくなるよ、とかって。まあ見てなさいって。まるでこちらには真剣な感情を持つ権利なんて確かにそんなふうに言いますよね。本当にそうかしら？」

「でも、罪の意識なんてなんの役にも立たないみたいにおっしゃってるじゃないですか。世間では

「感情ねえ」と彼は答えた。「僕が言ったのは経験のことです」

ないみたいに。そんな感情を持つ能力がないみたいに」

「こっちが教えてほしいですよ」

二人はかなりの時間このことについて話を続けた。声は低めていたが、ひどく熱がこもっていたので、そばを通る人たちが驚いた表情になったり、益体（やくたい）もない抽象的な議論を耳にした人がときに見せる不快な表情を浮かべたりすることもあった。しばらくするとジュリエットは、自分が公私双方にわたってある種の罪の意識の必要性を説きながらも——なかなかうまく論じている、と彼女は思っていた——さしあたって何の罪悪感も感じなくなっていることに気がついた。楽しんでいるとさえ言えただろう。

ラウンジへコーヒーを飲みにいきませんか、と彼は提案した。ラウンジへ着くと、自分がひどく空腹であることにジュリエットは気がついたが、昼食はとっくに終わってしまっていた。手に入るのはプレッツェルとピーナッツだけで、彼女はそれをがつがつとむさぼったので、さきほどの、頭を使う、ちょっと競いあうようなところのある会話はもう再開できなくなった。そこで二人は代わりに自分たちのことを話した。彼の名前はエリック・ポーティアス、西海岸の、バンクーバーの北にあるホエールベイというところに住んでいる。でも彼はそこへ直接向かっているのではなく、誰かに久々に会いにリジャイナに立ち寄るのだという。彼は漁師で、エビを捕っていた。彼が口にした医学の経験について訊ねると、彼は「いや、たいしたもんじゃないんだ。ちょっと医学を勉強した

だけで。森林地帯とか海の上では何が起こるかわからないからね。一緒に働いている仲間たちの身に。あるいは自分自身に」と答えた。

彼は結婚していて、妻はアンという名前だった。

八年まえ、と彼は話した、アンは交通事故で負傷した。数週間のあいだ、アンは昏睡状態だった。意識は取りもどしたが、まだ麻痺していて、歩くことも、自分で食事をすることさえできない。夫のことも、自分の世話をしてくれている女性——この女性の助けのおかげで、彼は妻を在宅介護できている——のこともわかっているようだが、話そうとしたり、周囲のことを理解しようとしたりする気配はすぐに消えてしまう。

彼と妻はあるパーティーに行った。妻はとくに行きたがってはいなかったのだが、彼が行きたかったのだ。そして彼女は、パーティーをあまり楽しめず、ひとりで家まで歩いて帰ることにした。べつのパーティー帰りの酔っぱらった一団が道路からはみ出して、彼女を轢いた。十代の若者たちだった。

幸いにも、彼とアンには子供がいなかった。そう、幸いにも。

「この話をすると、相手は、なんてむごい、とか言わなくちゃならないと思うらしい。なんて悲劇だろう、とかね」

「そういう人たちを非難するの？」自分もその類のことを言おうとしていたジュリエットは訊ねた。

いや、と彼は答えた。ただね、こういうことってもっとずっと複雑なんだ。アンは悲劇だと思っているだろうか？　おそらくそんなことはないだろう。彼自身は？　なんだか慣れてしまってね、新しい生活っていうのかな。それだけのことだ。

ジュリエットにとって男性との楽しい経験というのはすべて空想の世界だった。映画スターがひとりかふたり、古い「ドン・ジョヴァンニ」のレコードの素晴らしいテノール歌手——逞しく無情なヒーローではない。シェイクスピアで読み、映画でローレンス・オリヴィエが演じたヘンリー五世。

こんなのは感傷的で馬鹿げている、だが、誰にも話す必要などないのだから。実生活では、屈辱や失望を味わったが、そんなことはなるべくさっさと心から押し出すようにしてきた。

中等学校のダンスでは、相手のいない女の子たちの群れのなかに目立ちながら取り残されてしまったし、大学時代には、さほど好きでも好かれてもいない男の子たちとデートして、うんざりしながら、無分別にも陽気にふるまおうとしたりした。去年、論文指導教官の甥が訪ねてきたときにデートに出かけ、深夜、ウィリス公園の地面の上で侵入されたこともあった——強姦とは呼べない、と彼女自身も思っていた。

帰路、君は僕のタイプじゃないと彼は告げた。そして彼女はあまりにも自尊心を深く傷つけられて、あなたはわたしのタイプではないと言い返すことができなかった——というか、そのときにはそうと気づいてさえいなかった。

特定の、現実の男に関して妄想を抱いたことはなかった——自分の教師たちについてはとりわけ。年上の男というのは——現実の世界では——ちょっと嫌な感じがした。

この男は何歳だろう？　結婚してすくなくとも八年——そしてもしかしたら、それより二年くらい、二、三年は長いかも。とするとおそらく三十五か三十六。髪は黒っぽい巻き毛でサイドに灰色が交じっており、額は広くて外気にさらされた肌をしている。逞しい肩はちょっと前かがみになっている。背丈は彼女とほとんど変わらなかった。間隔の開いた目は黒っぽくて意欲的だが、用心深そうでもある。顎は丸く、えくぼがあって、喧嘩っ早そうだった。

彼女は彼に仕事のことを話し、学校の名前を告げた——トーランス・ハウス（「苦の種（トーメンツ）と呼ばれてるって、賭けてもいいわ」）。正規の教師ではないのだが、学校側は大学でギリシャ語とラテン語を専攻していた者なら誰でも大歓迎だったのだ、と話した。そんなものを勉強している人はもうほとんど誰もいないからだ。

「なら、なんで君は？」

「ああ、人と違ったことがしたかったのかしらね、たぶん」

それから彼女は、相手が大人の男にしろ男の子にしろ、たちまち興ざめさせるおそれがあるからぜったい話してはいけないといつも思っていることを打ち明けた。

「それに、大好きだから。そういったことが大好きなの。ほんとよ」

二人は夕食をともにした——それぞれワインを一杯ずつ飲んだ——それから展望車に行き、暗闇に包まれて他に誰もいないなかで腰を下ろした。ジュリエットは、今回はセーターを持ってきていた。

「ここへ上がってきても夜は何も見るものがないと、きっとみんな思ってるんだろうね」と彼は言った。「でも、澄み渡った空に見える星をごらんよ」

本当に、その夜は晴れ渡っていた。月は出ていなかった——すくなくともそのときはまだ——そして星がひしめきあっていた。微かに輝くものもあれば、明るいものもある。船で生活し、働いてきた人なら誰でもそうだが、彼は空の地図に精通していた。彼女は北斗七星しか見分けられなかった。

「あれから始めるんだ」と彼は言った。「柄杓の柄の反対側のふたつを見つけてごらん。わかった？　あのふたつが指針だよ。あれをずっと伸ばしてみて。伸ばしていったら、北極星が見つかるから」といった具合。

彼はオリオン座を見つけてくれた。冬の北半球では主要な星座なのだと彼は教えた。そしてシリウス、犬の星は、この時期北半球の空全体でいちばん明るい星だ。

教えられるのも楽しかったが、自分が教える番になったときもジュリエットは楽しかった。彼は、名前は知っていたが歴史は知らなかったのだ。

オリオンはオイノピオンによって盲目にされたが太陽を見つめることで視力を取りもどしたのだと、彼女は語った。

「彼はとても美しかったので盲目にされて、でも、ヘパイストスが助けに来てくれたの。といっても、どのみちアルテミスに殺されてしまうんだけど、星座になるの。とても素晴らしい人が面倒な目に遭うと星座になるっていうのは、よくあるのよ。カシオペアはどこ？」

彼はあまりはっきりとは見えないWへと彼女を導いた。

「あれは座っている女ということになっている」

「これも美しさのためだったの」と彼女は言った。

「美しいというのは危険だったの？」

「ぜったいそうね。彼女はエチオピアの王様と結婚していてアンドロメダの母親だった。そして自分の美しさを自慢したもので、罰として空に追いやられてしまったの。アンドロメダもある？」

「それは銀河だ。今夜見えるはずだよ。裸眼で見えるいちばん遠い星だ」

空のどこを見たらいいか教えて彼女を導いているときでさえ、彼はけっして彼女に手を触れなかった。もちろんそんなことをするはずがない。彼は既婚者なのだから。

「アンドロメダって誰？」と彼は訊ねた。

「鎖で岩につながれるんだけど、ペルセウスに助けられるの」


ホエールベイ。

長い桟橋、何艘もの大きな船、ガソリンスタンド、バス停と郵便局も兼ねていると窓に掲示のある店。

店の横に停車している車の窓には、タクシーと書いた手作りの張り紙が見える。彼女はバスから降り立ったところで立ちすくむ。バスは行ってしまう。タクシーが警笛を鳴らす。運転手が下りて、彼女のほうへやってくる。

「ひとりなのかね」と運転手は言う。「どこへ行くんだね？」

旅行者が泊まれるところはないかと彼女は訊ねる。どうやらホテルはなさそうだ。

「さあて、今年はどこか部屋を貸してるところがあるかなあ。なんなら、なかで訊いてみようか。ここに知り合いはいないのかね？」

エリックの名前を言うしかない。

「ああ、そうか」運転手はほっとしたようだ。「乗んなさい、すぐ連れていってあげるよ。だけど残念だな、通夜（ウエイク）はほとんど逃しちまったなあ」

さいしょ彼女は運転手が休止（ウエイト）と言ったのかと思う。それとも重り（ウエイト）？　魚釣りの競技を彼女は思い浮かべる。

「悲しいことだ」運転手はハンドルの前に座りながら言う。「といっても、あの人はよくなる見込みはなかったからなあ」

通夜（ウエイク）。奥さんだ。アン。

「心配ないよ」と運転手は言う。「まだ何人か残ってるだろう。もちろん、葬式には間に合わなかったがね。昨日だったんだ。盛大だったぜ。出てこれなかったのかい？」

ジュリエットは「はい」と答える。

「通夜と言っちゃいけないのかもしれんな。通夜は埋葬するまえにやるもんだ、そうだろ？　あとでやるのはなんて言うのかなあ。まさかパーティーとは呼べんしなあ？　ちょっと走って花やら飾りやら見せてあげよう、いいかい？」

幹線道路から内陸へ入って、舗装していないがたがた道を四分の一マイルかそこら行くと、ホエールベイ・ユニオン墓地がある。そして塀の近くに土饅頭が、すっかり花に埋もれている。萎れた生花、鮮やかな造花、名前と日にちを記した小さな木の十字架。ティンセルの丸まったリボンが風で墓地の芝生じゅうに散らばっている。運転手は彼女の注意を一面の轍に向けさせる。きのうの、おびただしい数の車のおかげでこんなにめちゃくちゃになったのだ。

「半分は奥さんには会ったこともない連中だ。でもみんなあの男のことは知ってるからな、だからともかく参列しようと思ったんだ。誰でもエリックのことは知ってるよ」

車は向きを変えて来た道をもどるが、幹線道路まではもどらない。気が変わって人を訪ねる気分じゃなくなった、あの店で帰りのバスを待ちたい、と運転手に言いたくなる。じつは日にちを間違えた、こうなると葬儀に間に合わなかったのがなんともきまりわるいので、きっぱり姿を見せないことにしたいのだ、と言ってもいい。

だが、話を始めることができない。それに、いずれにせよ運転手は彼女のことを話すだろう。

車は曲がりくねった狭い裏道を進み、何軒かの家を通り過ぎる。そして、私道へ入らないで通り過ぎるたびに、刑の執行が延期されたような気がする。

「おや、これは驚きだ」と運転手が言い、今度は車は私道に入っていく。「みんなどこへ行ったんだ？　一時間まえに通ったときには車が六台はあったのに。あいつのトラックまでなくなってる。パーティーは終わったんだな。すまん――その言い方はないな」

「誰もいないなら」ジュリエットはやれやれとばかりに言う。「わたしはこのまま引き返してもかまわないわ」

「いや、誰かはいるさ、心配ない。アイロがいるぞ。自転車があるからな。アイロに会ったことあるかい？　ほら、いろいろ面倒みていた人だよ」運転手は車から降りて彼女のためにドアを開けてくれる。

ジュリエットが降りたとたん、黄褐色の大きな犬が吠えながらぴょんぴょん走ってきて、家のポーチから女が叫ぶ。

「ほら、やめてくれ、ペット」運転手はそう言いながら料金をポケットに収め、さっとまた車に乗り込む。

「黙りなさい。黙りなさいったら、ペット。騒ぐのはやめなさい。その子は悪さはしないから」女は叫ぶ。「ほんの子犬なんでね」

ペットが子犬だからって、襲ってくる可能性が低くなるわけじゃない、とジュリエットは思う。すると今度は小さな赤茶色の犬がやってきて、騒ぎに加わる。女は階段を下りながら怒鳴っている。

「ペット。コーキー。おとなしくしなさい。相手が怖がってると思うと、とにかく（ジャスト）なおさら追いかけるんだ」

彼女のジャストという発音はチャストのように聞こえる。

「怖がってなんかいません」ジュリエットは答え、黄褐色の犬に鼻づらで腕を荒っぽくこすられて、びくっと体を引く。

「さあ、入って。黙りなさい、あんたたち、さもないと頭に一発くらわすよ。あんた、葬式の日にちを間違えたの？」

ジュリエットはすみませんと言うように頷く。彼女は自分の名を名乗る。

「ああ、残念だったねえ。あたしはアイロ」二人は握手を交わす。

アイロは背が高く、肩幅の広い女で、体は厚みはあるがたるんではおらず、黄白色の髪をばさっと肩に垂らしている。声は力強くて断乎たるところがあり、喉で豊かに響く感じだ。ドイツ人、オランダ人、スカンジナビア人の訛り？

「このキッチンで座ってもらおうかね。何もかもしっちゃかめっちゃかでさ。コーヒーを持ってくるよ」

キッチンは、斜めになった高い天井から自然光が差し込んで明るい。いたるところに皿やグラスや鍋が重なっている。ペットとコーキーはおとなしくアイロについてキッチンに入ってきて、アイロが床に置いたフライパンの中身をぺちゃぺちゃ舐めはじめている。

キッチンの向こうの、幅の広い階段を二段上がったところは、うす暗い洞窟のような居間で、大きなクッションが床に散らばっている。

アイロはテーブルの椅子を一脚引く。「さあ、座って。ここに座って、コーヒーを飲んで、何か食べてちょうだい」

「いいえ、けっこうです」とジュリエットは答える。

「だめ。ちょうどコーヒーを淹れたばかりなんだよ。あたしは仕事しながら自分のを飲むから。それに、食べる物はたっぷり残ってるからね」

彼女はジュリエットの前に、コーヒーとパイを一切れ並べる——鮮やかな緑で、しぼんだメレンゲがかかっている。

「ライムゼリーか」どんなものかねえという口調で彼女は言う。「まあでも、いけるかもしれない。それとも、ルバーブもあるけど？」

ジュリエットは「いいわね」と答える。

「もうめちゃくちゃ。お通夜のあとで片づける、ぜんぶきちんとね。それからお葬式。こうしてお葬式がすんだらまたぜんぶ片づけなきゃならない」

彼女の声音には揺るぎない不満がみなぎっている。ジュリエットとしては「これをいただいてしまったらお手伝いするわ」と言わないわけにはいかない。

「いや。手伝ってもらわなくていいよ」とアイロは答える。「あたしはぜんぶわかってるからね」

彼女は素早くはないが目的を持って効率よく動いている（こうした女たちはけっして手伝ってもらいたがらない。こちらがどんな人間かわかるのだ）。彼女はつぎつぎとグラスや皿やナイフやフォークを拭いては拭き終わったものを食器棚や引き出しにしまっていく。それから鍋やフライパンの汚れをこそげ落とし――犬たちから取りもどしたものも含めて――新しい石鹼液に浸して、テーブルや調理台の表面をごしごし拭き、鶏の首でも絞めるように布巾を絞る。そして手を止めてはジュリエットに話しかける。

「あんた、アンの友だち？　あの人をまえから知ってたの？」

「いいえ」

「ああ。そうじゃないだろうと思ってたんだ。あんたは若すぎるもんね。じゃあなんであの人のお葬式に来ようと思ったの？」

「そうじゃないんです」とジュリエットは答える。「知らなかったんです。ちょっと立ち寄っただけで」努めて、ほんの気まぐれだったのだ、友だちがたくさんいて、ぶらっと不意に訪ねたりしているんだという口調でしゃべる。

アイロは並外れた見事なエネルギーと挑戦的な態度で鍋を磨き、これには返事をしないと決めたようだ。さらにいくつかの鍋を磨くあいだジュリエットを待たせておいてから、彼女は口を開く。「あんた、エリックを訪ねてきたんだね。あんた、正しい家を見つけたよ。エリックはここに住んでいる」

「あなたはここには住んでいないんですか？」これで話題を変えられるかもしれないと言いたげに、ジュリエットは訊ねる。

「ああ。あたしはここには住んでない。丘を下ったところに、うちの主人と住んでるよ」主人という言葉には重みが、誇りと非難の重みが感じられる。

訊ねもしないで、アイロはジュリエットのカップにコーヒーを注ぎ、それから自分のにも注ぐ。彼女は自分用のパイを一切れ持ってくる。下はバラ色で、上にはクリームのようなものが重ねられている。

「ルバーブ・カッスタート。これは食べちまわないと悪くなるからね。ほしくはないんだけど、ともかく食べるよ。あんたも一切れどう？」

「いいえ。けっこうです」

「あのさ。エリックは出かけちゃったよ。今夜は帰ってこない。帰ってこないと思うね。クリスタの家へ行ったんだ。クリスタは知ってる？」

ジュリエットはきっぱりと首を振った。

「みんなここで暮らしてるからね、他人の様子もわかる。みんなよく知ってるんだよ。あんたが住んでるとこじゃどんなふうかは知らないけど。バンクーバー？」（ジュリエットは頷く）「都会じゃねえ。同じようにはいかない。エリックがちゃんと奥さんの面倒をみるには、手助けが必要だ、ねえ？　で、あたしが手伝ってた」

愚かしくもジュリエットはこう言ってしまう。「でも、お金をもらっていたんじゃないの？」

「そりゃあ、もらってるさ。だけどこれは仕事ってだけじゃ済まないからね。それに、女からのべつの種類の助けも、エリックには必要だ。何言ってるかわかる？　夫のいる女じゃいけない、そんなのは正しいことじゃないからね、それはよくない、そんなことしたら争いごとが起きる。さいしょエリックはサンドラとつきあってた、それからサンドラが引っ越して、クリスタとくっついた。ちょっとのあいだクリスタとサンドラの両方とつきあってたけど、あのふたりはいい友だちだから、問題なかったんだ。だけどサンドラには子供がいる、もっと大きな学校へ入れたがったんだ。クリスタは芸術家だ。浜で見つかる木でいろんなものをつくってる。ああいう木をなんて言うんだっけ？」

「流木」とジュリエットはしぶしぶ答える。彼女は失望で、恥ずかしさですくんでいる。

「それそれ。クリスタはつくったものをあちこちへ持ってって売ってもらうんだ。大きなものだよ。動物や鳥だけど、写実主義者（リアリスト）じゃないんだ。リアリストじゃない？」

「写実主義的（リアリスティック）じゃない？」

「そう。そう。クリスタは子供を持ったことがない。あの人が引っ越したがるとは思えないね。エリックからこの話は聞いてる？　コーヒーのお替りどう？　ポットにまだ残ってるよ」

「いいえ。いいえけっこうです。いえ、聞いてないわ」

「へえ。で、こうしてあたしから聞いたってわけだ。あんたがもういいなら、そのカップも洗うよ」

彼女は遠回りして、冷蔵庫の向こう側に寝ている黄褐色の犬を靴でつつく。

「さあ、起きな。怠け者のお嬢さん。もうすぐ家に帰るよ」

「バンクーバーへもどるバスがあるよ、八時十分に通過する」部屋に背を向けて流しでせっせと働きながら彼女は言う。「あたしといっしょにうちへ来ていれば、時間になったらうちの主人が車で送っていくよ。うちで食事すればいい。あたしは自転車なんだ、ゆっくり漕ぐからついてこられるよ。たいして遠くないから」

すぐ先の未来は揺るぎなく固定されているように思われ、ジュリエットは何も考えずに立ち上がると、自分のかばんを探してあたりを見まわす。それからまた腰を下ろすが、べつの椅子だ。このキッチンの新たな眺めが覚悟を決めさせてくれるように思える。

「わたしここにいます」とジュリエットは言う。

「ここに?」

「荷物はそんなにないんです。バス停まで歩いていきます」

「道がわからないだろうに? 一マイルあるんだよ」

「そんなに遠くはないわ」道がわかるかどうか怪しいものだったが、考えてみたら結局のところ、とにかく丘を下っていけばいいのだ。

「エリックはもどってこないんだよ」とアイロは言う。「今夜はね」

「そんなことどうでもいいんです」

アイロは重々しく、おそらくは軽蔑をこめて肩をすくめる。

「起きるんだよ、ペット。起きて」彼女は振り返って叫ぶ。「コーキーはここに置いておくからね。なかに入れるか外に出すか、どっちがいい?」

「外のほうがいいかしら」

「じゃあ、つないどくよ、ついてこないようにね。この犬、知らない人といっしょにいたくないかもしれないから」

ジュリエットは何も答えない。

「あたしたちが出たらドアの鍵が閉まるからね。いい？　だから、もし外へ出てまた入りたいときは、これを押しとかなきゃならない。でもあんたが出ていくときは、押さないんだよ。そうしたら鍵がかかるから。わかった？」

「はい」

「ここじゃ昔はわざわざ鍵なんかかけなかったものだけど、いまじゃよそ者がたくさんいるからねえ」

二人で星を見たあと、列車はウィニペグでしばらく停まった。二人は降りて、しゃべるのはもちろん、息をするのもつらいほど冷たい風のなかを歩いた。また列車にもどると、二人はラウンジで腰を下ろし、彼はブランデーを注文した。

「体が温まるし、君は眠れるよ」と彼は言った。

彼は眠るつもりはなかった。ずっと起きていて、明け方近くにリジャイナで降りるのだ。

寝台はほとんどがすでに支度ができて、暗緑色のカーテンのおかげで通路が狭くなっており、そこを歩いて彼は彼女の車両まで送ってくれた。車両にはすべて名前がついていて、彼女の車両は「ミラミチ」だった。

「これよ」車両の連結部で、彼の手がすでにドアを押して開けようとしてくれていたときに、彼女は小声で告げた。

「じゃあ、ここでさようならだね」彼は手をひっこめ、揺れにさからって二人でバランスをとりながら、彼女にじっくりとキスをした。キスが終わっても彼は彼女を離さずに、抱きしめて背中を撫で、それから顔じゅうにキスしはじめた。

ところが彼女は身を引き離し、切羽詰まったように言った。「わたし、処女なの」

「そうか、そうか」彼は笑って彼女の首筋にキスし、それから彼女を離して前方のドアを開けてくれた。二人は通路を歩いていき、彼女は自分の寝台を見つけた。カーテンに体をくっつけて向きを変えながら、またキスされるか触れられるかするのを彼女は半ば期待していたのだが、彼はまるでたまたま出会った者同士であるかのように、すっと通り過ぎていった。


なんて馬鹿だったのだろう、まるで台無しじゃないか。もちろん、撫でている彼の手がさらに下がって、パッドをベルトに結わえつけている結び目に届くんじゃないかと心配だったのだ。タンポンでだいじょうぶなような女の子だったら、そんな心配は必要なかっただろうに。

それに、どうして処女だなんて？　ウィリス公園であんな不愉快な思いをして、そのような妨げとなる状態ではなくなっているというのに？　きっと彼が事態をさらに先に押し進めようとした場合、なんと言えばいいか——生理だなんてとても言えやしない——考えてしまったに違いない。そもそも、彼はいったいどんなふうにしようと思っていたのだろう？　どうやって？　どこで？　ほとんどゆとりがなく、周囲のほかの乗客はまず間違いなくまだ起きている、彼女の寝台で？　いつ誰がやってきてドアを開けるかもしれない、あの車両の連結部分の不安定な空間でドアにもたれかかって、立って前後に揺れながら？

いまごろ彼は誰かに話しているのかもしれない、夕方からずっと馬鹿な女の子がギリシャ神話に関する知識をひけらかすのを聞かされたあげく、とどのつまりにその子ときたら——これでやっと追い払えると、彼がお休みのキスをすると——自分は処女だと叫びはじめた、と。そんなことをする男には、そんな話をする男には見えなかったのだが、そういう想像をしないではいられなかった。

彼女は夜更けまで横になったまま眠れずにいたが、列車がリジャイナに停まったときには眠りこんでいた。


ひとり残されたジュリエットには、家のなかを探索することもできた。でもそんなことは一切しない。すくなくとも二十分はたってから、ようやくアイロの存在を振り払えるようになる。自分の様子を見に、あるいは忘れ物を取りにアイロがもどってくるかもしれないと気になっていたわけではない。アイロは、たとえ大変な一日のあとであっても、忘れ物をするような人間ではない。それに、ジュリエットが何か盗むんじゃないかと思ったなら、あっさり追い出していたことだろう。

とはいえ彼女は、縄張りに対しては権利を主張するタイプの女だ、とりわけキッチンという場所については。ジュリエットの目に入るすべてがアイロのものであることを告げている、窓辺に置かれた鉢植えの植物（ハーブ？）からまな板や磨かれたリノリウムにいたるまで。

そしてアイロを、部屋の外までとはいかなくとも、たぶん古めかしい冷蔵庫のあたりまでなんとか押し返してしまうと、ジュリエットはクリスタと向きあう。エリックには女がいる。いて当然だ。クリスタ。ジュリエットはもっと若い、もっと魅惑的なアイロを思い浮かべる。幅の広い腰、力強い腕、長い髪——すっかり金髪で白髪はない——ゆったりしたシャツの下で乳房があからさまに揺れている。同じくシックなところのない積極性——そしてクリスタの場合は、セクシーさ。同じく言葉をよく嚙んで味わってからぺっと吐き出すようなところ。

ほかの二人の女が脳裏に浮かんでくる。ブリセイスとクリュセイス。あのアキレスとアガメムノンのお相手たちだ。二人とも「愛らしい頰」だったと描写されている。その言葉（いまの彼女には思い出せない）を読むとき、教授の額は真っ赤になり、くすくす笑いを抑えているように思えた。その瞬間、ジュリエットは教授を軽蔑した。

ならば、もしクリスタがブリセイス／クリュセイスのもっと荒っぽい北方版だったら、ジュリエットはエリックをも軽蔑しはじめることができるのだろうか？

でも、幹線道路まで下っていってバスに乗ってしまったら、知るよしもないではないか？

じつのところ、バスに乗るつもりなどなかったのだ。どうやらそうらしい。アイロの姿が見えなくなると、自分の意思を悟るのがより簡単になる。彼女はようやく立ち上がってまたコーヒーを淹れ、それをアイロが出してくれたカップではなくマグカップに注ぐ。

興奮しているので空腹は感じないが、カウンターに並ぶ瓶を調べてみる。お通夜に持ち寄られたものだろう。チェリーブランデー、ピーチシュナップス、ティアマリア、甘いベルモット。これらの瓶は開けられていたが、中身は人気がなかったようだ。本格的に飲まれて空になった瓶は、アイロがドアの横に並べている。ジンにウィスキー、ビールにワイン。

彼女はコーヒーにティアマリアを注ぎ、その瓶もいっしょに持って階段を上がり、広い居間に入る。

今は一年でも昼間がいちばん長い時期だ。だが、ここでは周囲の木々が、大きく生い茂った常緑樹や枝の赤いイワツツジが沈んでいく太陽の光を遮っている。キッチンは自然光で明るいのに、居間の窓は壁に開いたいく本かの長いスリットでしかなく、ここではすでに闇が濃くなりかけている。床は塗料が塗られておらず——四角いベニア板を張りあわせた上に古ぼけた敷物が敷いてある——家具類は統一性のない不揃いなものだ。まずはクッションが床に散らばり、革張りの足載せ台が二つ、革は裂けている。巨大な革張りの椅子が一脚、背もたれが後ろへ倒れるようになっていて、足載せ台が付いているタイプ。本物だがぼろぼろのパッチワークキルトで覆われたソファ、古めかしいテレビ、煉瓦に厚板を渡した本棚——本はなく、古い「ナショナル・ジオグラフィック」が一山と船の雑誌と「ポピュラー・メカニクス」が何冊かあるだけだ。

アイロはどうやらこの部屋を掃除する暇はなかったようだ。灰皿が敷物の上にひっくり返ったところには灰がこぼれたままだ。それにいたるところに食べかすが落ちている。掃除機があるか探してみようかとジュリエットは思いつくが、それから、たとえ掃除機を作動させることができたとしても、何か不運な事故が起こりそうだという気がしてくる——たとえば、薄い敷物がくしゃくしゃになって掃除機に吸い込まれるとか。そこで、革張りの椅子に座って、コーヒーの量が減るとティアマリアを注ぎ足すだけにする。

この海岸地方のものはなべて、あまり好きになれない。木々は大きすぎるし、密生していてそれぞれの個性というものがない——ひとかたまりの森を形成しているだけだ。山々はあまりに雄大すぎて嘘みたいで、ジョージア海峡の海面に浮かぶ島々はどこまでも絵画的だ。だだっ広く、傾斜天井で、木材部分は未塗装のこの家は、殺風景で自意識過剰だ。

ときおり犬が吠えるが、差し迫った様子ではない。もしかしたら相手が欲しくてなかに入れてもらいたいのかもしれない。でもジュリエットは犬を飼ったことがない——家のなかで、犬は相棒ではなく立会人となり、こちらが居心地悪くなるだけだろう。

もしかしたら犬はうろうろ探索中のシカに向かって吠えているのかもしれない、あるいはクマとか、クーガーとか。バンクーバーの新聞に何かクーガーのことが出ていた――この沿岸だったはずだ――子供を引き裂いたとかいう記事が。

一歩外へ出たら、どこであれ敵意満々で襲ってくる動物と共存しなければならないようなところで、誰が暮らしたいものか。

Kallipareos 愛らしい頬の。いまや彼女は思い出す。ホメロスの言葉が、彼女の釣針の先できらめいている。そしてさらに、突然自分が知っているギリシャ語の語彙すべてが意識にのぼってくる、かれこれ六か月近く戸棚のなかにしまってあったように思えるすべてが。ギリシャ語は教えなかったので、しまい込んであったのだ。

そんなふうになるものなのだ。ちょっとのあいだしまい込み、そしてときおり何かほかのものを探して戸棚をのぞいて、思い出し、考える、またすぐ。そして、それはただそこに、戸棚のなかにあるものとなり、その前や上にほかのものがごちゃごちゃ集まってきて、しまいにそれについてはまるで考えなくなってしまう。

輝かしい宝物だったもの。その宝物のことを考えなくなる。一時は、失うことなど夢想だにできなかったのに、いまではほとんど思い出さなくなっている。

そういうものなのだ。

そして、たとえしまい込んでいなくとも、たとえ日々それで生計を立てていてさえ？　ジュリエットは学校の年長の教師たちのことを思い出す。彼らの大半が、自分たちが教えていることにほとんど愛着を持っていないのを。たとえばファニータ、自分のクリスチャンネーム（彼女はアイルランド人だ）に似合うから、それに旅行したときに使えるよううまくしゃべれるようになりたいからというのでスペイン語を選んだ。スペイン語が彼女の宝物だとはとても言えない。

宝物を持っている人はごくわずかしか、ごくごくわずかしかいない。そしてもし持っているなら、それにしがみついていなくてはならない。足止めされて、奪われるがままになっていてはならない。ティアマリアはコーヒーとともにある種の効果を発揮している。おかげで無頓着な気分ながら力がみなぎっているように感じる。おかげで、結局のところエリックなんてどうってことはないと思える。彼は戯れてもいいかもしれない相手だ。戯れる、という言い方が合っている。アフロディテがアンキセスとしたように。そしてある朝、彼女は姿を消すのだ。

彼女は立ち上がって浴室を見つけ、それからもどってきてソファに横になり、キルトにくるまる——眠くて、コーキーの毛、あるいはにおいがついているのには気がつかない。

目が覚めるとすっかり朝だ。キッチンの時計を見るとまだ六時二十分だが。

頭が痛い。浴室にはアスピリンの瓶がある——二錠飲んで、顔を洗って髪を梳かし、かばんから歯ブラシを出して歯を磨く。それからコーヒーを新しくポットにいっぱい淹れて、焼いたりバターを塗ったりといった手間はかけずに自家製のパンを一切れ食べる。彼女はキッチンテーブルに座っている。木々の隙間からこぼれてくる陽光がイワツツジの滑らかな幹に赤褐色の斑点を散らしている。コーキーが吠えはじめ、かなりのあいだ吠えていると、やがてトラックが庭に入ってきて、犬は黙る。

トラックのドアが閉まる音がジュリエットの耳に響き、犬に話しかける彼の声が聞こえて不安が押し寄せる。どこかに隠れてしまいたい（あとになって彼女は、テーブルの下に潜り込みかねないところだった、と話すのだが、もちろん、そんな馬鹿げたことをしようとまでは考えない）。学校で、賞の受賞者が発表される瞬間みたいだ。ただしもっと悲惨だが。彼女にはまともな望みはひとつもないのだから。それに、こんな由々しい事態は人生にもう二度とないだろうし。

ドアが開くと、彼女は顔を上げられない。膝の上では指を絡めあった両手がぎゅっと握りしめられている。

「君はここにいたんだね」と彼が言う。彼は意気揚々と、そしてまた称賛するように、こんな図々しくも大胆な態度にはお目にかかったことがない、みたいに笑っている。彼が両腕を広げると、まるで部屋に風が吹き込んで煽られたかのように彼女は顔を上げる。

六か月まえには、彼女はこの男の存在を知らなかった。六か月まえには、列車の下敷きになって死んだあの男はまだ生きていて、おそらくは旅行のための服を選んでいた。

「君はここにいたんだね」

彼の口調で、自分が求められているのが彼女にはわかる。彼女は感覚をまるでなくしたまま立ち上がり、彼が記憶にあったよりも年上で、がっしりしていて、性急なところがあるのに気がつく。彼が近寄ってくると、彼女は、頭のてっぺんから足の先まで隈なく探られるような気がして、安堵に浸り、幸福感に襲われる。これはなんという驚きだろう。仰天と言っていいくらいだ。

エリックは本人が装っていたほど驚いてはいなかったことが判明する。昨晩アイロが電話で、ジュリエットという見慣れない女の子のことを伝え、その子がバスに乗ったかどうか調べてみてあげようかと申し出たのだ。彼はなんとなく、そうしてもらうほうがいいと――おそらくは運試しのために――考えたのだが、アイロから電話で件の女の子は立ち去っていないと知らされるや、自分の感じた喜びにはっとしたのだった。それでもなお、彼はすぐさま家にもどることはしなかったし、クリスタにも話さなかった。すぐに話さなくてはならなくなると承知してはいたが。

こういったさまざまなことを、ジュリエットはその後数週間、数か月にわたって、すこしずつ知っていく。偶然手に入る情報もあれば、彼女が無分別に探った結果得るものもある。

彼女自身の打ち明け話（処女ではないという）は、たいしたこととは思えない。

クリスタはアイロとは似ても似つかない。彼女の腰は幅広ではないし、髪もブロンドではない。彼女は黒っぽい髪のほっそりした女性で、ウィットに富み、気難しくなることもある。彼女はこの先長年にわたり、ジュリエットの親友、頼みの綱となる――茶目っ気たっぷりにからかう習慣を、内に秘めた競争意識を皮肉っぽくちらつかせるのを、けっしてやめはしないのだが。

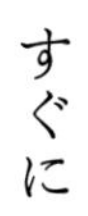

Soon

二つの横顔が向きあっている。一方は真っ白な若い雌牛で、きわだって穏やかな優しい表情を浮かべており、もう一方は若くもなく年寄りでもない緑色の顔の男だ。男は下っ端役人、郵便配達人かもしれない――それらしい帽子をかぶっている。男の唇は白っぽく、目は白く輝いている。男のものらしい手が絵の下側から差し出されていて、小さな木、あるいは生い茂った枝に宝石が実っている。

絵の上の端には黒い雲がたちこめていて、その下にはぐらつきそうな小さな家々がいくつかと、おもちゃのような十字架のついたおもちゃのような教会が、弧を描いた地面に乗っかっている。その弧を描いたところでは、小さな男（とはいえ、建物よりは大きな縮尺で描かれている）が大鎌を肩に担いで、ひと働きしにいく様子で歩いており、同じ縮尺で描かれた女がひとり、どうやら男を待っているようだ。だが、女は逆さまになっている。

ほかのものも描かれている。たとえば、乳をしぼる少女が、雌牛の頬のなかに。

ジュリエットはすぐさま、この複製画を両親へのクリスマス・プレゼントとして買おうと決めた。「だって、この絵を見るとうちの両親を思い出すんだもの」と彼女はクリスタに説明した。この友人もホエールベイからいっしょに買い物に来ていたのだ。二人はバンクーバー美術館のギフトショップにいた。

クリスタは笑った。「緑の男と雌牛が？　そりゃあご両親、そうと知ったら喜ぶでしょうね」

クリスタは何事によらずさいしょは真面目に受け取らない。何か冗談を言わずにいられないのだ。ジュリエットは気にしなかった。のちにペネロペと名づけられることとなる赤ん坊を妊娠して三か月目に入って、とつぜん吐き気から解放され、そのためかあるいは何かほかの理由でか、発作的な幸福感に包まれていた。彼女のあたまはつねに食べ物のことでいっぱいで、じつはギフトショップへなど入りたくはなかった。軽食堂を見つけていたからだ。

彼女は絵に描かれたすべてが気に入ったが、とりわけ小さな人間たちと、その上のよろめいているような建物群が好きだった。大鎌を担いだ男と逆さまになっている女。

彼女は絵のタイトルを探した。「私と村」

まさにぴったりだ。

「シャガールね。シャガールは好きだなあ」とクリスタが言った。「ピカソはクソッタレだったけど」

ジュリエットは自分が見つけたものに満足しきっていたので、ほとんど注意を払わなかった。

「ピカソが言ったとかいう言葉、知ってる？『シャガールは女店員向きだな』」とクリスタは教えた。「だけど、女店員のどこが悪いのよ。ピカソはへんな顔のやつ向きだって、シャガールは言ってやればよかったのに」

「あのね、この絵を見てると両親の暮らしぶりを思い出すの」とジュリエットは言った。「どうしてなのかわからないんだけど、思い出すの」

彼女はすでにクリスタに両親のことをいくらか話していた——両親が物好きにも孤立した生活を、べつに不満とも思わず送っていて、だけど父親は人気のある教師なのだということを。両親の孤立はひとつには母サラの心臓病のせいだったが、周囲の誰も読まないような雑誌を購読したり、周囲の誰も聴かないナショナル・ラジオネットワークの番組を聴いたりするせいでもあった。サラがバタリックではなく「ヴォーグ」の型紙で自分の服をつくる——おうおうにして下手な縫い方で——せいもあった。ジュリエットの学校仲間の親たちのようにずんぐりして猫背になるのではなく、どことなく若さを保っていることすら孤立の原因となっていた。ジュリエットはサムのことを、自分に似ている——首が長く、顎がちょっと突き出ていて、明るい茶色の柔らかい髪——と説明し、サラについては、ふわっとした淡いブロンドで、きゃしゃでしどけない感じの美人なのだと話した。

ペネロペが十三か月のとき、ジュリエットは娘を連れてトロントへ飛び、そこから列車に乗った。一九六九年のことだ。自分が育ち、サムとサラがいまでも暮らしている町から二十マイルかそこら離れた町で列車を降りた。どうやら列車はもう故郷の町には停まらないらしい。

この知らない駅で降りた彼女は、がっかりしてしまった。記憶に残っている木々や歩道や家々がすぐさままた目の前に現れることもないし——それに、たちまち実家が、サムとサラの家が、あの広々としてはいるが簡素な、きっとあのブツブツのできたみすぼらしい白いペンキ塗りのままに違いない家が、生い茂ったカエデの木の向こうに見えてくることもなかったからだ。

サムとサラがこの町にいるのを見るのは初めてだった。両親はこの町で、にこにこしながらも不安げで、影が薄かった。

サラが何かにつつかれでもしたような、奇妙な小さい叫び声をあげた。プラットホームにいた数人が振り向いた。

どうやらそれは単に興奮のせいだったようだ。

「わたしたちロングとショートだけど、それでもちゃんとマッチしてるわね」とサラは言った。

さいしょジュリエットはどういう意味なのかわからなかった。それから気がついた——サラは黒いリネンの、ふくらはぎまであるスカートと、お揃いのジャケットを着ていた。ジャケットの襟とカフスは光沢のあるライムグリーンに黒の水玉模様の生地だった。同じグリーンの生地のターバンで頭を覆っている。手製の服か、あるいはどこかの仕立て屋で誂えたに違いない。この色合いはサラの肌には無情な効果を及ぼしていて、細かいチョークの粉をかぶったように見えた。

ジュリエットは黒いミニのワンピースを着ていた。

「あなたにどう思われるかしらと思ってたの、夏に黒だなんてね、なんだか喪中みたいかなって」とサラは言った。「そしたら、ほら、あなたも同じじゃない。とっても素敵だわ、わたし、そういう短いドレスって大好き」

「それにロングヘアも」とサムが言った。「完璧にヒッピーだ」サムは身を屈めて赤ん坊の顔を覗きこんだ。「やあ、ペネロペ」

サラが「お人形さんみたい」と言った。

サラはペネロペに手を差し伸べた――だが、袖口からすっと現れた両腕はきゃしゃな棒のようで、とてもそんな重みには耐えられそうになかった。それに、耐える必要もなかった。祖母の声を聞いたとたん体を強張らせたペネロペは、いまや甲高い泣き声をあげながらそっぽを向き、ジュリエットの首筋に顔を埋めたからだ。

サラは笑った。「わたしってまるで案山子みたい?」その声はまたも抑制が効いておらず、やたら甲高くなったかと思うと落ち込んで、周囲の視線が集まった。以前にはなかったことだ――でも、まったくなかったということもないかもしれない。そういえば母が笑ったりしゃべったりするといつも皆が母のほうを見ていたかもしれないとジュリエットは思った。もっとも昔は、皆の耳を捉えたのはほとばしるような陽気さ、少女っぽくて魅力的なところだったのだろうが(とはいえ、そういう態度が誰からも好感を抱かれたわけでもなかっただろう、いつも注目を集めようとしている、などと言われていたのではないか)。

「この子、疲れてるのよ」とジュリエットは言った。

背後に立っていた若い女性を、サムが紹介した。この人たちの一員だと思われないようにしておかなくては、といわんばかりに距離を保っていたのだ。そして実際のところ、彼女が両親の連れだとはジュリエットは思いもしなかった。

「ジュリエット、こちらはアイリーンだ。アイリーン・エイヴリー」

ジュリエットはペネロペとオムツバッグを抱えながらできるだけ手を差し伸べ、アイリーンには握手するつもりはない――というか、たぶん握手しようというこちらの意図に気づいていない――のがはっきりすると、微笑んでみせた。アイリーンは笑顔を返さなかった。身動きもせずにその場に立っていたが、ぱっと逃げ出したがっているような気配があった。

「こんにちは」とジュリエットは言った。

アイリーンは、「お会いできて嬉しいです」と、じゅうぶん聞き取れる声で、でも無表情のまま言った。

「アイリーンはわたしたちの親切な妖精なの」とサラが言った。すると今度は、アイリーンの表情が変わった。明らかにきまり悪そうに、ちょっと顔をしかめたのだ。

彼女はジュリエットほど背が高くはなかったが――ジュリエットは背が高かった――肩や腰はもっと幅があって、腕は逞しく、負けん気の強そうな顎だった。ふわふわした豊かな黒髪をひっつめて短いポニーテールにし、ちょっと敵意を感じさせる黒くて太い眉にすぐ茶色く日焼けするタイプの肌。目はグリーンあるいはブルー、肌と対照的にはっとするような明るい色で、深くくぼんでいるので覗きこみにくい。頭をやや下げ加減にして顔を横へ向けているせいもあった。この用心深さは、根深く意図的なものに思われた。

「妖精にしては、とてつもない量の仕事をこなしてくれてるけどな」サムがいつもの戦略的な満面の笑みを浮かべて言った。「そうしてくれてるってことを世に知らしめたいね」

ここでジュリエットはもちろん、どこかの女の人が手伝いに来てくれていると手紙に書いてあったことを思い出した。サラの体力が極端に衰えているからだ。でも、もっと年配の人を想像していた。アイリーンはきっとジュリエットと同じくらいの歳に違いない。

車は同じポンティアック、サムが十年くらいまえに中古で買ったものだった。元のブルーの塗料がそこここで筋になって残っているが、大部分は色褪せてグレイになり、冬場に道路に撒かれる塩のせいで、下のほうがペチコートの裾のように錆びているのが目に入る。

「年取った灰色の雌馬ね」サラが、駅のプラットホームからちょっと歩いただけで息を切らしながら言った。

「まだあきらめずに頑張っているのね」とジュリエットは返した。そう期待されているようだったので、称賛の口ぶりで。この車がそう呼ばれていることを彼女はすっかり忘れていた。名づけ親はジュリエット自身だったのだが。

「あら、ぜったいあきらめたりしないわよ」アイリーンに手助けしてもらって後部座席に身を落ち着けると、サラは言った。「そして、わたしたちもぜったいこの車をあきらめないわ」

ジュリエットはペネロペを危なっかしく抱えながら助手席に乗り込んだ。赤ん坊はまたぐずぐず言いはじめていた。車内の暑さはぎょっとするほどだった。駅のポプラの木立の多少は陰になっているところに、窓を開けて停めてあったのだが。

「じつはね、考えてるんだ――」車をバックさせながら、サムが言った。「こいつを下取りに出してトラックを買おうかって」

「この人、本気じゃないわよ」サラが金切り声をあげた。

「商売のためには」とサムは続けた。「そのほうがずっと便利だからね。それに、通りを運転するたびにある程度の宣伝になる、ドアに名前を書いておくだけでさ」

「この人、からかってるのよ」とサラは言った。「わたしに、新鮮野菜なんて書いてある車に乗れっていうの？　わたしはカボチャかキャベツってわけ？」

「もっと静かにしてたほうがいいですよ、奥さん」とサムは答えた。「でないと、家についたときには息が残ってないよ」

　ほぼ三十年にわたってこの郡のいくつかの公立の学校で教えたあげく――最後の学校では十年――サムはとつぜん辞めてしまい、野菜売りを専業とすることにした。もともとずっと、家の横の空き地に広い野菜畑をつくっていて、ラズベリーも栽培しており、余分な作物を町の何人かの人たちに売っていたのだ。ところがいまや、どうやらこれで生計を立てるつもりのようで、食料品店に卸したり、たぶんゆくゆくは表門に露店でも構えるつもりのようだった。

「そういうこと、本気でやるつもりなの？」ジュリエットは静かな口調で訊いた。

「もちろん、そのつもりだ」

「教える仕事が恋しくならない？」

「そんなことあり得ないね。うんざりしてたんだ。つくづくうんざりだったんだ」

　確かに、これだけ長年勤めていても、サムはどの学校でも、一度も校長の地位を提供されたことはなかった。それでうんざりしたのだろうと彼女は思った。サムは卓越した教師だった。そのおどけぶりや活気は誰の記憶にも残り、彼に受け持ってもらった六年生の一年間は生徒たちの人生においてほかに類を見ないものとなった。それでもなお、おそらくはまさにそういう教師だったからこそ、彼は再三にわたって無視されてきたのだ。彼のやり方は権力の威を削ぐように見えるところがあった。となると、彼は責任を持たせるべきタイプの人間ではない、現状のままにしておいたほうが害が少ないだろう、と権力の側としては言いそうだ。

　彼は外仕事が好きだった、人と話をするのもうまい。きっと野菜売りはうまくいくだろう。だが、サラはそんな仕事をひどく嫌がっていた。

ジュリエットも好きではなかった。とはいえ、どちらかの側につけと言われたら、父の味方をするしかないだろう。自分は俗物でござい、と言うつもりはなかった。

それに、じつのところ、彼女は自分を――自分とサムとサラを、でも自分とサムのことはとりわけ――周囲の人たちよりも自分たちなりの意味合いにおいて優れていると思っていた。だから、父が野菜を売り歩いたってちっともかまわないではないか。

サムは今度は、さっきよりひそひそした、いわくありげな声音になった。

「名前はなんだっけ？」

サムが言っているのは赤ん坊のことだった。

「ペネロペよ。わたしたち、ぜったいペニーとは呼ばないの。ペネロペよ」

「いや、そうじゃなくて――苗字のほうだよ」

「ああ。そうね、ヘンダーソン＝ポーティアスかな。それともポーティアス＝ヘンダーソン。だけど、長すぎて言いにくいかも、ペネロペって呼ぶことにしてるんだし。言いにくいのはわかってたの、でも、ペネロペにしたかったの。なんとかしなくちゃね」

「なるほど。彼はこの子に自分の名前を与えたってわけか」とサムは言った。「うん、そりゃあすごい。つまりさ、そりゃあいいことだ」

ジュリエットは一瞬驚いたが、それから、ははあ、と思った。

「当然でしょ」と彼女は言った。当惑しつつ面白がっている、といったふうを装って。「この子は彼の子だもの」

「ああ、そうだ。そうだよな。だけど、状況が状況だからなあ」

「状況のことなんか忘れちゃってるわ」と彼女は答えた。「わたしたちが結婚していないってことを言ってるんなら、そんなのどうでもいいことよ。わたしたちが暮らしているところじゃ、わたしたちの知りあいのあいだではね、誰もそんなこと気にしないの」

「そうなんだろうな」とサムは言った。「彼、さいしょの人とは結婚してたの?」

ジュリエットは両親にエリックの妻のことを、自動車事故を生き延びたあとの八年間、彼が面倒をみてきたことを話していた。

「アンと? うん。あのね、よくは知らないの。でも、うん。してたんだと思う。してたわ」

サラが前の座席へ声をかけた。「アイスクリームを食べに寄らない?」

「アイスクリームなら家の冷凍庫にあるよ」とサムは答えた。それから、小声でとんでもないことをジュリエットに向かってつけたした。「どこにしろ、何か食べに連れていったりしたら、ひと騒ぎやらかすからなあ」

窓はまだ開けたままで、暖かい風が車を吹き抜けていた。夏もたけなわだった——ジュリエットの見る限り、西海岸にはやってこない季節だ。広葉樹の木々が田畑のむこう端でこんもり盛り上がって濃い藍色の影の洞窟を形づくり、眼前には農作物や草原が強い日差しに照らされて金と緑に輝いている。精力みなぎる若い小麦や大麦やとうもろこしや豆——まさしく目に焼けつくようだった。

サラが訊ねた。「いったい何を相談してるの? 前の席で? 後ろに座っていると風で聞こえないの」

サムが答えた。「たいしたことじゃないよ。あの男はまだ魚捕りをやってるのかってジュリエットに訊いてただけだ」

エリックはエビを捕って生計を立てており、もう長いあいだその仕事をやっていた。かつては医学生だった。針路を変えたのは、友人（恋人ではない）に中絶手術を施したからだった。すべてうまくいったのだが、なぜか噂が漏れた。このことについては心の広い両親に打ち明けようとジュリエットは考えていた。あるいはただの漁師ではなく教育のある男としての彼のイメージを打ち立てたかったのかもしれない。でも、そんなことどうでもいいじゃないか、なにしろいまやサムだって野菜売りだというのに。それに、もしかすると両親の心の広さも、彼女が思っていたほど当てにならないのかもしれない。

新鮮な野菜とベリー以外にも売り物はあった。キッチンではジャムや瓶詰のジュース、ピクルスがつくられていた。ジュリエットがやってきたさいしょの朝には、ラズベリージャム作りが進行中だった。アイリーンが責任者で、ブラウスが肩甲骨のあいだの皮膚に、湯気か汗でべったり貼りついていた。彼女はときおりちらとテレビに目を走らせていた。奥の廊下をキャスターを転がしてキッチンの入口まで持ってきてあるので、キッチンへ入るにはテレビを迂回して隙間から滑り込まなくてはならなかった。画面には朝の子供番組の、ブルウィンクルのアニメが映っていた。アイリーンはときどきアニメの滑稽な場面に大きな笑い声をあげ、ジュリエットもおつきあいにちょっと笑った。アイリーンはそれに対してそ知らぬ顔だった。

ジュリエットには、ペネロペの朝食の卵を茹でてつぶしたり、自分用にコーヒーとトーストの準備をしたりできるように、調理台の上をあけてもらう必要があった。「場所はそれだけあればいい？」アイリーンは、まるでジュリエットが侵入者で、こんな要求をされようとは思いもしなかったとでもいわんばかりのうさん臭そうな口調で訊ねた。

近寄ると、アイリーンの前腕に生えている黒い細い毛が一本一本見えた。頬にも何本か、耳のちょうど前あたりに生えていた。

彼女は横目でジュリエットがやることを何もかも観察していた。レンジのつまみをいじくるのを観察し（どれがどのバーナーを調節するのかさいしょは思い出せなくて）、鍋から卵を出して殻をむくのを観察し（そのときは殻がくっついてしまい、大きく楽にはがれるのではなく、ちょっとずつしかむけなかった）、ジュリエットが卵をつぶす皿を選ぶところを観察した。

「その子が床に落とすと困るよ」これが、陶器の皿に対するコメントだった。「赤ん坊にはプラスチックの皿にしたら？」

「ちゃんと見てるから」とジュリエットは答えた。

アイリーンも子持ちであることがわかった。三歳の男の子と、もうすぐ二歳の娘がいるのだ。名前はトレヴァーとトレイシー。二人の父親は去年の夏、働いていた養鶏場で事故死していた。彼女自身はジュリエットより三つ年下――二十二歳だった。子どもと夫のことはジュリエットの質問に対する答えのなかで出てきて、年齢は、彼女がつぎに言ったことから計算できた。

ジュリエットが「まあ、お気の毒に、悪かったわね」――事故についてお悔みを述べつつ、詮索したのは失礼だった、ここで同情を示すのも偽善的だ、などと思いながら――と言うと、アイリーンは「ああ。ちょうどあたしの二十一歳の誕生日に間に合ったよ」と答えたのだ、まるで不幸が、ブレスレットのチャームみたいに集めるものででもあるかのように。

ペネロペが卵を食べるだけ食べてしまうと、ジュリエットは娘を片方の腰に抱きかかえて、屋根裏へ連れていった。

行く途中で、皿を洗っていなかったことに気づいた。

赤ん坊を置いておく場所はない、まだ歩かないが、かなり素早く這うことはできるのだ。キッチンにはたとえ五分にしても、ぜったいに置いておくわけにはいかない。煮沸消毒器のなかで湯が煮えたぎっているし、熱々のジャムはあるし、包丁はあるし——アイリーンに見ていてくれと頼むわけにもいかない。しかも今朝、いの一番に、赤ん坊はまたもサラと仲良くするのを拒んでいた。そこでジュリエットは赤ん坊を抱えて屋根裏へ続く閉鎖型の階段を上り——背後のドアを閉めてから——赤ん坊を階段で遊ばせておいて、自分は古いベビーサークルを探した。幸いなことに、ペネロペは階段には熟達していた。

この家は二階建て分の高さがあり、どの部屋も天井は高いが箱みたいだった——というか、いまのジュリエットにはそう思えた。屋根は急勾配で傾斜しているので、屋根裏の中央部分は歩きまわることができた。子供のころ、ジュリエットはいつもそうしていたのだ。本で読んだお話に何かつけ足したり変えたりしたのを自分に聞かせながら歩きまわった。架空の観客を前にして踊る——これもやった。本物の観客はといえば、壊れたり、ただ単に追いやられた家具や、古いトランクや、やたらと重いバッファロー・コート、ムラサキツバメの巣箱（サムの昔の生徒からのプレゼントだったが、ムラサキツバメは一羽たりとも惹きつけることができなかった）、サムの父親が第一次大戦に従軍したおりに持ち帰ったとされているドイツ軍のヘルメット、「セントローレンス湾に沈むエンプレス・オブ・アイルランド号」の、マッチ棒のような人間たちが四方八方へ飛び込んでいる意図せざる滑稽さをたたえた素人画だった。

そしてそこの壁に、「私と村」がたてかけられていた。表を向いている――隠そうという努力はまったくなされていない。埃というほどのものはついていなかった、ということは、そこに長くあったのではなさそうだ。

すこし探すと、ベビーサークルが見つかった。ずっしりしたなかなか良い品物で、木の床に、紡錘状の柵がついている。それに乳母車もあった。彼女の両親は何もかもとってあった、もうひとり子供を望んでいたのだ。少なくとも一度、流産があった。日曜の朝、両親のベッドから笑い声が聞こえると、自分の益にはならない、密やかで、浅ましくさえある、何か乱れたものが家に侵入してきたように、ジュリエットには思えたものだ。

乳母車はたたむと腰かけ式のバギーになるタイプのものだった。こんなものがあるのを、ジュリエットは忘れていたか、あるいはぜんぜん知らなかった。いまや汗をかいて埃にまみれながら、ジュリエットはこの乳母車の変形操作をやってみようとしはじめた。この種の作業はいつも彼女には難しい、物の構造をすぐに把握できたためしがないのだから。丸ごと階下へ引きずっていって、庭に出て、サムに手伝ってもらったほうがよかったかもしれない、でもアイリーンのことを考えるとできなかった。アイリーンのちらちら揺らめくような淡い色の目、直截ではなく、こちらを推し量るような表情、有能な手。彼女の油断のなさには、軽蔑とまでは言えない何かがあった。ではなんと言えばいいのか、ジュリエットにはわからなかった。無関心だがけっして妥協しない、猫のような態度だ。

ジュリエットはようやくバギーをちゃんと形にすることができた。扱いにくく、彼女が使い慣れているバギーの一・五倍の大きさだ。そしてもちろん、汚らしい。いまでは彼女自身も汚れていたし、階段の上のペネロペはなおさらだ。それに、赤ん坊の片手のすぐ横には、ジュリエットが気づいてさえいなかったものがあった。釘だ。なんでも口に入れる段階の赤ん坊を持つまでは、まったく気に留めなかった類のもの。そういう状況になると、始終その類のものに目を光らせていなくてはならない。

そして、彼女は目を光らせていなかった。ここではあらゆるものが心を乱す。暑さ、アイリーン、見慣れたものや見慣れないもの。

「私と村」

「あら」とサラは言った。「あなたが気づかないでいてくれるといいなと思ってたのに。あまり気にしないでね」

いまではサンルームはサラの寝室になっていた。どの窓にも竹のブラインドが下がっていて、小さな部屋——以前はベランダの一部だった——を茶色がかった黄色の光といつも変わらない暑さで満たしていた。それなのにサラは、ピンクのウール地のようなパジャマを着ていた。きのう駅では、ペンシルで描いた眉にラズベリー色の口紅、あのターバンと服のせいで、ジュリエットの目には母親がフランス人の老女のように見えた(ジュリエットがフランス人の老女を何人も見てきたわけではないのだが)。でもいまのこの、白髪があちこちほつれて飛び出し、きらきら光る目には心配そうな表情を浮かべ、その上の眉はほとんど消えかけているという状態だと、むしろ奇妙な年取った子どものように見えた。サラは枕にもたれて上体を起こし、腰のところまでキルトを引っ張り上げていた。ジュリエットがさきほど浴室に連れていったときにわかったのだが、この暑さにもかかわらず、サラはベッドのなかでもソックスと室内ばきを履いていた。

ベッドの横には背もたれのまっすぐな椅子が一脚置かれていて、サラにはその座面のほうがテーブルよりも手が届きやすかった。そこには錠剤などの薬、タルカムパウダー、保湿ローション、半分しか飲んでいないミルクティーのカップ、たぶん鉄剤だろう、黒っぽい水薬のあとのついたグラスが置かれていた。ベッドの上には雑誌が何冊か——古い「ヴォーグ」や「レディーズ・ホーム・ジャーナル」。

「気になるわよ」とジュリエットは答えた。

「ちゃんと掛けてあったのよ。裏の廊下の、食堂のドアの横に。でも父さんが外しちゃったの」

「どうして?」

「わたしには何も言わなかったわ。外すつもりだとも言わなかった。ところがある日、絵が消えてたの」

「父さん、どうしてあの絵を外したのかしら?」

「そうね。何か考えがあったんじゃないの」

「いったいどんな考えよ?」

「そうね。たぶん——あのね、たぶん、アイリーンと関係してるんじゃないかな。あの絵がアイリーンの気に障るとか」

「あの絵には裸の人なんてひとりもいないわよ。ボッティチェリなんかとは違うわ」

実際、「ヴィーナスの誕生」の複製画がサムとサラの居間に掛かっていた。何年もまえ、他の教師たちを夕食に招いた際に、その絵がピリピリした冗談の種になったことがあったのだ。

「そりゃそうね。でも、あの絵は現代的でしょ。それが父さんには気になったんじゃないかな。というか、たぶん、あの絵を見ているアイリーンといっしょに見ていると――気になったんじゃないかしらね。あの絵のせいで、アイリーンに――ほら、なんていうか、わたしたちが軽蔑されるんじゃないかと思ったのかも。あの――わたしたちのこと変わってるって思うんじゃないかと。父さんはアイリーンに、そういったタイプの人間だと思われたくなかったのよ」

ジュリエットは問い返した。「ああいう絵を壁に掛けるタイプの人間ってこと？　わたしたちの絵を彼女がどう思うか、父さんがそこまで気にするって言うの？」

「父さんって人、わかってるでしょ」

「父さんは他人に異を唱えるのを恐れないわ。職場で問題になったのもそれじゃなかったの？」

「ええ？」とサラは言った。「ああ。そうね。父さんは平気で異を唱えるわよ。でも、気を使うこともあるの。それにアイリーン。アイリーンは――父さんはあの人に気を使ってるわ。あの人はわたしたちにとってとても大事な存在なの、アイリーンはね」

「父さんは、うちに変な絵があるからってあの人が辞めちゃうとでも考えたの？」

「わたしなら掛けたままにしておいたわ。あなたからもらったものはなんでも、わたしには大事だもの。でも父さんは……」

ジュリエットは何も言わなかった。九歳か十歳のころからたぶん十四くらいまで、彼女とサラとのあいだにはサムについての共通理解があった。父さんって人、わかってるでしょ。

あれは二人が女同士だった時代だ。ジュリエットの扱いにくい細い髪にホームパーマを試してみたり、誰も着ていないような服を縫ってみたり、サムが学校の会議で遅い晩にはピーナツバター＆

トマト&マヨネーズサンドの夕食。サラの昔の男友達や女友達のこと、どんな冗談を言ったか、何をして遊んだか、心臓がうんと悪くなるまえの、サラも教師だったころのそんな話が繰り返し語られた。そのまたまえの、サラがリウマチ熱で寝ていたとき、ロロとマクシンという想像の友だちがいて、この二人が、子ども向けの本の登場人物のように、謎や殺人事件までも解決してしまったという話。のぼせ上がったサムの求愛話をちらっと。借りた車での災難。サムが浮浪者に変装してサラの家の玄関に現れたときのこと。

サラとジュリエットはキャラメルファッジをつくり、ペチコートの縁取りの小穴にリボンを通した。二人はよりあわさっていた。ところがとつぜん、ジュリエットはもうそんなことをしたくなくなってしまった。代わりに夜遅く、キッチンで、サムとおしゃべりし、ブラックホールや氷河期や神について質問するのを好むようになった。目を見開いてさも無邪気に質問するサラに父との会話を台無しにされるのが、ジュリエットは嫌でたまらなかった。サラがいつもなんとか話題を自分のほうへ引きもどそうとするのが。だから父とのおしゃべりは夜遅くでなければならず、そして当然のことながら、彼女もサムもけっして口にしない合意があった。サラ抜きになるまで待とう。もちろん、当座のあいだだけのことだが。

それといっしょに注意喚起の言葉もあった。サラには優しくしなさい。彼女は命がけでお前を産んだんだ、それは覚えておかなくちゃいけないよ。

「父さんはね、自分より上の人たちに異を唱えるのはぜんぜん平気よ」サラは、深く息を吸って言った。「でも、ほら、自分よりも下の人たちに父さんがどう接するか、知ってるでしょ。自分はそういう人たちとなんの違いもないんだって相手に思わせておくためなら、父さんはなんだってやる。

自分を相手のレベルまで下げずにはいられない――」

ジュリエットはもちろん、ちゃんとわかっていた。ガソリンスタンドの男の子にサムがどんなふうに話しかけるか、金物店でどんなふうに冗談を言うか知っていた。でも何も言わなかった。

「ああいう人たちのご機嫌をとらないではいられないのよね」サラは急にがらっと口調を変えて言った。底意地の悪さの刃先を震わせて、弱々しく含み笑いしながら。


ジュリエットはバギーをきれいに拭き、ペネロペと自分の汚れも落として、町へ散歩に出かけた。オムツの洗濯用に、あるメーカーの刺激のすくない消毒石鹸が必要だから、というのを口実にした――普通の石鹸を使うと、赤ん坊がオムツかぶれを起こしてしまう。だが、彼女にはべつの理由があった、きまり悪いが抗いがたい理由が。

この道は、彼女が何年も学校へ通うのに歩いた道だった。大学に進学してからでさえ、帰省するとやっぱり同じだった――学校へ通う女の子。あの子の学校通いには終わりがないのかね？ ちょうど彼女が学生ラテン語翻訳賞を受賞したときに、誰かがサムにそう訊ねた。サムは「なさそうだね」と答えた。この話はサム本人から聞かされた。娘が賞をもらったなどと、サムに言えるわけがなかった。そういうことはサラに任せておけ――もっとも、サラはなんの賞だったか忘れてしまったかもしれないが。

そしていまやこうして、ジュリエットはちゃんとまっとうになっている。ほかの若い女性たちと同様、自分の赤ん坊のバギーを押している。オムツ用の石鹸の心配をしている。そしてこれはたんにジュリエットの赤ん坊というだけではない。ジュリエットの私生児（ラブ・チャイルド）なのだ。彼女はときおりペネロペのことをそんなふうに話した、エリックに対してだけだったが。彼はそれをジョークと受け取り、彼女もそれをジョークとして言っていた。もちろん二人はいっしょに暮らしているのだし、しばらくいっしょに暮らしてきたのだし、この先もいっしょにやっていくつもりだったからだ。二人が結婚していないという事実は、彼女の知るかぎり彼にとっては取るに足りないことだったし、彼女自身、それを忘れていることが多かった。でもときおり——そしていまこうして故郷に帰っているとわけ、この正式に結婚してはいないという事実こそが、意気揚々たる達成感を、愚かしくも無上の喜びを与えてくれるのだった。

「じゃあ——今日は街中（アップストリート）へ行ったんだな」とサムが言った（いつもアップストリートなんて言ってたっけ？　サラとジュリエットはアップタウンと言っていた）。「誰か知った人に会った？」

「薬局へ行かなくちゃならなかったの」とジュリエットは答えた。「だから、チャーリー・リトルと話したわ」

この会話はキッチンで行われていた。夜の十一時過ぎのことだ。明日ペネロペに飲ませるミルクを用意しておくのはこの時間が一番いいとジュリエットは考えたのだ。

「リトル・チャーリー？」とサムは問い返した——彼女が忘れていた父のこの癖、人を学校時代のあだ名で呼びつづけるという癖も、ずっと昔からのものだった。「子どものこと、ほめてくれた？」

「もちろん」

「そりゃそうだろうな」

サムはテーブルについて、タバコを吸いながらライウィスキーを飲んでいた。父がウィスキーを飲む姿は見覚えがなかった。なぜなら、サラの父親が大酒飲みだったからだ——大酒を飲んで落ちぶれ果てたわけではない、獣医の仕事は続けていたが、家のなかでは困りもので、おかげで娘は飲酒に怖気をふるうようになった——サムは昔は、すくなくともジュリエットの知るかぎり、家ではビールすら飲まなかった。

ジュリエットが薬局へ行ったのは、オムツ用の石鹸を買える店はそこしかなかったからだ。そこはチャーリーの一家が経営する店ではあったが、彼に会うとは予想していなかった。最後に聞いたチャーリーの消息によると、彼はエンジニアになっているはずだった。彼女は今日、軽率だったかもしれないが、そのことを口に出してしまった。ところが彼は気楽に明るく、うまくいかなかったのだと答えた。腹のあたりに肉がつき、髪は薄くなってウエーブや艶もいくらか失せていた。彼はジュリエットにさも嬉しそうに挨拶し、彼女にも赤ん坊にもお世辞を言い、この態度に戸惑った彼女は、話しかけられているあいだじゅう、顔や首を火照らせてちょっと汗ばんでいた。中等学校のときなら、彼は彼女のことなど相手にしなかったろう——世間並みの挨拶はしただろうが。いつも分け隔てなく、皆に愛想が良かったから。彼は学校でも一番魅力的な女の子たちとデートしていて、そしていままでは、彼の話によると、そのなかのひとりと結婚していた。ジェイニー・ピールだ。彼らには子どもが二人いて、ひとりはペネロペくらいで、もうひとりは年上。それが理由で、と彼は、ジュリエット自身の状況も多少影響しているらしい率直さで語った——それが理由で、エンジニアになるのはやめたのだと。

だから彼は、ペネロペを笑顔にしたり喉をごろごろ言わせたりするにはどうしたらいいか知っているし、同じ親として、いまや同列の人間として、ジュリエットとおしゃべりもするというわけだった。彼女は馬鹿みたいにいい気分になり、嬉しかった。だが、彼の親切にはそれ以上のものがあった——彼女の指輪をしていない左手への素早い一瞥、彼自身の結婚に関するジョーク。それにまだほかにも。彼はジュリエットをこっそり値踏みしていた、おそらくいまでは彼女のことを、大胆な性的生活の成果を見せびらかしている女と見なしていたのだ。よりにもよってジュリエットが。あの堅物、ガリ勉が。

「君に似てるのかな?」ペネロペの顔を覗きこもうとしゃがみながら、彼はそう訊ねた。

「この子の父親のほうに似てるわね」とジュリエットはさりげなく答えたが、誇らしい思いがこみあげて、いまや上唇で汗が玉になっていた。

「そうなの?」とチャーリーは言いながら体を起こし、ここだけの話だが、みたいな口調になった。「ひとつ言っておきたいんだけど。あれは残念だったなあ——」

ジュリエットはサムに話した。「彼、父さんの件は残念だったって言ってたわよ」

「そんなこと言ったのか。お前はなんて答えたんだ?」

「なんて言っていいかわからなかった。何を言いたいのかわからなかったんだもの。でも、そう悟られたくなかったの」

「なるほど」

彼女もテーブルの席に腰かけた。「わたしも飲みたいけど、ウィスキーは嫌い」

「へえ、お前も飲むようになったのか?」

「ワインをね。わたしたち、自家製ワインを作ってるの。ベイの人たちはみんなそうしてる」

すると父は彼女にジョークを聞かせた、以前ならぜったい娘に向かって話さなかったようなジョークだ。カップルがモーテルに行く話で、「まあなんというか、いつも日曜学校で女の子たちに話すことといっしょだな——酒を飲んだりタバコを吸ったりしなくても楽しい思いはできる」というセリフで終わっていた。

彼女は笑ったが、チャーリーと話したときと同じように顔が火照るのを感じた。

「どうして仕事を辞めたの？」と彼女は訊ねた。「わたしのせいで辞めさせられたの？」

「おいおい」サムは笑った。「おまえはそれほどの重要人物には思えないけどな。俺は辞めさせられたんじゃない。クビになったわけじゃない」

「わかったわ。父さんは辞めた」

「俺は辞めた」

「それって、わたしのことと何か関係あったの？」

「俺が辞めたのは、首をいつも首つり用の輪っかに突っ込んでいるのにうんざりしたからだ。もう何年も辞めようと思ってたんだ」

「わたしのこととは関係ないの？」

「わかったよ」とサムは言った。「口論になったんだ。いろいろ言われて」

「どんなことを？」

「お前は知らなくていい」

「それに、心配しなくてもいい」ちょっと間をおいてから、サムは言った。「クビにされたわけじゃない。クビにはできなかったんだ。規則があってね。言ったとおりだよ——どっちみち、俺は辞めるつもりだったんだ」

「だけど、父さんはわかってない」とジュリエットは言った。「わかってない。これがどれほど馬鹿げたことかわかってない、ここが暮らしの場としてどれほど最低のところかね、みんながそんなことを言うところなのよ。こんなことがあるのよってまわりに話しても、信じてもらえないわ。冗談みたいに思われちゃう」

「ふん。残念ながら母さんと俺はお前が住んでるところに住んでるわけじゃないからな。ここが俺たちの住んでる場所だ。そのお前の男も、これを冗談だと思うのか？　今夜はこれ以上このことについては話したくない、俺は寝るよ。母さんをちょっと覗いて、それから寝る」

「あの旅客列車――」とジュリエットはなおも意気盛んに、嘲りさえにじませながら言った。「まだちゃんとここに停まるのよね。そうでしょ？　わたしにここで降りてもらいたくなかったのね。そうなんでしょ？」

部屋を出て行きかけていた父親は、答えなかった。


町の最後の街路灯の明かりが、いまやジュリエットのベッドに投げかけられていた。大きなカエデの木は伐り倒されて、代わりにサムのルバーブが植えられている。昨夜彼女はカーテンを閉めきってベッドに光が差さないようにした。でも、今夜は外の空気が必要な気分だった。となると、枕を、ペネロペもいっしょにベッドの足元のほうへ持ってこなければならなかった。赤ん坊は顔に煌々と光を浴びながら天使のように眠っていた。

ウィスキーをちょっぴり飲んでおけばよかったとジュリエットは思った。不満と怒りで凝り固まって横になりながら、彼女は頭のなかでエリックに手紙を書いた。「わたし、ここで何をしているのかしら、こんなところへ来なければよかった、家に帰りたくてたまりません」

家。

朝の光がかろうじて差しはじめたころ、彼女は掃除機の音で目を覚ました。それから声――サムの声――がその騒音を遮り、きっとまた眠ってしまったのだろう。あとで目を覚ましたとき、あれは夢だったに違いないと彼女は思った。でなければペネロペが目を覚ましていたはずだが、そんなことはなかったのだから。

今朝のキッチンにはもう果物を煮るにおいはたちこめておらず、さほど暑くなかった。アイリーンはギンガムの小布をジャムの瓶に片端からかぶせ、ラベルを貼っていた。

「あなたが掃除機をかけてる音が聞こえてたような気がするんだけど」ジュリエットはなんとか明るくふるまおうと努めながら言った。「きっと夢だったのね。まだ朝の五時ごろだったもの」

アイリーンはしばらく答えなかった。彼女はラベルに何か書いていた。書くことにひどく神経を集中していて、唇を歯で嚙んでいた。

「それはあの人だよ」書き終えると彼女は言った。「あの人があんたの父さんを起こしちまって、父さんは行ってやめさせなくちゃならなかったんだ」

これはあり得ないように思えた。サラは昨日、トイレへ行くときしかベッドを離れなかったのだ。

「あんたの父さんの話によると」とアイリーンは続けた。「あの人、真夜中に目を覚ましちゃあ、何かやろうと考えて、父さんが起きてやめさせなくちゃならないんだってさ」

「じゃあ、ぱっと力が湧くことがあるのね」とジュリエットは言った。

「うん」アイリーンはまたべつのラベルに取り掛かっていた。それが済むと、ジュリエットのほうへ向き直った。

「あんたの父さんを起こしてかまってもらいたい、そういうことだよ。父さんはくたくたなのに、起きてあの人の世話をしてやらなくちゃならないんだ」

ジュリエットは顔を背けた。ペネロペを床へ下ろしたくはなかったので——ここはこの子にとって安全な場所ではないといわんばかりに——なんとか腰に乗っけたまま、スプーンで卵をすくい出し、片手で叩いて殻をむいて潰した。

ペネロペに食べさせながら、彼女は口を開くのが怖かった。母親の口調に赤ん坊が怯えて泣き出すと困る。だが、何かしら自ずとアイリーンに伝わるものがあったようだ。アイリーンはさっきよりは穏やかな口調で——でも底には挑戦的なものをにじませて——言った。「そんなふうになるものなんだよ。あんなふうに病気になると、仕方ないんだ。自分のことしか考えられないんだよ」


サラの目は閉じられていたが、たちまち開いた。「あら、わたしの大事な子たち」サラは自分を笑っているような口調で言った。「わたしのジュリエット。わたしのペネロペ」

ペネロペはどうやら祖母に慣れてきたようだった。すくなくとも、今朝は泣かなかったし、顔を背けもしなかった。

「ほら」サラは言いながら、雑誌の一冊に手を伸ばした。「その子を下ろして、これで遊ばせてごらん」

ペネロペは一瞬うさんくさそうな顔をし、それからページを摑むと、えいっと引きちぎった。

「その調子」とサラは言った。「赤ちゃんってみんな雑誌を破るのが大好きなのよね。思い出すわ」

ベッド脇の椅子には、クリームオブウィート（オートミールのような朝食用ホットシリアル）のボウルがほとんど手つかずで置いてあった。

「朝ご飯、食べなかったの？」ジュリエットは訊ねた。「食べたいものじゃなかったの？」

サラは、真剣に考えることを要求されたかのようにボウルを見つめたが、駄目だった。

「覚えてないわ。そうね、食べたくなかったんだと思う」彼女はここで、くすくす笑いとあえぎとのちょっとした発作に襲われた。「どうなのかしらねえ。ふと思ったのかも――あの人に毒を盛られるかもしれない、とか」

「冗談よ」しゃべれるようになると彼女は言った。「だけど、ものすごく気性が荒いの。アイリーンって。見くびっちゃいけないわ――アイリーンのこと。あの腕に生えている毛、見た？」

「猫の毛みたい」とジュリエットは答えた。

「スカンクの毛みたい」

「あれがジャムに入ったりしないことを祈らなくちゃね」

「いやだ――これ以上笑わさないで――」

ペネロペは雑誌を破くのにすっかり夢中になっていたので、ジュリエットはちょっとのあいだ娘をサラの部屋に残して、クリームオブウィートのボウルをキッチンへ下げることができた。ジュリエットは何も言わないまま、エッグノッグをつくりはじめた。アイリーンはジャムの瓶の入った箱を車に運ぼうと、出たり入ったりしていた。裏口の上がり段では、サムが掘り起こしたばかりのジャガイモにホースで水をかけて泥を落としていた。サムは歌いはじめた――さいしょは歌詞が聞き取れないほど小さな声で。それから、アイリーンが段を上ってくると声が大きくなった。

おやすみー、アイリーン、
おやすみ、アイリーン、
おやすみ、アイリーン、おやすみ、アイリーン
夢のなかで会おう
（「グッドナイト・アイリーン」より）

キッチンに入ってきたアイリーンは、振り返って叫んだ。「あたしの歌なんか歌わないで」

「君の歌だって？」サムはさも驚いたというふうを装って問い返した。「誰が君の歌を歌ってるって？」

「あんただよ。たったいま歌ってたじゃない」

「ああ――あの歌か。あの、アイリーンの歌？　歌に出てくる女の子が？　いやはや――君もこの名前だったってことを忘れてたよ」

サムはまた歌いだしたが、小さくハミングしているだけだった。アイリーンは立ちはだかって聞き耳を立て、紅潮した顔で胸を大きく上下させながら、一言でも聞こえたら飛びかかろうと待ち構えた。

「あたしの歌なんか歌わないでよ。あたしの名前が出てくるんなら、あたしの歌だからね」とつぜんサムはあらんかぎりの声を張り上げた。

先週の土曜の夜、俺は結婚した、
俺と女房は——

「やめてよ。やめてったら」アイリーンが叫んだ。目を見開いて、激昂している。「やめないなら、出てってホースで水ぶっかけてやるから」


その午後、サムは、注文をもらっているあちこちの食料品店や数軒の土産物店にジャムを配達に行く予定だった。サムは、ついてこないかとジュリエットを誘った。金物店へ行って、ペネロペのために真新しいチャイルドシートも買ってきていた。

「こういうのは、うちの屋根裏にはないからな」とサムは言った。「お前が小さかったときには、こんなのあったのかなあ。どっちにしろ関係なかったけどね。うちには車がなかったから」

「とっても素敵ね」とジュリエットは言った。「あんまり高くなかったならいいけど」

「安いもんさ」とサムは答えながら、お車へどうぞと彼女にお辞儀した。

アイリーンは畑でまたラズベリーを摘んでいた。今度はパイ用だった。出発の際にサムがクラクションを二度鳴らして手を振ると、アイリーンは応えることにしたらしく、ハエでも追い払うかのように片腕を挙げた。

「あの子は最高だね」とサムは言った。「彼女がいなかったら、俺たちは生き延びられないよ。だけど、お前には、やたらと荒っぽく思えるんじゃないかな」

「まだ会ったばかりだもの」

「そうだな。お前に怯えてるんだ」

「まさか」そして、何かアイリーンを認めるようなことを、でなければすくなくとも中立的なことを言おうとして、彼女の夫が養鶏場でどのようにして亡くなったのかジュリエットは訊ねた。

「彼が犯罪者タイプだったのか、たんに大人になりきれてなかったのかは知らないがね。ともかく、サイドビジネスにニワトリを盗んでやろうと考えた何人かのバカどもと忍び込んだら、もちろん警報器が鳴って、農夫が銃を持って出てきて、撃つつもりがあったのかどうかはわからないが、撃っちまって――」

「なんてこと」

「それで、アイリーンと義理の両親は裁判を起こしたんだが、そいつは罪には問われなかった。まあ、当然だ。とはいえ、彼女には辛かったろうな。褒められるような旦那じゃなかったみたいだが」

それはもちろん辛かったでしょうね、とジュリエットは答えてから、アイリーンは元生徒だったのかと訊ねた。

「いや、いや、いや。彼女はほとんど学校へは行ってないよ、俺の知るかぎりじゃね」

彼女の一家はずっと北のほうの、ハンツヴィルの近くに住んでいたのだとサムは語った。そうだ、あの近くだ。ある日一家は全員で町へ行った。父親と母親と子供たち。そして父親は家族に、自分はやることがあるからちょっと経ってから落ちあおうと言った。父親は場所を指定した。時間も。それから家族は時間が来るまで、金もなしに歩きまわった。そして父親はそのまま現れなかった。

「来るつもりなんかなかったんだ。家族を捨てたんだ。それで一家は福祉に頼るしかなかった。家賃の安い田舎の、掘立小屋に住んでさ。アイリーンの姉さんは、母親以上の大黒柱だったらしいが――盲腸が破裂して死んだんだ。町へ運びようがなかったんだよ、吹雪だったし、一家には電話もなかったからね。それからはアイリーンはもう学校へ行きたくなくなった、それまでは他の子たちがちょっかい出してくるのを姉さんが守ってくれてるみたいな感じだったんだ。彼女、いまでは神経が図太いように見えるかもしれないけど、さいしょからそうだったわけじゃないと思う。もしかしたらいまだって、そう見せかけているだけかもしれない」

　そしていまでは、とサムは言った。いまではアイリーンの母親が小さな男の子と小さな女の子の面倒を見ているんだが、なんとまあ、こんなに何年も経ってから、父親がひょっこり現れて、母親とよりをもどそうとしている。だけど万が一よりがもどったら、アイリーンはどうしたらいいのかわからない、子供たちを父親のそばには置きたくないからだ。

「可愛い子たちでね。女の子のほうはちょっと問題があって、口蓋裂なんだ。すでに一回手術を済ませたんだけど、あとでもう一度手術が必要らしい。ちゃんと治るんだよ。だけど、これまた重荷だからな」

　これまた重荷。

　ジュリエットときたら、どうしたのだろう？　心からの同情がまったく湧いてこないのだ。心の奥底で、この長ったらしい不幸話に反発している自分を彼女は感じていた。これはあんまりだ。口蓋裂の話が出てきたとき、彼女が本当に口にしたかったのは苦情だった。あんまりだわ。

　自分が間違っているのはわかっていたが、その気持ちは消えなかった。それ以上何か言うのが怖かった、自分の無情さをあらわにしてしまいそうで。サムに「だけど、そんな惨めな身の上のどこが素晴らしいっていうのよ、おかげで彼女は聖人になれるってわけ？」とか言ってしまいそうで、不安だった。あるいは、「わたしたちをそういう人たちとつきあわせようとか思ってるんじゃないといいけど」みたいな、およそ許されないようなことを口にしてしまうかもしれない。

「言っておくがね」とサムは続けた。「彼女が手伝いに来てくれるようになったとき、俺は困り果てていたんだ。去年の秋、お前の母さんはまったくの破滅的状況だった。といっても何もかも諦めかけていたというんじゃないんだ。そうじゃない。何もかも諦めてくれたほうがましだった。何もやらないでいてくれるほうがましだった。母さんがどんなふうだったかというと、ひとつの仕事を始めるだろ、でもそれを続けられないんだ。何度も何度もその繰り返しだ。べつにまったく目新しいことってわけじゃなかったけどな。だってさ、俺はいつだってあいつの散らかしたものを片づけて、あいつの面倒をみて、あいつが家のことをやるのを手伝わなきゃならなかったんだから。俺とお前と二人でさ——覚えてるか？　あいつはこれまでずっと心臓の悪いかわい子ちゃんで、かしずかれるのに慣れていた。これまでの長い年月、ときおり確かに思ったよ、あいつももっと努力してもよかったんじゃないかってさ」

「だけど、事態はひどくなってきた」とサムは話した。「そのうち、俺が家に帰るとキッチンの真ん中に洗濯機があって、濡れた服があちこちに散乱してたりするようになった。焼き菓子をつくりかけて諦めて、めちゃめちゃ、オーヴンのなかでは何かがカリカリになってたり、とかね。あいつが自分の体に火をつけてしまうんじゃないかと怖かった。家を火事にするんじゃないかと。ベッドで寝ててくれって、何度も何度も言った。でもあいつは聞こうとせず、そうしては、めちゃめちゃになったなかで泣くんだ。何人かの女の子に来てもらったけど、みんな母さんをうまく扱えなかった。そこへ来たのが——アイリーンだ」

「アイリーン」サムは大きなため息をつきながら言った。「あの日は俺にとって祝日だ。まさにね。祝日だ」

　ところが、良いことというのはなべてそういうものだが、とサムは続けた。これまた終わりを迎えることとなった。アイリーンは結婚するのだ。四十か五十の寡夫と。農夫だ。相手は金を持っているということで、アイリーンのためにも、サムはこれが本当であるといいと思っていた。その男には、それ以外に推奨できるようなところはたいしてなかったからだ。

「本当にないんだよ。俺の知る限りじゃ、歯が一本しかないし。よくない印だよ、言わせてもらえば。あまりにも尊大なのか、あまりにもケチなせいで、入れ歯を入れないんだ。考えてもみろ——彼女みたいな堂々とした女の子がさ」

「結婚はいつなの？」

「秋のいつかだ。秋だよ」


　この間ずっとペネロペは寝ていた——車が動きはじめたとたん、チャイルドシートのなかで寝てしまったのだ。前部の窓は開いていて、ジュリエットは干し草のにおいを嗅ぎつけた。刈って、梱（こり）にしたばかりのものだ——もう誰も干し草を巻いたりしなくなった。ニレの木がまだ何本か立っている、そのぽつんと孤立した姿は、いまでは驚異だった（カナダでは一九七〇年代から八〇年代にかけてニレ立枯れ病で多くのニレが失われた）。

　車は、小さな谷の一本道に沿って建物が並ぶ村で停まった。谷の壁からは基岩が突き出していた

──周辺の何マイルにもわたってそんな巨大な岩が見られるのはここだけだった。入場料が必要な特別な公園があったころ、ここへ来たことがあったのを、ジュリエットは思い出した。公園には噴水や、イチゴのショートケーキやアイスクリームを食べられる喫茶店があった──きっとほかにもいろいろあったのだろうが、彼女は覚えていなかった。岩に開いた洞窟には七人のこびとの名前がつけられていた。サムとサラが噴水の横の地面に座ってアイスクリームを食べているあいだ、ジュリエットは駆け出して洞窟を探検しにいった（じつのところ、たいしたものではなかった──ひどく浅くて）。両親にもいっしょに来てほしかったが、サムに、「わかってるだろ、母さんは高いところへはのぼれないんだ」と言われた。

「行ってらっしゃい」とサラも言った。「帰ってきたらぜんぶ話してね」サラはおしゃれしていた。周囲の草の上に丸く広がる黒いタフタのスカート。バレリーナ・スカートと呼ばれていた。

あれは特別な日だったに違いない。

サムが店から出てくると、ジュリエットはこのときのことを訊いてみた。さいしょサムは思い出せなかった。それから記憶がよみがえった。ぼったくり商売だったな、と彼は言った。あれがいつなくなったのか、サムは知らなかった。

ジュリエットの見たところ、通りのどこにも噴水や喫茶店の名残は一切なかった。

「平穏と秩序をもたらしてくれる人だ」とサムは言い、一瞬の間をおいて、彼がまだアイリーンのことを話しているのだとジュリエットは気づいた。「彼女はなんでもこなす。草も刈るし、畑も耕す。何をしていようと最善を尽くし、それをやることができてありがたいといわんばかりの態度なんだ。あれにはいつも感心させられるよ」

あの気楽な場面はいったいなんだったのだろう？　誕生日、それとも結婚記念日？　サムはしつこく、厳粛とさえいえるような口調で、エンジンをふかしながら丘をのぼっていく車がたてる音に負けじと話しつづけた。

「彼女のおかげで俺は女というものに対する信頼を取りもどしたんだ」


サムはどの店でも、すぐ済むからとジュリエットに言いおいて駆け込んでいっては、かなりたってから車にもどってくると、なかなか出てこられなかったのだと弁解した。みんな話をしたがる、みんなサムに聞かせようとジョークをためこんでいるのだ。何人かはサムの娘とその赤ん坊を見ようと、いっしょに外に出てきた。

「じゃあ、あれがラテン語をしゃべる娘さんなのね」ひとりの女は言った。

「近頃じゃ、ちょっと錆びついてるけどね」とサムは答えた。「近頃じゃ、手一杯だから」

「そりゃ、そうでしょうねえ」女はそう言って、首を伸ばしてペネロペを覗きこんだ。「だけど、子供がいるって幸せよねえ。ほんと、赤ちゃんってねえ」

また取り組もうかと思っている――現在のところ、それはただの夢だったが――論文のことをサムに話してみようかとジュリエットは考えていた。そういうことを以前二人はいつも自然に話しあっていた。サラがいるところでは駄目だ。サラは「さあ、どんな勉強をしているのか話してちょうだい」などと言う。そしてジュリエットが要点を説明すると、サラは、どうやったらそういういろんなギリシャの名前をごっちゃにしないでいられるの、と訊ねたりするのだ。でも、サムにはジュリエットがしゃべっていることがわかっていた。大学で、サラは十二か十三のときに thaumaturgy

（魔術を行うこと）という言葉に遭遇したとき、それがどういう意味なのか父が説明してくれたと話したことがある。すると、お父さんは学者なのかと訊かれた。

「そうよ」と彼女は答えた。「六年生を教えているわ」

いまでは彼女は、父がそれとなく自分を傷つけようとしているのではないかという気がしていた。というか、あまりそれとなくでもないのかもしれない。父は、地に足が着いていない、などという言葉を使うかもしれない。それとも、父が忘れるなどとは信じられないようなことを忘れたと言い張るとか。

でも、もしかしたら本当なのかもしれない。父の心のなかのいろいろな部屋は閉ざされ、窓は暗くなっている——そのなかにあるものを父は、まったく役に立たない恥ずべきもので、世間には出せないと思っているのだ。

ジュリエットは、意図した以上に厳しい口調で訊ねた。

「本人は結婚したがってるの？　アイリーン本人は？」

この質問はサムを驚かせた。そんな口調で、しかもかなりの沈黙のあとに発せられたからだ。

「さあ」とサムは答えた。

そして、しばらくしてから、「どうして結婚なんかできるのか、俺にはわからんよ」

「訊いてみれば」とジュリエットは言った。「訊きたいはずよ、父さんの彼女に対する気持ちからするとね」

一マイルか二マイル走ってから、サムが口を開いた。彼女が父を怒らせたのは明らかだった。

「お前が何を言ってるのか、俺にはわからん」とサムは答えた。

「ハッピー、グランピー、ドーピー、スリーピー、スニージー（白雪姫の七人のこびとの名前）」とサラが言った。

「ドク」とジュリエットがつけたした。

「ドク。ドクね。ハッピー、スニージー、ドク、グランピー、バッシュフル、スニージー――ちがう。スニージー、バッシュフル、ドク、グランピー――スリーピー、ハッピー、ドク、バッシュフル――」

指を折って数えながらサラは言った。「八人だったっけ？」

「あそこ、何度か行ったわよね」とサラは言った。「わたしたち、あそこを『ストロベリー・ショートケーキの神殿』って呼んでたわ――ああ、また行きたいなあ」

「あのね、もう何もないのよ」とジュリエットは言った。「どこにあったのかさえわからなかった」

「わたしだったらぜったいわかったわ。いっしょに行けばよかった。夏のドライブ。車に乗るのに、どれだけ体力が要るっていうの？　父さんはいつも、そんな体力ないじゃないかって言うのよ」

「わたしを迎えにきてくれたじゃない」

「そうよね、行ったわ」とサラは答えた。「だけど、父さんは連れていきたがらなかったのよ。癇癪起こしてみせなくちゃならなかったわ」

サラは頭の下の枕を引っ張り上げようと手を後ろへ伸ばしたが、できなかったので、ジュリエットが代わりにしてやった。

「ちぇっ」とサラは言った。「わたしって、なんて役立たずなのかしら。でも、お風呂は入れると思うわ。お客が来たら大変でしょ？」

誰か来るのかとジュリエットは訊ねた。

「ううん。でも、もし来たら？」

そこでジュリエットは母を浴室へ連れていき、ペネロペも後ろから這ってきた。そして、お湯の支度ができて、祖母が浸されると、ペネロペは自分もこの風呂に入らなければと思ったらしかった。ジュリエットは娘の服を脱がせ、赤ん坊と老女はいっしょに風呂に浸かった。もっとも、裸のサラは老女というよりも老いた少女のように見えた――言わば、何か風変わりな、消耗性の、活力を奪う病気にかかっている少女のように。

ペネロペは警戒もせずにサラの存在を受け入れたが、自分のアヒルの形をした黄色い石鹼をずっと握りしめたままでいた。

サラがついに勇気を出して用心深くエリックのことを訊ねたのは、浴槽のなかでだった。

「彼はきっといい人なんでしょうね」とサラは言った。

「ときにはね」ジュリエットは無頓着に答えた。

「さいしょの奥さんに、とっても優しかったのね」

「唯一の奥さんよ」ジュリエットは母の言葉を訂正した。「いままでのところはね」

「だけど、こうして赤ちゃんがいるんだから、きっと――あなたは幸せなのよね、つまり。きっとあなたは幸せなんだわ」

「罪深い同棲生活にふさわしく、幸せね」ジュリエットはそう答えながら、サラの石鹼まみれの頭の上でタオルを絞って水を滴らせて、母を驚かせた。

「そう言いたかったのよ」サラは首をすくめて顔を覆い、嬉しそうに悲鳴をあげたあとで、そう言った。それから、「ねえジュリエット？」
「はい？」
「あのね、わたしが父さんについて意地悪なこと言ったとしても、本気じゃないからね。あの人がわたしを愛してくれてるのは、わかってるの。あの人はただ、悲しいのよ」

ジュリエットは、また子どもにもどってこの家にいる夢を見た。でも、内部の様子はちょっと違っていた。見慣れない部屋の一室の窓から外を見ると、空中で水が弧を描いて輝いているのが目に入った。この水はホースから出ていた。父親が、彼女に背を向けて庭に水を撒いている。ラズベリーの木のあいだを出たり入ったりしている人影があり、しばらくするとアイリーンだとわかった――といっても、もっと子供っぽいアイリーンで、軽やかで陽気だ。彼女はホースからまき散らされる水を素早くよけていた。隠れてはまた現れる、たいていはうまく逃げるのだが、走り去る一瞬まえにいつもまた捕まる。屈託のないお遊びのはずなのだが、窓の陰にいるジュリエットは、嫌悪感を抱いて見つめていた。父はずっとこちらに背中を向けたままだったが、彼女には確信があった――なぜか見えていた――父はホースを低く、体の前に構えていて、父があちこち動かしているのはそのノズルの部分だけなのだと。

その夢にはまとわりつくような不快感が満ち溢れていた。皮膚の外側でうごめいている類の不快感ではない、体内のもっとも細い血管をくねくね這い上がってくる類のものだ。

目を覚ましたときも、その感覚はまだ残っていた。彼女はその夢を恥ずべきものだと思った。露骨で、陳腐だ。彼女自身の汚らしい放縦さ。

午後の半ば、玄関のドアがノックされた。誰も玄関は使っていなかった——ジュリエットは開けるのにいささか苦労した。

そこに立っている男は、きちんとアイロンの掛かった半袖の黄色いシャツに、褐色のズボンを穿いていた。おそらくジュリエットよりは二、三歳年上だろう、背は高いがちょっときゃしゃな感じで、胸がややくぼんでいたが、元気よく挨拶し、ずっと笑顔を崩さなかった。

「こちらの奥様に会いにきたんですが」と男は言った。

ジュリエットは男をそこへ立たせておいて、サンルームへ行った。

「玄関に男の人が来てるわよ」と彼女は告げた。「物売りかもしれない。追い返そうか？」

サラは体を起こした。「だめ、だめ」サラは息をはずませて答えた。「わたしの身だしなみをちょっと整えてもらえる？　声が聞こえたわ。あれはドンよ。わたしのお友だちのドン」

ドンはすでに家のなかに入ってきていて、サンルームのドアの外から声が聞こえた。

「落ち着いて、サラ。ほら、僕ですよ。入っても構わない恰好してる？」

サラは、ひどく興奮して嬉しそうな表情で、自分ではうまく扱えないヘアブラシに手を伸ばしたが、それから諦めて指で髪を梳いた。彼女の声は陽気に鳴り響いた。「ぜんぜん問題のない恰好だと思うわ。さあ、入って」

男が姿を現し、さっと駆け寄ると、サラは彼に向って両腕を上げた。「あなたは夏のにおいがするわ」とサラは言った。「これどうしたの？」彼のシャツに触れる。「アイロンがかかってる。アイロンのかかったコットン。へえ、素敵じゃないの」

「自分でかけたんです」と彼は言った。「サリーは教会で花をいじくっているんでね。悪くない出来栄えでしょ？」

「上出来だわ」とサラは答えた。「でも、あなた、もうちょっとで入れてもらえないところだったのよ。ジュリエットったら、あなたのことセールスマンだと思ったの。ジュリエットは娘よ。わたしの大事な娘。お話ししたでしょ？　娘が来るって話したわよね。ドンはわたしの牧師様なのよ、ジュリエット。お友だちで牧師様」

ドンは背筋を伸ばし、ジュリエットの手を握った。

「ごいっしょできて嬉しいです——お会いできて本当に嬉しい。それに、じつのところ、あなたはまんざら間違っていたわけじゃない。僕は一種のセールスマンですからね」

ジュリエットは牧師らしい冗談に礼儀正しく微笑んだ。

「どの教会の牧師をなさってるんですか？」

その質問にサラは笑い声をあげた。「あらいやだ——そんなこと聞いたらばれちゃうじゃない」

「トリニティーです」ドンは動じる気配のない笑顔で答えた。「それに、ばれるということについては——サラとサムがこの地区のどの教会にもつながりを持っていないということはとっくに知ってます。ともかく、僕はただ立ち寄るようになっただけです、なにしろ、あなたのお母さまはとてもチャーミングな女性なのでね」

トリニティーと呼ばれているのが英国国教会だったのかカナダ合同教会だったのか、ジュリエットは思い出せなかった。

「ドンにちゃんとした椅子を持ってきてあげてくれない？」とサラが頼んだ。「ほら、まるでコウノトリみたいにわたしの上に屈みこんでるわ。それと、何か飲み物を、ねえドン？　エッグノッグはいかが？　ジュリエットはとっても美味しいエッグノッグをつくってくれるの。いや、いや、あれはちょっと重すぎるかも。昼日中の暑さのなかをやってきたばかりなんですものねえ。お茶は？あれも熱いし。ジンジャーエール？　何かジュースは？　ジュースは何があるの、ジュリエット？」

ドンは「水を一杯いただけたらけっこうです。水をいただけるとありがたい」と答えた。

「お茶はいらないの？　ほんとうに？」サラはすっかり息を切らしてしまった。「だけど、わたしはちょっとほしいわ。あなたもきっと、半分くらいなら飲めるでしょ。ねえジュリエット？」

キッチンでひとりになったジュリエットは——アイリーンの姿は庭にあり、今日は、豆の周囲をクワで掘り返していた——お茶は自分を部屋から追い払って、二言三言内緒話をするための計略だったのだろうかと思った。内緒話を二言三言、もしかして、お祈りを二言三言だったりして？　考えただけで気分が悪かった。

サムとサラはどんな教会にも属したことはなかったが、ここで暮らすようになった初期のころに、自分たちはドルイド教徒なのだとサムが誰かに話したことがあった。二人はこの町には教会がない宗派の信徒なのだとの噂が広まり、そのおかげで、二人は無宗教からひと目盛り上に押し上げてもらえたのだった。ジュリエット自身はしばらく英国国教会の日曜学校へ通っていたが、それは英国国教会信徒の友人がいたからにすぎなかった。サムは学校では、聖書を読まなければならなかったし、「ゴッド・セイヴ・ザ・り毎朝主の祈りを唱えたりすることに決して反発することはなかったし、「ゴッド・セイヴ・ザ・

クイーン」（カナダは英連邦王国なので王室歌として歌われている）にも異議は唱えなかった。

「あえて危険を冒すべきときと、そうじゃないときがある」とサムは言っていた。「この点でむこうを満足させておいてやれば、進化論に関する事実を二つ三つ子供たちに話してもお咎めなしでいられるかもしれないだろ」

サラは一時バハイ教に興味を持っていたことがあるが、この興味は衰えてしまったとジュリエットは思っていた。

たっぷり三人分のお茶を淹れ、戸棚のなかでダイジェスティヴ・ビスケットを見つけた――それに、サラがいつもおしゃれに設えたいときに出していた真鍮のトレイも。

ドンはティーカップを受け取り、ジュリエットが忘れずに持ってきた氷入りの水をごくごくと飲んだが、ビスケットには首を振った。

「僕はけっこうです」

彼はこの言葉を、特別力を込めて言っているように思えた。まるで信仰心によって禁じられているのだとでもいわんばかりに。

彼はジュリエットに、どこに住んでいるのか、西海岸はどんな気候なのか、夫の仕事はなんなのかと訊ねた。

「エビ漁をやっています。でも、じつをいえば夫ではないんです」とジュリエットは浮き浮きと答えた。

ドンは頷いた。ああ、なるほど。

「あちらの海は荒れるんでしょう？」

「ときには」

「ホエールベイねえ。初めて聞いたけれど、これで覚えます。ホエールベイではどこの教会へ行ってるんですか？」

「行ってません。わたしたち、教会へは行かないんです」

「あなたがたが行く教会が近くにないんですか？」

ジュリエットはにこやかに首を振った。

「わたしたちが行く教会は一切ないんです。わたしたちは神を信じていません」

ドンのカップがカチャンと小さな音をたてて受け皿に置かれた。それは残念だと彼は言った。

「そんな言葉を聞くのは本当に残念だ。どのくらいまえからそういう意見なんですか？」

「さあ。そういうことをまともに考えるようになってからずっと」

「でも、お子さんがいるとお母さんから伺いましたが。小さな娘さんがいるんでしょう？」

ジュリエットは、はい、います、と答えた。

「で、娘さんは洗礼を受けていないんですか？　娘さんを無宗教者にしてしまうつもりなんですか？」

それについては、ペネロペはいつかそのうち自分で決めるだろうと思っていると、ジュリエットは答えた。

「でも、わたしたちはあの子を宗教抜きで育てようと思ってます。はい」

「それは悲しむべきことです」ドンは静かにそう言った。「あなたがた自身にとって、悲しむべきことだ。あなたとあなたの――呼び方はなんでもいいですが――、あなたがたは神の恩寵を拒むことにした。けっこう。あなたがたは大人です。でも、お子さんの分まで拒むのは——お子さんに食べ物を与えないのと同じだ」

ジュリエットは自分の平常心にひびが入るのを感じた。「だけど、わたしたちは信じていないいんです」とジュリエットは言った。「神の恩寵なんて信じていない。あの子に食べ物を与えないのと同じなんかじゃありません、あの子が嘘の上で成長することのないようにしてるんです」

「嘘。世界中で夥しい数の人たちが信じていることを、あなたは嘘と呼ぶんですね。それはちょっとおこがましいとは思わないんですか、神を嘘と呼ぶだなんて?」

「夥しい数の人たちが信じてるわけじゃありません、ただ教会へ通ってるだけです」ジュリエットの声は激してきた。「考えていないだけ。もし神がいるとして、神がわたしに知性を授けてくれたのだとしたら、わたしにその知性を使わせるつもりだったんじゃないの?」

「それに」と彼女は気持ちを落ち着けようと努めながら続けた。「それに、違うものを信じてる人たちも夥しい数いるじゃないですか。たとえばブッダとか。だったらどうして、夥しい数の人たちが信じてるってことで、それが真実になるの?」

「キリストは生きています」とドンは待ってましたとばかりに答えた。「ブッダは違う」

「そんなのただの屁理屈でしょ。どんな意味があるっていうの? その件について言えば、両方とも、生きてるって証拠なんかないでしょ」

「あなたにとってはね。でも、ほかの人たちにとっては、あるんです。知ってますか、ヘンリー・フォードは——ヘンリー・フォード二世、人生に望めるものはなんでも手にしている人です——それでもなお毎晩欠かさずひざまずいて神に祈りを捧げるんですよ」

「ヘンリー・フォード?」ジュリエットは叫んだ。「ヘンリー・フォード? いったいヘ、ン、リ、ー、・フ、ォ、ー、ドがわたしになんの関係があるっていうの?」

議論は、この種の議論が必然的にたどる道をたどっていた。牧師の声は、さいしょは怒っているというより悲しげだったのだが——つねに鉄壁の信念をにおわせてはいたが——甲高い、叱りつけるような調子を帯びてきて、一方ジュリエットは、さいしょは本人のつもりでは理性的な反論——冷静かつ明敏、ちょっとしゃくに障るほど礼儀正しい——だったものがいまや冷酷で痛烈な憤怒となっていた。二人とも、有益というよりはむしろ侮辱となるような議論のネタや反論を探していた。

そのあいだ、サラは二人のほうは見ずにダイジェスティヴ・ビスケットを齧っていた。彼女はときおり、二人の言葉がぶつかってきたかのように身震いしたが、彼らはそれに気づくどころではなかった。

二人が声を張り上げるのを止めさせたのは、ペネロペの大きな泣き声だった。オムツが濡れて目を覚まし、しばらく小さな声でぐずぐず言っていたのだが、やがてもっと大きな声で不満を訴え、しまいにすっかり怒ってしまったのだ。サラがまずさいしょに聞きつけ、二人の注意を惹こうとした。

「ペネロペが」とサラは消え入りそうな声で言い、ついでもっと大きな声を絞り出した。「ジュリエット。ペネロペが」ジュリエットと牧師は二人ともサラのほうをうわの空で見たが、それから牧師がきゅうに声を落として言った。「あなたの赤ちゃんだ」

ジュリエットは慌てて部屋を出ていった。ペネロペを抱き上げた彼女は震えていて、乾いたオムツを留めるときに危うく娘をピンで刺すところだった。ペネロペは泣き止んだ。不快感が癒されたからではなく、この手荒い扱いにびっくりしたせいだった。娘の大きく見開かれた濡れた瞳が、びっくりした表情でまじまじとこちらを見つめる様子が、気もそぞろになっていたジュリエットの心に食い込み、彼女は落ち着こうと努めながらなるべく優しい声で話しかけ、それから我が子を抱きかかえて上階の廊下を行ったり来たりした。ペネロペはすぐさま安心したわけではなかったが、数分経つと、体の緊張がほぐれはじめた。

ジュリエットは自分の体にも同じことが起こっているのを感じ、娘も自分もそこそこ静まって落ち着きを取りもどしたと思えるようになってから、ペネロペを階下へ抱いていった。

牧師はサラの部屋から出て待っていた。深く悔いていたのかもしれないが、実際には怯えているのかと思うような声で、牧師は言った。「可愛い赤ちゃんですね」

ジュリエットは「ありがとうございます」と答えた。

あとは礼儀正しくさようならを言えばいいのだろうとジュリエットは思ったのだが、何かが牧師を引き留めていた。彼はなおもジュリエットを見つめつづけて立ち去ろうとしなかった。彼はジュリエットの肩を捕まえようとするかのように片手を伸ばしたが、そのまま落とした。

「あのう、もしかしてお持ち（ハヴ）じゃないでしょうか――」牧師はそう言って、ちょっと首を振った。ハヴがハブのように聞こえた。

「ジョウズ」と彼は言い、片手をぴしゃっと喉元に当てた。彼はキッチンのほうへ手を振った。

ジュリエットがまず思ったのは、牧師は酔っぱらっているにちがいないということだった。頭がわずかばかり前後に揺れ、目に膜がかかったように見える。ここへ来たときにもう酔っぱらっていたのだろうか、ポケットに何か忍ばせてあったのか？　それから思い出した。ある女の子、以前、半年間教えていた学校の生徒のことを。その女の子は糖尿病で、一種の発作を起こすことがあり、あまり長い時間何も食べずにいると、ろれつがまわらなくなり、取り乱し、よろめいた。

ペネロペを腰のほうへずらすと、ジュリエットは牧師の腕を摑んで支えながらキッチンへ連れて行った。ジュース。あの女の子にはジュースを与えていた、彼が言っていたのはそれだ。

「ちょっと待ってください、ちょっと待ってください、だいじょうぶですからね」とジュリエットは言った。牧師は両手で調理台をぐっと抑えるようにして体を真っ直ぐに支え、頭を垂れていた。

オレンジジュースはなかった――その朝、もっと買って来なくちゃと思いながら、残っていたのをぜんぶペネロペに飲ませてしまったことをジュリエットは思い出した。でも、グレープソーダがひと瓶あった。サムとアイリーンが畑仕事を終えて戻ってきたときに、好んで飲んでいるものだ。

「さあ」とジュリエットは言った。慣れてしまった片手作業で、彼女はグラスに一杯注いだ。「さあ」そして彼が飲み始めると、「ジュースがなくてごめんなさい。でも、砂糖なんですよね？　砂糖を摂取しなくちゃならないんでしょう？」

一気に飲み干してから、牧師は答えた。「ああ。砂糖です。ありがとう」声はもうはっきりしていた。ジュリエットはこのことも思い出した、あの学校の女の子――あっという間に、まるで奇跡のように回復したっけ。だが、完全に回復する、というか、完全に本調子にもどるまえ、まだ頭を傾げたままでいたときに、彼はジュリエットと目を合わせた。意図的ではなかったようで、ただの偶然だったのだろう。彼の目に浮かぶ表情は感謝でもなければ許しでもなかった――じつのところ個人的な感情ではなく、肝をつぶした動物の、なんでもいいから見つけられるものにしがみつこうとするむき出しの表情にすぎなかった。

そしてほんの数秒のあいだに、目も、顔も、人間の、牧師のものとなり、彼はグラスを置くとそれ以上何も言わずにさっさと家から出て行った。

ジュリエットがお茶のトレイを下げにいくと、サラは眠っていた、あるいは眠っているふりをしていた。眠っているときのサラ、うとうととしているときのサラと起きているときのサラは、いまではその境目が非常に微妙で移ろいやすいので、見定めるのが難しかった。いずれにせよ、サラは口を開いた。ほとんどささやくように「ジュリエット？」と呼びかけた。

ジュリエットは戸口で立ち止まった。

「あなたはきっとドンのことを——かなりの阿呆だと思ったでしょうね」とサラは言った。「でも、彼、健康じゃないの。糖尿病なの。重症なのよ」

「そうね」とジュリエットは答えた。

「彼には信仰が必要なのよ」

「隠れ家論法ね」とジュリエットは答えたが、小声だったので、たぶんサラには聞こえなかったのだろう、そのまま話しつづけたのだから。

「わたしの信仰はそれほど単純じゃないの」とサラは語った。その声はひどく震えていた（そして、ジュリエットには、この段階で戦略的に哀れっぽくなったように思えた）。「説明はできない。でも、それは——唯一わたしに言えるのは——それは大事なものだってこと。それは——素晴らしくて——大事なものなの。わたしの具合がほんとうに悪くなってきたら——すごく悪くなってわたしが——そうなったらわたしがどんなことを思うか、わかる？　わたしは思う、仕方ないわねって。わたしは思う――すぐに。すぐにジュリエットと会える」

厭わしき（最愛の）エリックへ

何から話せばいいかしら？　わたしは元気だし、ペネロペも元気です。こんな状況の割には。あの子、最近はサラのベッドのまわりを自信たっぷりで歩くのよ。でも、支えなしのところへ踏み出すのはまだ用心してます。こちらの夏の暑さは西海岸と比べると驚くほどです。雨が降っているときでさえね。雨が降るのは助かります。サムは市場向け菜園ビジネスに全力をあげているので。先日、サムが年代物の車で生のラズベリーとラズベリージャム（うちのキッチンに生息しているイルゼ・コッホ（ブーヘンヴァルト強制収容所所長の妻で囚人に対する残虐行為で悪名高い）の二代目みたいな人が作製）と初物のジャガイモを配達にいくのについていきました。サムはすごくやる気まんまんです。サラはずっとベッドにいて、うとうとしたり昔のファッション雑誌を眺めたりしています。牧師がサラを訪ねてきて、わたしは彼と神の存在とかなにかそんな刺激的なテーマについて、バカみたいな大口論になっちゃった。実家訪問はうまくいってます、でも……

この手紙を、ジュリエットは何年もあとになって見つけた。エリックはたまたまとっておいただけに違いない――二人の人生において格別の重要性を持っているようなものではなかったから。

彼女は子供時代を過ごした家へその後もう一度、サラの葬儀のときに帰った。あの手紙を書いた数か月あとだ。アイリーンの姿はもはやなく、どこへ行ったのか、ジュリエットには訊いた覚えもないし聞かされた覚えもない。おそらく結婚したのだろう。サムもまた、数年後に再婚した。教師仲間と結婚したのだ。気立てが良く、魅力的で、有能な女性だった。二人は彼女の家で暮らした——サムはサラと暮らした家を取り壊し、畑を広げた。妻が退職すると、二人はトレーラーを買い、冬の長旅に出かけるようになった。二人は二度、ホエールベイへジュリエットを訪ねてきた。エリックは二人を自分の船に乗せた。エリックとサムは気が合った。サムに言わせると、とてつもなく。

手紙を読んだジュリエットはたじろいだ。捏造した、うろたえてしまうような自分の過去の声が保存されているのを見つけたら、誰だってたじろぐ。記憶にある痛みと対照をなす快活を装った様子を、彼女は訝しんだ。それから、あのとき、自分の覚えていない何らかの変化が起こったに違いないと思った。どこが我が家なのかということについての変化だ。エリックと暮らすホエールベイではなく、かつて我が家だったところ、ずっとずっと昔我が家だったところで起こったのだ。

人が全力を尽くして、できるかぎり守ろうとするのは、我が家で営まれることなのだから。

でも彼女はサラを守らなかった。サラが、すぐにジュリエットと会える、と言ったとき、ジュリエットは返す言葉を思いつかなかった。何か言えたのではないのか？　べつに難しいことではないじゃないか？　ただ、そうね、と言えばよかったのだ。サラにとっては、それはとても大事なことだったのだろう——ジュリエット自身にとっては、明らかに、たいしたことではなかったのだ。そして彼女は身を翻し、トレイをキッチンへ運んで、カップも、それにグレープソーダを入れたグラスも洗って拭いた。何もかも片づけてしまった。

沈黙

Silence

バックリーベイからデンマン島までの短距離フェリーに乗船したジュリエットは、車を降りると船の前部に立って、夏のそよ風を浴びた。そこにいた女性がジュリエットに気づき、二人はおしゃべりを始めた。誰かがジュリエットの顔を見直して、まえにどこかで見かけただろうかと怪訝な顔をするのは珍しいことではないし、どこで見たのか思い出すこともある。彼女は地元テレビ局にレギュラー出演していて、風変わりな、あるいは注目に値するような人生を送っている人にインタビューしたり、「今日の話題」という番組で公開討論の司会を手際よくこなしたりしている。彼女の髪はいまではベリーショートにカットされ、メガネのフレームとお揃いの黒に近い褐色だ。黒のパンツに——今日もそうだ——アイヴォリーのシルクのシャツという服装が多く、それに黒いジャケットを羽織ることもある。いまの彼女は、はっとするような女性、と母なら呼んだであろうルックスだ。

「ごめんなさい。きっといつも声をかけられるんでしょうね」

「いいんです」とジュリエットは答える。「歯医者に行ってきたところだとか、そういう場合でなければ」

女性はジュリエットくらいの歳だ。長い黒髪には灰色が混じっていて、化粧はしておらず、デニムのロングスカート。デンマンに住んでいるというので、スピリチュアル・バランス・センターについて何か知らないかとジュリエットは訊ねてみる。

「じつは、娘がそこにいるんです」とジュリエットは話す。「そこにこもって修行だか受講だかしてるんですよ、なんて呼ぶのか知りませんけど。六か月間。この六か月で、娘に会うのはこれが初めてなんです」

「そういう場所は二つ、三つありますと女性は答える。「できてはなくなりって感じで。べつに怪しげというわけじゃないんですけどね。ただ、たいていは森のなかでしょ、それに地域とのつきあいはあんまりないし。まあね、つきあってたら、こもって修行にはならないですもんねえ」

娘さんにまた会えるのはさぞ楽しみでしょうね、と女性はジュリエットに言い、はい、とっても、とジュリエットは答える。

「わたし、駄目な母親なんです」とジュリエットは言う。「二十歳なんですよ、娘は――今月で二十一になるんです――でも、これまであまり離れていたことがなくって」

二十歳の息子と、それに十八の娘と、もうひとり十五の娘がいて、ひとりずつでもまとめてでもいいから、お金を払ってでもおこもり修行に行ってくれたらと思うことがある、と女性は言う。

ジュリエットは笑う。「そうね。わたしはひとりしかいないから。もちろん、二、三週間経ってもぜったい娘を送り返したいと思わないかは保証できないけれど」

こういった類の、愛情深いがうんざりしてもいる母親っぽい言葉を、ジュリエットはすらすらと口にできる（ジュリエットは相手に安心感を与えるような応答には熟達している）、だが、じつはペネロペはこれまで、母親が文句を言いたくなるようなことはほとんどしたことがないし、目下の本当に正直な気持ちはといえば、娘となんらかの接触なしに一日過ごすのも耐え難いのに、ましてや六か月だなんて、と言いたいところなのだ。ペネロペはバンフで、夏場の客室係として働いていたし、それにメキシコへバス旅行にも行ったし、ヒッチハイクでニューファンドランドへも行ったことがある。だが、ずっとジュリエットといっしょに暮らしてきたし、六か月も離れていたことなどない。

娘はわたしに喜びを与えてくれます、などとジュリエットは言ってもよかったのだ。「歌ったり踊ったり太陽の光みたいにいつも陽気で物事の明るい面ばかり見る、みたいなタイプというわけじゃないですけど。もうちょっとマシには育てたつもりです。あの子には気品と思いやりがあって、まるでもうこの世で八十年も生きているかのように賢いんです。深く考え込む性格で、わたしみたいに何にでも興味を持つタイプではありません。父親に似てちょっと無口で。それに天使みたいにかわいいんです。わたしの母に似ていて、母と同じブロンドなんですけれど、あんなにきゃしゃじゃありません。力強くて、堂々としています。女像柱（カリアテッド）みたいと言えばいいかしら。そして、世間でよく言われるのと違って、わたしには娘を妬む気持ちなんてこれっぽっちもないんです。あの子がいなかったあいだずっと――おまけになんの連絡もないんですよ、スピリチュアル・バランスは手紙も電話も禁じているんです――いなかったあいだずっと、砂漠にいる気分でした。そして、あの子から手紙が届いたときには、長いあいだひび割れていた大地にたっぷり雨が注がれたような気がしました」

日曜の午後に会いましょう。時がきました。

家に帰る時がきた、これがそういう意味であることをジュリエットは願ったが、もちろん、それはペネロペに任せるつもりだった。

ペネロペはざっとした地図を描いてくれていて、ジュリエットはすぐに、古い教会の前に車を停めることができた——古いといっても、化粧漆喰で覆われた教会の建物が七十五年か八十年くらい経っているというだけのことで、カナダの、ジュリエットが育った地方でふつう見られるような、古い、印象的な教会ではない。裏には、片流れ屋根で正面にはずらっと窓が並ぶもっと最近の建物があり、それに簡単なステージとベンチ式の座席がいくつか、それと垂れ下がったネットを張ったバレーボールのコートのようなものがあった。どれもがみすぼらしく、いったん整地された敷地にはまたネズやポプラがはびこりかけていた。

二、三人——男か女かジュリエットにはわからなかった——がステージの上で大工仕事のようなことをやっており、ほかの人たちは何人かずつばらばらにかたまって、ベンチに座っていた。みんな普通の服装で、黄色いローブとかそういった類の恰好ではなかった。何分かのあいだ、ジュリエットの車にはなんの注意も向けられなかった。それから、ベンチからひとりが立ち上がって、急ぐ様子もなくジュリエットのほうへ歩いてきた。背の低い中年の男で、メガネをかけている。

ジュリエットは車から降りて挨拶し、ペネロペに会いたいのだがと言った。男は口を開かず——

もしかしたら沈黙を守るべしという規則があるのかもしれない——、でも頷いて、身を翻すと教会へ入っていった。すぐにそこから、ペネロペではなく、がっしりとして動きのにぶい白髪の女が現れた。ジーンズを穿いて、だぶだぶのセーターを着ている。

「お目にかかれて光栄です」と女は言った。「なかへお入りください。ドニーにお茶を淹れるよう頼んでありますから」

彼女は幅の広い活き活きした顔で、いたずらっぽくて優しい笑顔を浮かべていた。まさにキラキラ光る瞳だとジュリエットはその眼差しを見て思った。「わたしはジョーンといいます」と女は名乗った。安らぎ(セレニティー)とか、あるいは何か東洋的な、ジョーンなどという地味でありふれたものではない、それっぽく変えた名前をジュリエットは予期していたのだが。もちろんあとになって、伝説の女教皇ジョーンを思い浮かべたけれど。

「ここでいいんですよね？　デンマンは初めてなので」ジュリエットは愛想よく訊ねた。「あのう、ペネロペに会いにきたんですが」

「もちろん。ペネロペですね」ジョーンはちょっと寿ぐような口調で、その名前を引き伸ばして発音した。

教会の内部は、高窓に紫の布が掛けられているせいで暗かった。信者席その他の教会の調度は取り去られ、病院の大部屋のように、簡素な白いカーテンで区切られた個々の小部屋になっていた。しかし、ジュリエットが招き入れられた小部屋にはベッドはなく、小さなテーブルがひとつとプラスチックの椅子が二脚あるだけで、いくつかある棚には書類が雑然と山になっていた。

「あいにく、ここはまだ整備中なんです」とジョーンは言った。「ジュリエット。ジュリエットとお呼びしてかまいませんか？」

「もちろんです」

「有名人とお話しするのは慣れていないものですから」ジョーンは顎の下で、両手を祈るときのように合わせた。「ざっくばらんでいいものかどうか、わからなくって」

「有名人ってほどじゃありません」

「あら、有名人ですよ。そんなことおっしゃらないでください。まず言わせてくださいね、あなたのなさっているお仕事には、本当に敬服してるんです。闇を照らす光です。テレビで唯一見る価値のある番組です」

「ありがとうございます」とジュリエットは言った。「ペネロペから手紙を受け取ったんですが――」

「知ってます。ですが、申し上げにくいんですけど、ジュリエット、本当にお気の毒なんですが、そのう、あまりがっかりさせたくはないんですが――ペネロペはここにはいないんです」

女はその言葉――ペネロペはここにはいない――を、おそろしく陽気に口にする。ペネロペの不在が愉快な話題になり得る、共通の喜びにだってなり得るんじゃないかと思わせてしまいそうだ。

ジュリエットは大きく息を吸い込まないではいられない。一瞬、ものが言えなくなる。不安がこみあげる。予感。それから気を取り直してこの事実に理性的に向きあう。バッグのなかを探る。

「あの子の手紙には書いてあったんです――」

「わかってます。わかってます」とジョーンは言う。「確かにここにいるつもりだったんですよ、でも、じつは彼女――」

「あの子はどこなんですか？　どこへ行ったんです？」

「それは、お教えするわけにいかないんです」

「教えられないんですか、それとも、教えるつもりがないんですか？」

「教えられないんです。知らないんです。でも、あなたの気持ちが安らぎそうなことをひとつ、お教えすることができます。彼女がどこへ行ったにせよ、どんな決断をしたにせよ、彼女にとってそれは正しいことなんです。彼女の精神性と成長にとって正しいことなんです」

　ジュリエットはこれをやり過ごすことにする。精神性という言葉には吐き気を催す、マニ車から盛式ミサまであらゆるものを含むように思える——彼女がよく言っているように——言葉だ。あれほどの知性を持つペネロペが、なんであれこういう類のものに首を突っ込むとは、思いもよらなかった。

「ちょっと知っておきたいと思ったもので」とジュリエットは言う。「自分のものを何か送ってほしいんじゃないかと」

「彼女の所有物をですか？」ジョーンは顔が大きくほころびるのを抑えきれない様子ながらも、すぐにそれを優しい表情に変える。「ペネロペは目下のところ、自分の所有物のことはあまり気にしていません」

　ジュリエットはインタビューの最中にときおり、向きあっている相手が、カメラがまわりはじめたときにははっきりわからなかった敵意を隠し持っているのを感じることがある。ジュリエットが見くびっていた人間、あまり頭が良くないと思っていた人間にも、そんな強さがあったりする。いたずらめいてはいるけれど、まったくの敵意。そういうときには、決して不意を突かれた様子を見せてはならない、それに対するこちらの敵意などこれっぽっちも示してはならない。

「わたしの言う成長というのは、内面の成長のことです、もちろん」とジョーンが続ける。

「なるほど」ジュリエットは相手の目を見ながら答える。

「ペネロペは興味深い人たちに会うという、人生におけるとても素晴らしい機会を手にしているのです──あらいやだ、彼女には興味深い人と会う必要なんかありませんよね、興味深い人といっしょに育ってきたんですから、あなたというお母さまがいらっしゃるんですからね──でもほら、ときに欠けているものが、子供が大人になると、自分には何か足りないものがあると感じることが──」

「ああ、はい」とジュリエットは言う。「子供が大人になるとあれこれ不満を持つことがあるのはわかってます」

ジョーンはもっと強く出ることに決めたようだ。

「精神的な要素が──言わせていただきますが──ペネロペの人生には欠けていたということはなかったでしょうか？　彼女は信仰に基づいた家庭で育ったのではないと理解していますが」

「宗教に関する話を禁じていたなんてことはありません。宗教について話すことはありましたよ」

「だけど、たぶんそれはあなたのおっしゃり方のように、ということだったのでは。あなたの理性的な話し方でね？　わたしの言っていること、わかってもらえるといいんですが。あなたは賢い方ですから」彼女はにこやかにつけたす。

「どうでしょう」

この面談を、そして自分自身を制御するあらゆる能力が揺らぎ、失われているのかもしれないとジュリエットは気づく。

「わたしが言うんじゃありません、ジュリエット。ペネロペがそう言うんです。ペネロペは可愛い素敵な女の子です。でも、大きな飢えに苦しみながら、この、わたしたちのところへやってきました。家庭では得られなかったものに対する飢えにね。確かに、あなたは素晴らしい、成功した人生を、忙しく送っていらっしゃいます――でもね、ジュリエット、言わせていただきますけど、あなたの娘さんは孤独を味わってきたんです。満たされない思いを味わってきたんです」

「たいていの人が一度や二度はそんな気持ちを味わうんじゃないですか？　孤独と満たされない思いをね？」

「こんなこと、わたしが言うべきことじゃないかもしれませんけど。ああ、ジュリエット。あなたは素晴らしい洞察力を持った女性です。テレビのあなたを観ていてよく思うんです、この人はいったいどうやってあんなふうに物事の核心を突いて、しかもつねに他者に対して親切で礼儀正しくしていられるんだろうって。まさかあなたと向きあって座ってお話しすることになるとは思いもしませんでした。それどころか、あなたを助ける立場に立つだなんて――」

「それについては思い違いしていらっしゃるかもしれませんよ」

「気を悪くなさったんですね。気を悪くなさるのは当然です」

「それに、あなたには関係のないことです」

「ああ、そうですね。たぶん、彼女から連絡があるでしょう。しまいには」

確かに、二週間ほどして、ペネロペはジュリエットに便りを寄越した。本人の――ペネロペの

――誕生日、六月十九日に、バースデーカードが届いたのだ。二十一歳の誕生日に。好みがわからない知りあいに送るような類のカードだった。品の悪いふざけたカードでもなければ、じつにウィットに富んだカードでもなく、センチメンタルなカードでもない。表には細い紫のリボンで束ねた小さなパンジーの花束が描かれ、リボンの端が *Happy Birthday* という文字になっている。同じ言葉が内側でも繰り返され、その上に *Wishing you a very*（楽しい〜となりますように、の意）と、金色の文字で付け足されていた。

そして、名前は記されていなかった。さいしょジュリエットは、誰かが名前を記すのを忘れたままペネロペに送って寄越したカードを、自分、つまりジュリエットが間違って開けてしまったのだと思った。ペネロペの名前と誕生日を記録していた誰かが。たぶん、かかりつけの歯医者とか、それとも車の運転の先生とか。ところが、封筒の文字を確かめてみると、間違いではなかったとわかった――そこには彼女自身の名前がちゃんと、ペネロペ自身の筆跡で記されていた。

消印はもはやなんの手がかりも与えてはくれなかった。すべて「カナダ郵政省」なのだ。すくなくともどの州で手紙が投函されたのか知る方法はあるんじゃないかとジュリエットは多少考えたのだが、そのためには郵便局に相談しなくてはならない。件のカードを持って出かけて行き、きっと申し立ての証明を、その情報を得る権利があるという証明を求められるだろう。そしてきっと、彼女に気づく人がいるだろう。

彼女は古い友人のクリスタに会いにいった。クリスタはホエールベイに、ジュリエット自身もそこで暮らしていたときに住んでいた。ペネロペが生まれるまえから。クリスタはいまキッツィラノの老人ホームにいた。多発性硬化症を患っていた。彼女の部屋は一階にあり、専用の小さな中庭がついていた。ジュリエットは彼女と、日に照らされた狭い芝生やゴミ箱の目隠しになっているフェンスを這う満開の藤を眺められるその中庭に腰を下ろした。

ジュリエットはクリスタにデンマン島を訪れたときのことをすっかり話した。ほかの誰にも話したことはなかったし、たぶん誰にも話さなくてすむことを願っていたのだが。毎日仕事から帰るたびに、もしかしてペネロペがアパートで待っているんじゃないかと思う。あるいは、すくなくとも手紙くらい来ているんじゃないかと。すると来ていた——あのそっけないカードが——そして彼女は手を震わせながら封を切って開けたのだ。

「意味はあるじゃないの」とクリスタは言った。「無事だって知らせてるのよ。また何か連絡が来るわよ。きっと。辛抱しなさい」

ジュリエットはしばし、マザー・シプトン（イギリスの伝説的予言者で、醜い容貌のため悪魔の子とも噂された）について苦々しげに語った。結局そう呼ぶことにしたのだ。ジョーン教皇などというのを考えてはみたものの満足できずに。あのいまいましいごまかし、と彼女は言った。あの二流の、愛想のいい信仰深そうなお面の裏の、気味悪さ、意地の悪さったら。ペネロペがあんな女の口車に乗せられただなんて、想像できない。

もしかしたらペネロペは、その施設について何か書くつもりだったんじゃないかとクリスタは言った。調査報道のような類のものを。フィールドワーク。個人的な角度から見た——最近大流行の、長ったらしい個人的なものを。

六か月も調査を？　とジュリエットは問い返した。ペネロペなら十分もあればマザー・シプトンがどんな人間かわかっただろうに。

「それは変よね」とクリスタは認めた。

「何か隠してるんじゃないでしょうね？」ジュリエットは問いつめた。「こんなこと、訊くのも嫌なんだけど。わたし、どうすればいいのかさっぱりわからないの。馬鹿みたいな気分。あの女は、もちろんわたしを馬鹿みたいな気分にさせるつもりだったのよ。ほらあの、お芝居のなかで、何かをふと口にして、みんなに顔を背けられちゃう人がいるじゃない、その人が知らないことをみんなは知ってて――」

「あの手のお芝居は、もうやってないわよ」とクリスタは答えた。「最近のは、誰も何も知らないの。いいえ――ペネロペはあなた同様わたしにも計画を打ち明けてはくれなかったわ。打ち明けるわけないでしょ？　わたしがしまいにはあなたに話してしまうって、わかってるもの」

ジュリエットはちょっとのあいだ黙っていた、それからぶすっとした口調で呟いた。「わたしに話してくれなかったことだってあるでしょ」

「まったく、いいかげんにしてよ」とクリスタは言ったが、その口調に敵意はまったくなかった。

「その話はもうやめて」

「あの話はもうやめる」ジュリエットは同意した。「わたし、ひどい気分なの、それだけよ」

「とにかく、頑張って。これも親としての試練よ。なんといってもあの子は、それほどたくさんの試練をあなたに与えてきたわけじゃないんだから。一年もすれば、すべて昔話になってるわ」

ジュリエットはクリスタには話さなかったのだが、結局のところ、マザー・シプトンのもとから威厳をもって歩み去ることはできなかった。振り向いて、猛り狂った勢いで、すがるように叫んでしまったのだ。
「あの子、あなたに何を言ったの？」
するとマザー・シプトンはそこに立ったまま、これを予期していたのだといわんばかりにじっと彼女を見つめた。閉じた唇を引き伸ばして太った顔に憐れむような笑みを浮かべ、首を振ったのだった。

続く一年、ジュリエットはときおりペネロペの友人たちから電話を受けた。彼らの問い合わせに対する彼女の答えはいつも同じだった。ペネロペは一年休むことにしたんです。あの子は旅行しています。一切予定をたてない旅で、わたしには連絡のとりようがなく、お教えできる住所もないんです。

うんと親しくしていた友人たちは、誰も何も言って来なかった。これは、ペネロペと親密な人たちは彼女の居場所をよく知っているということだったのかもしれない。あるいは、彼らもまた外国へ旅行に出たり、ほかの州で仕事を見つけていたり、新しい生活に乗り出して、目下のところあまりにいっぱいいっぱい、あるいは危なっかしい状況で、昔の友人のことを気にするどころではなかったのかもしれない（人生のこの段階での昔の友人というのは、半年間会っていない人間のことだ）。

帰ってくるといつもジュリエットが真っ先にするのは、留守電が点滅していないか確かめることだった——以前ならぜったい避けていたことだ、どうせジュリエットが公の場でしゃべったことについてあれこれ言いたがる人間だろうと思って。バカバカしいおまじないをいろいろやってみた。

電話まで決めた歩数で歩くとか、受話器を特定のやり方で持ち上げるとか、決まったやり方で呼吸するとか。あの子でありますように。

どれも効き目はなかった。しばらくすると、ペネロペと知りあいだった人たちはこの世から消えてしまったように思われた。ペネロペが捨てた恋人たちもペネロペを捨てた恋人たちも、ペネロペの話し相手で、そしておそらく内緒ごとを打ち明けていた女の子たちも。ペネロペは公立の中等学校ではなく、私立の女子寄宿学校——トーランス・ハウス——へ行っていた。それはつまり、長年にわたる友人——いまだに大学で友だちづきあいをしている子たちも——の大半は地元出身ではないということだった。なかにはアラスカやプリンスジョージ、ペルー出身の子もいた。

クリスマスにはなんのメッセージも来なかった。だが六月には、またカードが、さいしょのものとほとんど同じスタイルで、なかには一言も書かれていないものが来た。ジュリエットはそれを開けるまえにワインを飲み、そしてすぐさま投げ捨てた。彼女はわっと泣き出して、ときおり抑えようもなく体を震わせたりしたが、それはすぐさま怒りの発作に変わり、家のなかを歩きまわりながら拳を固めた片手をもう一方の掌に打ちつけた。怒りはマザー・シプトンに向けられたが、あの女のイメージは薄れていき、しまいにジュリエットは、あの女はじつのところたんなる便利な怒りのはけ口にすぎないと認めざるを得なかった。

ペネロペの写真はすべて本人の寝室へ追放された。あわせて、ホエールベイにいたころにペネロペが描いた絵やクレヨン画の束、ペネロペの本、ペネロペが夏にマクドナルドでアルバイトして初めて自分で稼いだお金で買ってジュリエットにプレゼントしてくれた、ヨーロッパ風のプランジャー式ワンカップ・コーヒーメーカーも。それに、冷蔵庫にくっつけるプラスチックの小さな扇風機とか、ねじまき式の玩具のトラクターとか、浴室の窓に吊るすガラス玉カーテンといった、アパートの飾りつけ用にと気まぐれで買ってきた品々も。その寝室のドアは閉められ、そのうち、動揺を覚えずに通りすぎることができるようになった。

このアパートを出ようか、新しい環境のほうが自分にはいいのではないかと、ジュリエットはよく考えた。だが彼女は、自分にはそれはできないとクリスタに語った。なぜなら、ここはペネロペが知っている住所だし、手紙を転送してもらえるのは三か月だけ、となると、娘に自分の居場所がわからなくなってしまうからだ。

「いつだって、あなたの職場へ連絡できるでしょうに」とクリスタは言った。

「だって、いつまであそこで働いているかわからないじゃない」とジュリエットは答えた。「あの子はたぶんコミューンみたいなところにいて、通信を禁じられているのよ。グルがいて、女たち全員と寝て、通りで物乞いさせるんだわ。あの子を日曜学校へ通わせて、お祈りするようにしつけていたら、きっとこんなことにはならなかったのよね。そうすべきだった。そうすべきだったのよ。予防接種みたいなものだったのに。わたしはあの子の精神性を無視したのよ。マザー・シプトンにそう言われたわ」

ペネロペが十三歳になったばかりのころ、トーランス・ハウスの友人とその家族とともに、ブリティッシュ・コロンビアのクートニー山脈へキャンプに行ったことがあった。ジュリエットは賛成だった。ペネロペはトーランス・ハウスへ入って(母親が教師をしていたことがあるという理由で、学費の優遇を受けて）まだ一年で、娘がすでにそんな安定した関係の友だちをつくり、友だちの家庭にすんなり受け入れられているのが、ジュリエットには嬉しかった。それに、娘がキャンプに行くということも――普通の子どもたちがする、子供時代のジュリエットが一度もそんなチャンスに恵まれなかったこと、べつにキャンプに行きたかったというわけではないが、すでに本に埋もれていたのだから――だが、ペネロペが自分よりもずっと普通の女の子らしくなっているというのは、彼女にとっては歓迎すべき兆候だった。

エリックはこの話そのものに懸念を示した。ペネロペがまだ幼すぎると彼は考えた。父親自身がほとんど知らない人たちと娘が休暇旅行にでかけるのを、好ましいとは思わなかった。それに、こうして娘が寄宿学校へ行ってしまうと、現状でさえ娘と会える時間はひどくすくない――なのにどうしてそれをさらに短くしなければならないのだ？

ジュリエットにはべつの理由があった――夏の休暇のさいしょの二、三週間、とにかくペネロペを遠ざけておきたかったのだ。エリックとのあいだの雰囲気がすっきりしたものではなかったからだった。彼女は問題を解決したかったのだが、解決してはいなかった。子供のために、すべてうまくいっているようなふりをしなければならないのは嫌だった。

一方でエリックとしては、問題が丸く収まって見えないところへ隠れてしまえばなによりだったろう。エリックの考えでは、うわべの礼節は良い雰囲気を復活させるし、本来の愛が再び見出されるまでは、愛に似たものでじゅうぶんやっていける、というのだった。そしてもしも似たもの以上のものが現れなかったら――ならばそれでやっていかなくてはならない。エリックはそれでもやっていけた。

確かにあの人はやっていける、とジュリエットは沈んだ気分で考えた。

ペネロペが家にいるとなると、二人はにこやかにふるまわなくてはならないわけで——ジュリエットはにこやかにふるまわなくてはならない、なにしろ彼に言わせれば、さまざまな恨みつらみをかきたてているのは彼女なのだから——それは、エリックにはたいそう都合がいいのだった。

ジュリエットは彼にそう言い、恨みや非難の新たな発生源をつくりだした。なんといってもエリックは、ペネロペをひどく恋しがっていたのだ。

二人の喧嘩の原因は、よくあるありふれたものだった。春に、ちょっとした打ち明け話——それに、長年の隣人であり、エリックの亡くなった妻に一種の忠誠心を持っていて、ジュリエットのことを完全に信用してはいないアイロの率直さというか、おそらくは悪意——を通じて、ジュリエットはエリックがクリスタと寝ていたことを知ったのだった。クリスタは彼女にとって長きにわたる親友だったが、そのまえはエリックのガールフレンド、彼の愛人（もう誰も使わない言葉だが）だった。そのときジュリエットにいっしょに暮らしてくれないかと頼んだときに、彼はクリスタとは手を切った。そのときジュリエットはクリスタのことはぜんぶ知っていたし、エリックといっしょになる以前のことについて異議を唱えられるはずもなかった。そんなことはしなかった。彼女が異議を唱えたのは——心を打ち砕かれたと断言したのは——そのあとの出来事についてだった（とはいえ、やっぱり、ずっと昔のことじゃないか、とエリックは言った）。それはペネロペが一歳で、ジュリエットが娘を連れてオンタリオへ帰ったときの出来事だった。両親を訪ねるために里帰りしたときのことだ。いまや彼女が必ず指摘することだが——死にかけている母を見舞いにいくために。彼女が家を離れ、全身全霊でエリックを愛しく思い、寂しくてたまらなかった（いまや彼女はそうだったと確信している）ときに、エリックはあっさり昔の習慣にもどっていたのだ。さいしょ彼は一度だけだった（酔っぱらって）と告白したのだが、さらにつつかれて、そしてその場でいくらか飲むと、もしかしたらもっと何回もあったかもしれないと言ったのだった。もしかしたら？　思い出せないの？　あんまり回数が多すぎて思い出せない？

彼は思い出せた。

クリスタがジュリエットに会いにやってきて、ほんの軽い気持ちだったのだと断言した（エリックが繰り返したのと同じ言い草だった）。ジュリエットは、出ていってくれ、二度と来ないでくれと言った。クリスタは、いまこそカリフォルニアの弟に会いにいくのにいい機会なのではないかと考えた。

ジュリエットのクリスタに対する怒りは、じつをいえば形だけのものだった。昔のガールフレンドと干し草のなかに何度か転がり込むのは（エリックのなんともまずい表現、事態を矮小化しようとする浅はかな試みだ）、新たに出会った女との熱い抱擁と比べたらおよそ脅威にはならないということくらい、ちゃんとわかっていた。それに、エリックに対する憤怒があまりに激しく抑えきれなかったので、ほかの誰かを非難するゆとりなどほとんどなかった。

彼女の主張は、彼は彼女を愛していない、これまでも愛したことがない、クリスタと二人して陰で彼女を嘲笑っていた、というものだった。彼は彼女をアイロ（ずっと彼女のことを憎んでいる）のような連中のまえで笑いものにした。彼女を侮辱し、彼女が彼に抱いている（というか、抱いていた）愛を蔑んだ、彼は彼女と偽りの生活を送ってきた。セックスは彼にとってなんの意味もない、というか、ともかく、彼女にとって意味を持っている（持っていた）ようには意味を持っていない、そばにいる誰とでもセックスするんだろう。

これらの主張は、最後の部分にかろうじて真実の萌芽がほんのわずか含まれているだけで、気持ちが落ち着いているときは彼女にもそれがわかっていた。だが、たとえそのほんのわずかの萌芽でさえ、彼女の周囲のすべてを破壊してしまうにはじゅうぶんだった。そうであってはならないのに、なってしまう。そしてエリックには、なぜそうなるのか理解できなかった——正直なところ、彼には理解できなかったのだ。彼女が抗議するのにも、騒ぎたてるのにも、泣くのでさえも（もっとも、クリスタのような女なら決して泣いたりしなかっただろうが）、彼は驚かなかったが、彼女が本当に傷ついているということ、自分を支えてきたものすべてを奪われたと思っているということ——しかも、十二年まえの出来事によって——これが彼には理解できなかった。

彼は、彼女の態度は見せかけだ、事態を利用しようとしているだけだと思うこともあったし、彼女を苦しめてしまったと、心底悩むこともあった。苦悩は二人の欲望を刺激し、セックスはこの上なく素晴らしいものとなった。そして毎回、これで終わりだ、二人の惨めな状態は去ったと彼は思った。毎回、彼は間違っていた。

ベッドで、ジュリエットは笑いながら彼にピープスとピープス夫人の話をした。似たような状況下で、情熱の炎を燃えあがらせたのだ（古典学を事実上あきらめて以来、彼女は幅広い読書をしており、最近では彼女の読むものはすべて不倫とつながりがあるようだった）。かくも頻繁で、かくも激しかったことはない、とピープスは記していた。もっとも、妻は彼を就寝中に殺すことも考えていた、とも記している。ジュリエットはこの記述を笑ったが、三十分後、エリックが船でエビの仕掛けを見にいくまえに、行ってくるよと言いにくると、彼女は石のような表情を向け、あたかも彼が雨のなか、湾のまんなかへ女と会いにいくのに耐えるかのように、諦念を漂わせてキスしたのだった。

雨だけではなかった。エリックが出かけたときにはほとんど波がなかったのだが、午後になると急に南東から風が吹いて、デソレーション海峡やマラスピーナ海峡の水面をかき乱した。風はほとんど暗くなるまで続いた——この六月の最終週には、十一時ごろまで完全に暗くはならなかった。そのころまでに、キャンベルリヴァーから出航した、大人三人と子供二人が乗ったヨットが行方不明になっていた。それに、漁船も二艘——一艘には二人乗っていて、もう一艘はひとりだけ——エリックだった。

翌朝は、穏やかに晴れわたっていた——山々も、海も、岸辺も、なにもかもが艶々と輝いていた。もちろん、これらの人々がみな無事で、小さな湾がいくつもあるどこかで避難場所を見つけて一夜を明かしているという可能性もあった。地元民ではないシアトルから休暇でやってきたヨットの家族よりも、漁師たちのほうがその可能性は高かった。その朝、ただちに船が何艘も、本土や島の岸辺、それに海面の捜索に出かけた。

さいしょに溺死した子供たちが見つかった、救命胴衣を身に着けていた。その日の終わりには、子供たちの両親の遺体も見つかっていた。一家に同行していた祖父は翌日になって見つかった。組んで漁をしていた男二人の遺体は見つからなかったが、船の残骸がリフュージ・コーヴの近くに打ち上げられた。

エリックの遺体は三日目に回収された。ジュリエットは会わせてもらえなかった。岸へ打ち上げられたあと、遺体は何かに襲われていた（つまり何か動物に）、ということだった。

おそらくそのためだったのではないか――検視に付される可能性はないし、葬儀屋に死に化粧してもらう必要もない――エリックの古い友人たちや仲間の漁師たちのあいだで、エリックをその浜辺で火葬しようということになったのは。ジュリエットに異存はなかった。死亡証明書を交付してもらわなければならず、週に一度ホエールベイへやってくる医師の、パウエルリヴァーの診療所に電話がかけられ、医師は、毎週の診察のアシスタントであり、正看護師でもあるアイロに交付の権限を与えた。

周囲には流木や、よく燃える潮の滲みた樹皮が山ほどあった。二、三時間で用意は整った。ニュースが広がり――突然の知らせだったのに、ともかくも女たちが食べ物を持って集まりはじめた。責任者はアイロだった――そのスカンジナビアの血筋やぴんと背筋の伸びた姿勢、風になびく白髪のせいで、彼女はまさにこの「海の寡婦」の役にうってつけに見えた。子供たちは丸太の上を走りまわり、しだいに高くなる薪の山や布に覆われた遺体、驚くほどちっぽけな包みとなったエリックから追い払われていた。ある教会からやってきた女たちによって、この半分異教の儀式にコーヒー沸かし器が提供されていた。それに、ビールやさまざまな種類の酒の瓶が入った箱が、車のトランクやトラックの運転席に、さしあたってこっそりと置かれていた。

誰が挨拶をし、誰が薪に火をつけるかという問題が浮上した。ジュリエットは、やりますか？と訊ねられた。するとジュリエットは――ピリピリした様子で忙しなくコーヒーのマグカップを手渡しながら――勘違いなさってるんじゃないですか、わたしは未亡人なんだから、本当ならわが身を炎のなかに投げ出さなくちゃならないんですよ、と答えた。そう答えながら彼女は声をあげて笑ってしまい、訊ねた人たちは、ジュリエットがヒステリーを起こしかけているんじゃないかと不安を覚えながら引き下がった。いちばんよく船でエリックとコンビを組んでいた男が点火役を引き受けたが、しゃべるのはまったく駄目だと言った。どのみちその男では良い選択とは言えないと思った者もいた。男の妻は福音派英国国教会信者だったので、もしもエリックに聞こえていたなら彼を悩ませるようなことを言わずにいられないともかぎらなかったからだ。すると、アイロの夫がやろうと申し出た——彼は何年もまえに船上の火事で顔にやけどを負った、小柄な、文句の多い社会主義者の無神論者で、彼の挨拶は、エリックが「戦いにおける同志」だったと断言した以外はなんだかわけがわからなかった。彼は驚くほど長くしゃべりつづけ、あとでこれは、アイロの支配のもとで彼が送っている抑圧された生活のせいだとされた。彼の不平不満の独演会が終わるまえ、集まった人々のあいだにはいささかのいら立ちが、この催しが結局は期待されていたほど輝かしい、あるいは厳粛な、あるいは悲痛なものにはならないのではないかという思いがあったかもしれない。だが、炎があがり始めると、そんな感情は消えうせ、ひどく張りつめた空気が子供たちのあいだでさえ、というか、子供たちのあいだではとりわけ高まり、やがてひとりの男が「子供たちをここから連れ出せ」と叫んだ。ちょうどそのとき炎が遺体に達し、脂肪が、心臓や腎臓や肝臓が燃えて、聞くに堪えない破裂音やじゅうじゅういう音をたてるのではないかということに、皆が遅まきながら気づいた。そこで、多くの子どもたちが母親に連れ出された——すすんで去っていく子もいれば、がっかりしている子もいた。そんなわけで、炎の大詰はほとんど男ばかりの儀式となり、この場合違法ではないとはいえ、若干外聞が悪いような気配が漂った。

ジュリエットはそのまま残り、目を見開き、ぺたんとすわりこんで体を揺らしながら、顔をじっと熱気のほうへ向けていた。現実感がなかった。ジュリエットは思い出していた。誰だったか――トレローニー（シェリーの火葬に立ち会ったイギリスの冒険家）？――炎のなかからさっとシェリーの心臓を取り出した人物だ。長いあいだ、重要であるとされてきた心臓を。考えてみると不思議だ、それほど昔というわけでもないあの時代でもまだ、肉体の一器官がかくも貴重であると、勇気と愛の在処だと考えられていたのだ。あれはただの燃えている肉だ、エリックとはなんの繫がりもない。

ペネロペは事態を一切知らなかった。バンクーバーの新聞に短い記事は出た――浜辺での火葬についてはもちろん書かれていない、溺死のことだけだ――が、新聞もラジオの報道も、クートニー山脈の奥深くにいる彼女のところへは届かなかった。バンクーバーにもどってくると、ペネロペは友だちのヘザーの家から自宅に電話した。クリスタが出た――彼女は葬儀には間に合わなかったが、ジュリエットのところに泊まって、できる手助けをしていた。ジュリエットは出かけているとクリスタは言い――これは嘘だった――ヘザーの母親と代わってくれと頼んだ。クリスタは事情を説明し、ジュリエットを車に乗せてバンクーバーまで行く、すぐに出発して、着いたら、ペネロペにはジュリエット自身から話してもらうようにする、と伝えた。

クリスタはジュリエットをペネロペのいる家で下ろし、ジュリエットはひとりでなかに入っていった。ヘザーの母親はジュリエットをサンルームに案内して立ち去り、そこではペネロペが待っていた。ペネロペは激しい驚きの表情で知らせを聞き、それから――ジュリエットがやや堅苦しく娘を両手で抱きしめると――きまり悪そうな顔になった。たぶん、ヘザーの家では、白と緑とオレンジ色のサンルームでは、裏庭にヘザーの兄弟たちのバスケのゴールがあるところでは、かくも陰惨なニュースは心に届きにくかったのだ。火葬については触れなかった――こんな家、こんな地域では、きっと野蛮で、グロテスクに思われたことだろう。この家では、ジュリエットのふるまいもまた、意図したよりははるかに元気のよいものとなった――彼女の態度はさばさばしていると言えそうなものだった。

小さなノックの音がして、ヘザーの母親が入ってきた――アイスティーのグラスを持って。ペネロペは自分のをごくごく飲み干すと、廊下に潜んでいたヘザーのところへ行ってしまった。

それから、ヘザーの母親はジュリエットと話をした。事務的な問題でお心を煩わせて申し訳ないのですが、時間がないもので、と母親は謝った。彼女とヘザーの父親は数日中に車で東のほうへ親戚に会いにでかけることになっていた。一か月出かける予定で、ヘザーもいっしょに連れていくつもりだった（息子たちはキャンプに行く）。ところがいまではヘザーは行きたくないと言っていた、くわけにはいかない。そこで、ふと思ったのだが、そんな経験をしたのだから、ジュリエットはちょっと家を離れて、ひと休みしてはどうだろう。大切な人を失うという悲劇に見舞われたのだから。この家にペネロペといさせてくれと頼んでいる。とはいえ、十四歳と十三歳の二人だけで置いておくわけにはいかない。

そういうわけで、間もなくジュリエットは違う世界で暮らすようになっていた。工夫を凝らして輝かしく飾りつけられた、いたるところにいわゆる利便性――だがジュリエットにとっては贅沢――を備えた、ちりひとつない広い家で。この家は似たような家が建ち並ぶカーヴした通りにあり、前庭は刈り込まれた低木の茂みと人目を惹く花壇になっていた。その月のあいだは天気までもが非の打ちどころがなかった――暖かく、そよ風が吹き、晴れ渡っていた。ヘザーとペネロペは泳ぎにいき、裏庭でバドミントンをし、映画を観にいき、クッキーを焼き、ドカ食いをし、ダイエットをし、肌を焼き、ジュリエットにはやたら感傷的でじれったくなるような歌詞の音楽を家じゅうに鳴り響かせ、ときおり女友だちを招待し、男の子をちゃんと招待するということはなかったものの、家の前を通りかかった子や、隣家に集金に来た子と、からかうような、目的のない会話を長々とかわした。ペネロペが遊びにきた女の子たちのひとりと話しているのが、ふとジュリエットの耳に入った。「だけど、ほんというと、わたしあの人のこと、ほとんど知らないの」

ペネロペが話していたのは父親のことだった。

おかしなものだ。

ペネロペは水面が波立っていても、船で海へ出るのをジュリエットのように怖がったりすることはけっしてなかった。連れていってくれと父親にうるさくせがみ、首尾よくきいてもらえることが多かった。仕事用のオレンジの救命胴衣を身に着け、自分の手に合う道具を持ってエリックのあとについていくとき、ペネロペはいつも独特の生真面目で熱心な表情を浮かべていた。罠の仕掛け方をメモし、手際よく、素早く無情に獲物の頭を落として袋詰めできるようになった。子供時代の一時期——八歳から十一歳くらいだろうか——ペネロペはいつも大人になったら漁師になるんだと言っていて、エリックは娘に、近頃では女の子もやっているんだぞと話していた。もしかしたらそうなるかもしれないとジュリエットは思っていた。ペネロペは、頭はよかったが本好きではなく、活き活きとした肉体派で勇敢だったからだ。だがエリックは、ペネロペには聞こえないところで、あんな考えはそのうち消えてくれるといいんだが、と言った。漁師の生活なんて誰にも味わわせたくない、と。彼はいつも、自分が選んだ仕事の苦労や不安定さについてそんなふうに語った。でも、まさにそういうことを誇りとしているではないか、とジュリエットは思っていた。

それがいまや、エリックは忘れ去られている。最近足の爪を紫に塗り、腹に偽物のタトゥーを描いて見せびらかしているペネロペに。ペネロペの人生のすべてだったエリックが。ペネロペはエリックのことを忘れ去っている。

だがジュリエットには、自分も同じことをしているように思えた。もちろん、仕事や住む場所を探すので忙しい。ホエールベイの家はすでに売りに出していた——あそこでそのまま暮らすことは考えられなかった。トラックも売り、エリックの道具や、回収された罠やボートは譲った。エリックの成人した息子がサスカチュワンからやってきて、犬を引き取ってくれた。

ジュリエットは大学図書館のレファレンス部門と公共図書館の職に応募し、どちらかで雇ってもらえそうな感触を得ていた。キッツィラノかダンバーかポイントグレイ地区のアパートを調べた。都会生活の清潔で整然としたようす、管理のしやすさには、驚かされどおしだった。男の仕事が外仕事ではなく、それに連なるさまざまな作業が家のなかに持ち込まれることのないところでは、人はこんなふうに暮らしているのだ。天候が気分を左右することはあっても生活を左右することはけっしてないところでは。エビやサケの習性や供給量の変化といった緊急の問題がたんに興味深いだけだったり、まったく話題にのぼらなかったりするところでは。ホエールベイで彼女が、ついこのあいだまで送ってきた生活は、比べると、場当たり的で雑然とした、ひどく疲れるものに思えた。そして彼女自身はといえば、ここ数か月の鬱陶しい気分がすっかり払拭されていた——ジュリエットはきびきびと有能で、それにきれいになっていた。

エリックはいまのわたしを見るべきだわ。

彼女は始終こんなふうにエリックのことを考えた。べつにエリックが死んだということが納得できないわけではない——そんなことはぜんぜんなかった。だが、それにもかかわらず、彼女は絶えず心のなかで彼を引きあいに出す。まるで彼がいまだに、ほかの誰よりも彼女の暮らしぶりを気にかけてくれる人ででもあるかのように。彼がいまだに、その目に輝いて見えることを彼女が願う人ででもあるかのように。そしてまた、彼女が議論をふっかけたり、情報を伝えたり、驚かせたりする相手ででもあるかのように。これはすっかり癖になり、無意識のうちにそうしてしまうので、彼が死んだという事実はなんの妨げにもならないように思えた。

あの最後の口論も完全に解決したわけではなかった。彼女はいまだに彼の裏切りを許してはいなかった。いま彼女がちょっと挑発的なふるまいをするのは、あの件への意趣返しだった。

あの嵐も、遺体の回収も、浜辺での火葬も——なにもかもが、見守らざるを得なかった、信じざるを得なかったショーのようで、それはなおも、エリックと彼女自身にはなんの関係もないのだった。

彼女は大学図書館のレファレンス部門で職を得て、なんとか家賃を払える、寝室が二つあるアパートを見つけ、ペネロペはトーランス・ハウスの通学生となった。ホエールベイでの日々は終わりを迎えた。かの地での生活は終わった。クリスタまでもが、春にはかの地を離れてバンクーバーへ移ってくることになった。

そのまえのある日、二月のある日、午後の仕事を終えたジュリエットは、大学キャンパスのバス停の屋根の下に立っていた。その日の雨は止んでいて、西のほうには晴れ間が帯状に顔をのぞかせ、ジョージア海峡のむこうの太陽が沈んだあとが赤く染まっていた。この、日が長くなっている兆し、季節が変わる兆候が、彼女に思いもよらない圧倒的な影響を及ぼした。

ジュリエットはエリックが死んだことを悟ったのだ。

まるでこれまでずっと、バンクーバーにいたあいだじゅう、彼がどこかで待っていたとでもいうように。彼女が自分との生活を再開するつもりなのかどうか確かめようと待っていたとでもいうように。あたかも、彼と暮らすことが、いまだ可能なままの選択肢であったかのように。ここへ来て以来営んできた生活の背景には、相変わらずエリックがいたのだった、エリックがもう存在しないということを心底からは理解できないまま。彼は一切存在しないのだ。日々の、日常世界のなかでの彼の記憶は、薄れていくのだ。

そうだ、これが悲しみというものなのだ。ジュリエットは、頭からセメントを注がれてあっという間に固まってしまったような気分だ。ほとんど体が動かせない。バスに乗るのも、バスを降りるのも、自分のアパートまで半区画歩く(どうしてわたしはここに住んでいるんだろう?)のも、崖を上っているみたいだ。そして今度はこの状態をペネロペに隠さなくてはならない。

夕食のテーブルで、ジュリエットは震えはじめ、指の力を緩めてナイフとフォークを離すことができなくなった。ペネロペがテーブルをまわって近づいて、手をこじ開けてくれた。「父さんのことね、そうでしょ?」とペネロペは問いかけた。

ジュリエットはあとになって数人に――クリスタその他の――あの言葉ほど心をすっかり軽くしてくれる優しい言葉は誰からもかけられたことがないような気がする、と話した。

ペネロペは自分の冷たい手でジュリエットの両腕の内側をさすった。翌日彼女は、母は病気で休みますと図書館に電話をかけ、二日ほど学校を休んで、家で母の看病をした。ジュリエットが回復するまで。というか、すくなくとも最悪の状態が過ぎるまで。

その数日のあいだに、ジュリエットはペネロペに何もかも話した。クリスタのこと、喧嘩のこと、浜辺での火葬のこと（このことはそれまで、なんとか奇跡的に娘に隠しとおしていた）。何もかも。「あなたの心の負担になるようなこと、あれこれ話すべきじゃないのにね」

ペネロペは「うん、まあ、そうかもね」と答えた。でも、きっぱりとつけたした。「許してあげる。わたし、赤ちゃんじゃないんだから」

ジュリエットは世間にもどった。バス停で経験した一種の発作は再発したが、あれほど激しいものではなかった。

図書館でのリサーチの仕事を通じて、ジュリエットは地元テレビ局の人たちと知りあい、提案された仕事を引き受けた。そこで一年ほど働いたころ、彼女はインタビューの仕事を始めた。長年にわたる（そしてホエールベイで暮らしていたころ、アイロにかくも非難された）手当たり次第の読書や、収集してきたありとあらゆる情報、なんでもござれの知識欲に素早い消化力、そういったすべてがいまや役立つこととなった。そして彼女は、一般受けしそうな、自虐的でちょっとからかうような態度を身につけた。カメラの前では、彼女が動じることはめったになかった。とはいえ、じつのところ彼女は家に帰ると、行ったり来たりしながら、気づかれそうなミスや動揺、それどころか発音の間違いなどを思い出しては、泣き言をもらしたり罵ったりした。

五年経つと、バースデーカードは来なくなった。

「なんでもないわよ」とクリスタは言った。「あれはこれまでぜんぶ、どこかで生きてるってことをあなたに知らせるためだったのよ。これであなたにメッセージは伝わったと思ってるんだわ。あなたが追っ手を差し向けたりしないって信頼してる。それだけのことよ」

「わたし、あの子に重荷を背負わせすぎたのかしら？」

「ジュルったら」

「エリックが死んだときのことだけじゃないの。そのあとの、ほかの男たちのことも。わたしはあの子に苦しみを見せすぎてしまったんだわ。わたしの馬鹿げた苦しみを」

ペネロペが十四歳から二十一歳になるまでのあいだに、ジュリエットは二度男をつくり、二回とも、そのあいだはめろめろにのぼせ上がっていたのだ。あとになると恥ずかしくなったが。片方の男は彼女よりずっと年上で、ちゃんと結婚していた。もう一方はずっと年下で、彼女ののめり込むような感情に警戒心を抱いていた。あとになって、彼女は自分でもああいう感情を不思議に思った。実際のところ、相手のことなどどうでもよかったのだ、と彼女は言った。

「そうだったんでしょうね」とクリスタはうんざりした顔で言った。「まあねえ」

「まったく。わたし、ほんとに馬鹿だった。もう男のことであんなふうにはならないわ。ね？」

クリスタは、それは候補者がいないせいかもしれないとは言わなかった。

「そうね、ジュル。そうね」

「本当のところ、わたし、そんなにひどいことは何もしてないのよ」ジュリエットはそう言ってから、ぱっと明るい顔になった。「わたしったら、どうして悪いのは自分だって、いつまでも嘆いてるの？　あの子は謎なの、それだけよ。それを直視しなくちゃ」

「謎で、そして薄情者」ジュリエットは、いかにもこれで決まりだという口調で言った。

「違うわ」とクリスタは答えた。

「違う」とジュリエット。「違う――そんなことない」

なんの便りもなく二度目の六月が過ぎたあと、ジュリエットは引っ越すことに決めた。さいしょの五年のあいだ、と彼女はクリスタに話した。何が来るだろうと思いながら六月を待っていた。いまのような状況になると、毎日そう思わないではいられない。そして毎日がっかりしなくてはならない。

彼女はウエストエンドの高層マンションへ引っ越した。ペネロペの部屋のものは捨ててしまうつもりだったのだが、結局ぜんぶゴミ袋に詰めていっしょに持っていった。今度は寝室はひとつしかないが、地下に物置用のスペースがあった。

彼女はスタンレー・パークでジョギングを始めた。いまではペネロペのことはめったに口にしなくなった、クリスタにでさえ。彼氏ができた――昨今ではそう呼ぶのだ――が、相手は彼女の娘については何も聞かされていなかった。

クリスタはどんどんやせ細り、気難しくなっていった。一月のある日、まったく突然にクリスタは死んだ。

いつまでもテレビに出続けるわけにはいかない。視聴者がどれほど好ましい顔だと思ってくれていようと、違う顔が好まれるようになるときがやってくる。ジュリエットは違う仕事を提示された――リサーチや自然関連番組のナレーション執筆――が、生活をがらっと変えたいんですと説明して、朗らかに断った。彼女は古典学にもどった――昔よりもさらに縮小された学部に――博士号取得のための論文執筆を再開するつもりだったのだ。節約のために、高層マンションを出て独身者用のアパートに移った。

ジュリエットの彼氏は中国で教える仕事に就いてしまった。

今度の住居は建物の地階にあったが、裏の引き戸を開けると地上階だった。そしてそこには専用の、煉瓦敷きの狭い中庭があり、柵の格子にはスイートピーやクレマティスが絡まり、ハーブや花の鉢が置かれていた。人生で初めて、それもほんの些細な規模でだが、彼女は父と同じ園芸家となった。

ときおり声をかけられることがあった――店や、大学のバスのなかで――「失礼ですが、あなたのお顔、どうも見覚えがあるんです」とか「以前テレビに出ていた方じゃないですか？」とか。だが一年も経つと、これもなくなった。彼女は歩道に置かれたテーブルに長い時間腰を下ろして、コーヒーを飲みながら本を読んだが、誰にも気づかれなかった。髪を伸ばした。何年も赤く染めていたあいだに本来の茶色の勢いが失せてしまい――いまでは銀色がかった茶色で、細くて波打っていた。彼女は母サラを思い出した。サラの柔らかい、風になびく金髪、灰色になり、ついで白くなったあの髪を。

もう人をディナーに招くだけの場所のゆとりはなかったし、レシピへの関心もなくなった。彼女の食事は栄養価はじゅうぶんだが変化に乏しいものとなった。べつに意図したわけではないのだが、友人の大半と連絡を取らなくなった。

なんの不思議もない。彼女はいまやかつての、世間に顔の売れた、快活で、社会問題に関心が高く、つねに情報に通じた女の暮らしとはできるだけ違う生活を送っているのだから。彼女は本に囲まれて暮らし、起きているあいだのほとんどを読書に費やしながら、書きはじめた前提を深め、修正していかなくてはならないという思いに捉われていた。一週間続けて世間のニュースを見ていないことも多かった。

彼女は論文を諦め、ギリシャ小説家と呼ばれる幾人かの作家に興味を持つようになった。ギリシャ文学の歴史（そう呼ぶのだといまでは彼女も知っているB.C.E.（紀元前を意味する中立表現、B.C.はキリスト以前の意味なので））一世紀に始まり、中世初期まで続く）においては彼らの作品の登場はやや遅い。アリスティデス、ロンゴス、ヘリオドロス、アキレウス・タティウス。彼らの作品の多くは失われるか断片的にしか残っておらず、そしてまた猥褻であると言われている。だが、ヘリオドロスの書いた『エチオピア物語』という恋愛小説があり（原本は個人蔵、ブダ包囲戦のおりに救い出された）、これは一五三四年にバーゼルで印刷されて以来ヨーロッパで知られるようになった。

この物語ではエチオピアの王妃が白い赤ん坊を産み、不倫のそしりを受けるのではないかと怯える。そこで王妃は子ども――娘――を裸行者たち――つまり、隠遁生活を送る秘教の信者で、裸体の賢人たち――に託す。カリクレイアと呼ばれるその娘は、しまいにデルフォイへ連れていかれ、そこでアルテミスの巫女になる。彼女はそこでテアゲネスという名の高貴なテッサリア人と出会い、恋に落ちた彼はある賢いエジプト人の助けを借りて彼女を連れ出す。エチオピアの王妃はけっきょくのところ、かたときも娘のことが頭を離れず、まさにこのエジプト人を雇って娘を探させる。災難や冒険が続いたあげく、主要登場人物全員がメロエに集まり、カリクレイアは実の父親によって生贄とされようとしているところを――またも――救出される。

この本には興味深いテーマがてんこ盛りで、物語にはジュリエットを自然にぐいぐい引っぱりつづける魅力があった。とりわけ裸行者の部分には。彼女はこういう人々についてできるだけ調べてみようとした。ふつうはヒンドゥーの賢者と呼ばれている人たちだ。この場合、インドはエチオピアと隣接しているとされていたのだろうか？　いや——ヘリオドロスは地理がもっとよくわかってきてからの生まれだった。裸行者は遠くまでさすらい、生き方や思想の純粋さを厳しく追求する彼らの姿勢や、所有すること、衣服や食物までをも軽蔑する態度によって、周囲の人々を惹きつけたり反発を招いたりしていたのだろう。彼らのなかで育てられた美しい娘は、宗教的恍惚感に満ちた裸の生活に対するある種歪んだ切望を、ずっと持ちつづけたのではないだろうか。

ジュリエットにはラリーという名前の新しい友人ができた。彼はギリシャ語を教えていて、ジュリエットのゴミ袋を自宅の地下室に置かせてくれていた。『エチオピア物語』を二人でミュージカルに仕立てたらどうだろうか、などと想像するのを好んだ。ジュリエットもこの空想に調子を合わせ、とんでもなくくだらない歌をつくったり、馬鹿げた演出を考案してみせさえした。だが彼女は密かに、違う結末を考えることに心惹かれていた。拒絶があり、そして過去が探索され、そのなかで少女は必ずや、自分が真に求めているものの贋物、ペテン、騙り、けちな模倣に出会うことだろう。そして最後には、罪を犯し、悔い改めた、本質的に高潔なエチオピア王妃と和解するのだ。

ジュリエットはここバンクーバーでマザー・シプトンを見かけたと、ほぼ確信していた。二度と着ないような服（彼女の洋風ダンスはますます実用本位になっていた）を救世軍の古着屋へ持っていき、受入れ室に袋を下ろしたとき、ズボンの上に房飾りの下がったムームーを着た太った老女が目に入った。女はほかの職員たちとおしゃべりしていた。監督者らしい雰囲気で、陽気ながらも油断なく監視しているようなところがあった——あるいはもしかすると、正式な監督権を持っていようがいまいがそういう役割を当然だと思っている女の雰囲気だったのかもしれない。

もし彼女がほんとうにマザー・シプトンだとしたら、落ちぶれたのだ。でも、たいして落ちぶれたわけではない。だって、もしあれがマザー・シプトンなら、ほんとうに没落することなどあり得ないほどの回復力を、自己満足を持ちあわせているのではないのか？

助言も、毒のある助言だって、どっさり。

大きな飢えに苦しみながら、この、わたしたちのところへやってきました。

ジュリエットはラリーにペネロペのことを話した。誰かに知っておいてもらわずにいられなかったのだ。「あの子に崇高な人生について話すべきだったのかしら？」と彼女は問いかけた。「犠牲について？　困っている赤の他人のために自分の生活を開放することについて？　わたしはそんなこと一度も考えなかった。きっと、あの子がわたしみたいになればそれで上等、みたいにふるまっていたんだわ。それがあの子をうんざりさせたのかしら？」

ラリーはジュリエットから友情と上質のユーモア以上のものを求める男ではなかった。彼は昔気質の独身男と呼ばれていたようなタイプで、彼女にわかる限りでは（もしかしたら彼女はじゅうぶんわかっていないのかもしれないが）セックスに関心がなく、ちょっとでも個人的な打ち明け話をされると怯え、とめどなく人を楽しませようとした。

ジュリエットをパートナーにしたがった男がほかに二人いた。ひとりは、彼女が座っていた歩道のテーブルに腰を下ろしたのがきっかけで知りあった。最近寡夫になったばかりだった。彼女は彼に好意を抱いたが、あまりに孤独感むきだしで、必死に彼女を求めるので、怖くなってしまった。

もうひとりはクリスタの弟で、クリスタが生きていたころ何度か会っていた。彼とのつきあいは楽しかった――多くの点で、彼はクリスタに似ていた。彼の結婚生活はとうの昔に終わっていて、べつに必死になってもいなかった――彼女はクリスタから、弟と結婚したがっている女が何人もいるのだが、そういう女たちを避けているのだと聞いていた。だが彼はあまりに理性的すぎた。ほとんど冷静沈着に彼女を選んだのであり、そこにはなんとなく屈辱的なものがあった。

でも、なぜ屈辱的なのだ？ ジュリエットはべつに彼を愛しているわけでもないのに。

ジュリエットがまだクリスタの弟――彼の名前はゲーリー・ラムといった――とつきあっていたころのこと、バンクーバーの街中のとある通りでヘザーとばったり出会った。ジュリエットとゲーリーは夕方上映された映画を観終わって映画館を出たところで、夕食はどこへ行こうかと相談していた。夏の、暖かい夜で、空はまだ明るかった。

歩道にいたグループから女がひとり歩み出た。女はまっすぐジュリエット目指してやってきた。ほっそりしていて、たぶん三十代後半。流行のいでたちで、黒っぽい髪には飴色のメッシュが入っている。

「ミセス・ポーティアス。ミセス・ポーティアス」

ジュリエットはその声に覚えがあった、顔ではとてもわからなかっただろう。ヘザーだ。

「信じられないわ」とヘザーは言った。「ここに来て三日になるんです、明日発つんですよ。夫が会議に出席しているもので。もうここには知っている人が誰もいないって考えていたんです、そして振り向くと、あなたが目に入って」

いまはどこに住んでいるのかとジュリエットが訊ねると、彼女はコネティカットだと答えた。

「でね、ちょうど三週間ほどまえにジョシュのところへ行ったんです——兄のジョシュを覚えていらっしゃいます？——エドモントンに住んでいる兄のジョシュとその家族のところへ遊びにいったら、ペネロペとばったり会ったんですよ。ちょうどこんなふうに、通りで。いや——正確に言うとショッピングモールなんですけどね、あそこにあるやたら大きなショッピングモールで。彼女、子供を二人連れてました、二人が行く学校の制服を買いに連れてきていたんです。男の子たちでした。彼女もわたしもびっくりしちゃって。すぐに彼女だとはわからなかったんです、でも彼女がわたしに気がついてくれて。もちろん、彼女は飛行機で出てきたんですよ。あの、ずっと北のほうからね。でも彼女、けっこう開けてるのよ、って言ってましたけど。それと、あなたがいまでもここに住んでるってことも言ってました。でも、わたし、連れがいるもので——夫の友人たちなんですけど——なかなかお電話する暇がなくて——」

ジュリエットは、暇がないのは当然だし、電話なんて構わないのよ、と身振りで伝えた。

彼女はヘザーに、子供は何人いるのかと訊ねた。

「三人です。全員モンスター。さっさと大きくなってくれるといいんですけど。でもわたしの暮らしなんて、ペネロペと比べたらピクニックですけどね。五人も」

「そうね」

「もう行かなくちゃ、わたしたち、映画を観るんです。どんなのだかぜんぜん知りもしないし、フランス映画なんて好きでもないんですけど。でも、こうしてお会いできてほんとによかったわ。うちの両親はホワイトロックへ引っ越したんです。両親はいつもあなたのテレビを見てました。友だちに、あなたがうちの家に住んでたことがあるって自慢してたんですよ。もう出てないって聞きましたけど、飽きちゃったんですか?」

「そんなところね」

「いま行く、いま行くから」彼女は昨今誰でもそうするようにジュリエットを抱きしめてキスし、それから仲間のところへ走っていった。

ということは。ペネロペはエドモントンには住んでいない——あの子はエドモントンへ出てきた。飛行機で。とすると、きっとホワイトホースかイエローナイフに住んでいるのだろう。ほかにあの子がけっこう開けてる、と説明できるところがあるだろうか? もしかすると皮肉っていたのかもしれない、ちょっとヘザーを茶化していたのかも、そんなふうに言ったのは。

あの子には五人子供がいて、すくなくとも二人は男の子だ。二人は制服を買いにきていた。ということは私立だ。金がかかる。

ヘザーはさいしょあの子がわからなかった。それはあの子が老けてたってことだろうか? 五回も妊娠して体の線が崩れてしまった、自分のことを構ってないってこと? ヘザーのようには。ジュリエットもいくらかはしているようには。あの子は、そもそもそういうことで苦労するのは馬鹿げている、自信のなさを告白しているようなものだと考えるタイプの女だということ? それともただたんにそんな時間はない——そんなこと考えもしないのか。

ペネロペは超絶主義者たちに加わっているのだ、神秘主義者になって瞑想の生活を送っているのだとジュリエットは考えていた。あるいは——むしろまったく逆で、でもやはり非常に簡素で質実剛健に——きつい危険なことで生計をたてているのかもしれない、もしかしたら夫と漁を、もしかしたら丈夫な幼な子たちもいっしょに、ブリティッシュ・コロンビア沿岸の沖合の、インサイド・パッセージの冷たい水のなかで。

とんでもない。あの子は、豊かで地に足のついた奥様暮らしをしているのだ。結婚相手はたぶん医者か、それとも、先住民に支配権をゆっくりと慎重に、しかし多少の鳴りもの入りで譲り渡していくあいだ、北部地域を管理している公務員かもしれない。もしもペネロペと再会することがあれば、ジュリエットがどれほど間違った想像をしていたか、二人で笑ってしまうかもしれない。二人べつべつにヘザーに会った話をしながら、ほんとに不思議よねえと、二人して笑うだろう。

いや。いや。本当のところ、きっともうすでに彼女はペネロペのまわりでさんざん笑ってきたのだ。お笑い草がうんとたくさんあった。おなじく悲劇も、うんとたくさん——個人的なことや、たんなる満足にすぎなかったのかもしれない愛——あった。彼女には母親らしい抑制や礼節、自制が欠けていた。

ペネロペは、彼女、ジュリエットがいまでもバンクーバーに住んでいると言ったという。音信不通のことはヘザーには何も言わなかったのだ。間違いなく。もし聞いていれば、ヘザーはあれほど気楽にしゃべらなかっただろう。

自分がいまもここにいることを、ペネロペはどうやって知ったのだろう、電話帳でも調べた？もしあの子がそうしたのだとしたら、それは何を意味するのだろう？

何も。そんなことに意味づけしてはいけない。

彼女はゲーリーのところへ行こうと縁石まで歩いた、彼は再会現場から如才なく離れていた。ホワイトホース、イエローナイフ。そういう場所の名前がわかるのはじつに苦しいことだ——飛行機で飛んでいける場所だ。通りをうろうろして、ひと目見てみようと計画を立てられる場所だ。だが、彼女はそこまでどうかしているわけではない。そこまでどうかしてしまってはならない。

夕食の席で、この知ったばかりのニュースのおかげで、ゲーリーと結婚する、あるいは彼と同棲する——どちらでも彼の望むほうで——ということに関して、自分の状況は良くなったのだと彼女は思った。ペネロペについて心配することも、じっと待つ必要のあることも、もう何もないのだ。ペネロペは幻影ではない、人並みに安泰で、たぶん人並みに幸せなのだ。あの子は自分をジュリエットから、そしておそらくはジュリエットの思い出からも切り離した。そしてジュリエットは、同じく自分を切り離すのがいちばんいいのだ。

でもあの子はヘザーに、ジュリエットはバンクーバーで暮らしていると言った。あの子は、ジュ、リ、エ、ッ、トと言ったのだろうか？　それとも母と。わ、た、し、の母と。

ジュリエットはゲーリーにヘザーは古い友人の娘なのだと話した。彼にペネロペのことを話したことはなく、彼はペネロペの存在を知っている気配を一切見せたことはなかった。クリスタから聞いている可能性はある。そして彼は、自分には関係のないことだと考えて沈黙を守っているのかもしれない。あるいは、クリスタは彼に話したけれど、彼は忘れてしまったという可能性も。あるいは、クリスタはペネロペについて一切何も、あの子の名前さえ口にしていないという可能性も。

もしジュリエットが彼と暮らしたら、ペネロペのことは決して表面にはでず、ペネロペは存在していないことになるだろう。

だって、ペネロペは存在していないのだ。ジュリエットが探し求めているペネロペはいなくなってしまった。ヘザーがエドモントンで見つけた女、制服を買いに息子たちをエドモントンへ連れてきていた母親、顔も体つきも変わってしまってヘザーがペネロペとは気づかなかったその母親は、ジュリエットの知っている人間ではない。

自分はこんなこと、信じているのだろうか？

ジュリエットが動揺していることにゲーリーが気づいていたのだとしても、彼は気づかないふりをしていた。だが、おそらくこの夜だったのだ、自分たちはけっしていっしょになることはないと、二人がともに悟ったのは。もしも二人がいっしょになることが可能だったなら、彼女は彼に打ち明けていたかもしれない。「わたしの娘は、さようならも言わずに行ってしまったんだけど、じつのところ、たぶんあのときは娘も自分が行ってしまうってことをわかってなかったんだわ。そのまま行きっぱなしになるとは知らなかったのよ。それからだんだんと、自分がどれほど出ていきたいと思っていたかわかってきたんじゃないかしら。あれはたんに、あの子の見つけた自分の人生を思いどおりにするための方法だったのよ。

もしかしたら、あの子が顔を見せられないのはそういう訳なのかもしれない。それとも、実際のところそんな暇がないとか。あのね、わたしたちはいつも、こういう理由がある、ああいう理由があるって考えるでしょ、そして理由を探しつづける。わたしはあなたに、自分がどんな間違ったことをしてしまったか、ずらずら並べてみせられる。だけど、理由なんて、そんなに簡単には見つけ出せないものなのかもしれない。あの子の性格の純粋さみたいなものとか。そうね、あの子のなかの繊細さとか厳格さとか純粋さ、岩みたいに硬い公正さ。父はよく自分の嫌いな人について、俺はあいつには用がない、って言ってたわ。ああいう言葉って、まさに文字どおりの意味なんじゃない？　ペネロペはわたしに用がないのよ。

たぶんわたしが我慢ならないのかも。その可能性もある」

ジュリエットには友だちがいる。いまではそんなに多くはない――でも友だちがいる。ラリーは相変わらず訪ねてきて、冗談を言う。彼女は研究を続けている。研究という言葉は彼女のやっていることをぴったり言い表しているようには思えない――探究のほうがましかもしれない。

そして懐具合が寂しくなると、以前歩道のテーブルで何時間も過ごしていたカフェで週に数時間働く。この仕事は、古代ギリシャ人たちとのつきあいとバランスを取るのにちょうどいいようだ――だから、たとえ余裕があっても辞めるつもりはない。

相変わらずペネロペから連絡があるのを願ってはいるが、張りつめた思いは一切ない。分別のある人間が分不相応な幸運や自然寛解、そんな類のものを願うときのように願っている。

Passion

つい先ごろ、グレイスはオタワ・バレーへトラヴァーズ家の夏の家を探しにいった。あのあたりには何年も行ったことがなく、もちろんいろいろ変わっていた。七号線は昔突っ切っていた町々をいまでは迂回していて、彼女の記憶ではカーヴしていたところがあちこちまっすぐになっていた。そしてカナダ楯状地のこの地域にはたくさんの小さな湖があり、ふつうの地図ではいちいち特定してはいられない。彼女がリトル・サボ湖を見つけたとき、というか見つけたと思ったときでさえ、郡道からいやに何本もの道がそちらのほうへ伸びているように思えたし、そのなかから一本を選ぶと、いやに何本もの舗装道路がそこを横切っていて、その名前はどれも彼女の記憶にはないものだった。じつのところ、彼女が四十年以上もまえにここにいたときには、名前のついた道などなかった。舗装道路もまったくなかった。舗装していない道路が一本だけ湖に向かって走っていて、あとは、湖の縁をやや行き当たりばったりに走る未舗装道路が一本あるだけだった。

いまではそこに村があった。というより郊外住宅地、と呼ぶほうがいいのかもしれない、というのもそこには、郵便局も、およそ将来性のなさそうなコンビニさえも見当たらなかったからだ。住宅地には湖と平行に四本か五本の道が走り、小さな庭つきの小さな家がくっつきあって並んでいた。一部は明らかに夏の家で——窓はすでに、いつもの冬支度として板でふさがれていた。だが、ほかの多くは一年を通じた住まいであるというさまざまな証拠を見せていた——多くの場合、年間を通じて暮らす住人の庭は、プラスチックのトレーニング器具やアウトドア用グリル、トレーニングバイクやモーターバイク、まだ暖かい九月のこの日中に座って昼を食べたりビールを飲んだりしている人もいるピクニックテーブルでいっぱいだった。そしてほかにも、それほど目立ちはしないが、旗を掲げたりアルミホイルをカーテン代わりにしている年間を通じた住人——おそらく学生、あるいはひとり暮らしの年取ったヒッピーだろう——がいた。小さい、大部分はきちんとした、冬支度のできているものもあればそうでないものもある、安っぽい家々。

屋根に沿って透かし彫りがあり、八角形で、壁のひとつおきにドアがある家が目に入らなければ、グレイスは引き返そうと思ったことだろう。ウッズ家だ。ドアが八つあるものとずっと記憶していたのだが、四つだけだったようだ。なかの部屋がどんなふうに区切られているのか、あるいは区切られていないのか、入って確かめたことはなかった。かつてこの家は、大きな生垣と、岸辺の風でいつもさらさらと葉ずれの音がするきらめくようなポプラの木々に囲まれていた。ウッズ夫妻は老齢で——いまのグレイスもそうだが——訪れる友人も子供たちもいないようだった。夫妻の風変わりで独創的な家はいまではみすぼらしく、場違いに見えた。大型ラジカセや、分解されていたりもする乗り物や、玩具や、洗濯物などを抱えた隣人たちが、その両側にひしめいていた。

この道を四分の一マイルかそこら行ったところで彼女が見つけたトラヴァーズ家も、同じ状態だった。道はそこで行き止まりになるのではなく、いまではその先へと伸びていて、家を囲む奥行きのあるベランダのほんの数フィート先まで両側の家々が迫っていた。

こんなふうに建てられた家をグレイスが見たのは、この家が初めてだった——平屋で、大きな屋根が途切れることなくあのベランダの上まで、ぐるりとぜんぶに突き出している。のちに彼女は似たような家を何軒もオーストラリアで見かけた。暑い夏を思わせるスタイルだ。

以前は、ベランダから駆け出して、埃っぽい私道の端を横切り、おなじくトラヴァーズ家の敷地である踏み倒された草や野生のベリーの茂る砂地の上を横切って、湖に飛び込む——いや、実際はばしゃばしゃ歩いて入る——ことができた。いまでは湖はほとんど見えない、がっしりした家が——ここにわずかばかりある標準的な郊外型住宅の一軒で、車二台分の車庫がついている——まさにそのルートの途中に建っているからだ。

この遠征を企てたときに、グレイスは本当は何を探すつもりだったのだろう? 探しているつもりだったかもしれないまさにそのものを見つけていたら、最悪だったのではないだろうか。覆いかぶさる屋根、網戸になった窓、正面には湖、裏にはカエデやヒマラヤスギやバルサムポプラの木立。完全に保存された、傷ひとつない過去、彼女自身についてはそんなことはひとつも言えないというのに。これほど貶められ、まだ存在してはいるが意味のないものになり果てた——いまのトラヴァーズ家はそんなふうに見える、屋根窓をつけたされ、ぎょっとするような青いペンキを塗られて——ようすを見出すほうが、結局は痛みが少ないのかもしれない。

そしてもし、ぜんぶなくなってしまっているのがわかったとしたら、どうだろう? 大騒ぎする。

誰か話を聞きにきてくれる人がいたなら、失ったものを嘆いてみせる。だが、ほっとした気持ちは感じないだろうか、昔の戸惑いや義務感が取り除かれて？

ミスター・トラヴァーズがこの家を建てた――つまり、彼はミセス・トラヴァーズのために、あっと言わせるような結婚の贈り物としてこの家を建てたのだ。グレイスが初めて見たとき、この家はおそらく築三十年くらいだっただろう。ミセス・トラヴァーズの子どもたちは年齢の間隔がかなり開いていた――グレッチェンは二十八か二十九、すでに結婚して自身母親になっており、モーリーは二十一、大学の最終学年を迎えるところだった。それからニールがいた、三十代の半ばだ。だがニールはトラヴァーズ姓ではなかった。彼はニール・ボロウだった。ミセス・トラヴァーズは以前に結婚していたことがあって、その相手は死んだのだ。彼女は秘書養成学校で商業英語の教師をして生計をたて、子どもを養った。ミスター・トラヴァーズは、妻の人生における自分と会うまえのこの時期について、それが苦難に満ちた懲役同様の生活で、彼が喜んで提供するつもりの安楽な暮らしをこの先一生送っても埋め合わせがつかないひどい時期みたいに言うのだった。

ミセス・トラヴァーズ自身はこのことを、まったくそんなふうには話さなかった。彼女はニールと、ペンブロークの町の鉄道の線路に近い、大きな古い家を分割したアパートで暮らしていたらしく、夕食の席で彼女がしゃべる話の多くはそこでの出来事、ほかの住人のことや、フランス系カナダ人の家主のことで、家主の耳障りなフランス語やもつれた英語を真似してみせた。そういう物語には題があってもよかったかもしれない、グレイスが十年生の教室の奥の本棚（その棚には『最後の男爵』と『帆船航海記』もあった）でなぜか目に留めて読んだ『アメリカン・ユーモア選集』に出ていたユーモア作家サーバーの短篇みたいな題が。「老いたるミセス・クロマティーが屋根の上に出た夜」「郵便配達人はいかにしてミス・フラワーズを口説いたか」「イワシを食べた犬」

ミスター・トラヴァーズは物語などけっして語らず、夕食の席でほとんどしゃべることもなかったが、こちらが、たとえば自然石でできた暖炉を見つめているのに目を留めたりすると、「石に興味があるのかい？」と言って、それぞれの石がどこで採れたのかとか、ミセス・トラヴァーズが切通しでちらっと見かけて叫び声をあげたピンクの花崗岩を探しに探したことがある、などと話してくれた。あるいは、彼が自らこの家のデザインにつけたした、本当のところさほどどうということもないものを見せてくれたりする――キッチンのコーナーカップボードの、外側に回転する棚、窓辺のベンチの下の収納スペース。彼は背が高くて猫背で声が穏やかで、薄い髪をぺったり撫でつけていた。水に入るときは水泳用のシューズを履き、普通の服のときには太っているようには見えないのに、そういうときには水泳パンツの上端からパンケーキのような白い贅肉の襞がはみ出していた。

グレイスはその夏、リトル・サボ湖の北にあるベイリーズ・フォールズのホテルで働いていた。夏の初めごろ、トラヴァーズ一家がそこへ食事に来た。彼女は一家に気づかなかった――彼女が受け持つテーブルではなかったし、その夜は混んでいたのだ。新しく来たグループのためにテーブルを整えていたときに、誰かが自分に話しかけようと待っていることに気づいた。

それはモーリーだった。彼は「あのう、もしよかったらそのうち僕とデートしませんか？」と言った。

グレイスは銀器をてきぱきと並べる作業からほとんど目も上げなかった。彼女は「挑戦ゲームでもやってるの？」と訊ねた。彼の声は甲高くてピリピリしていたし、さも無理をしているように体を強張らせて立っていたからだ。それに、コテージからやってくる若い男たちのグループが、ウェイトレスをデートに誘ってみろと互いにけしかけあう挑戦ゲームをやることがあるのも皆知っていた。まったくの悪ふざけというわけでもなかった——もし承知したら本当にやってくるのだ、といっても、映画にも連れていかず、コーヒー一杯おごってもくれずに、ただどこかへ車を停めていちゃつくつもりでいることもあるのだが。だから、女の子が誘いを受け入れるのはむしろ恥ずべきこと、男に飢えていると考えられていた。

「なんだって？」彼は痛々しいような声音で問い返し、そこでグレイスは、ちゃんと手を止めて彼を見上げた。その瞬間、彼女には彼という人間のすべてが、真のモーリーが見えた気がした。怯えていて、激しくて、純朴で、頑固。

「いいわ」と彼女はぱっと答えた。いいわ、さあ落ち着いて、挑戦ゲームじゃないのはわかってるから、あなたはそんなことしないってわかってるから、と言いたかったのかもしれない。あるいは、いいわ、あなたとデートしてあげる、と言いたかったのか。自分でもどちらなのかわからなかった。だが彼はそれを承諾と取り、すぐさま約束をした——声を低めることもなく、周囲の客たちから集まる視線に気づくこともなく——つぎの夜、仕事の退けた彼女を迎えにくると。

彼は彼女をちゃんと映画に連れていった。二人で「花嫁の父」を見た。グレイスはこの映画は大嫌いだと思った。あの映画のなかのエリザベス・テイラーみたいな女の子は大嫌いだった。ただお上手を言って人を口車に乗せて要求だけしていればいい、甘やかされた金持ち娘は大嫌いだった。モーリーは、だってコメディなんだから、と言ったが、そういう問題じゃない、と彼女は言い返した。では何が問題なのかということを、彼女ははっきり説明できなかった。それは彼女がウェイトレスとして働いていて、貧しくて大学へも行けないせいだと、誰でも思うだろう。それに、もし彼女があんな結婚式を挙げたいと思ったら、何年もかかって金を貯めて自分で払わなくてはならないし、と（モーリーもこのことを考え、彼女への尊敬の念、ほとんど崇敬の念でいっぱいになった）。

自分が感じているのは嫉妬心ではまったくない、それは怒りなのだということを、彼女は説明できなかったし、完全に自覚もしていなかった。そしてそれはあんなふうに買い物もできないし、あんなふうに着飾ることもできないからではなかった。あれが、女の子というのはそういうものだと思われている姿だからだった。あれが、男たちが——世間の人たちが、皆が——考える女の子というものの姿だったからだ。美しく、大事にされ、甘やかされ、身勝手で、脳たりん。それが女の子というものなのだ、恋をすべき相手なのだ。やがて女の子は母親になり、めろめろになって自分の赤ん坊たちに尽くす。もう身勝手ではないが、相変わらず脳たりんだ。永遠に。

彼女が高潔で、ユニークな精神と魂を持っていると——一瞬にして——信じ、貧しさがそれにロマンティックな輝きを添えていると思った（貧しい娘と彼が察したのは彼女がやっている仕事だけではなく、その強いオタワ・バレー訛りのせいだったが、彼女はそのことにまだ気づいてはいなかった）がゆえに恋に落ちた男の子の隣に座って、彼女はこんなことで腹を立てていた。

彼は映画に対する彼女の気持ちに敬意を抱いた。じつのところ、彼女が腹を立てながらなんとか説明しようとするのに耳を傾けた彼は、今度は自分が彼女に、懸命に何かを伝えようとした。いまではそれが嫉妬心などという単純な、いかにも女らしいことではないのがわかる、と彼は言った。彼にはわかる。それは彼女が軽薄さを支持していないからだ、大半の女の子のようになることでは満足できないからだ。彼女は特別なのだ。

あの夜何を着ていたか、グレイスはいつまでも覚えていた。ダークブルーのバレリーナスカート、アイレットフリルを透かして乳房の上端が見える白いブラウス、バラ色の伸縮性のある幅広のベルト。彼女の装い方と彼女がこう思われたいと思っている自分とのあいだには、明らかに矛盾があった。だが、彼女には、流行に沿った上品さやスマートさ、洗練されたところは一切なかった。実際、ちょっと端がほつれていたら、ジプシーのような雰囲気になったことだろう、うんと安物の銀色に塗ったバングルを着けて、ウェイトレスの仕事をするときはヘアバンドにたくし込まなくてはならない、カールした野性的な長い黒髪だったなら。

特別。

彼が彼女のことを母親に話すと、母親は「あなたのそのグレイスって子を夕食に連れていらっしゃい」と言った。

彼女には何もかもが目新しく、何もかもがたちまち楽しく思えた。じつのところ彼女は、モーリーが彼女に恋をしたようにミセス・トラヴァーズに恋をした。もちろん、彼女の性格として、彼ほどあからさまに呆然とし、崇め奉ることはなかったが。

グレイスはおじとおばに、実際には大おじと大おばに育てられた。母親は彼女が三歳のときに死に、父親はサスカチュワンに行って、そこでべつの家庭を持った。親代わりの二人は思いやりがあり、当惑しつつも彼女のことを自慢にさえ思っていたが、あまり会話はなかった。大おじは籐椅子をつくって生計を立てていて、グレイスに籐細工を仕込んだ。仕事を手伝わせ、ゆくゆくは視力の衰えてきた自分の後継者となれるように。ところが彼女は夏のあいだベイリーズ・フォールズで働くことになり、大おじにとって――大おばにとっても――彼女を行かせるのは辛いことだったが、彼女が身を落ち着けるまえに人生経験を積むのは必要なことだと二人は考えたのだった。

グレイスは二十歳で中等学校を卒業したばかりだった。本当なら一年前に終えていたはずなのだが、彼女は普通とは違う選択をした。彼女が住んでいたのはうんと小さな町だったが――ミセス・トラヴァーズのペンブロークからそれほど遠くないところ――それでも中等学校があり、五年間学んで州の統一試験の準備ができ、さらに当時シニア・マトリキュレイション（中等学校の課程に加えて大学の課程を一年分修了した資格が与えられる）と呼ばれていたコースがあった。開設科目をすべて学ぶ必要はなかったが、彼女にとってさいしょの年――本来ならば最終学年となるはずの十三学年――の終わりに、グレイスは歴史、植物学、動物学、英語、ラテン語、フランス語の試験を受け、不必要な高得点を取った。ところが九月になると、彼女はまた学校へもどり、物理と化学、三角法、幾何学、代数を勉強しようと企てた。こうした科目は女の子にはとくに難しいと考えられていたのだが。その学年を終えたら、彼女の学校には教える先生がいないギリシャ語、イタリア語、スペイン語、ドイツ語を除いては、十三学年の科目すべてを制覇したことになる。彼女は数学の三部門すべてと科学二科目において、なかなかよくやったが、結果は昨年ほど目覚ましいものではなかった。そのとき彼女は、ギリシャ語とスペイン語とイタリア語とドイツ語を独学して、翌年これらの試験を受けようかとさえ考えていた。

だが校長が彼女と話をし、大学へは行けないのだから、こんなことをしても何もならないじゃないか、それに、どちらにしろ、ここまで目一杯の科目が必要とされるコースなど、どの大学にもない、と説いた。なぜこんなことをするのだ？　何か計画があるのか？

いいえ、とグレイスは答えた。無料で学べるものはすべて学びたいだけです。籐細工の仕事を始めるまえに。

ホテルの経営者を知っていたのは校長で、夏にウェイトレスの仕事をしてみたいなら口添えをしようと言ってくれたのだった。校長もまた、人生経験を積むということを口にした。

そういうわけで、あの学校で学問のすべてを統括していた人間でさえ、学問が人生と関わっているとは思っていなかったのだ。そして、グレイスは誰に自分のやったことを話しても――なぜ中等学校卒業が遅れたのかを説明するために――あんたどうかしてたんじゃないの、みたいなことを言われた。

ミセス・トラヴァーズは違った。役に立つ人間にならなくてはいけないと言われて本当の大学ではなくビジネスカレッジへ行かされたのだが、いまでは、代わりに、あるいはさいしょに、役に立たないことを頭に詰め込んでおけばよかったと強く思っている――彼女いわく――のだった。

「とはいっても、確かに生計を立てることは必要よ」と彼女は言った。「籐椅子づくりは、ともかくやってみるには良さそうね。まあ見てみなくちゃ」

見るって、何を？　グレイスは先のことなど考えたくなかった。いまのままの生活が続いてほしかった。ほかの女の子と勤務時間を代わってもらって、日曜日を朝食後から休みにすることができた。これはつまり、土曜日はいつも遅くまで働くということだ。事実上、これはつまり彼女が、モーリーと過ごす時間をモーリーの家族と過ごす時間と交換したということだった。これで彼女はモーリーと映画を観ることができなくなり、本物のデートはできなくなった。だが彼は彼女の仕事が終わる十一時ごろに迎えにきて、二人でドライブに行き、ちょっと車を停めてアイスクリームかハンバーガーを食べ――慎重なモーリーは彼女をバーには連れていかなかった、まだ二十一になっていなかったからだ――そして最後はどこかに車を停めた。

この駐車の時間――午前一時か二時まで続く――についてのグレイスの記憶は、トラヴァーズ家の丸いダイニングテーブルに座っていたり、あるいは――しまいに全員が立ち上がって、コーヒーやべつの飲み物を持って移動したら――部屋の反対側にある黄褐色の革のソファや、揺り椅子や、クッション付きの籐椅子に腰を下ろしているとき（あたふたと皿を洗ったりキッチンを片づけたりする必要はなかった――ミセス・トラヴァーズが「わたしの友だちの有能なミセス・エイベル」と呼ぶ女の人が朝になるとやってくるのだ）の記憶と比べると、ずっとぼんやりしていた。

モーリーはいつもクッションを敷物の上に引きずってきてそこに座った。グレッチェンはディナーのときもいつもジーンズかアーミーパンツ姿で、たいていは幅広の椅子であぐらをかいた。彼女もモーリーも大柄で肩幅が広く、母親の美貌を多少受け継いでいた――母親の波打つキャラメル色の髪、それに温かなハシバミ色の瞳。モーリーの場合は、えくぼまでも。ハンサム、ほかのウェイトレスたちはモーリーのことをそう言った。低く口笛を吹いた。いいねいいね。でもミセス・トラヴァーズはかろうじて一メートル五〇センチくらいしかなく、鮮やかな色合いのムームーをまとった体は太ってはいないものの頑丈でぽっちゃりした感じで、まだ背が伸びていない子どものようだった。それに彼女の目のあの輝き、熱っぽさ、いつもあふれ出てきそうな陽気さは、子供たちに受け継がれたり再現されたりはしていなかったし、そんなことは無理だったろう。彼女の頬のほとんど発疹のようなざらざらした赤味と同様に。あれはたぶん、どんな天気だろうが肌のことなんか気にせず外へ出るせいだった。そして彼女のスタイルのように、そのムームーのように、それは彼女の主体性を表していた。

そういう日曜の夜には、家族のほかに客が来ていることもあった。カップルのこともあれば、独身らしい人のこともあり、たいていはトラヴァーズ夫妻の年齢に近く、たいてい女のほうが熱っぽく機知に富んでいて、男のほうが物静かでゆったりしていて寛容なのも似ていた。皆面白い話をし、そんな話のなかでは自分自身をジョークの種にすることが多かった（グレイスもいまでは人を惹きつける話が上手くなり、長年そうするうちときどき自分にうんざりしてしまうほどなので、ああいうディナーの席での会話がかつてどれほど斬新に感じられたか思い出すのは難しかった。彼女が生まれ育った世界では、活発な会話の大半は下品な冗談で構成されており、彼女の大おじや大おばは、当然のことながらそういう話に加わろうとはしなかった。まれに客を迎えたときには、料理について称賛と謝罪が述べられ、天気について話しあわれ、そして食事がなるべく早く終わりますようにという熱い思いが流れるのだった）。

トラヴァーズ家ではディナーのあと、肌寒い夜にはミスター・トラヴァーズが火を起こした。皆で、ミセス・トラヴァーズの言う「馬鹿みたいな言葉遊び」をやった。馬鹿げた定義をでっちあげるとはいえ、じつのところかなり賢くなくてはできないゲームだった。こういうゲームでは、ディナーの席でやや口数が少なかった人が輝きはじめたりする。およそ不条理な主張を核にしてふざけた議論を展開してみせるのだ。グレッチェンの夫のワットはこれをやってのけ、そしてしばらくすると、グレイスもやってみせて、ミセス・トラヴァーズとモーリーを喜ばせた（モーリーはこう叫んで、グレイスを除いた一同を面白がらせた。「ね？　言っただろ。彼女は頭がいいんだ」）。そして、ゲームがあまり真剣になりすぎないよう、どの参加者も不安になることがないようにしながら、途方もない弁護でこの言葉遊びをリードするのは、ミセス・トラヴァーズその人だった。

誰かがゲームを楽しめないという問題がただ一度起こったのは、ミセス・トラヴァーズの息子ニールの妻であるメイヴィスがディナーにやってきたときだった。メイヴィスとその二人の子どもは、ここからほど近い、メイヴィスの両親の湖畔の家に滞在していた。その夜は家族とグレイスだけで、そこへメイヴィスとニールが幼い子供たちを連れてくることになっていた。ところが、メイヴィスはひとりでやってきた――ニールは医者で、その週末は結局オタワで用事があったのだ。ミセス・トラヴァーズはがっかりしたが、気を取り直し、失望を陽気に表しながら問いかけた。「だけど、子供たちはまさかオタワにいるんじゃないんでしょ？」

「残念ながら違います」とメイヴィスは言った。「だけど、あの子たち、およそ可愛いとは言えない状態なんです。きっとディナーのあいだじゅうぎゃあぎゃあ騒ぐでしょうし。赤ん坊はあせもができちゃってるし、マイキーのほうはどうしちゃったんだか、神のみぞ知る、というところで」

彼女はほっそりとした日焼けした女性で、紫のドレスを身にまとい、お揃いの幅広のヘアバンドで黒い髪を後ろへ撫でつけていた。きりっとしているが、口の端にはいささかの退屈か不満の気配があった。ディナーの料理の大半を手つかずのまま皿に残し、カレーにはアレルギーがあるのだと説明した。

「まあメイヴィス。残念ねえ」とミセス・トラヴァーズは言った。「最近なの？」

「あら、いいえ。もうずっとそうなんですけど、これまでは失礼になるかと思ったんです。だけど、夜中までもどすのにはもううんざりしちゃって」

「言ってくれればよかったのに――何なら食べられるかしら？」

「ご心配なく、だいじょうぶです。どのみちぜんぜん食欲がないし、この暑さと、それに母親としての喜びのおかげでね」

彼女はタバコに火をつけた。

そのあとゲームで、ワットと彼の使った定義のことで議論となり、辞書でその定義が許容範囲にあることが確認されると、彼女は「あら、ごめんなさい。わたしはあなた方と違って教養の程度がずっと低いみたいね」と言った。皆がまた新たな紙にそれぞれの単語をひとつ書いて提出する段になると、にっこり微笑んで首を振った。

「わたしはひとつもないわ」

「あらメイヴィス」とミセス・トラヴァーズは言った。そしてミスター・トラヴァーズは「ほらメイヴィス。どんな言葉でもいいんだから」と言った。

「でも、どんな言葉も思いつかないんです。すみません。今夜は頭が働かなくて。みなさんはどうぞ、わたしに構わずゲームをなさってください」

そこで一同はそうした。皆がなんでもないようにふるまう一方で、メイヴィスはタバコを吸いながら、傷ついて不満な心中を露わにした微笑みを、愛想よく断固として浮かべつづけていた。しばらくすると彼女は立ち上がり、ひどく疲れているし、子どもたちをこれ以上祖父母に任せておくわけにもいかない、お邪魔してとても楽しかったし勉強にもなったが、もうおいとましなくてはと述べた。

「今度のクリスマスにはオックスフォード辞典をプレゼントしなくちゃね」彼女は誰にともなくそう言って、とげとげしい笑い声を響かせながら出ていった。

ワットが持ちだしたトラヴァーズ家の辞書はアメリカの辞書だった。

彼女が去っても、誰も互いに顔を見合わせたりはしなかった。ミセス・トラヴァーズが口を開いた。「グレッチェン、みんなにコーヒーを淹れてくれる元気はある？」グレッチェンはキッチンへと立ちながら、「まったく。大概にしてよね（ジーザス・ウエプト）」と呟いた。

「まあね。あの人も大変な毎日を送ってるんだから」とミセス・トラヴァーズは言った。「小さな子が二人もいて」


平日のあいだ、グレイスは一日だけ、朝食の片づけをしてから夕食の準備をするまでのあいだ休みをもらえた。ミセス・トラヴァーズはこれを知ると、ベイリーズ・フォールズまで車を走らせて、その自由時間のあいだ彼女を湖畔の家へ連れてくるようになった。モーリーはその時間、仕事があったし——彼は夏のあいだ、七号線を補修する道路工事作業者に混じって働いていた——、ワットはオタワのオフィスだし、グレッチェンは湖で子どもたちと泳ぐかボートに乗せるかしていた。ミセス・トラヴァーズ自身はたいてい、買い物に行かなくちゃ、とか、夕食の準備があるとか、手紙を書かなくちゃならないとか言って、くぼみができたままの革のソファとぎっしり詰まった書棚のある、陰になって涼しくて広い居間でグレイスをひとりにしてくれた。

「なんでも好きな本を読んでて」とミセス・トラヴァーズは言った。「それとも、そうしたかったら横になって昼寝してもいいのよ。きつい仕事なんだから、きっと疲れてるでしょ。ちゃんと時間どおりに連れて帰ってあげるから」

グレイスはけっして昼寝はしなかった。本を読んだ。彼女はほとんど動かず、ショートパンツの下のむき出しの脚が汗ばんで、革に張りついた。あまりに読書に夢中になるせいだったのだろう。仕事にもどるため車で送ってもらう時間になるまで、ミセス・トラヴァーズの姿をまったく見かけないことも多かった。

浸りきっていた本の世界からグレイスの思いが解き放たれるのにじゅうぶんな時間が過ぎるまで、ミセス・トラヴァーズはどんな会話も始めようとはしなかった。それから夫人は自分もあの本を読んだ、などと口にし、感想を話したりする——といってもかならず、もの思いにふけるような、気楽な調子だった。たとえば、『アンナ・カレーニナ』についてこんなふうに彼女は語った。「あれは何度読み返したかしら、でもね、さいしょは確かにキティに自分を重ねあわせたんだけど、つぎはアンナになって——ああ、アンナの気持ちになって読んだときは辛かったわ、そして今度はね、いちばん最近のときは、自分がずっとドリーに共感していることに気づいたの。ドリーが田舎へ行くでしょ、ほら、あの子どもたちをみんな連れて、そして、洗濯をどうすればいいのか考えなくちゃならないの、洗濯桶のことで問題があって——きっと歳を取るとどこに共感するかが変わってくるのね。情熱は洗濯桶の陰に押しやられてしまう。だけど、わたしの言うことなんか気にしないでね。気にしてないわよね？」

「ひとの言うことなんて、あたし、あまり気にしてないんじゃないかと思います」グレイスは自分の言ったことに驚き、思い上がっているように、でなければ子供っぽく聞こえたんじゃないかと気になった。「でも、そうやってお話ししてくださるのを聴いているのは好きです」

ミセス・トラヴァーズは笑った。「わたしは自分がしゃべっているのを聴いているのが好きなの」


この頃、モーリーがなんとなく二人の結婚のことを口にしはじめていた。これは当分先のことになる——彼が資格を取得してエンジニアとして働きはじめてからのことだ——が、彼はその件について、彼と同じく彼女もまた当然と思っているはずのこととして話した。僕たちが結婚したら、と彼は言い、グレイスはそれに疑問を投げかけたり否定したりはせず、興味ありげに耳を傾けた。

結婚したら、二人はリトル・サボ湖の湖畔に家を持つ。彼の両親の家にあまり近くもなく、離れすぎてもいない場所に。もちろんそこは夏だけの住まいだ。夏以外は、どこであれ彼がエンジニアとして働く場所で暮らす。どこでも可能性はある——ペルー、イラク、ノースウェスト準州。そんな旅をすることになると思うとグレイスは嬉しかった——むしろ、彼が厳粛な誇りを込めて僕たちの家という表現で語るものについて考えると嬉しくなる以上に。こういったことのどれもが彼女にはさっぱり現実とは思えなかったのだが、その一方で、大おじを手伝って、自分が育った町の自分が育ったまさにその家で籐椅子職人としての人生を送るというのもまた、現実とは思えなかった。

モーリーは彼女に、大おじ大おばには自分のことをどう話しているのか、いつ家へ連れていって、二人に会わせてくれるのかと、繰り返し訊ねた。彼が気楽にその言葉——家——を使うのでさえ、彼女にしてみればちょっと調子が狂うように思えた。彼女自身、確かにその言葉を使ってはいたのだが。わたしの大おじと大おばの住居、と言うほうがよりぴったりするように思えた。

実際には、毎週出す短い手紙に彼女は一切何も書いておらず、ただ「夏のあいだこのあたりでバイトしている男の子とつきあっています」と記しただけだった。彼がホテルで働いているような印象を与えたかもしれない。

べつに彼女が結婚のことをまったく考えないわけではなかった。その可能性——半ば必然性——は、籐椅子づくりの人生と併せて彼女の頭にあった。これまで誰にも求愛されたことがなかったにもかかわらず、いつの日かそういうことが起こるだろうと彼女は思っていて、それもまさにこんなふうに、相手の男がたちまち心を決めてしまう成り行きを思い描いていた。彼は彼女を見て——たぶん、椅子を修理に持ってきたりして——そして彼女を見ながら、恋に落ちる。彼はハンサムだ、モーリーのように。情熱的だ、モーリーのように。快楽に満ちた肉体的愛情行為がそれに続く。

こういうことは、起こらなかった。モーリーの車でも、頭上に星が輝く草の上でも、彼女はそのつもりだった。そしてモーリーはそうしたいところだったが、しようとはしなかった。彼女を守るのが自分の責任だと思っていたのだ。そして彼女が簡単にわが身を差し出したことが、彼を動揺させた。おそらく彼はそれを興ざめと感じたのだろう。意図的に身を差し出すというのは彼には理解できなかったし、彼が抱く彼女のイメージにはまるでそぐわなかった。彼女自身は自分の態度がどれほど興ざめかわかっていなかった——その気まんまんなところを見せれば、きっと彼女がひとりであれこれ想像しながら味わう喜びにつながるはずだと信じていて、それを引き受けるかどうかはモーリー次第だと思っていた。彼はそうしようとはしなかった。

この苦境に心をかき乱された二人は、ちょっと腹立たしい、あるいは恥ずかしい気持ちになって、おやすみを言いながらも互いに埋めあわせをしようと、べたべた体をくっつけてキスしたり甘い言葉を口にしたりするのをやめられないのだった。グレイスはひとりになると、宿舎のベッドに入って、ここ数時間のことを心から消し去り、ほっとした。そしてモーリーにとっても、ひとり幹線道路を車で走りながら、彼のグレイスに対するイメージを、心底愛したままでいられるように修正するのは、きっとほっとすることに違いないと思うのだった。

レイバー・デーのあと、大半のウェイトレスは学校や大学へもどるために去った。だが、ホテルの営業は、人数の減った従業員——グレイスもそのうちのひとりだった——によって感謝祭まで続けられた。今年は、十二月初めにまた冬季営業を始める、あるいはすくなくともクリスマス時期には営業するという噂もあったが、本当にそうなるのかどうか知っている者は厨房や食堂の従業員のなかには誰もいないようだった。グレイスは大おじと大おばにクリスマス時期の営業は確実であるかのような手紙を書いた。じつのところ、ホテルが閉鎖されることには一切触れていなかった、新年以後はたぶんそうなるだろうということを除いては。だから、二人は彼女がもどってくると期待することはないはずだった。

なぜ彼女はこんなことをしたのだろう？　べつにほかに計画があるわけでもないのに。彼女はモーリーに、この一年は、彼、モーリーが大学で最終学年を過ごしているあいだ、大おじの手伝いをしながら、できれば誰かほかに籐細工を身につけようという人を探したりするのがいいと思う、と話していた。クリスマスには彼を招いて自分の家族に会わせると約束までしていた。すると彼は、クリスマスは二人の婚約を正式なものとするにはいい時期だと言った。彼は彼女にダイヤの指輪を買おうと、夏の稼ぎを貯めていた。

彼女も自分の稼ぎを貯めていた。彼の大学があるあいだ、バスに乗ってキングストンへ訪ねていけるようにと。

　彼女はこのことについても、ごく気楽に口にし、約束した。でも、そんなふうになると思っていたのだろうか、というか、そうなってくれたらと願うことさえ、あったのだろうか？

「モーリーはとても良い性格よ」とミセス・トラヴァーズは言った。「まあ、あなたも自分の目で見てわかるでしょうけれど。あの子は、愛すべき、単純な男なの、あの子の父親に似て。兄には似ていないわ。あの子の兄のニールは、すごく頭がいいの。モーリーはよくないって言ってるんじゃないのよ、頭に脳みそがしっかり詰まっていなければ、エンジニアになんかなれっこないものね、でも、ニールは――深いの」彼女は自分の言葉に笑った。「大海原の深く果てしない奥底に（トマス・グレイ『墓畔の哀歌』）――わたしったら、何を言ってるのかしら？　ニールとわたしは長いあいだ二人っきりだった。だからニールは特別なのね。彼が愉快になれない人間だって言っているんじゃないの。でも、うんと愉快な人が憂鬱になることだってあるでしょ？　こっちは、どうしちゃったのかしらって思う。だけど、大人になった子どもたちを心配したってしょうがないわよね。ニールのことは、ちょっと心配、モーリーのことは、ほんのちょっとだけ。そしてグレッチェンのことはぜんぜん心配じゃないわ。だって、女にはいつだって何かあるでしょ、前へ進ませてくれるものがね？　男にはないものが」

　湖畔の家は感謝祭まで閉められることはなかった。グレッチェンと子どもたちはもちろん、学校があるのでオタワへもどらなければならなかった。そして仕事が終わりになったモーリーは、キングストンへ帰らなければならなかった。ミスター・トラヴァーズは週末だけやってくる。でもいつも自分は、とミセス・トラヴァーズはグレイスに告げた、ときには客と、ときにはひとりで、そのまま家に留まる。

ところが、彼女の計画は変わった。彼女は九月にミスター・トラヴァーズといっしょにオタワへ帰ってしまった。これは予想外のことだった――週末のディナーはキャンセルとなった。

母はときどき神経を病むことがあるのだとモーリーは話した。「母さんは休息を取らなくちゃならないんだ」と彼は言った。「二週間かそこら入院して、落ち着かせてもらうんだよ。いつも元気で退院してくる」

彼の母親がそんな病気を抱えていただなんて、思いもよらなかったとグレイスは言った。

「何が原因で起こるの？」

「医者にもわからないんじゃないかな」とモーリーは答えた。

だが、ちょっとしてから言った。「うん。連れあいのせいかもしれない。つまり、さいしょの連れあいだよ。ニールの父親だ。彼の身に起こったこととか、いろいろ」

何が起こったかというと、ニールの父親は自殺したのだった。

「精神的に不安定だったんだろうな、きっと。でも、もしかしたらそれじゃないかもしれない」と彼は続けた。「ほかのことかも。あのくらいの歳の女の人の抱える問題とかさ。だけどだいじょうぶ――いまは簡単に治るんだ、薬でね。すごくいい薬があるんだよ。心配はいらない」

感謝祭の頃には、モーリーの予測どおり、ミセス・トラヴァーズは退院して気分も回復していた。感謝祭のディナーはいつもどおり湖畔の家で催された。そしてそれは日曜日だった――これまたいつもどおりで、月曜日に荷造りして家を閉めるためだった。そしてこれはグレイスにとってても幸運だった、日曜日は相変わらず彼女の休日だったからだ。

家族全員が集まることになっていた。客はひとりも来ない――グレイスを客とみなさなければ。ニールとメイヴィスと子どもたちはメイヴィスの両親の家に泊まって、そこで月曜日にディナーを食べるが、日曜日はトラヴァーズ家で過ごすことになっていた。

日曜日の朝、モーリーがグレイスを湖畔へ連れてきたころには、七面鳥はすでにオーヴンに入っていた。子どもたちがいるので、ディナーは早めに、五時ごろ始まる予定だった。パイ類はキッチンのカウンターに並んでいた――パンプキン、アップル、ワイルドベリー。グレッチェンがキッチンの担当だった――スポーツをやる際の滑らかな動きと同様、調理も滑らかにこなしていた。ミセス・トラヴァーズはキッチンテーブルに座ってコーヒーを飲みながら、グレッチェンの下の娘、ダナとジグソーパズルをやっていた。

「あら、グレイス」彼女はそう言うと、抱きしめようとぱっと立ち上がり――彼女がそんなことをするのは初めてだった――片手を不器用に動かしてジグソーのピースを散らばした。

ダナが泣き声をあげた。「おばあちゃんったらあ」すると、じっと見ていた姉のジェイニーがピースを拾い上げた。

「いっしょに元にもどそうね」とジェイニーは言った。「おばあちゃん、わざとやったんじゃないんだから」

「クランベリーソースはどこに置いてあるの？」グレッチェンが訊ねた。

「戸棚のなか」ミセス・トラヴァーズはまだグレイスの両腕を摑み、崩れたパズルには知らん顔で答えた。

「戸棚のどこ？」

「ああ。クランベリーソースね」とミセス・トラヴァーズは言った。「あのね——自分でつくるの。まずクランベリーを少量の水に入れる。それから弱火にかける——違う、さいしょに浸すんだったかな——」

「あら、そこまでしてる時間はないわ」とグレッチェンは言った。「つまり、缶入りのはないってことね？」

「なかったと思う。あるわけないわ、つくってるんだもの」

「誰かに買ってきてもらわなきゃ」

「ミセス・ウッズに訊いてみたら？」

「駄目よ。ほとんど話したこともないのよ。そんなずうずうしいことできない。誰かに買い物に行ってもらわなきゃ」

「あのねえ——感謝祭なのよ」とミセス・トラヴァーズは穏やかに言った。「どこも開いてないわ」

「幹線道路をずっといったあそこ、あそこならいつも開いてるわ」グレッチェンは声を張り上げた。「ワットはどこ？」

「外でボートを漕いでるわよ」メイヴィスが奥の寝室から叫んだ。その声には警告の響きがあった、赤ん坊を寝かしつけているところだったのだ。「マイキーをボートに乗せに連れていったの」

メイヴィスは自分の車でマイキーと赤ん坊を連れてきていた。ニールはあとから来ることになっていた——いくつか電話しなければならないところがあったのだ。

そして、ミスター・トラヴァーズはゴルフに行っていた。

「誰かにちょっと買い物に行ってもらいたいんだけど」とグレッチェンは言った。彼女は待ったが、寝室からはなんの申し出もなかった。彼女はグレイスに眉をあげて見せた。

「あなたは運転できないわよね」

グレイスはできないと答えた。

ミセス・トラヴァーズはあたりを見回して自分の椅子を探し、やれやれとため息をついて腰を下ろした。

「そうだ」とグレッチェン。「モーリーは運転できるわ。モーリーはどこ?」

モーリーは正面の寝室で水着を探していた、泳ぐには水が冷たすぎると皆から言われていたのだが。店はきっと開いていないと彼は言った。

「開いてるわよ」とグレッチェンは言い返した。「あそこはガソリンを売ってるんだから。それにもし開いてなかったら、ちょっとパースのほうへ行ったところに一軒あるでしょ、アイスクリームを売ってる――」

モーリーはグレイスについてきてもらいたがったが、二人の小さな女の子、ジェイニーとダナが、おじいちゃんが家の横のノルウェーカエデの木にこしらえてくれたブランコを見に行こうと彼女を引っ張っていった。

階段を下りていると、片方のサンダルのストラップがちぎれてしまった。彼女はサンダルを両方とも脱ぐと、砂地や、踏みつぶされたオオバコや、もう落ちて丸まっている夥しい木の葉の上を、なんの支障もなく歩いていった。

まずグレイスが子どもたちをブランコに乗せて押してやり、つぎに子どもたちが彼女を押した。彼女が裸足で飛び降りたときだった、片脚がねじれ、何が起こったのかわからないまま、彼女は苦痛の叫びをあげた。

脚ではなく、足の裏だった。痛みは左足の裏から突き上げていて、貝殻の鋭い縁で切ったのだとわかった。

「その貝殻、ダナが拾ってきたんだよ」とジェイニーが言った。「カタツムリのお家にするつもりだったの」

「あのカタツムリ、逃げちゃった」とダナは言った。

グレッチェンとミセス・トラヴァーズ、それにメイヴィスまで家から飛び出してきた。子どもたちのどちらかが叫び声をあげたと思ったのだ。

「グレイスの足から血が出てる」とダナが言った。「地面も血だらけ」

ジェイニーが説明した。「貝殻で切ったんだよ。あの貝殻、ダナがここへ置いといたの。アイヴァンのお家をつくるつもりだったんだよ。ダナのカタツムリのアイヴァン」

そこで、洗面器と傷口を洗う水とタオルが運ばれてきて、どのくらい痛むかと、皆が口々に訊ねた。

「それほどじゃありません」と答えながら、足を引きずって階段を上るグレイスを、二人の小さな女の子たちが競いあって支えようとしたが、ほとんど邪魔になるばかりだった。

「まあ、ひどい目に遭ったわねえ」とグレッチェンが言った。「だけど、どうして靴を履いていなかったの？」

「ストラップがちぎれちゃったの」とダナとジェイニーが口をそろえて言ったとき、ワイン色のコンバーティブルがほとんど音をたてずに、すっと曲がって駐車スペースに入ってきた。

「あら、あれぞまさしく好都合ってやつね」とミセス・トラヴァーズが言った。「まさにわたしたちが必要としている人が来たじゃないの。お医者よ」

それはニールだった、グレイスは会うのが初めてだった。彼は背が高くて引き締まった体型で、素早い身のこなしだった。

「あなたの鞄がいるわよ」ミセス・トラヴァーズが陽気に叫んだ。「患者はもう用意してあるから」

「素敵なポンコツに乗ってるじゃない」とグレッチェンが言った。「新車?」

ニールは「愚かな買い物だ」と答えた。

「これじゃ赤ちゃんが起きてしまうわ」メイヴィスはあいまいに非難をにおわせる溜息をつくと、家のなかへ引き上げた。

ジェイニーがきつい口調で「何をやったって、あの赤ちゃんを起こしちゃうんだから」と言った。

「そんなこと言うもんじゃないの」とグレッチェンがたしなめた。

「持ってきてないなんて言わないでよね」ミセス・トラヴァーズが言った。だがニールは診察鞄を後部座席からひょいと取り出したので、彼女は、「あら、持ってるのね、よかった、いつなにがあるかわからないものね」と言った。

「君が患者?」ニールはダナに問いかけた。「どうしたの? ヒキガエルでも呑み込んだ?」

「あの人よ」とダナは威厳たっぷりに訂正した。「グ、グ、グレイスよ」

「そうか。彼女がヒキガエルを呑み込んだか」

「足を切ったの。血がどんどん出てるんだよ」

「貝殻で」とジェイニーも言った。

ニールはすぐさま「どいてくれ」と姪たちに命じ、グレイスの下の段に腰を下ろすと、慎重な手つきで足を持ち上げ、「そこの布みたいなのを取ってくれ」と言い、傷口が見えるように丁寧に血を吸い取った。彼がうんと体を寄せてきたので、グレイスはこの夏ホテルで働いていて嗅ぎ分けられるようになったにおいに気がついた——ミントの混ざった酒のにおいだ。

「確かに」と彼は言った。「血がどんどん出ている。これはいいことだ、傷口を洗ってくれるからね。痛む?」

グレイスは「いくらかは」と答えた。

彼はちょっとの間ではあったが、彼女の顔を探るように見た。もしかしたら、においに気づかれただろうか、そしてどう思われただろうかと気になったのかもしれない。

「そりゃそうだろう。その傷口がわかる? なかのほうまでちゃんと消毒しなくちゃならない、それからひと針ふた針縫うからね。ちょっと薬を塗ってあげるから、君が思うほどは痛まないよ」彼はグレッチェンを見上げた。「あのさ。観客はよそにやっておこうよね」

彼はまだ一言も母親に話しかけてはいなかった。母親はまたも、ちょうどいいときに彼が来てくれて本当に良かったと繰り返していた。

「ボーイスカウトだよ」と彼は言った。「備えよつねに」

彼の手は酔っているようには感じられなかったし、目もそんなふうには見えなかった。子どもたちに話しかけるときに演じる、陽気なおじさんといったふうにも見えなかったし、グレイスにしてみせる、励ましや慰めをぺらぺらまくしたてるタイプにも見えなかった。彼は青白い高い額に、きつくカールしたグレイがかった黒髪、明るいグレイの目で、唇の薄い大きな口は、激しい苛立ち、それとも欲求、あるいは苦しみで、ちょっと歪んでいるように見えた。

外の階段の上で傷口に包帯を巻いてしまうと――グレッチェンは子どもたちを引き連れてキッチンにもどっていたが、ミセス・トラヴァーズは残って、ぜったい邪魔はしませんと約束するかのように唇をきゅっと結んで熱心に見入っていた――グレイスを町の病院へ連れていったほうがいいと思うとニールは言った。

「抗破傷風人免疫グロブリンを打ってもらいにね」

「そんなに痛まないですけど」とグレイスは言った。

ニールは、「そういうことじゃないんだ」と答えた。

「わたしも賛成」とミセス・トラヴァーズが言った。「破傷風――あれは恐ろしいもの」

「そんなに長くはかからない」と彼は言った。「さあ。グレイス？　ほらグレイス、君を車まで連れていってあげよう」彼は彼女の脇を支えた。彼女は片方のサンダルのストラップを留め、もう片方につま先を突っ込んで、引きずって歩けるようにした。包帯は非常にきちんと、きつめに巻かれていた。

「ちょっとひとっ走りしてくるよ」彼女が車に乗り込むと、彼は言った。「断りを言ってこなくちゃ」

グレッチェンに？　メイヴィスに。

ミセス・トラヴァーズがベランダから降りてきた。いかにも彼女らしく思えるぼうっとした興奮状態で、この日はそれを抑えられない風情だった。彼女は車のドアに手をかけた。

「いいことだわ」と彼女は言った。「とてもいいことだわ。ねえグレイス、あなたは天の恵みよ。今日はあの子をお酒から遠ざけておいてね、いい？　どうすればいいかはわかってるでしょ」

グレイスはこの言葉を聞いてはいたが、それについてはほとんど何も考えなかった。ミセス・トラヴァーズの変わりようにすっかり狼狽えていたのだ。甲高くなったように見え、体の動きがすべてぎこちなく、とりとめのない善意をちょっと異様な激しさで迸らせ、すぐに嬉し涙を流しそうな気配がある。それに、口の端には何かうっすらこびりついている、砂糖みたいなものが。


病院は三マイル離れたカールトン・プレイスにあった。線路をまたぐ高架交差路があり、車はものすごいスピードでそこを通過したので、グレイスは、頂点で車が路面から浮き上がって飛んでいるような気がした。ほかの車はほとんど見当たらず、べつに怖くはなかった。それに、どのみち彼女にはどうしようもなかった。


ニールは救急病棟の当直看護師と知りあいだったので、書類に記入して看護師にグレイスの足をちょっと見せたあと（「いい手際ね」彼女は興味なさそうに言った）、自分でさっさと破傷風の注射を打つことができた（「いまは痛くないけど、あとで痛むことがあるからね」）。ちょうど彼が注射を終えたとき、看護師が小部屋へもどってきて「彼女を連れて帰るって、男の人が待合室に来てますよ」と言った。

看護師はグレイスに「あなたの婚約者だって言ってるわ」と告げた。

「まだ処置が済んでいないってそいつに言ってくれ」とニールは言った。「いや。僕たちはもう帰ったって言ってくれ」

「ここにいるって言っちゃったわ」

「でも、君がもどってきたら」とニールは言った。「僕たちは帰ってしまっていた」

「その人、あなたの弟さんだって言ってましたよ。駐車場で車を見つけられちゃうんじゃない？」

「車は裏に停めてある。医師用の駐車場に停めたんだ」

「抜け目のないこと」看護師は肩越しにそう言った。

するとニールはグレイスに訊ねた。「君はまだ家に帰りたくないだろ？」

「はい」グレイスは、まるで目の前の壁に書かれた言葉を読み上げるように答えた。目の検査でも受けているみたいに。

またも彼女は片方のサンダルをつま先だけでひっかけてバタバタ引きずりながら、支えられて車まで連れていかれ、クリーム色の座席に座らされた。駐車場から裏通りへ出て、見慣れない道を通って町から出た。モーリーには会わないのだと思った。彼のことは考えなくていいのだ。ましてやメイヴィスのことなど。

この間のことを、彼女の人生におけるこの変化のくだりをのちに説明する際、グレイスはこんなふうに言うかもしれない——実際言ったのだ——あたかも、背後で門がガチャンと閉まったかのようだった、と。だが、あのときはガチャンという音などしなかった——黙って従おうという気持ちがただ彼女のなかに広がり、背後に残される者たちの権利はあっさりと取り消されてしまったのだ。

この日のことについて、彼女は鮮明かつ詳細に覚えていたが、長々と語られるその話のいくつかの部分は変化していった。

そして、ああいった詳細のなかにさえ、彼女が勘違いしていたこともあったに違いない。

まず二人は七号線を西へ向かった。グレイスの記憶では、道路にほかの車の姿はなく、車の速度は、高架交差路で飛んでいるような気がしたときに近づいている。これは本当のはずがない――道路には車がいたに違いない、あの日曜の朝、家に帰ろうとしている人たちの車が、感謝祭を家族と過ごそうとしている人たちの車が。教会へ向かっている、あるいは教会から帰宅している人たちの車が。ニールは、村を抜けたり町の端を通ったりするときにはスピードを落とさなくてはならなかったはずだ。それに古い幹線道路の数多いカーヴのところでも。彼女は屋根を開けたコンバーティブルに慣れていなかった、風が目を刺し、髪を意のままにする。おかげでずっとスピードが出ていたような、完全に飛んでいたかのような幻想を抱いたのだ――やたらと激しい勢いで、というのではなく、驚くほど静謐に。

そして、モーリーやメイヴィスやほかの家族のことは心から拭い去られていたが、ミセス・トラヴァーズの断片はいくつかちゃんと残っていて、つきまとい、ささやき声で、恥ずかしがっているかのような奇妙なくすくす笑いを交えながら、あの最後の言葉を告げていた。

いい、どうすればいいかはわかってるでしょ。

グレイスとニールは、もちろんおしゃべりはしなかった。彼女の記憶によると、金切り声でもあげないかぎり、聞こえなかっただろう。そして、彼女が記憶していることは、じつを言うと、あのとき彼女の考えていたこと、想像していたことと、ほとんど区別がつかない。セックスというのはいったいどんなものだろうということだ。偶然の出会い、沈黙の、しかし力強いシグナル、彼女自身は事実上囚われ人の役割を演じる、ほとんど黙ったままの逃避行。無頓着な降伏、いまやひとすじの欲望と化した肉体。

車はついにカラダーで停まり、二人はホテルに入った——古いホテルで、まだあそこにある。彼女の手を取り、指を絡めて揉みしだきながら、彼女のぎくしゃくした歩みに彼は歩調を合わせる。ニールは彼女をバーへ連れて入った。バーだと彼女にはわかった。入るのは初めてだったが（ベイリーズ・フォールズ・インはまだ酒類を提供する免許を取得していなかった——酒はそれぞれの部屋で飲むか、道路の向かいにあるいまにも倒壊しそうなナイトクラブと称する店で飲むかだった）。ここはまさに彼女が予想したであろうとおりだった——風通しの悪い、暗くて大きな部屋に、慌ただしく掃除したあといい加減に置きなおしたテーブルと椅子が並び、消毒剤のにおいと、それでは消えないビールやウィスキー、葉巻やパイプ煙草、男のにおいが漂っている。

そこには誰もいなかった——もしかしたら午後にならないと開店しないのかもしれない。でも、いまはもう午後じゃないのかしら？　時間の感覚がおかしくなっているように思えた。

するとべつの部屋から男がひとり入ってきて、ニールに話しかけた。彼は「いらっしゃい、先生」と言い、カウンターの後ろへ入った。

きっとこんな具合なのだとグレイスは思った——二人の行く先々にニールの知りあいがいるのだろう。

「今日は日曜ですからねえ」男は声を張り上げ、厳しい口調で、ほとんど叫ぶように言った。まるで外の駐車場まで響かせたいと言わんばかりに。「日曜はここでは何も出せません。それに、そっちの娘さんにもぜったいに駄目だ。そもそもここへ連れてくるのもいけない。わかってるんですか？」

「ああ、はい、わかってます。はい、もちろんです」とニールは答えた。「おっしゃるとおりですよ」

二人でやりとりしているあいだに、カウンターの向こう側の男は隠れた棚からウィスキーを取り出し、グラスに注ぐとカウンター越しにニールに差し出した。

「喉乾いてる？」男はグレイスに訊ねた。彼はすでにコーラの瓶を開けかけていた。そしてそれをグラスなしで彼女に渡した。

ニールは紙幣を一枚カウンターに置き、男はさっと取った。

「言ったでしょう」と男は言った。「売れないって」

「コーラは？」ニールは訊ねた。

「売れないね」

男はボトルをしまい込み、ニールはグラスのなかのものをあっという間に飲み干した。「あんたは立派な男だ」とニールは言った。「法の精神そのものだな」

「そのコーラは持っていきな。その子がここからさっさと出ていってくれるほうが助かる」

「わかった」とニールは答えた。「この子はいい子だよ。僕の義理の妹なんだ。将来の義理の妹。そうなるらしい」

「本当なんですか？」

二人は七号線にはもどらなかった。代わりに、北へ向かう道路を走った。舗装はされていなかったが、じゅうぶん広く、そこそこ均されていた。ニールの場合、酒は本来もたらすとされているのと反対の効果を運転にもたらしたようだった。ニールはこの道路にふさわしい、慎重とさえ言える速度までスピードを落とした。

「かまわないかな？」と彼が訊ねた。

グレイスは「かまわないって何が？」と問い返した。

「古ぼけたところへ引っ張り込まれても」

「かまいません」

「君にいっしょにいてもらいたいんだ。足はどう？」

「だいじょうぶ」

「多少痛むはずだ」

「それほどじゃないわ。だいじょうぶ」

彼はグレイスの、コーラの瓶を持っていない方の手を取り上げると、掌を自分の口に押し当てて舐め、そして放した。

「君を悪しき目的のために拉致するんだと思った？」

「いいえ」グレイスは嘘をつきながら、その言葉がなんと彼の母親に似つかわしいことかと思った。悪しき。

「君の思ったとおりになりそうな時期もあった」彼はまるで彼女がそうだと答えたかのように言った。「だけど、今日は違う。そんなことにはならない。今日は、君は教会にいるみたいに安全だ」

彼の声音の変化、親しげで率直、物静かになったその声、そして、唇が押し当てられ、ついで舌で肌をさっと撫でられたあの記憶が、グレイスの心を強く揺さぶり、彼女は彼の話しかける言葉を聞いてはいても、その意味はわかっていなかった。舌で撫でられたあの感触が、嘆願のダンスが、肌一面に百も、何百も感じられた。でも彼女はこう言おうと思った。「教会だっていつも安全とは限らないわ」

「確かに。確かに」

「それにわたしはあなたの義理の妹じゃありません」

「将来の、だよ。将来のって言っただろ?」

「それでもないわ」

「へえ。そうか。僕は驚かないけどね。うん。驚かないね」

それから、彼の声音はまた変わった、事務的になった。

「このあたりにある分岐点を探してるんだけど、右側だ。見つけなくちゃならない道があるんだ。このあたり、知ってる?」

「この辺は知りません、ぜんぜん」

「フラワー・ステーションって知らない? ウンパッパ、ポーランドは? スノー・ロードは?」

彼女はどれも聞いたことがなかった。

「会いたいやつがいるんだ」

彼は心もとない様子で何やら呟きながら、右折した。標識はまったくない。今度の道は狭くてでこぼこしていて、一車線の板張りの橋があった。広葉樹の木立の枝が頭上で絡みあっている。この年は妙にいつまでも暖かくて紅葉が遅く、木々の枝はまだ緑だったが、ちらほら変わり者がいてバナーのようにぱっと目立っていた。聖域のような雰囲気があった。何マイルものあいだ、ニールとグレイスは黙りこくったままで、いまだ木立は途切れず、森は果てしなかった。すると、ニールが平穏を破った。

彼は「運転できる？」と訊ね、グレイスがいいえと答えると、「覚えるべきだな」と言った。いますぐに、という意味だった。彼は車を停め、降りて、ぐるっとまわって彼女のほうへやってきて、彼女は運転席へ移動させられた。

「ここは最適の場所だ」

「何かが来たら？」

「何も来ない。もし来てもなんとかなる。だから真っ直ぐな道を選んだんだ。それに、心配はいらない、操作はぜんぶ右足だから」

二人は木々の下をくぐり抜ける長いトンネルの入口にいて、地面には日光が散っていた。彼は車がどうやって走るのか説明するといった面倒なことはしなかった――ただ、どこに足を置くか教え、ギアチェンジを練習させ、それから言った。「さあ出発だ、僕の言うとおりにしていればいいから」

さいしょのがくんという車の動きに彼女はぎょっとした。ギアをきしらせた彼女は、彼がすぐさま講習を終わりにするだろうと思ったのだが、彼は笑った。「ほらほら、落ち着いて。落ち着いて。そのまま行ってごらん」と言われて、彼女はそうした。彼は彼女のハンドルさばきについて何も言わず、ハンドルに気を取られてアクセルを踏むのを忘れてしまっても何も言わず、ただ「そのまま進んで、そのまま進んで、道から外れないように、エンストを起こさないようにね」とだけ注意した。

「いつ停まればいいの？」彼女は訊ねた。

「僕が停まり方を教えてからだ」

彼は彼女に運転を続けさせ、やがて車がトンネルを抜けると、ブレーキのことを教えてくれた。車を停めたとたん、彼女はドアを開けて交代しようとしたが、彼は「駄目だ。ちょっと一休みするだけだよ。すぐに楽しくなってくるから」と言った。そしてまた出発すると、彼の言うとおりかもしれないと彼女は思いはじめた。彼女がつかのま、自信過剰になったおかげで、車は危うく溝に落ち込みかけた。それでも彼はさっとハンドルを摑みながら笑い、講習は続いた。

何マイルにも思える距離を進み、しかもカーヴまでいくつか――ゆっくりと――曲がったあとで、やっと彼は車を停めさせた。そして、交代しよう、自分で運転していないと方向感覚が怪しくなるから、と言った。

いまはどんな気分かと訊かれた彼女は、体じゅう震えていたのに「だいじょうぶ」と答えた。彼は彼女の腕を肩から肘まで撫でて「嘘つきめ」と言った。でもそれ以上は彼女に触れなかったし、彼女のどの部分にしろ、また自分の口に押し当てることはなかった。

数マイル走った彼は、きっと方向感覚を取りもどしたのだろう、交差路が見えると左に曲がり、するとと木立がまばらになってきて、車はでこぼこ道の長い坂を上り、数マイルすると村に、というか、すくなくとも路傍に建物が集まっているところへ出た。教会に商店、どちらもその本来の使命を果たすために開かれてはいないが、周囲の乗り物や窓に下がったみすぼらしいカーテンから察するに、おそらく人が住んでいるらしかった。ほかにも数軒、同じような状態の家があって、一軒の家の裏には崩れた納屋があり、古い黒ずんだ干し草が、折れた梁のあいだから膨張したはらわたのように膨れ出ていた。

この場所を見るや、ニールは喜ばしげに叫んだが、車は停めなかった。

「ああよかった」と彼は言った。「ああ、よかった、よかった。これでもうわかった。ありがとう」

「え？」

「僕に運転を教えさせてくれて。おかげで気持ちが静まった」

「気持ちが静まった？」とグレイスは問い返した。「本当に？」

「本当に本当だ」ニールは微笑んでいたが、彼女のほうは見なかった。村を抜けたあと、道沿いに広がる野原を端から端まで見渡すのに忙しかったのだ。彼はひとり言のように呟いていた。

「ここだ。ここのはずだ。これでわかったぞ」

そんなふうにしながら、やがて彼が車を小道に乗り入れると、道は真っ直ぐではなく、岩やネズの茂みを避けて野原をくねくねと曲がりながら続いていった。小道の端には先ほどの村の家々と同じような状態の家が一軒あった。

「よし、ここだ」と彼は言った。「ここには君を連れて入らないからね。五分もかからないから」


それよりは長くかかった。

彼女は家の陰に停まった車のなかで座っていた。家のドアは開いていていて、網戸になったドアだけが閉められていた。網戸には何か所か修理した部分があって、古い網に新しい網が編み込まれていた。出てきて彼女に目を留める者は誰もいなかったし、犬さえ出てこなかった。こうして車が停まってみると、あの日は異様にしんとしていた。異様に、というのは、ああいう暑い午後には、草むらやネズの茂みから虫の羽音や鳴き声が響いてくるのがふつうだからだ。たとえ姿はどこにも見えなくとも、虫の立てる物音は、地平線に至るまで大地に生えるあらゆるものから響いてくるように思える。だが、時期が遅すぎたのだ。たぶん南へ飛ぶガンの鳴き声さえ、もう聞こえてはこない時期だったのだろう。いずれにせよ、彼女の耳には何も聞こえてこなかった。

ここは世界のてっぺんのような気がした、というか、てっぺんのうちのひとつだ。野原はどの方向に向かっても下っていて、周囲の木々はほんの一部しか見えない、もっと低いところに生えているからだ。

ここにいる彼の知りあいというのは誰なのだろう、この家には誰が住んでいるのだろう？　女？彼が望むような女がこんなところに住んでいるはずはないように思えたが、今日グレイスが遭遇する奇妙なことには終わりがなかった。終わりがなかったのだ。

かつてここは煉瓦造りの家だったが、誰かが煉瓦の壁を壊しはじめていた。下の白木の壁がむき出しになり、それを覆っていた煉瓦は庭に雑然と積まれていた。もしかしたら売られるのを待っていたのかもしれない。家の壁に残されている煉瓦は、階段状の対角線をなしていて、何もやることがないグレイスは、煉瓦を数えてみようと、もたれかかって座席を倒した。彼女はこれを遊び半分ながらも真剣にやった。花の花弁をちぎっていくように、でも、彼はわたしを愛してる、彼はわたしを愛してない、みたいなあからさまな言葉はなしで。

幸運。不運。幸運。不運。彼女にはこれがせいぜいだった。

このジグザグに並ぶ煉瓦をちゃんと数えていくのは難しいのがわかった、ドアの上ではラインが平らになっているのでなおさらだ。

彼女にはわかっていた。ほかに考えようがないではないか？　密造酒造りの家だ。家にいる密造酒造りを彼女は想像した——やつれて痩せこけた老人、不機嫌で、疑り深そうな。ハロウィーンの夜にはショットガンを持って正面の上がり段に座り込む。そして、ドアの脇に積んである薪には、盗まれたらわかるように数字を書いておく。彼女は密造酒造りが——というか、ここに住む男が——暑さのなか、汚いが片づいている部屋（網戸の補修を見れば、そうなのだろうと察しがつく）でまどろむようすを想像した。ぎしぎしきしむ折り畳みベッド、それとも、身内の女、もう死んでしまった女がずっと昔につくったしみだらけのキルトを掛けたソファから起き上がる。

べつに密造酒造りの家に入ったことがあるわけではなかったが、故郷では、みすぼらしいがまっとうな暮らしとそうではない暮らしとの仕切りは薄かった。どんなふうなものなのか、彼女は知っていた。

モーリーとの結婚を考えていただなんて、奇妙なことだ。一種の背信行為となったのではないか。自分自身に対する背信行為だ。でも、ニールとドライブすることは背信行為ではない、彼は彼女が知っているのと同じことをいくつか知っているのだから。そして彼女はこの間ずっと、彼のことをますますよく知るようになっていた。

いまや戸口には、大おじの姿が見えているように彼女には思えた。背を丸め、当惑したような表情で彼女のほうを見ている、まるで、何年も何年ももどってこなかったじゃないかと言いたげに。帰ってくると約束していながら忘れてしまっているあいだに、大おじは死んでいたはずなのに死んではいなかったかのように。

なんとか話しかけようとしたが、大おじの姿は消えていた。彼女は目を覚まし、身動きした。彼女はニールと車に乗って、また道路に出ていた。口を開けたまま寝ていたので、喉が渇いていた。彼がちょっと彼女のほうを向いた。すると、吹き抜ける風のなかにいるにもかかわらず、ウィスキーのにおいがはっきりと感じられた。

あれは本当だったのだ。

「目が覚めた？　出てきたら、ぐっすり寝てたんだよ」と彼は言った。「悪かったね――しばらくつきあわなくちゃならなくてね。君の膀胱はどう？」

それはじつのところ、あの家で停まっていたときに彼女が考えていた問題だった。裏の、家のむこうにトイレがあるのが見えていたのだが、降りてそこまで歩いていくのが恥ずかしかったのだ。

彼は「ここならいいんじゃないかな」と言い、車を停めた。彼女は降りて、花の咲いたアキノキリンソウやノラニンジンや野生のアスターのなかに入っていき、しゃがんだ。彼は道路の反対側のそうした花のなかに立って、彼女に背を向けていた。車にもどると、足元の横の床の上にボトルがあった。中身の三分の一以上がすでになくなっているようだった。

彼は、彼女が見つめているのに気づいた。

「ああ、心配いらない」と彼は言った。「ここにちょっと入れたんだ」彼は携帯用瓶を掲げてみせた。「運転しているときはこのほうが飲みやすい」

床にはコーラもあった。ダッシュボードの小物入れのなかを見てごらん、栓抜きがあるから、と彼は言った。

「冷たいわ」彼女は驚いた。

「アイスボックスだよ。冬に湖の氷を切っておがくずのなかに蓄えておくんだ。あの男は家の下でそれをやってる」

「あの家の玄関にわたしのおじさんがいると思ったの」と彼女は話した。「でも、夢だった」

「おじさんのこと、話しておくれよ。君が住んでるところのことを聞かせて。君の仕事のこととか。なんでもいいから。とにかく君がしゃべってるのを聴いていたいんだ」

彼の声には新たな力があり、顔つきも変わっていたが、決して酔っぱらいの躁的な熱っぽさではなかった。ただ、病気——ひどい病気ではなく、ちょっと元気がなく、調子が悪かった——だったのが、いまは、良くなったとこちらを安心させたがっているという感じだった。彼は携帯用瓶の蓋を閉めて下に置き、彼女の手を取った。彼はその手を軽く、友だち同士のように握った。

「おじさんはとっても年取ってるの」とグレイスは話した。「本当は大おじさんなの。籐職人で——つまりね、籐椅子をつくってるの。説明はできないけど、籐細工にする椅子があればやってみせられるわ——」

「一つも見当たらないな」

彼女は笑い、「退屈な仕事よ、ほんとに」と言った。

「じゃあ、君が興味を惹かれるものについて話してくれ。どんなものに興味があるの?」

彼女は「あなたよ」と答えた。

「へえ。僕のどんなところに興味があるの?」彼の手がすっと離れていった。

「あなたがいまやってること」グレイスはきっぱりと言った。「どうしてなのかなって」

「つまり酒を飲むってこと? どうして僕が酒を飲んでいるのか?」携帯用瓶の蓋がまた開けられた。「なんで僕に訊かないんだ?」

「なんて答えるか知ってるから」

「どういう答え？　僕はどう答えるの？」

「こう答えるんじゃないですか、ほかに何もやることないだろ？　とか、何かそういったこと」

「それは言えてるな」と彼は言った。「僕の言いそうなことだ。うん、で、僕がなぜ間違っているのか、君は言って聞かせようってわけだ」

「いいえ」とグレイスは答えた。「いいえ。そんなことしません」

そう言ったとたん、彼女は寒気がした。自分は真剣だと彼女は思っていたのだが、いまやこういった答えで彼に印象づけよう、自分も彼と同じくらい世慣れているところを見せようとしていたのだと悟り、そしてそのなかで、この一番底にある真実に出くわしたのだ。この望みのなさに——掛け値なしの、もっともで、永続的な。

ニールは言った。「そんなことしないって？　そうか。君はそんなことしないんだ。そりゃあほっとしたな。君といるとほっとするよ、グレイス」

しばらくすると、彼は言った。「あのさ——眠くなっちゃったよ。良さそうな場所があったら車を道端に停めて寝るつもりなんだけど。ちょっとの間だけね。かまわない？」

「いいわ。そのほうがいいと思う」

「僕のこと、見ててくれる？」

「はい」

「よかった」

彼が見つけた場所は、フォーチュンという名の小さな町のなかだった。町の端の、川のそばに公園があり、砂利を敷いた駐車スペースがあったのだ。彼はシートを倒し、あっという間に眠ってしまった。いまでは夜が近づいており、そろそろ夕食の頃で、この日が結局は夏の一日ではなかったことを証明していた。ちょっとまえまで人々がここで感謝祭のピクニックをしていたようだ——野外炉からはまだちょっと煙が立ち上り、ハンバーガーのにおいが宙に漂っていた。においを嗅いでもグレイスはべつに空腹を感じなかった——いまではない、べつの空腹だったときのことを思い出した。

彼はたちまち眠ってしまい、彼女は外へ出た。運転講習でさんざん停まったり走り出したりして、多少埃をかぶっていた。戸外の水道で、腕と手と顔をできるだけ洗った。それから、怪我をした足をかばいながらゆっくりと川べりへ歩き、水深がひどく浅くて水面からはアシが突き出しているのを目にした。この場所では不敬な行為、猥褻なもの、野卑な言葉は禁止されており、罰せられると警告する看板があった。

彼女はブランコに乗ってみた、西向きだった。高く漕ぎながら、晴れ渡った空に見入った——微かなグリーン、褪せかけている金色、地平線の猛々しいピンクの縁。大気はすでに冷えてきていた。触れあうことだと彼女は思っていた。口、舌、肌、体、ぶつかり合う骨と骨。高揚。情熱。ところがそんなもの、彼らにはまるで用がなかった。そんなものは子どもの遊びだ、彼女がどんなふうに彼を知っているかということに比べたら、いまではどれほどのところまで彼を見透かしているかに比べたら。

彼女が見たのは終極だった。まるで、どこまでも広がる暗く平らな水面の端にいるかのようだった。冷たく、平らな水面。そんな暗く冷たく平らな水面を眺めながら、そこにあるのはそれだけだとわかったのだ。

酒のせいではなかった。どうなっていようと、ずっと、同じことが待ち構えていた。酒を飲むこと、酒を飲まずにいられないこと——それは単にある種の気晴らしにすぎない、ほかのあらゆることといっしょだ。

彼女は車にもどり、彼を起こそうとした。彼は身動きしたが、目を覚まそうとはしなかった。そこで彼女は体を温めようとまた歩きまわった。それに、足になるべく負担がかからないよう練習しておかなくてはならないし——彼女はいまや、朝になったらまたちゃんと働かなくては、朝食を給仕しなくてはと思っていた。

彼女はもう一度、彼にしつこく話しかけてみた。彼はいろいろ約束したりぶつぶつ言ったりしてから、また寝てしまった。本当に暗くなってきたころには、彼女は諦めていた。夜の寒さが本格化するなか、彼女の心のなかではいくつかのべつの事実が鮮明になってきた。ここにこのままいるわけにはいかない、結局のところ自分たちは相変わらずこの世で生きているのだ、ということ。自分はベイリーズ・フォールズにもどらなくてはならないのだということ。

いささか苦労しながら、彼女は彼を助手席に移した。これで起きないとしたら、何をもってしても無理なのは明らかだった。ヘッドライトの点け方を突き止めるのにしばらくかかり、それから彼女は車を動かしはじめた。ぎこちなく、ゆっくりと、道路の上へ。

方角はさっぱりわからなかったし、訊ねようにも通りには人っ子ひとりいなかった。ひたすら町の向こう端まで運転していくと、なんと幸運なことに、そこにはほかのさまざまな場所に混じってベイリーズ・フォールズの方向を示す標識があった。たった九マイルだった。

彼女は二車線の幹線道路を、時速三十マイル以上はぜったい出さないようにして走った。車はほとんど通っていなかった。一度か二度、車がクラクションを鳴らしながら追い越していったし、対向車から鳴らされたことも何度かあった。あまりにのろのろ走っているせいもあっただろうし、ライトの下げ方を彼女が知らなかったせいもあっただろう。構うものか。いったん道路のまんなかで停まって、もう一度勇気を奮い起こすのは無理だ。とにかく進み続けた、彼に言われたように。そのまま進むんだ。

さいしょ、彼女はベイリーズ・フォールズに気がつかなかった。馴染のない方角から来たせいだ。それと気がついた彼女は、これまでの九マイルの全行程よりも怖くなった。知らないところを走るのと、ホテルの門へ入るのとはべつなのだ。

駐車場で停車すると、彼が目を覚ました。現在いる場所についても、彼女がやってのけたことに対しても、彼はなんの驚きも示さなかった。じつはね、と彼は言った。何マイルも手前で、クラクションで目が覚めていたんだけど、そのまま寝てるふりをしていたんだ、とにかく君を驚かさないようにしないといけないと思ったのでね。だけど、心配はしていなかった。君ならできるとわかってたよ。

もう、運転できるくらいちゃんと目が覚めているかどうか、彼女は訊いた。

「すっかり覚めてるよ。頭が冴えきってる」

片足のサンダルを脱いでみてくれと彼は言い、あちこち触ったり押したりした。「いいね。熱ももってないし。腫れてもいない。腕は痛む？　たぶん痛まないだろうな」彼は彼女をドアまで送っていき、つきあってくれてありがとうと言った。彼女はまだ無事にもどれたことにびっくりしていた。もう別れを告げるべきときなのだということに、ほとんど気づいていなかった。

じつを言えば、今日にいたるまで、彼があういう言葉を本当に口にしたのかどうか覚えがない。それとも、ただ彼女を捕まえて両腕を巻きつけ、ぎゅっと抱きしめながらそのまま力加減をいろいろ変えていき、まるで二本以上の腕で抱きすくめられているようで、彼に、彼の体にすっぽりと、強く、また軽く包まれて、同時に求められかつ捨てられているかのように、彼を諦めてしまったのは間違いで、すべてはまだ可能だったのだと告げられているかのように思え、ところがまたも、彼女は間違ってはおらず、彼は彼女をぎゅっと抱きしめておいてから去ろうとしていただけだったのかどうか、覚えがないのだ。


朝早く、支配人が宿舎のドアをノックしてグレイスを呼んだ。

「電話がかかってる」と支配人は言った。「構わないんだ、向こうはただ君がここにいるか知りたがってるだけだから。行って確かめてきますよって答えたもんでね。もういい」

モーリーだろう、と彼女は思った。いずれにせよ、あの一家の誰かだ。でもたぶんモーリーだ。いまや彼女はモーリーのことをなんとかしなければならなかった。

朝食を出しに降りていったときに――キャンバスシューズを履いて――事故のことを耳にした。リトル・サボ湖へ続く道路の途中にある橋の橋台に車が突っ込んだ。激突して完全に潰れ、燃え上がった。ほかの車は一台も関係しておらず、どうやら同乗者もいないらしい。運転者の身元は歯科記録で確認しなければならないだろう。あるいはたぶん、いまごろはもう判明しているかもしれない。

「ひどいやり方だ」支配人が言った。「喉をざっくり切るほうがましだな」

「事故だったのかもしれない」とコックが言った。楽観的な性格なのだ。「つい寝てしまっただけってこともあり得る」

「ああ。そりゃそうだ」

彼女の腕は、いまでは手ひどく殴りつけられたかのように痛んでいた。トレイのバランスを取ることができず、両手を使って前で抱えて運ばなくてはならなかった。


モーリーと面と向かってなんとかする必要はなかった。彼は手紙を寄越した。

「彼に強制されたのだと言ってくれ。君は行きたくなかったのだと言ってくれ」

彼女は一文だけの返事を出した。「わたしが行くことを望んだのです」。「ごめんなさい」とつけくわえようとしたのだが、自分を押しとどめた。


ミスター・トラヴァーズがグレイスに会いにホテルへやってきた。彼は礼儀正しく、事務的で、しっかりと冷静でいながら不親切ではなかった。いまや彼が真価を発揮できる状況にあるのだということが、彼女にはわかった。責任を負える男、事態をきちんと処理できる男として。じつに悲しいことだ、と彼は言った。皆とても悲しんでいる、ともかく、あのアルコール依存症というやつは恐ろしい。ミセス・トラヴァーズがちょっと回復したら、どこか暖かいところへ、旅行へ、保養に連れていくつもりだ。

それから彼は、もう行かなくてはならない、やることがたくさんあって、と言った。別れの握手をしながら、彼は彼女のその手に封筒を押しつけた。

「私たちは二人とも、君がそれを有効に活用してくれることを願っている」と彼は述べた。

小切手は千ドルだった。彼女はすぐさま、送り返すか破り捨てるかしようかと考え、いまだにときおり、そうしていたらさぞ格好よかったことだろうと思うことがある。でももちろん、結局そんなことはできなかった。当時、それだけの金があれば、確実に人生を始めることができたのだ。

罪

Trespasses

一行は真夜中ごろ、車で町を出た——ハリーとデルフィーンは前に乗り、アイリーンとローレンは後部座席。空は晴れ渡り、木々から滑り落ちた雪が、その下や道路脇に突き出している岩の上で融けずにそのままになっていた。ハリーは橋の横で車を停めた。

「ここがいいだろう」

「ここに停めたのを誰かに見られてるかも」とアイリーンが言った。「車を停めて、わたしたちが何をやってるのか確かめにくるかもしれない」

ハリーはまた車を発進させた。さいしょの狭い田舎道に車を乗り入れると、皆で降りて、黒いレースのようなヒマラヤスギのあいだを用心深く進み、ほんのちょっと土手を下った。足元の地面は柔らかくぬかるんでいたが、雪を踏みしめると微かな音がした。ローレンのコートの下はまだパジャマのままだった。だがアイリーンがブーツを履かせてやっていた。

「ここでいい？」とアイリーンが訊ねた。

ハリーは、「道からあんまり離れていないな」と答えた。

「じゅうぶん離れてるわ」


これは、ハリーが燃え尽きてしまい、ニュース雑誌の仕事を辞めてから一年後のことだった。ハリーは子供時代の思い出に残る小さな町で週刊新聞を買い取ったのだ。かつて彼の家族は、このあたりにいくつかある小さな湖に面した夏の家を持っていて、生まれて初めてのビールを大通りにあるホテルで飲んだことを彼は覚えていた。彼とアイリーンとローレンは町で過ごす初めての日曜の夜、ディナーを食べにそのホテルへ行った。


ところがバーは閉まっていた。ハリーとアイリーンは水を飲まなくてはならなかった。

「いったいどうして？」とアイリーンは訊いた。

ハリーは一家のテーブルのウェイターを務めていたホテルの経営者に向かって眉をあげて見せた。

「日曜だから？」と彼は問いかけた。

「免許がないんで」経営者には強い――そして、尊大に聞こえる――訛りがあった。ワイシャツにネクタイ、カーディガンにズボンという服装で、着ているものは皆いっしょに育ったかのようだった――どれもくたっとして皺くちゃで毛羽だっていて、ぱさぱさで色が変わりかけた外皮という感じで、その下の本物の皮膚もきっとそうに違いないと思えた。

「昔とは変わったんだね」とハリーは返し、男から応答がないとみるや、続けて全員にローストビーフを注文した。

「愛想がいいじゃない」とアイリーンは言った。

「ヨーロッパ流だな」とハリーは答えた。「文化だよ。いつもにこにこしてなきゃいけないとは思ってないんだ」彼はダイニングルームのまったく変わっていないあれこれを指摘した——高い天井、ゆっくりまわるファン、赤茶けた鳥を口にくわえた猟犬を描いた、暗い色の油絵までも。

ほかの客が入ってきた。親族の集まりだ。エナメル靴を履いて、ちくちくしそうなフリルのついた服を着た小さな女の子たち、よちよち歩きの赤ん坊、スーツを着て、恥ずかしさで死にそうな顔をした十代の少年、さまざまな親たちや親たちのそのまた親たち——痩せこけてぼうっとした老人と車椅子に斜めに座り込んでいるコサージュをつけた老女。華やかなドレスを身に着けた女たちは皆、アイリーン四人分はありそうだった。

「結婚記念日だな」ハリーはささやいた。

外に出る途中で、彼は足を止めて自己紹介と家族の紹介をやり、新顔の新聞屋だと説明し、祝いを述べた。かまわなければ皆さんのお名前を書き留めさせてもらいたいと彼は頼んだ。ハリーは幅広の顔で少年っぽく見え、日に焼けた肌に明るいライトブラウンの髪をしていた。健全でなんにでも理解を示す彼の暖かさがテーブルにふりまかれた——もっとも、おそらく十代の少年あるいは老夫婦のところまでは届かなかったかもしれないが。お二人は結婚して何年になるのかと彼が訊ねると、六十五年という答えが返ってきた。

「六十五年」とハリーは叫びながら、その重みによろめいた。花嫁にキスしてもいいかと訊ねてからキスしたが、相手が顔をそらしたので唇は彼女の長い耳たぶに触れた。

「今度は君が花婿にキスしなきゃ」と彼はアイリーンに言い、彼女はしっかりと笑顔を浮かべながら、老人の額のてっぺんに軽くキスした。

ハリーは幸せな結婚生活のこつを訊ねた。

「母ちゃんはしゃべれないんだ」と大柄な女のひとりが言った。「だけど、父ちゃんに訊いてみてやるよ」彼女は父親の耳元で怒鳴った。「幸せな結婚生活を送るための助言を聞かせろって」

父親はいたずらっぽく顔に皺を寄せた。

「カミサンの首根っこをば、いっつもふんづけておくこったな」

大人は全員笑い、ハリーは「なるほど。あなたはいつもかならず奥さんの同意を得るようにしていたって、新聞には書いておきますよ」と述べた。

外に出るとアイリーンが言った。「あの人たち、いったいどうやったらあそこまで太れるの？理解できないわ。あそこまで太るには昼も夜も食べてなきゃならないわよ」

「不思議だねえ」とハリーは答えた。

「あれ、缶詰のサヤマメだったわよね」と彼女は言った。「八月よ。サヤマメの旬って今頃じゃなかった？　しかも一歩外に出たら田園のまっただなか、こういうところじゃいろいろ栽培してるんじゃないの？」

「ますます不思議だ」彼は楽しげに答えた。

すぐさま、ホテルに変化が現れた。以前のダイニングルームにはつり天井が設置された――金属片で支えられた四角い紙板だ。大きな円形テーブルは小さな正方形のテーブルに置き換えられ、重い木の椅子は、座面がえび茶色のビニールで覆われた金属椅子に替わった。天井が低くなったので、窓は面積が減って低い長方形になった。窓のひとつには「コーヒーショップへようこそ」というネオンサインがつけられた。

ミスター・パレイジアンという名前の経営者は、ネオンサインの言葉に反して、誰に対してもぜったいにこりともしないし、必要以上は一言もしゃべらなかった。

それでも、昼時や、午後のもっと遅い時間、コーヒーショップは客でいっぱいになった。客は中等学校の生徒たちで、九年生から十一年生が大半だった。それに、小学校高学年の子も何人か。この店の大きな魅力は、誰でもタバコを吸えることだった。十六歳以下に見えてもタバコが買えるということはなかったが。ミスター・パレイジアンはその点については厳格だった。お前は駄目だ、と彼はあの不明瞭な暗い声で言う。お前は駄目だ。

この頃には彼は女をひとり雇っており、歳が若すぎる者がタバコを買おうとすると、彼女は笑い飛ばした。

「ふざけないでよ、童顔のくせして」

だが、十六歳以上の者が年下の連中から金を集めれば一ダースだって買えた。法の条文には適う、とハリーは言った。

ハリーはコーヒーショップで昼を食べるのはやめた――騒がしすぎた――が、朝食は相変わらず食べにきた。いつの日か、ミスター・パレイジアンの心が融けて、身の上話を聞かせてくれるのではないかと彼は期待していた。ハリーはファイルにぎっしりさまざまな本の企画を記していて、つねに人生の物語を求めていた。ミスター・パレイジアンのような人間は――あるいは、あの乱暴な物言いをする太ったウェイトレスでさえ、と彼は言った――ベストセラーになるような現代の悲劇や冒険譚を秘めていることがあるのだ。

人生で大切なのは、とハリーはローレンに説いていた、興味を持って生きることだ。目を大きく開けて、出会う人ごとにその人の可能性を見てみるんだ——人間性を見てみるんだ。注意していること。教えてやれることがあるとしたら、これがそうだ。注意していろ。

ローレンは自分の朝食は自分でつくった、ふつうはシリアルに、牛乳ではなくメープルシロップを注いだ。アイリーンはコーヒーを持ってベッドにもどり、ゆっくりと飲んだ。彼女はしゃべりたがらなかった。新聞社のオフィスで働く一日と向きあうべく、自分のギアを入れる必要があったのだ。ギアがしっかり入ると——ローレンが学校に出かけたあとになることもあったが——ベッドから出てシャワーを浴び、さりげなくて挑発的な服を着る。秋も深まっているので、たいていはバルキーセーターと短い革のスカートに鮮やかな色のタイツという取りあわせだった。容易にあの町のほかの誰とも違っているように見せられるのは、アイリーンもミスター・パレイジアンと同様だったが、彼と違って彼女は美人だった。短く刈りこんだ黒髪に感嘆符のような形の細い金のイヤリング、微かに藤色がかったまぶた。新聞社のオフィスでの彼女の立ち居ふるまいはきびきびしていて、表情はよそよそしかったが、それは戦略的ないきいきした笑顔で崩れるのだった。

一家は町のはずれにある家を借りていた。裏庭のすぐ向こうから休暇に人が訪れる荒野が始まり、岩だらけの丘陵や花崗岩の斜面、ヒマラヤスギの生える湿地帯、小さな湖が点在し、そしてポプラやカエデ、アメリカカラマツ、トウヒの生えた移行林がある。ハリーはこの環境が大好きだった。ある朝目が覚めて外を見たら裏庭にヘラジカがいるかもしれない、と彼は言った。ローレンは、太陽がすでに空の低いところまで沈み、秋の日中のそこそこの暖かさがまやかしだったとわかるころ、学校から帰ってきた。家は冷え冷えとして、昨夜の夕食のにおいや古くなったコーヒー滓やゴミのにおいがした。ゴミ出しは彼女の役目だった。ハリーは堆肥の山をこしらえていた――来年は野菜畑をつくるつもりだった。ローレンは野菜くずやリンゴの芯やコーヒー滓や食べ残しの入ったバケツを、ヘラジカやクマが出てくるかもしれない森のはずれまで運んだ。ポプラの葉は黄色くなり、アメリカカラマツは黒っぽい常緑樹と対照的にふわふわしたオレンジ色の針のような葉をつけている。彼女はゴミを地面に空け、ハリーから教わったとおり、シャベルで土や刈った草をかけた。

彼女の生活はいままでは、ほんの数週間まえとは大きく変わってしまった。あの頃は暑い午後には、ハリーやアイリーンと車で、湖のどれかに泳ぎにいった。そして夕方遅くなると、彼女はハリーと町を歩きまわる探検に出掛け、そのあいだアイリーンは家で紙やすりをかけたりペンキを塗ったり壁紙を貼ったりした。ひとりでするほうが早いし上手くできると言うのだ。彼女がハリーにしてもらいたいのは、彼の書類の入った箱やファイルキャビネットや机を、邪魔にならないところへ、地下のみすぼらしい小部屋へもっていくことだけだった。ローレンはハリーを手伝った。

ある段ボール箱を持ち上げると、妙に軽く、何か柔らかいものが入っているように思えた。紙ではなく、布とか毛糸のようだった。ローレンが「これ何?」と訊ねたちょうどそのとき、娘がその箱を持っていることにハリーが気づき、「おい」と言った。それから「くそっ」と。

彼は娘の手から箱を取り上げると、ファイルキャビネットの引き出しに入れ、ぴしゃっと閉めてしまった。「くそっ」と彼はまた言った。

彼が娘にそんな荒っぽい、苛立った言葉を投げるのはめったにないことだった。誰かに見られていたかもしれないとでもいうように、彼はあたりを見まわし、両手をズボンに打ちつけた。

「悪かった」と彼は言った。「まさかお前があれを持ち上げるとは思わなかったんだ」彼はファイルキャビネットの上に両肘をつき、額を両手に埋めた。

「なあ」と彼は言った。「なあ、ローレン。僕はお前に何かつくり話を聞かせることもできる、でも、本当のことを話そうと思う。子どもには本当のことを話すべきだと信じているからね。すくなくとも、お前くらいの歳になっていたらそうすべきだ。だけど、この件についてはないしょだよ。わかった？」

ローレンは「わかった」と答えた。すでに彼女はなんとなく、ハリーがこんなこと話してくれなければいいのにと思っていた。

「あのなかには灰が入っている」とハリーは言った。灰と言ったとき、彼の声は妙な具合に小さくなった。「普通の灰じゃない。赤ん坊の遺灰だ。お前が生まれるまえに死んだ赤ん坊なんだ。わかったか？　座りなさい」

彼女はハリーが原稿を書き連ねている硬い表紙のついたノートが重なっている上に腰を下ろした。ハリーは顔を上げて娘を見た。

「あのね――これから話すことはアイリーンにとってはすごく辛いことなんだ、だからないしょにしておかなくちゃならない。それで、これまで一切お前には話さなかった。思い出させられるのは、アイリーンには耐えられないだろうからね。さあ、これでわかっただろ？」

彼女は言わなければならないことを言った。わかった。と。

「よし、さてと――どういうことだったのかというと、お前が生まれるまえに、うちには赤ん坊がいたんだ。女の子で、その子がまだうんと小さいときに、アイリーンが妊娠した。そしてこれは彼女にとっては結構ショックだった、なにしろ、赤ん坊が生まれるとどれだけ大変か、まさにわかってきていたし、それに、つわりがひどくて眠れないわ、ゲエゲエもどすわって状況だったからね。つわりは起き抜けだけじゃないんだ、朝も、昼も、夜も気分が悪い、で、彼女はどう向きあえばいいのかわからなかった。妊娠したってこととね。そしてある夜、取り乱していた彼女はなぜか出て行かなくてはならないという考えに取りつかれた。車に乗り込み、赤ん坊は持ち運び用のベッドに寝かせていっしょに連れ込んだ。もう暗くなっていて、雨が降っていて、彼女はスピードを出し過ぎていて、カーヴを曲がりそこなった。そういうわけだ。赤ん坊はきちんと留めつけていなかったので、ベッドから飛び出してしまった。そしてアイリーンは肋骨を折って脳震盪を起こし、一時、僕たちは赤ん坊を二人とも失ってしまうかと思ったんだ」

彼は深く息を吸った。

「つまり、ひとりはすでに失ってしまっていた。ベッドから飛び出したときに死んだんだ。だけど、アイリーンのお腹にいた子は失わずにすんだ。だからね。それがお前なんだ。わかるか？　お前だ」

ローレンはほんのわずか、頷いた。

「だからさ、なんでお前にこのことを話さなかったかっていうと——アイリーンの気持ちがああいう状態だったってことに加えて——お前にしたら、あんまり歓迎されていたようには感じられないかもしれないと思ってね。あのさいしょの状況ではさ。だけど、信じてくれ、お前は歓迎されて生まれてきたんだよ。ああ、ローレン。歓迎されていたんだ。いまもね」

彼は腕をファイルキャビネットから離すと、近づいて娘を抱きしめた。汗と、それにディナーのときにアイリーンと飲んだワインのにおいがし、ローレンはひどく気詰まりできまりが悪かった。話を聞いても彼女はべつに動揺しなかった、灰はちょっとおぞましかったが。でも、アイリーンにはショックだったというハリーの言葉は本当だろうと思った。
「それがいつもの喧嘩のタネ？」彼女が何気ない調子で訊くと、ハリーは娘から体を離した。
「喧嘩か」と彼は悲しげに言った。「あのことが多少は底のほうにあるのかもしれないな。あいつのヒステリーの底のほうに。あのな、あのことについては何もかも可哀想だったと思ってるんだ。ほんとうにそう思ってるんだよ」

散歩に出ると、ハリーはときおり娘にあの話のことを気にしていないか、気持ちが沈んでいるのではないかと訊ねた。彼女は「そんなことない」ときっぱりと、多少苛立った口調で答え、ハリーは「ならいい」と言った。

どの通りにも珍しいものがあった——ヴィクトリア朝風のお屋敷（いまでは老人ホーム）、箒工場の唯一の名残である煉瓦の塔、一八四二年まで遡る墓地。そして二日間の秋の市が開かれた。二人はトラックが一台、また一台と土に轍をつけて進むのを見守った。トラックは荷台にセメントブロックを積んで運んでいて、ブロックが前へ滑ると車体が左右に揺れ、停まっては距離を測る。ハリーとローレンはそれぞれ一台選んで声援を送った。

いまやローレンにはあのときの輝きはすべて偽物だったように、愚かで無頓着な熱狂で、いったん学校が始まって、父の新聞が出るようになり、気候が変わったら抱え込まざるをえない、日々の重み、現実の重みを無視したものだったように思えた。クマやヘラジカは本物の野生の動物で、自分たちの必要性に迫られているのだ――スリルなどではなかった。それに、いまなら市の会場でそうしたように、自分のトラックを応援してぴょんぴょん飛び跳ねながら叫んだりはしないだろう。同じ学校の子が誰か見ていて、変人だと思われるかもしれない。

どっちにしろ、それに近いように思われていた。

ローレンの学校での孤立は知識と経験が原因になっていて、彼女がぼんやりわかっているところでは、無邪気に学者ぶっているように見えるらしかった。ほかの生徒たちには禍々しい神秘であることが、彼女にとってはそうではなく、それをどうごまかしたらいいのかわからなかった。そしてそういうことや、ランス・オ・メドー（カナダの考古遺跡）をどう発音するか知っていることや、『指輪物語』を読んでいることなどが、彼女を孤立させていた。彼女は五歳のときにビールを瓶に半分飲み、六歳のときにマリファナを吸った。どちらも好きにはなれなかったが。夕食でワインをちょっと飲むことがあり、それはけっこう好きだった。オーラルセックスのことも、さまざまな避妊法も、同性愛者がどんなことをするのかも知っていた。ハリーとアイリーンが裸でいるのはしょっちゅう見ていたし、両親の友人たちが森の中で裸でキャンプファイアを囲んでいるのも見ていた。その同じキャンプのときに、彼女はほかの子どもたちとこっそり抜け出して、父親たちが秘密の合意のもと自分の妻ではない母親たちのテントに潜り込んでいくのを観察した。男の子のひとりが彼女にセックスしようと持ちかけ、彼女も同意したが、彼はぜんぜんだめで、二人とも互いに腹を立ててしまい、そのあと彼女はその子を見るのも嫌になった。

そういうことが、ここではすべて彼女の重荷となった――きまりの悪さと奇妙な悲しみ、喪失感さえ感じた。そして、学校では忘れずにハリーとアイリーンをパパとママと呼ぶことくらいしか、彼女にできることはなかった。そうすると、二人がより大きく、でもあまり鮮やかではなくなる気がした。そんなふうに呼ぶと、二人の張りつめた輪郭がちょっとぼやけ、二人の人格がちょっと美化される。二人に面とむかっているときは、そんなふうにする手立ては彼女にはなかった。そのほうが心地よいのかもしれないと認めることさえできなかった。

ローレンのクラスの女の子が何人か、コーヒーショップのあたりに惹きつけられながらもなかへ入る勇気はなく、ホテルのロビーから婦人用トイレへ向かおうとしていた。そこで十五分とか三十分、自分の髪や互いの髪をいろんなスタイルにしてみたり、ステッドマンズでくすねてきたのかもしれない口紅を塗ったり、ドラッグストアのお試し用香水をぜんぶスプレーしてきた首や手首を互いに嗅いだりしたかったのだ。

いっしょに行かないかと誘われたローレンは、何かの悪ふざけではないかと疑ったが、ともかく同意した。ひとつにはどんどん日が短くなる午後に、ひとりで森のはずれにある家に帰るのがどうにもいやだったからだ。

ロビーに入るやいなや、女の子たちの数人が彼女を捕まえてフロントへ連れていった。そこではレストランの女が背の高いスツールに座って、電卓で何やら計算していた。

この女の名前は――ローレンはすでにハリーから聞いて知っていた――デルフィーンといった。細くて長い髪は、白っぽいブロンドというか本当に白髪なのかもしれず、というのも彼女は若くはなかったからだ。しょっちゅうその髪を顔から払いのけなければならないらしく、いまもちょうどそうしたところだった。黒っぽいフレームのメガネの奥の目は、まぶたが紫に塗られていた。顔は体と同じく幅広で、青白く滑らかだった。だが、彼女には怠惰なところは一切なかった。いまこちらを見上げた目は、明るくのっぺりした青で、あんたたちがどんな軽蔑すべきふるまいをしようが驚かないわよ、と言わんばかりに女の子たちをひとりひとり見まわした。

「この子だよ」と女の子たちは言った。

その女――デルフィーン――は、今度はローレンを見つめた。彼女は「ローレンなの？　ほんと？」と訊ねた。

ローレンはまごつきながら、そうだと答えた。

「あのね、学校にローレンって名前の子がいないかって、あたしがその子たちに訊いたの」とデルフィーンは言った――まるでほかの女の子たちは彼女とローレンとの会話から締め出されて、もうむこうへ行ってしまったかのような口ぶりだった。「なんでそんなことを訊いたのかっていうと、ここでこんなものが見つかったからなの。きっと誰かがコーヒーショップで落としたのね」

彼女は引き出しを開けると、金のチェーンを取り出した。チェーンからぶら下がっているのは、LAUREN(ローレン)と綴られた文字だった。

ローレンは首を振った。

「あんたのじゃないの？」とデルフィーンは訊いた。「残念ねえ。もう中等学校の子たちには訊いたのよ。じゃあ、もうちょっとここに置いておかなくちゃね。誰かが探しに来るかもしれないし」

ローレンは「わたしのパパの新聞に広告を出したらどうかしら」と答えた。ただ「新聞」と言うべきだったということに気づいたのは、翌日だった。学校の廊下で数人の女の子とすれ違ったら、気取った口調でわたしのパパ、わたしのパパの新聞と言う声が聞こえてきたのだ。

「そうね」とデルフィーンは言った。「だけどそうしたら、いろんな人がやってきて自分のだって言うかもしれないわよ。名前のことで嘘までつくかもしれない。これ、金なのよ」

「だけど、身に着けるわけにいかないでしょ」ローレンは指摘した。「自分の本当の名前じゃないんなら」

「そうかもしれない。だけど、それでも自分のだって言いかねないわ」

ほかの女の子たちは婦人用トイレのほうへ行きはじめた。

「ちょっと、あんたたち」デルフィーンは呼びかけた。「あそこは立ち入り禁止よ」

女の子たちは驚いて振り返った。

「なんで?」

「立ち入り禁止だからよ、それが理由。どこかほかへ行ってバカやるのね」

「まえは入るのを止めなかったじゃない」

「まえはまえだし、いまはいまよ」

「公共の場所でしょ」

「違う」とデルフィーンは言った。「町役場のトイレは公共よ。さあ。出ていきなさい」

「あんたに言ったんじゃないわ」彼女はほかの子たちについて行こうとしていたローレンに声をかけた。「チェーンがあんたのじゃなくて残念だったわ。一日か二日したら、また来てみてよ。自分のだっていう人が誰も現れなかったら、思うんだけど、ねえ、どっちみちあんたの名前なんだから」

ローレンは翌日また行ってみた。チェーンにはなんの関心もなかった、本当だ——首から自分の名前をぶらさげて歩きまわるだなんて、彼女には想像もできなかった。彼女はただ用事が、行く場所がほしかっただけだった。新聞社へ行くこともできたのだが、あのわたしのパパの新聞という口調を聞いてしまったあとでは、それはいやだった。

フロントにいるのがデルフィーンではなくミスター・パレイジアンなら入るのは止めようと思っていた。でも、デルフィーンがちゃんとそこにいて、正面のウインドウの見苦しい植物に水をやっていた。

「あらよかった」とデルフィーンは言った。「誰もチェーンのことを訊きにくる人はいなかったの。週末まで待ってね、あれはそのうちあんたのものになる気がするな。いつでも入ってきていいのよ、この時間なら。午後はコーヒーショップでは働いてないの。わたしがロビーにいなかったら、ベルを鳴らして。このあたりのどこかにいるから」

ローレンは「わかった」と言って、出ていこうと身を翻した。

「ちょっと座っていかない？　お茶でも飲もうかと思ってたの。お茶は飲んだことある？　飲んでもかまわないの？　それともソフトドリンクがいい？」

「レモンライムを」とローレンは言った。「お願いします」

「グラスで？　グラスがいい？　氷も？」

「そのままでけっこうです」とローレンは言った。「ありがとうございます」

デルフィーンはともかくグラスに氷を入れて持ってきた。「どうもあんまり冷えていないような気がするから」と彼女は言った。彼女はローレンにどこに座りたいかたずねた――窓際のすり切れた古い革の椅子がいいか、それともフロントの後ろの背の高いスツールがいいか。ローレンはスツールを選び、デルフィーンもべつのスツールに座った。

「で、今日は学校で何を習ったのか話してよ」

ローレンは「ええっと――」と答えかけた。

デルフィーンの幅広の顔が笑顔になった。

「冗談で訊いただけよ。あたし、大っ嫌いだったわ、みんなからそう訊かれるのがね。その日教わったことなんか何も覚えてなかったっていうのが理由のひとつ。もうひとつはね、学校にいないときには学校のことなんか話したくなかったの。だから、その話はなし」

この女が友だちになりたいという望みをあからさまに示していることに、ローレンは驚かなかった。子どもと大人は互いに対等でいられると思うように育てられてきたのだ。もっとも、このことがわかっていない大人がたくさんいるから、あまりそう主張しないほうがいいことは気づいていたが。デルフィーンがちょっと緊張しているのが見て取れた。だから絶え間なく話しつづけては、合間、合間で笑い、引き出しに手を突っ込んでチョコバーを取り出すという挙に出たのだ。

「飲み物といっしょに、ちょっとしたお茶請けよ。またここへ顔を出すだけの価値があるようにしておかなくちゃね？」

ローレンはこの女になり代わってきまり悪さを覚えたが、チョコバーはありがたくもらっておいた。家では飴やチョコレートは与えられなかったのだ。

「ここへ顔見に来させるのに、物で釣る必要はないよ」とローレンは言った。「わたし、来たいんだもん」

「あらあら。じゃあ、必要ないのね？　あんたってたいした子ね。いいわ、ならそれ返して」

彼女はチョコバーをひったくろうとし、ローレンはチョコを守ってそれをかわした。いまや彼女も笑っていた。

「つぎは、って意味よ。つぎのときは、わたしを物で釣る必要はないから」

「でも、一回釣るのはいいわけだ。でしょ？」

「何かやることがあったほうがいいんだ」とローレンは言った。「ただ家に帰るんじゃなくて」

「友だちの家へは行かないの？」

「じつはひとりもいないの。九月にここの学校へ入ったばっかりで」

「まあね、ここへ来てたあの連中みたいなのから友だちを選ばなきゃならないんじゃあ、いないほうがましね。この町、どう？」

「狭い町だね。素敵なものもあるけど」

「ゴミ溜めよ。みんなゴミ溜め。あたしはこれまでさんざんゴミ溜めを経験してきて、いまごろはネズミに鼻をかじりとられててもおかしくないくらい」彼女は指先で鼻を軽く撫でた。彼女の爪はまぶたと同じ色だった。「まだあるよね」彼女は自信なさそうに言った。

ゴミ溜めよ。デルフィーンはそういった類のことを言った。彼女は熱っぽくしゃべった——議論するのではなく、言明する、そして彼女の意見は厳しく、きまぐれだった。彼女は自分のことを話した——自分の好みのこと、自分の身体のこと——まるで、重要な謎、またとない、決定的なことであるかのように。

彼女はビートのアレルギーだった。ビートの汁がたとえ一滴でも喉を通ったら、組織が腫れあがって、病院へ行かなければならない、緊急手術を受けて息ができるようにしてもらわなくてはならない。

「あんたはどう？　何かアレルギーある？　ないの？　いいわね」

彼女は、女はどんな仕事に就いていようと手をきれいにしておくべきだと信じていた。彼女は濃い藍色か赤紫色のマニキュアをつけるのが好きだった。それにイヤリングをつけるのも好きで、働いているときでさえ、大きくてカチャカチャいうようなやつをつけた。小さなボタンみたいなタイプのものは、彼女には用なしだった。

彼女は、ヘビは怖くなかったが、ネコには不気味なものを感じていた。赤ん坊だったときに、ミルクのにおいに惹かれてやってきたネコに、体の上で横になられたに違いないと思っていた。

「で、あんたは？」と彼女はローレンに訊いた。「あんたは何が怖いの？　好きな色は？　寝たまま歩いてたことある？　きれいに日焼けするほう、それとも炎症起こしちゃう？　髪が伸びるのは速い、遅い？」

ローレンはべつに、誰かから関心を持たれるのに慣れていなかったわけではない。ハリーとアイリーンは——とりわけハリーは——彼女の考えや意見、物事をどう感じているかといったことに関心を持っていた。こういう関心は彼女の神経に障ることもあった。だが彼女はこれまで、世の中にはこんなにいろいろなことがあるのに気づいていなかった、面白くて重要に思えるさまざまなことが。それに、デルフィーンの質問には——家では感じるように——裏にべつの質問が隠れているのではないかと感じることがけっしてなかった、気をつけていないとこじ開けられてしまうんじゃないかと感じることもけっしてなかった。

デルフィーンはジョークを教えてくれた。数えきれないくらいジョークを知っているけれど、ローレンには適切なものしか教えないつもりだと言った。ニューファンドランド出身の人たち（ニューフィー）に関するジョークが適切だとは、ハリーなら思わなかったことだろう、でも、ローレンは気を使って笑ってみせた。

ハリーとアイリーンには、放課後は友だちの家に行くと告げた。あながち嘘というわけでもない。二人は喜んでいる様子だった。だが、両親のことを考えて、ローレンの名前の金のチェーンをデルフィーンがあげると言っても、もらわなかった。まだ持ち主が探しに来る可能性があるのが気になるというふりをしておいた。

デルフィーンはハリーを知っていた。コーヒーショップで彼に朝食を運んでいた。だから、ローレンが来ることを話す可能性はあるのだが、どうやら話していないらしかった。

彼女はときおり掲示――「ご用の方はベルを鳴らしてください」――を出しておいて、ローレンをホテルのべつの部分に連れていくことがあった。ときには客が泊まることもあり、ベッドを整えたり、トイレやシンクを磨いたり、床に掃除機をかけたりしなければならなかったのだ。ローレンは手伝うのを許されなかった。「そこに座って、あたしとおしゃべりしてちょうだい」とデルフィーンは言った。「孤独な仕事なんだから」

ところが、しゃべるのはデルフィーンなのだった。順番などまるで関係なく、自分の人生について語った。登場人物は現れたり消えたりし、ローレンは何も訊かなくともそれがどういう人物なのか知っていなければならないのだった。ミスターとかミセスをつけて呼ばれるのは良いボスだった。

そうじゃないボスは、オールド塩漬け豚肉（ソウベリー）とかオールド馬の尻（ホーシズ・アス）（こんな言葉を真似しちゃだめよ）とかで、彼らは最悪だった。デルフィーンは病院で働いていたことがあったし（看護師として？　まさか）、タバコ畑でも、まあまあのレストランでも安料理屋でも働き、木材伐採作業員宿泊所で賄いもやったし、バスターミナルでは掃除をしながら、あまりに気色悪くて話せないようなものを見たし、終夜営業のコンビニでは銃を突きつけられ、そこを辞めた。

　彼女はロレインと仲良くすることもあれば、フィルと仲良くすることもあった。フィルには断りもなくひとの物を借りるようなところがあった――彼女はデルフィーンのブラウスを借りてダンスに行き、うんと汗をかいて、腋の下のところを駄目にしてしまった。ロレインは中等学校を卒業していたが、あんな馬鹿な男と結婚するという大きな過ちをおかし、いまはきっと後悔しているだろう。

　デルフィーンも結婚できたはずだった。つきあったなかには、なかなかいい感じの男もいたし、能無しだとわかった男もいたし、その後どうなったのかわからない男もいる。彼女はトミー・キルブライドという名前の男の子が好きだったが、彼はカトリックだった。

「それが女にとってどういうことか、あんたはたぶん知らないだろうけど」

「つまり、避妊できないってことね」とローレンは答えた。「アイリーンはカトリックだったの、でも、いいとは思えなかったから、やめたの。アイリーンってわたしのママよ」

「あんたのママはどっちみち心配する必要なかったんだね、結果からすると」

　ローレンには意味がわからなかった。それから、デルフィーンは彼女――ローレン――がひとりっ子だということを言っているに違いないと思いついた。きっとハリーとアイリーンは、ローレンが生まれたあともっと子供がほしかったのにアイリーンが妊娠できなかったと思っているのだ。ローレンの知る限り、そうではなかった。

ローレンは「ほしければもっと産めたんだよ。わたしが生まれたあと」と話した。

「あんたはそう思ってるのね？」デルフィーンはふざけた調子で言った。「もしかしたら、ぜんぜんできなかったのかもしれない。あんたは養子かも」

「そんなことない。ほしくなかったんだよ。ほしくなかったんだって、知ってるの」ローレンはもうちょっとでアイリーンが妊娠したときに何が起こったか話してしまいそうになったが、あれはないしょだとハリーから強く言われていたので、思いとどまった。彼女は約束を破るということについて迷信めいた恐れを持っていた。大人は平気で約束を破ることが多いのには気づいてはいたが。

「そんなに深刻な顔しないでよ」とデルフィーンは言った。彼女は手でローレンの顔を包むと、ブラックベリー色の指先で両頬を軽く叩いた。「からかっただけよ」

ホテルの洗濯室の乾燥機は調子が悪く、デルフィーンは濡れたシーツやタオルを綱に掛けなければならなかった。雨が降っていたので、干すのにいちばんいい場所は古い厩舎だった。ローレンも手伝って、白いリネン類を山積みにした籠を、ホテルの裏の砂利を敷いた狭い庭を横切って、がらんとした石造りの馬小屋に運び込んだ。床はセメントで固められていたが、それでもなおその下の土のにおいが滲みだしていた。というか、もしかしたら、石と瓦礫でできた壁からだったのかもしれない。湿った土、馬の皮、尿と革を思わせる強烈なにおい。何本かの物干し綱と壊れた椅子とデスクがいくつかある以外、なかは空っぽだった。二人の足音がこだました。

「自分の名前を言ってごらんよ」とデルフィーンが言った。

ローレンは「デ－ル－フィーーーン」と叫んだ。

「いいいあんたの名前だよ。なにやってんの」

「このほうがこだまにはいいんだもん」とローレンは答え、また「デ－ル－フィーーーン」と叫んだ。

「あたし、自分の名前好きじゃないんだ」とデルフィーンは言った。「自分の名前が好きな人っていないよね」

「わたしは自分の名前、嫌いじゃない」

「ローレンはステキだもん。いい名前だよね。いい名前をつけてもらったじゃない」

デルフィーンの姿は、物干し綱に留めているシーツの陰に消えていた。ローレンは口笛を吹きながら歩きまわった。

「ほんとは歌ったほうが、ここじゃ素晴らしい響きになるのよ」とデルフィーンが言った。「あんたの好きな歌を歌ってよ」

ローレンは好きな歌をひとつも思いつくことができなかった。デルフィーンはこれにあきれたようだった、ちょうど、ローレンがジョークをひとつも知らないとわかってあきれたように。

「あたしはいっぱいあるよ」と彼女は言った。そして歌いだした。

「ムーン・リヴァー、ワイダー・ザン・ア・マイル――」

それはハリーがときどき歌う歌だった、いつも歌か自分を茶化しながら。デルフィーンの歌い方はまったく違っていた。ローレンは、デルフィーンの歌声の静かな悲しみによって揺れている白いシーツのほうへ引き寄せられるのを感じた。シーツそれ自体が自分のまわりで——いや、自分とデルフィーンのまわりで——溶けて、強烈で甘やかな感覚をかもしだしているかのように思えた。デルフィーンの歌声はかき抱くようだった、飛び込んでおいでと、両腕を大きく広げている。同時に、その垂れ流しの感情はローレンの胃におののきを走らせた。むかつきの遠い予兆だ。

ウェイティング・ラウンド・ザ・ベンド
マイ・ハックルベリー・フレンド——

ローレンは座面のとれた椅子を持ち上げ、脚を床にこすりつけて邪魔した。


「訊きたいことがあるんだけど」ローレンは夕食の席で、ハリーとアイリーンに決然と言った。「もしかして、わたしが養子だってこと、ある?」

「そんなこと、どこから思いついたの?」とアイリーンが問い返した。

ハリーは食べるのを止め、ローレンに向かって警告するように眉を上げてみせ、それから冗談を言いはじめた。「もし僕たちが養子をもらうとしたら」と彼は言った。「やたらあれこれ詮索するような子をもらうと思うかい?」

アイリーンは立ち上がり、スカートのジッパーをいじった。スカートは滑り落ち、それから彼女はタイツとパンティをずり下ろした。

「ここを見て」と彼女は言った。「これを見たらわかるはずよ」

服を着ているとぺちゃんこに見える彼女の腹は、こうして見るとちょっと出っ張ってたるんでいた。その表面は、ビキニのラインまでまだ軽く日焼けしていて、そこに青白い筋が何本か、キッチンの明りにつやつや光っていた。ローレンはその筋をまえにも見ていたが、べつになんとも思っていなかった——彼女の鎖骨の上の双子のほくろと同様、アイリーン特有の体の一部に見えていただけだった。

「これは皮膚が伸びたせいなの」とアイリーンは説明した。「あなたがお腹にいたときにぐっと前へ突き出していたから」彼女は片手を体の前方の、あり得ないくらい離れたところまで伸ばしてみせた。「これで納得した？」

ハリーは頭をアイリーンにくっつけ、むき出しの腹に鼻をすり寄せた。それからまた体を引き、ローレンに話しかけた。

「どうしてそれ以上子供をつくらなかったのかなって思ってるんなら、その答えはね、お前さえいてくれたらそれでいいからだ。お前は賢いし、美人だし、それにユーモアのセンスもある。もうひとりもこれほどいい子とは限らないだろ？　それに、僕たちはいわゆる平均的家族ではない。あっちこっち引っ越すのが好きだ。いろいろ試してみて、柔軟でいるのがね。僕たちには完璧で適応性のある子がひとりできた。欲張る必要はない」

アイリーンには見えない彼の顔は、その言葉よりもずっと真剣な表情をローレンに向けていた。引き続き、失望と驚きを交えた警告の表情を浮かべながら。

もしアイリーンがその場にいなかったなら、ローレンは彼に問いかけていただろう。ひょっとして、ひとりだけじゃなく、赤ん坊を二人とも失っていたのでは？　ひょっとして、ローレン自身はアイリーンの腹にいたことはなく、あの腹の筋には責任がないのでは？ 自分が代替品としてもらわれてきたのではないという確信なんて、どうやったら持てるのよ？ わたしの知らなかった大きな秘密がひとつあったなら、もうひとつあったっておかしくないんじゃない？

この考えは心を騒がせたが、かすかな魅力があった。

そのつぎに、放課後ホテルのロビーに入ってきたローレンは、咳をしていた。

「二階へおいで」とデルフィーンは言った。「咳に効くものを持ってるから」

ちょうど彼女が「ご用の方はベルを鳴らしてください」の掲示を出したとき、ミスター・パレイジアンがコーヒーショップからロビーに入ってきた。片足には靴を、もう片方には包帯を巻いた足に合わせて切り開いたスリッパを履いていた。足の親指にあたる場所には、乾いた血がついていた。

ミスター・パレイジアンを見たデルフィーンは掲示をひっこめるだろうとローレンは思ったが、そうしなかった。彼女は彼に「暇があったらその包帯を取り替えたほうがいいわよ」と言っただけだった。

ミスター・パレイジアンは頷いたが、彼女のほうは見なかった。

「すぐ降りてきますから」と彼女は彼に言った。

彼女の部屋は三階で、庇の下だった。咳をしながら階段をのぼっているときにローレンは訊ねた。

「あの人の足、どうしたの？」

「なんの足？」とデルフィーンは問い返した。「誰かに踏まれたんじゃないの。たぶん、靴のかかとでさ？」

彼女の部屋の天井は屋根窓の両側に急勾配で傾斜していた。シングルベッドと、シンク、椅子、化粧ダンスがあった。椅子の上には電気コンロが置いてあってやかんが乗っていた。化粧ダンスの上には、化粧品、櫛や錠剤、ティーバッグの缶、粉末ホットチョコレートの缶がごちゃごちゃ並んでいた。ベッドカバーは黄褐色と白の細いストライプのサッカーで、客用ベッドのと同じだった。

「あんまり片づいてないでしょ?」とデルフィーンは言った。「ここにいる時間はそれほどないからね」彼女はシンクでやかんに水を入れて、電気コンロのコンセントを差し込み、それからベッドカバーをはぐって毛布を取った。

「そのジャケットを脱いで」と彼女は言った。「これを巻きつけてあったかくしてるといいよ」彼女はラジエーターに触った。「ここまで熱が来るには丸一日かかるんだ」

ローレンは言われたとおりにした。一番上の引き出しからカップが二つとスプーンが二本取り出され、缶のホットチョコレートが量られた。デルフィーンは言った。「あたしはお湯だけでつくるの。きっとあんたはいつも牛乳を入れてるんだろうね。あたしはお茶にもなんにも牛乳は入れないの。ここへ牛乳を持ってきたら、酸っぱくなっちゃうだけだからね。冷蔵庫は持ってないから」

「お湯だけでいいわ」とローレンは答えた。ホットチョコレートをそんなふうにして飲んだことはなかったのだが。不意に家に帰りたくなった、体を包んで、ソファでテレビを見ていたかった。

「あのさ、そこで突っ立ってないでよ」デルフィーンはちょっと苛立ったような神経質な声で言った。「座ってゆっくりしてて。お湯はすぐ沸くから」

ローレンはベッドの端に腰を下ろした。デルフィーンはいきなり向き直ると、ローレンの両脇の下をぎゅっと摑み――おかげでまた咳が出はじめた――ひっぱりあげて、壁にもたれさせ、両足だけ床の上につき出すような具合にした。ローレンのブーツを脱がせると、デルフィーンはさっと足を握って、ソックスが湿っていないかどうか確かめた。

湿ってはいない。

「あのさ。その咳を治すものをあげようと思ったんだけど。あたしの咳止めシロップ、どこだっけ？」

同じ一番上の引き出しから、琥珀色の液体が半分入った瓶が出てきた。デルフィーンはスプーンに液体を注いだ。「口を開けて」と彼女は言った。「それほどひどい味じゃないから」

飲みこんだローレンは訊いた。「ウィスキーが入ってる？」

デルフィーンは瓶を見てみたが、ラベルはなかった。

「どこに書いてあるのかわかんない。あんた、わかる？　咳止めにウィスキーをひと匙飲ませたら、あんたのパパとママはひきつけ起こしちゃうかな？」

「パパはときどきわたしにトディー（ウィスキー、ラム、ブランデーなどを入れた温かい飲み物）をつくってくれるよ」

「へえ、そうなんだ」

ここでやかんの湯が沸き、カップに湯が注がれた。デルフィーンはせかせかとかきまわし、塊に話しかけながら潰した。

「ふん、このクソッタレ。溶けろってば、このー」陽気さを装っているのだ。

今日のデルフィーンにはどこか変なところがあった。ひどく取り乱して興奮していて、それに怒りを押し隠しているんじゃないかと思えた。しかも、この部屋にいると彼女はあまりに大きすぎ、あまりにつやつやと目立っていた。

「あんたがこの部屋を見まわして」と彼女は言った。「そしてどう思ってるかはわかってるよ。わあ、この人きっと貧乏なんだ、って思ってるんでしょ。なんでもっと持ち物がないんだろうって。でもね、あたしはものをためこまないの。なにしろ、さんざっぱら荷造りしては引っ越ししなきゃならなかったからね。落ち着いたと思ったら、何か起こって、よそへ行かなくちゃならない。でも貯金はしてるよ。あたしが銀行にどのくらい貯めてるか知ったら、みんなびっくりするよ」

彼女はローレンにカップを渡し、ベッドの頭のところに注意深く身を落ち着けて、枕を背中にあてがい、ストッキングを穿いた足をむき出しになったシーツの上に乗せた。ローレンはナイロンストッキングに包まれた足に独特の嫌悪感を抱いていた。裸足も、ソックスを履いた足も、靴を履いた足も、ナイロンに包まれた上に靴を履いている足もそんなことはないのだが、ナイロンに包まれた足だけが丸見えになっている、とりわけ、ほかの布に触れているというのがとにかく嫌なのだ。これはただの個人的な、奇妙な感覚だった——マッシュルームや、牛乳のなかで泳ぐシリアルに抱く感覚と同じく。

「ちょうどあんたが今日の午後ここへ入ってきたとき、あたしは悲しかったの」とデルフィーンは言った。「昔知ってた女の子のことを考えててね、居所を知ってたら手紙を書くのに、とか思ってたの。ジョイスって名前でさ。その子の人生に起こったことを考えていたのよね」

デルフィーンの重みでマットレスが垂れ下がり、ローレンは彼女のほうへ滑っていかないよう苦労しなければならなかった。彼女の体にぶつからないよう努力していることにきまり悪さを感じ、ローレンはことさらに礼儀正しくしようとした。

「いつの知りあい？」とローレンは訊いた。「若かったころ？」

デルフィーンは笑った。「うん。若かったころ。その子も若くてね、家を出ることになっちゃって、ある男とつきあってたんだけど、まずいことになってさ。何言ってるかわかる？」

ローレンは答えた。「妊娠」

「そう。で、その子はとにかくぶらぶらしてた、そのうち治るかもしれないとでも思ってたのかもね、たぶん。ははは。インフルエンザみたいにさ。その子がくっついてた男にはべつの女とのあいだにもう子供が二人いて、その女とは結婚してなかったんだけど、まあ奥さんみたいなもんでさ、男はいつもその女のところへもどることを考えてたんだ。ところがそうするまえに、男は逮捕された。そしてその子も逮捕された——ジョイスもね——男のためにブツを運んでたんだ。タンポンのチューブに詰め込んで。タンポンってどんなだか知ってる？ ブツってなんのことかわかる？」

「うん」とローレンは両方の質問に答えた。「もちろん。ヤクでしょ」

デルフィーンは喉を鳴らすような音をたてながら飲み物を飲んだ。「これはぜんぶ極秘の話だからね、わかってる？」

ホットチョコレートの塊はぜんぶが潰されて溶けていたわけではなかったが、ローレンは咳止めシロップなるものの味がまだ残っているスプーンでそれを潰す気にはなれなかった。

「その子は執行猶予で出てきた、だから妊娠してたのも悪いことばっかりじゃなかったんだ、そのおかげで出られたんだから。で、つぎにどうなったかっていうとね、信心深い連中とつきあうようになって、その人たちが、赤ん坊を産む女の子の世話をして赤ん坊をすぐに養子に出してくれる医者夫婦を知っててさ。べつに後ろ暗いところがぜんぜんないってこともなかったんだけどね、その夫婦は赤ん坊で金儲けしてたんだから、でも、ともかくおかげでその子はソーシャルワーカーと関わりあいにならずにすんだ。で、赤ん坊は産んだけど、顔を見ることさえなかった。その子が知ってるのは女の子だったたってことだけ」

　ローレンは時計を探した。ひとつもないらしかった。デルフィーンの腕時計は黒いセーターの袖のなかに隠れていた。

「そしてその子はそこを出て、いろいろなことが起こって、赤ん坊のことはぜんぜん考えなかった。そのうち結婚して、もっと子供を産むんだと思ってた。それがね、まあ、そうはならなかった。べつにその子がすごく気にしてたってわけじゃない、なかにはぜんぜんそういうことがない人だっているんだからね。その子は二度ほどそういうことにならないようにする手術まで受けた。どんな手術か、わかる？」

「中絶」とローレンは答えた。「いま何時？」

「あんたってほんとになんでも知ってる子なんだね」とデルフィーンは言った。「うん、そのとおり。中絶」彼女は袖をまくりあげて腕時計を見た。「まだ五時になってないよ。その子はあの小さな女の赤ん坊のことを考えはじめたって言おうとしてたの。あの赤ん坊はどうなってるだろうと思って、突き止めようと調べはじめた。そしてたまたま幸運なことに例の人たちをみつけた。あの信心深い人たちをね。ちょっと脅しをかけなくちゃならなかったけど、いくらか聞き出した。赤ん坊をもらった夫婦の名前がわかったんだ」

　ローレンはもぞもぞとベッドから出た。毛布につまずきかけながら、自分のカップを化粧ダンスに置いた。

「もう行かなきゃ」とローレンは言った。小さな窓の外を見た。「雪が降ってる」

「あらそう？ でも、いつものことでしょ？ あんた、続きを知りたくないの？」

ローレンは、なるべくデルフィーンの注意を惹かないよう、うわの空を装いながらブーツを履いていた。

「夫は雑誌社で働いているってことだったんでね、そこへ行ったら、そこにはいないって言われて、でもどこへ行ったか教えてくれた。自分の産んだ赤ん坊に夫婦がどんな名前をつけたのかその子は知らなかったけど、それまた突き止めることができた。どんなことを調べられるか、やってみるまではわからないもんだよね。あんた、あたしから逃げようとしてんの？」

「帰らなきゃ。胃がむかむかするの。風邪引いちゃったんだ」

ローレンはデルフィーンがドアの裏の高いフックに掛けたジャケットを引っ張った。すぐには外れず、ローレンの目には涙が浮かんだ。

「ジョイスなんて人、知らないもん」ローレンは情けない口調で言った。

デルフィーンは足を床に下ろすと、ベッドからゆっくり立ち上がり、カップを化粧ダンスに置いた。

「胃がむかむかするなら、横になってなきゃ。あれを一気に飲みすぎたのかもしれない」

「とにかくジャケット返して」

デルフィーンはジャケットを下ろしたが、それをうんと高く掲げていた。ローレンが摑んでも、彼女は放そうとしなかった。

「どうしたっていうのよ」と彼女は言った。「泣いてるんじゃないわよね。まさか泣き虫だとは思わなかった。わかった。わかった。ほら。ちょっとからかってただけよ」

ローレンは袖を通したが、ジッパーを上げるのは無理だとわかっていた。彼女は両手をポケットに突っ込んだ。

「だいじょうぶ?」とデルフィーンがたずねた。「もうだいじょうぶ? あんた、まだあたしの友だちだよね?」

「ホットチョコレート、ごちそうさま」

「あんまり早く歩くんじゃないのよ、胃を落ち着けなきゃならないんだから」

デルフィーンは前屈みになった。ローレンは後ずさった、あの白髪が、ばっさり垂れ下がる絹のような髪が口に入るんじゃないかと怖気をふるったのだ。

髪が白くなるほどの年になったら、長くしておくべきではない。

「あんたは秘密を守れるよね、あんたがここへ来るのも、あたしたちの話も、何もかも秘密にしておけるよね。もっとあとになったらわかるよ。あんたは素晴らしい女の子だ。さあ」

彼女はローレンの頭にキスした。

「あんたは何も心配しなくていいんだからね」と彼女は言った。

大きな雪片がまっすぐ落ちてきて、歩道を綿毛のように覆い、人が歩くところは融けて黒く跡がつき、そしてまた雪で覆われる。車はぼやけた黄色い光を放ちながら、そろそろと進んでいた。ローレンはときどき見まわしては、誰かが追ってきていないか確かめた。降りしきる雪と暗くなってきているせいとで、あまりよく見えなかったが、誰かがついてきているようには思えなかった。

胃が膨れているような気もすれば、からっぽなような気もした。まっとうな食べ物を食べさえすればそんな感覚はなくなりそうに思えたので、家に入るや、彼女はまっすぐキッチンの戸棚へ行って、ボウルに食べなれた朝食用シリアルを入れた。メープルシロップは残っていなかったが、コーンシロップを見つけた。彼女は冷え切ったキッチンに立ったまま、ブーツも防寒着も脱がず、真っ白になったばかりの裏庭を眺めながら食べた。雪のおかげで、キッチンの明りがついていても、いろいろな物がはっきり見えた。雪の積もった庭や、白い帽子をかぶった黒々とした岩、白い重荷を負ってすでに垂れ下がっている常緑樹の枝、そんなものを背景に、自分の姿が映っているのが見えた。

最後のひとすくいを口に入れるか入れないうちに、トイレへ走ってぜんぶもどさなくてはならなかった——コーンフレークはまだほとんど変形しておらず、シロップでねとねとして、薄い色のチョコレートが艶やかな筋になっていた。

両親が帰宅したとき、ローレンはまだブーツとジャケットを脱がないまま、ソファに横になってテレビを見ていた。

アイリーンは娘の防寒着類を脱がすと、毛布をもってきてやり、熱を測った——平熱だった——それから、腹が張っていないか触ってみて、右ひざを曲げて胸につけさせて、右側に痛みが生じないかどうか確かめた。アイリーンはいつも盲腸炎のことを心配した。以前、参加したパーティーで——何日も続くような類のパーティー——ある女の子が盲腸が破裂したせいで死んだことがあったのだ。皆すっかりハイになっていて、彼女が深刻な状態にあることに気づかなかった。どうやらローレンの盲腸は問題ないようだと確信すると、彼女は夕食の支度に行ってしまい、ハリーがそのままローレンに付き添った。

「きっと学校熱にかかったんだ」と彼は言った。「僕もかかったもんだよ。ただ、僕が子供のころは、この病気の治療法は考案されていなかった。治療法は何か知ってる？　ソファに横になってテレビを見ることだ」

翌朝、ローレンは、まだ気持ちが悪いと言ったが、それは本当ではなかった。彼女は朝食は要らないと言ったが、ハリーとアイリーンが家を出るや、大きなシナモンロールを取り出し、温めもせずにテレビを見ながら食べた。べとべとの指を掛けていた毛布で拭くと、先のことを考えようとした。ここで、家のなかで、ソファの上で過ごしたかったが、本物の病気にでもならないかぎり、どうしたらそんなことができるのかわからなかった。

テレビのニュースは終わり、毎日の連続ドラマのひとつが始まった。春に気管支炎になったときにお馴染みになり、それからすっかり忘れていた世界があった。ほったらかしにしていたにもかかわらず、たいして変わっていないように思えた。だいたい同じ人物が出てきて——もちろん、状況は新しいが——そして、同じようにふるまい（高潔、非情、セクシー、悲しげ）、同じ遠くを見るような眼差しに、事故や秘密についてしゃべるときの同じ尻切れトンボの終わり方。彼女はしばらくのあいだ楽しく観ていたが、それからふと思い浮かんだことが不安をかきたてはじめた。この手のストーリーのなかでは、子供や、それに大人もまた、ずっと自分の家族だと思っていたのとはまったく違う家族の一員だったと判明することがよくある。クレイジーで危険だったりすることもある赤の他人が、すべてをぶち壊すような主張と強い思いを抱いて突然現れ、生活がひっくり返される。

これは以前ならローレンにとって魅力的な可能性に見えたかもしれないが、もうそうではなかった。

ハリーとアイリーンはドアに鍵をかけなかった。考えても見ろ、とハリーは言ったものだ――僕たちは、ドアに鍵なんかかけずに出かけられるところに住んでいるんだ。ローレンはここで立ち上がって鍵をかけた、裏も表も。それからぜんぶの窓のカーテンを閉めた。今日は雪は降っていないが、ぜんぜん融けてはいない。新たに積もった雪は早くもちょっと灰色がかっていて、一夜のうちに古びたかのようだった。

玄関のドアの小窓を覆う手立てはなかった。小窓は三つあって、涙の雫のような形をしていて、斜めに並んでいた。アイリーンはこれが大嫌いだった。アイリーンは壁紙を剝がして、この安っぽい家の壁を思いもよらない色で塗った――コマドリの卵みたいなブルー、ブラックベリー・ローズ、レモンイエロー――みっともないカーペットをひっぺがして、床を紙やすりで磨いた。だが、このちっぽけな小窓はどうすることもできなかった。

ハリーは、それほど悪くないんじゃないかと言った。家族三人分、しかも高さもちょうどそれぞれが外を見るのにぴったりだし、と。彼はそれに、父さんグマ、母さんグマ、赤ちゃんグマと名づけた。

連ドラが終わって男と女が室内用植物について話しはじめると、ローレンは自分では寝ているつもりのないまま、浅い眠りに落ちた。眠っていたに違いないと思ったのは、動物の夢から目覚めたときで、夢では、冬らしい灰色のイタチか痩せこけたキツネ――なんだったかはさだかではない――が真っ昼間に裏庭からこの家を見つめていた。彼女は夢のなかで誰かから、この動物は狂犬病にかかっている、人間も、人間の住んでいる家も恐れないのだから、と告げられたのだ。

電話が鳴っていた。彼女はその音が聞こえないように毛布を引っ張り上げて頭からかぶった。デルフィーンに違いないと思えた。デルフィーンは彼女の具合がどうか、なぜ隠れているのか、聞かせた話を彼女がどう思っているか、いつホテルへ来るつもりなのか知りたがっているのだ。


それはじつはアイリーンで、ローレンの調子や虫垂の状態を確かめようとしていたのだった。十回か十五回電話を鳴らしたアイリーンは、コートも着ないで新聞社から駆け出すと、車で家へ帰った。ドアに鍵がかかっているのを発見した彼女は、拳でがんがん叩き、ノブをがちゃがちゃいわせた。顔を母さんグマの小窓に押しつけ、ローレンの名前を叫んだ。テレビの音が聞こえた。彼女は裏口へ走り、またもがんがん叩いて叫んだ。

毛布をかぶったローレンにはもちろんぜんぶ聞こえていたが、それがアイリーンでデルフィーンではないと気づくのにちょっと時間がかかった。そうと悟ると、ローレンは毛布を引きずりながらそっとキッチンへ行った。あの声はトリックかもしれないという思いをまだ半分くらいは抱いたまま。

「まったく、いったいどうしたっていうの?」娘をかき抱きながらアイリーンは言った。「どうしてドアに鍵をかけてるの? なんで電話に出なかったの? いったいなんのおふざけのつもり?」

ローレンは、アイリーンから抱きしめられたり怒鳴られたりを繰り返されながら、十五分ばかりもちこたえた。それから陥落し、なにもかもぶちまけた。じつにほっとしたのだが、身を震わせ、泣いてはいたものの、なにか自分だけの複雑なものを、安全と慰めと引き換えに渡してしまったような気がした。真相のすべてを話すことはできなかった、自分でも整理できていなかったからだ。自分がほしがっていて、そしてまったくほしくなくなってしまったものが何だったのか、説明できなかった。

アイリーンはハリーに電話して、家に帰ってきてくれと告げた。迎えにはいけない、ローレンを置いてはいけないから、歩いて帰ってくれと。

玄関の鍵を開けに行ったアイリーンは、封筒を見つけた。郵便差し入れ口から投げ込まれたものだが、切手は貼られておらず、ローレンへ、としか書いていなかった。

「これが投げ込まれたの、聞こえた？」とアイリーンは訊ねた。「誰かポーチに来たのが、聞こえてた？　いったいなんだってこんなことに」

彼女は封筒を破って開け、ローレンの名前の下がった金のチェーンを引っ張り出した。

「それのこと、話すの忘れてた」とローレンは言った。

「手紙が入ってる」

「読まないで」とローレンは言った。「読、ま、な、い、でってば。聞、き、た、く、な、い」

「馬鹿なこと言わないで。べつに手紙は嚙みつきゃしないわよ。学校に電話したらあなたが登校してなかったので病気かしらと思って、これは元気づけるためのプレゼントだって書いてあるわ。どのみちあなたのために買ったもので、誰かがなくしたものじゃないからって。これはどういうこと？　三月にあなたが十一歳になったときの誕生日プレゼントにするつもりだったけど、いまあげたいからって。いったい彼女、あなたの誕生日が三月だなんて、どこから思いついたわけ？　あなたの誕生日は六月なのに」

「わかってる」ローレンは、いまや頼みの綱の手立てとなった、疲れ果てて子供っぽい、不機嫌な口調で言った。

「ほらね？」とアイリーンは言った。「彼女、何もかも勘違いしてる。頭がどうかしてるのよ」

「でも、うちの名前を知ってたよ。どこに住んでるのかも。わたしを養子にしたんじゃないなら、なんであの人が知ってるのよ？」

「いったいどうやって知ったのかはわからないけど、彼女は間違ってるわ。ぜんぶ勘違いしてる。そうだ。あなたの出生証明書を出してきてあげる。あなたはトロントのウェルズリー病院で生まれたのよ。あそこへ連れていってあげる、ちゃんと部屋だって見せられるわ——」アイリーンはもう一度手紙を見てからぎゅっと丸めて握りこんだ。

「あのクソ女。学校に電話するだなんて」と彼女は言った。「うちの家まで来るなんて。イカレ女」

「それ、しまって」とローレンはチェーンを指して言った。「しまって。片づけて。いま、いますぐ」

ハリーはアイリーンほど腹を立てなかった。

「僕が彼女と話すときにはいつも、まったく問題のない人に見えたけどな」と彼は言った。「僕にはそんなこと何も言ったことがないけど」

「そりゃ、言わないわよ」とアイリーンは答えた。「彼女はローレンに近づきたかったのよ。あなた、彼女と話してきてよね。でなきゃわたしが行く。本気よ。今日のうちに」

ハリーは自分が行くと言った。「彼女のことは片をつける」と彼は言った。「完全にね。もうこれ以上厄介ごとは起こらないようにする。なんてことだ」

アイリーンは早めの昼食をつくった。マヨネーズとマスタードをつけたハンバーガー、ハリーとローレンがふたりとも好きな食べ方だ。ローレンは食べてしまってから、そんな食欲を見せるのは間違いだったかもしれないと気がついた。

「気分はよくなった?」とハリーが訊ねた。「午後は学校へもどる?」

「まだ風邪引いてるみたい」

アイリーンが、「駄目よ。学校へもどらせるのは駄目。それから、わたし、この子といっしょに家にいるから」と言った。

「そこまでの必要はないんじゃないかな」とハリーは返した。

「それと、これを彼女に渡しておいて」アイリーンは、あの封筒をハリーのポケットに押し込んだ。「気にしないで、べつに見てみなくていいから。彼女からの馬鹿げたプレゼントよ。それから、こういうことは二度としないでくれ、でないとただじゃ済まないことになるって言っといて。もうぜったいお断り。もうたくさん」

ローレンはあの町では学校にもどらなくてもよくなった。

その午後、アイリーンはハリーの姉に電話した——ハリーは姉と口をきいていなかった、姉の夫が彼、ハリーの生き方を批判したからだ——そして、姉が通っていたトロントの私立女子校について話しあった。さらに電話連絡が続き、日時が決められた。

「お金は問題じゃないの」とアイリーンは言った。「ハリーにはじゅうぶんお金はあるわ。というか、稼げるし」

「今度のこの件のためだけでもないのよ」とアイリーンは話した。「あなたはこんなしょうもない町で育つような人間じゃないわ。田舎者丸出しのしゃべり方になってしまうような人間じゃない。このことはずっと考えてたの。あなたがちょっと大きくなるまで先延ばしにしてただけ」

帰宅したハリーは、もちろんそれはローレンの気持ち次第だと言った。

「お前は家を離れたいのか、ローレン？　お前はここが気に入ってると思ってたけどな。友だちもいるんじゃないのか」

「友だち？」とアイリーンは言った。「あの女がいたわよね。デルーフィーン。あなた、ほんとに彼女に伝えてくれたの？　彼女はちゃんと納得した？」

「伝えたよ」とハリーは答えた。「彼女は納得した」

「あの賄賂は返した？」

「あれをそう呼びたいっていうんならね。うん」

「もうこれ以上厄介ごとはないのね？　もう厄介ごとは起こさないって、彼女納得した？」

ハリーはラジオをつけ、一家は夕食をとりながらニュースに耳を傾けた。アイリーンはワインを一本開けた。

「これはなんだよ？」ハリーはちょっと不穏な口ぶりで訊いた。「お祝い？」

ローレンは兆候を心得ていた。そして、これはこれから切り抜けなければならないことなのだ、驚くべき救済――クリスマス休暇までのあと二週間、学校にもどらなくてもいいし、ホテルに近づかなくてもいいし、たぶん通りを歩く必要もまったくなく、家から出る必要もないのだということ――のために支払わなければならない代価なのだと思った。

ワインが兆候のひとつということもあり得る。ときには。ときにはそうでないことも。だが、ハリーがジンのボトルを取り出して自分のタンブラーに半分注ぎ、氷以外は何も入れないと――そしてたちまち、氷さえ入れなくなる――道筋は定まった。まだすべてが陽気かもしれないが、その陽気さはナイフのように硬かった。ハリーはローレンに話しかけ、アイリーンもローレンに話しかけるだろう、どちらもふだんより多く。ときおりお互い同士で、ほとんど普通の調子で話をする。だが部屋には、言葉ではいまだ表現されていない分別のなさが漂っている。ローレンは、二人がなんとか喧嘩の勃発を止めてくれることを祈る、というか祈ろうとする――より正確に言うならば、以前は祈ろうとした。そして、そう祈っているのは自分だけではないとずっと信じていた――まだ信じている。二人も祈っていた。幾分かは祈っていた。しかし幾分かは、やってくるものを熱望していた。二人はけっしてこの熱望に打ち克つことはなかった。一度としてなかったのだ、この気配が部屋に漂っているときに、空中に変化が、すべての輪郭を、あらゆる家具や道具をよりくっきりと、より濃くきわだたせる強烈な明るさが漂っているときには――一度として、最悪の事態にならなかったことはなかった。

ローレンは、以前は自分の部屋でじっとしていることができず、二人のところに行かずにはいられなくて、二人に身を投げかけ、抗議したり泣いたりした。そのうちどちらかが彼女を抱き上げてベッドへ連れもどし、「わかった、わかった、僕たちを困らせないでくれ、頼むから困らせないでくれ、僕たちの人生なんだ、話しあいをさせてくれよ」などと言う。「話しあう」というのは、家のなかを歩きまわり、熱弁をふるって鋭く糾弾し、金切り声で反論し、しまいに灰皿や瓶や皿を互いに投げつけあわないではいられなくなるということだった。一度など、アイリーンは外へ駆け出し、芝生に身を投げ出して土や草の塊を引きちぎり、一方ハリーは玄関口から「へえ、いいじゃないか、たっぷり見せつけろ」と怒鳴っていた。一度はハリーが浴室に鍵をかけて閉じこもり、「こんな苦しみから抜けだす方法はひとつしかない」と叫んだ。二人とも、錠剤や剃刀を使ってやると脅した。

「まったくもう、こんなことやめましょ」とアイリーンが言ったこともある。「頼むから、頼むから、こんなことやめましょ」するとハリーは、彼女の声を意地悪く真似した甲高いめそめそした声音で返事した。「やってるのはあなたでしょ――あなたがやめて」

ローレンは、喧嘩の原因はなんなのか突き止めようとするのは諦めていた。いつも新しいことで(今夜彼女は暗いなかで横になって、たぶん自分が家を離れること、それをアイリーンがひとりで決めてしまったことが原因なんじゃないかと思っていた)そしていつも同じことだった――二人の持っているもの、二人が決して手放せないもの。

彼女はまた、二人にはともに痛いところ――ハリーが始終冗談を言うのは悲しいからで、アイリーンがてきぱきしていてそっけないのはハリーには彼女を締め出しているようなところがあるからだ――があり、もしも自分、ローレンがそれぞれに互いのことを説明してやることさえできれば、事態はよくなるのではないか、という思いも諦めていた。

翌日になると、二人は黙りこくって、傷ついて、恥ずかしそうで、妙に浮き浮きしている。「人間ってこれをやらなくちゃいけないのよ、自分の感情を押さえつけるのはよくないんだから」アイリーンはローレンにそう言ったことがある。「怒りを押さえつけていると癌になるという説さえあるのよ」

ハリーは喧嘩のことを口げんかと言った。「口げんかして悪かったたな」などと言う。「アイリーンは非常に激しやすい女性だからね。僕に言えるのはただ、ねえかわい子ちゃん——うんまったく、僕に言えるのはただ——こういうことは起こるもんだっていうことだけだな」

この夜、ローレンは、二人が実際にひどいことをしはじめるまえに本当に寝てしまった。二人がそうなりそうだと確信さえしないうちに。彼女がベッドに引き上げたときには、ジンのボトルはまだ現れていなかった。

ハリーが彼女を起こした。

「悪いけど」とハリーは言った。「悪いけどねえ、ハニー。ちょっと起きて下へ来てもらえないかな?」

「もう朝なの?」

「いや。まだ夜更けだ。アイリーンと僕はお前に話があるんだ。僕たちはお前に話さなきゃならないことがある。お前がすでに知っていることについてなんだけどさ。ほら、おいで。スリッパ要る?」

「スリッパなんて大嫌いだよ」ローレンは彼に思い出させた。彼女はハリーの先に立って階下へ行った。彼はまだ服を着たままだったし、アイリーンもまだ着たままで、廊下で待っていた。彼女はローレンに「あなたの知ってる人がもうひとり来てるの」と言った。

それはデルフィーンだった。デルフィーンはソファに座っていた。いつもの黒いパンツとセーターの上にスキージャケットを羽織っている。ローレンは彼女が防寒着を着ているところを見るのは初めてだった。彼女の顔はげっそりして、皮膚はたるんで見え、全体にひどく落ちこんでいた。

「キッチンに行かない？」とローレンは言った。なぜかはわからないが、キッチンのほうが安全に思えた。それほど特別な場所ではないし、テーブルを囲んで座れば、テーブルにしがみついていられる。

「ローレンがキッチンに行きたいなら、キッチンに行こう」とハリーは言った。

キッチンで座ると、彼は言った。「ローレン。僕がお前に赤ん坊の話をしたことを説明してたんだ。お前のまえにいた赤ん坊のことをね。そしてその赤ん坊がどうなったか」

彼はローレンが「うん」と言うまで待っていた。

「今度はわたしが話していい？」とアイリーンが訊いた。「わたしがローレンに話していい？」

ハリーは「そりゃあ、いいとも」と答えた。

「ハリーはね、赤ちゃんがもうひとりできると思うと耐えられなかったの」とアイリーンは、天板の下で膝に置いている自分の手に目を落とした。「家のなかのいろいろなごたごたを考えると耐えられなかったの。ハリーには執筆があった。成し遂げたいと思っていたことがあったから、ごたごたは受け入れられなかった。ハリーはわたしが中絶することを望んで、わたしはそうするって言ったんだけど、でもそれから、やっぱりしないって言って、それからまたそうするって言って、でも、できなくて、喧嘩になって、わたしは赤ちゃんを連れて、車に乗って、友だちの家へ行こうと思ったの。スピードは出していなかったし、ぜったいお酒は飲んでいなかったのよ。ただ、道路の明りが不十分で、ひどい天気だった」

「それと、持ち運び用のベッドをちゃんと固定していなかった」とハリーが言った。

「だけどそのことはおいておこう」と彼は続けた。「僕は中絶しろと言っていたわけじゃない。中絶を受けることを口にはしたかもしれないけど、僕が君に強制できるわけないだろ。僕があのことをローレンに話さなかったのは、そんなことを訊いたらローレンが動揺するからだ。動揺するに決まってる」

「そうね、でも本当のことよ」とアイリーンは言った。「ローレンは受け入れられるわ、べつにあのときはそれがこの子だ、みたいに思ってたわけじゃないってことは、この子にもわかってるわよ」

ローレンは、自分でも驚いたことに、声を張り上げた。

「それはわたしだったのよ」と彼女は言った。「わたしじゃなかったら誰だったって言うのよ？」

「そうね、でも、そんなことを望んだのはわたしじゃないから」とアイリーンは言った。

「君にしたって、まったく望まなかったってわけじゃないだろ」とハリーは言った。

ローレンが口を挟んだ。「やめてよ」

「こういうことはやめようってちゃんと約束したじゃないか」とハリーが言った。「僕たちがやめようって約束したのは、こういうことじゃなかったのか？　それに、僕たちはデルフィーンに謝らなくちゃ」

この話が進んでいるあいだ、デルフィーンは誰の顔も見なかった。自分の座っている椅子をテーブルに寄せてもいなかった。ハリーが彼女の名前を口にしても、気がついていないみたいだった。彼女がじっとしているのは、打ちひしがれているせいだけではなかった。ずっしりした強情さ、さらにいえば嫌悪感のせいだったが、ハリーやアイリーンにはわかっていなかった。

「今日の午後、デルフィーンと話したんだよ、ローレン。彼女に赤ん坊のことを話したんだ。あれは彼女の赤ん坊だったんだ。あの赤ん坊が養子だったと話したら、何もかもさらに悪く見えるから、お前には話さなかったんだ――僕たちがあの赤ん坊を養子にしておいて、それからあんなとんでもないことになっちゃってさ。五年間やってみて、妊娠することはぜったいないだろうと思って、それで養子をもらったんだ。でも、もともとの母親はデルフィーンだった。僕たちはあの子にローレンと名前をつけて、そして君もローレンにした――僕たちの好きな名前だったし、それに、もう一度やり直すんだ、みたいな気分にもなれたからじゃないかな。そしてデルフィーンが赤ん坊のことを知りたくなって、僕たちがもらったってことを突き止めた。で、当然のことながら、彼女は勘違いして、お前がその赤ん坊だと思ったんだ。彼女はお前を見つけるためにここへ来た。何もかも、じつに悲しいことだ。本当のことを話したら、彼女は証拠を求めた、無理もないことだけどね、それで今夜彼女をうちへ呼んで、書類を見せたんだ。彼女はお前をこっそり連れ去ろうとかそんなことは何もするつもりはなかったんだ、ただ、お前と友だちになりたかっただけなんだよ。ただ寂しくて、混乱してたんだ」

デルフィーンは、もっと空気がほしいとでもいうようにジャケットのファスナーをぐいっと下げた。

「で、彼女に話したんだよ、僕たちがまだ――なかなか暇がなくて、というか、適切な機会だと思えるときがなくて――」彼はカウンターに堂々と置かれた段ボール箱のほうへ手を振った。「でね、彼女にそれも見せたんだ」

「だからさ、今夜、家族みんなで」と彼は言った。「今夜、すべてが明らかになったところで、みんなで出かけてやってこよう。そしてすべて捨て去るんだよ――苦悩や咎めを。デルフィーンとアイリーンと僕と、それに僕たちはお前にも来てもらいたいんだ――お前はいいかい？　かまわない？」

ローレンは「わたし、寝てたのよ。風邪引いてるし」と答えた。

「ハリーの言うとおりにしなさい」とアイリーンが言った。

デルフィーンは相変わらずけっして顔を上げなかった。ハリーはカウンターから箱を取ると、彼女に渡した。「あなたが抱えているのがいいんじゃないかな」と彼は言った。「だいじょうぶですか？」

「みんなだいじょうぶよ」とアイリーンが言った。「とにかく行きましょう」

デルフィーンは雪のなかで、箱を抱えて突っ立っていたので、アイリーンは「やりましょうか？」と言って、箱をうやうやしく彼女から取り上げた。アイリーンは箱を開け、ハリーに渡そうとしてから気が変わり、デルフィーンに差し出した。デルフィーンは灰をちょっと手にすくいあげたが、箱を受け取ってまわすことはしなかった。アイリーンもひとすくいすると、箱をハリーに渡した。灰を取ったハリーは、箱をローレンに手渡そうとしたが、アイリーンは「いいえ。この子はしなくていいわ」と言った。

ローレンはすでに両手をポケットに突っ込んでいた。

風はまったくなく、灰は雪のなかの、ハリーとアイリーンとデルフィーンが落とした場所に、ただ落ちた。

アイリーンは喉が痛むかのような声を出した。「天にまします我らの父よ――」

ハリーがはっきりした声で述べた。「これはローレン、私たちの子どもで、私たちは皆この子を愛していました——さあ、みんなで一緒に言うんだ」彼はデルフィーンに目をやり、ついでアイリーンを見て、そして皆で声を揃えて言った。「これはローレン」と、デルフィーンはうんと小さな、呟くような声で、アイリーンは張りつめた誠実さをみなぎらせて、そしてハリーは、主宰者然とした朗々たる声で、ひどく真剣に。

「そして私たちは彼女に別れを告げ、彼女を雪にゆだねます——」

最後のところで、アイリーンが急いで言った。「我らの罪（シンズ）をゆるしたまえ。我らの罪（トレスパシズ）を。我らの罪（トレスパシズ）をゆるしたまえ」

町へ向かう車中では、デルフィーンはローレンといっしょに後部座席に座った。ハリーは自分の横の助手席に乗せようと、彼女のためにドアを開けていたのだが、彼女はよろめきながら通り過ぎて後ろに乗ってしまった。もうあの箱の運び役ではなかったので、上席を譲ったのだ。彼女はスキージャケットのポケットに手を突っ込んでティッシュを取り出し、その際に何かが一緒に出てきて車の床に落ちた。彼女は思わず唸りながら、手探りしようと手を伸ばしたが、ローレンのほうが素早かった。ローレンは、デルフィーンがつけているのをよく見かけていたイヤリングの片方を拾いあげた——肩まで届く長さの虹色のビーズのイヤリングで、彼女の髪を透かしてきらめいていたものだ。きっと今夜もつけていて、でも、ポケットにしまっておいたほうがいいと思ったのだろう。そして、まさにこのイヤリングの感触が、冷たく輝くビーズが指を滑る感触が、不意にローレンの心に、いくつもの事柄を消してしまいたいという、デルフィーンに、さいしょの頃の、ホテルの受付に座っていた大胆で快活な人物にもどってもらいたいという切実な願いをかきたてたのだった。

デルフィーンは一言も言わなかった。彼女は指を触れあわさずにイヤリングを受け取った。だがその夜初めて、彼女とローレンは互いに顔を見合わせた。デルフィーンの目は見開かれ、一瞬、あのお馴染みの表情が、嘲るような、何か企んでいるような表情が浮かんだ。彼女は肩をすくめると、イヤリングをポケットに入れた。それだけだった——それからあとは、彼女はただハリーの後頭部を見つめていた。

ホテルで彼女を降ろそうとスピードを落としながら、ハリーは言った。「そのうち、仕事がない夜に、うちへ夕食を食べに来てください」

「たいていいつも仕事しているもんでね」とデルフィーンは答えた。彼女は車から降り、「さようなら」と誰にともなく言い、ぬかるんだ歩道をホテルに向かってとぼとぼ歩いていった。

家へ向かう車中で、アイリーンが言った。「彼女、断ると思ってたわ」

ハリーは、「だけどさ。誘われたってことを感謝してくれたかもしれないじゃないか」と返した。

「彼女、わたしたちのことなんかどうでもいいのよ。彼女が気にかけていたのはローレンのことだけ、ローレンが彼女の子どもだと思っていたときはね。いまじゃ、ローレンのことだってどうでもいいのよ」

「でもさ、僕たちは気にかけてる」とハリーは言った。声が大きくなっていた。「僕たちの子だからな」

「僕たちはお前をとても大事に思っているよ、ローレン」と彼は言った。「もう一度だけ言わせてもらうけど」

彼女の子。僕たちの子。

ローレンの裸足のくるぶしで、何かがチクチクしていた。手を伸ばすと、植物のイガイガが、たくさんのイガイガがびっしりと、パジャマの両脚にくっついていた。

「雪の下のイガイガがくっついちゃった。いっぱい、ものすごくたくさんイガイガがくっついてる」

「家に着いたら取ってあげるから」とアイリーンは言った。「いまはどうしようもないでしょ」

ローレンは躍起となってパジャマからイガイガをむしりとろうとした。ところが、取れるやいなや指にくっつくのがわかった。もう片方の手でそれをはらい落とそうとすると、たちまちそちらの指先全体にまつわりつく。ローレンはそのイガイガが嫌でたまらず、両手をバタバタ打ち振って大声で叫びたかったが、ただ座って待つしかないとわかっていた。

トリック

Tricks

I

「死んじゃうわ」何年もまえのある夜のこと、ロビンはそう言った。「あのドレスを仕上げてくれなかったら、わたし、死んじゃう」

彼らはアイザック通りにある下見板を張ったダークグリーンの家の網戸付きポーチにいた。隣に住んでいるウィラード・グレイグが、ロビンの姉ジョアンとカードテーブルでラミーをやっていた。ロビンはソファに座って、難しい顔で雑誌を眺めていた。タバコのにおいが、通り沿いのどこかのキッチンで煮えたつケチャップのにおいとせめぎあっている。

ウィラードは、ジョアンが微かににやっとしてから、なんの感情も込めない口調で「なんて言ったの？」と訊ねるのをじっと見つめていた。

「死んじゃうって言ったのよ」とロビンは挑戦的に答えた。「明日までにあのドレスを仕上げてくれていなかったら、わたし、死んじゃう。あのクリーニング屋が」

「やっぱりそう言ったのね。あなた、死ぬの？」

ジョアンはけっしてそういった類のことは口にしない。彼女の口調はごく穏やかで、その軽蔑ははなはだ密やかで、その微笑は――もう消えている――口の端をわずかに持ち上げるだけのものだった。

「そうよ、死ぬわ」とロビンは挑むように答えた。「あのドレスが必要なんだもの」

「あの子にはあれが必要なの、あの子は死ぬの、あの子はお芝居に行くの」ジョアンはウィラードに、内緒話をするように言った。

ウィラードは、「おいおい、ジョアン」と応じた。彼の両親も彼自身も、女の子たち――彼は相変わらずこの二人のことを女の子だと思っていた――の両親とずっと親しくしており、双方の両親とも死んでしまったいまでは、二人の娘たちをできるかぎり衝突させないようにしておくのが自分の務めだと思っていた。

ジョアンはいまや三十歳で、ロビンは二十六だ。ジョアンは子どもっぽい体つきで、胸幅は狭く、血色の悪い長い顔に、細くて茶色いまっすぐな髪だった。自分は子どもと成熟した女とのあいだで成長が止まってしまった不幸な人間ではけっしてない、というふりなど彼女はしようとしなかった。子供のころからずっと続いているひどい喘息によって、発育不全で、ある意味障碍者なのだ。そんな様子の人物が、冬場には外へ出ることができず、夜ひとりでおいておくこともできないような人物が、他人の、もっと幸運な人間の愚かしさをそこまで鋭く見通すとは、思いもよらないことだった。あるいは、それほどの軽蔑を示すとは。ロビンの目に怒りの涙がたまり、ジョアンが「今度はどうしたっていうの？」と言うのをいままでずっと見てきたように、ウィラードには思えた。

今夜ロビンはわずかにズキンとしただけだった。明日はストラトフォードへ行く日で、もうすでにジョアンの手の届かないところにいるような気がしていた。

「ねえロビン、なんの芝居なの？」できるだけ事態を鎮めようと、ウィラードは訊ねた。「シェイクスピアの芝居？」

「そうよ。『お気に召すまま』」

「それで、君はちゃんとついていけるの？　シェイクスピアの芝居に？」

ロビンは、ついていけると答えた。

「そりゃ、すごいなあ」


もう五年のあいだ、ロビンはこんなふうにしていた。毎夏芝居をひとつ。始めたのは彼女がストラトフォードに住んでいたときのことで、看護師をめざして勉強中だった。衣装づくりをしている叔母から無料チケットをもらった学生仲間と行ったのだ。チケットを持っていた女の子はすっかり退屈してしまった――芝居は『リア王』だった――ので、ロビンは、自分がどう感じたかは黙っていた。どのみち気持ちを言い表すことなどできなかっただろう――彼女はむしろ劇場からひとりで去って、すくなくとも丸一日は誰ともしゃべらないでいたかった。そのとき彼女は、また来ようと決めたのだ。それも、ひとりで来ようと。

それは難しいことではなかった。彼女が育ち、そしてその後、ジョアンのためにそこで仕事を見つけなければならなかった町は、たった三十マイルしか離れていなかった。町の人たちはストラトフォードでシェイクスピア劇が上演されているのは知っていたが、ロビンは誰かが観にいったという話は聞いたことがなかった。ウィラードのような人たちは、芝居に来ている観客に見下されるのを恐れていたし、また、せりふがよくわからないという問題もあった。そしてジョアンのような人たちは、本当にシェイクスピアが好きになれる人間なんているはずはないのだから、この町の人間が出かけていくとしたら、それは上流の人たちとつきあいたいからで、楽しんでもいないのに楽しんでいるふりをしているだけなのだ、ときめつけていた。舞台作品を観にいく習慣のある町の少数の人たちは、トロントへ行くほうを、ブロードウェイ・ミュージカルが巡回してきたときにロイヤル・アレキサンドラ劇場へ行くほうを好んだ。

ロビンは良い席に座るのが好きだったので、手が届くのは土曜のマチネーだけだった。病院を休める週末に上演されている芝居を選んだ。あらかじめ読むことはしなかったし、悲劇でも喜劇でもかまわなかった。劇場でも外の通りでも、まだひとりも知っている人に会ったことはなく、それは大いに結構なことだった。いっしょに働いている看護師のひとりにこう言われたことがある。「あたしなら、とてもひとりでそんなことできないわ」その言葉でロビンは、自分は大半の人間とはかなり違っているらしいと気がついた。そういう見知らぬ人たちに囲まれているときほどほっとすることはなかったからだ。芝居が終わると、街中を川に沿って歩いて、手頃な金額で食事できる場所を見つける――たいていはカウンターのスツールに座ってサンドイッチだ。そして七時四十分の列車で家に帰る。それだけだった。それでもその数時間が、これからもどっていく暮らし、その場しのぎの意に満たないものに思える暮らしはほんの一時的なもので、楽に我慢できると確信させてくれた。そしてその後ろには輝きがあった、その暮らしの後ろには、あらゆるものの後ろには、列車の窓から差し込む陽光の輝きがあった。彼女の頭のなかの芝居の名残のような、夏の野に差す陽光と長い影が。

昨年、彼女は『アントニーとクレオパトラ』を観た。芝居がはねたあと、川沿いに歩いていて、黒鳥がいることに気づいた――見るのは初めてだった――白鳥の群れからちょっと離れたところに巧みに潜り込んでは、餌を食べている。たぶん、白鳥の翼のきらめきのせいだったのかもしれない、彼女はふと、今回はカウンターではなくちゃんとしたレストランで食事しようと思いついた。白いテーブルクロスがかかっていて、生花が何本か飾られているところで、ワインをグラスに一杯、それに何か普段は食べないようなもの、ムール貝とか、コーニッシュ鶏とか。彼女は、どのくらい金を持っているかバッグを開けて確かめようとした。

すると、バッグがなかった。めったに使わない銀の鎖のついた小さなペイズリー柄の布バッグは、いつものように肩からかかってはいなかった、なくなっていた。劇場から街の中心部までほとんどずっとひとりで歩いていて、なくなっているのに気づかなかったのだ。そしてもちろんドレスにポケットはなかった。帰りの切符もないし、口紅もないし、櫛もないし、金もなかった。十セント硬貨一枚なかった。

芝居のあいだずっとバッグを膝の上のプログラムの下で握りしめていたのは覚えていた。いまはそのプログラムもなかった。もしかしたら両方とも床に落としたのだろうか？　だけど、いや――婦人用トイレの個室でバッグを持っていたことを彼女は思い出した。ドアの裏側のフックにチェーンを引っ掛けたのだ。でも、あそこにそのまま置き忘れたのではない。違う。洗面台の上の鏡に映る自分の姿を見ながら、櫛を取り出して髪をいじったのだ。彼女の髪は黒っぽくて細く、ジャッキー・ケネディーの髪みたいにふわっとさせたところを思い描いては、夜カーラーを巻くのだが、どうもぺちゃんこになってしまう。それ以外は、目に映る自分に満足だった。緑がかった灰色の目に黒い眉毛、努力しようがしまいが日に焼ける肌、こういったすべてが。ウエストがきゅっとしまってスカート部分はたっぷりした、腰回りに小さなタックが何本も入った光沢のあるアボカドグリーンのコットンワンピースによって際立っていた。

あそこに置いてきたのだ。洗面台の横のカウンターに。自分の姿に見惚れて、ドレスの背中のV字の部分を肩越しに見てみようと、くるりとまわって――自分の背中はきれいだと彼女は思っていた――ブラのストラップがどこにも見えていないことを確かめたのだ。

そして、虚栄心と愚かしい満足感に浸りながら颯爽と婦人用トイレをあとにし、バッグを置きっぱなしにしてきたのだった。

彼女は土手を上がって通りにもどり、いちばん近い道を通って劇場へ引き返しはじめた。なるべく速く歩いた。通りには陰がまったくなく、夕方の熱気のなかで車が盛んに行き交っていた。彼女はほとんど走っていた。おかげでドレスの汗取りパッドの下から汗が漏れ出した。駐車場――いまは空っぽだった――を横切り、丘を上った。そこにはもう陰はなく、劇場の建物のまわりに人影はなかった。

だが、鍵はかかっていなかった。人気のないロビーで、彼女は一瞬立ち止まって、眩しい屋外から入ってきた目が慣れるのを待った。胸がどきどきいっているのがわかり、それに上唇には汗のしずくが浮いていた。チケット売り場は閉まっていて、売店も同様だった。内側の劇場扉は鍵がかかっていた。彼女は階段を下りてトイレへ向かった。大理石の階段で、靴がカタカタ音を立てた。

開いていますように、開いていますように、あそこにありますように。

駄目だ。滑らかな縞模様のカウンターには何もない、ゴミ箱のなかにも何もない、どの個室のドアの裏のフックにも何も掛かっていない。

上へ行くと、男がひとりロビーの床にモップをかけていた。遺失物係に届けられているかもしれない、と男は言ったが、遺失物係は閉まっていた。いささかしぶしぶとではあったが、男はモップを放すと、彼女を連れてべつの階段を下り、こぢんまりとした一角へ案内した。そこには傘や包みや、ジャケットや帽子まであり、それに気色の悪い茶色がかったキツネの襟巻もあった。だが、ペイズリー柄の布製ショルダーバッグはなかった。

「ついてなかったですね」と男は言った。

「わたしの座席の下ってことはないかしら？」そんなはずはないとわかっていながらも、彼女はすがるように訊いた。

「座席はもう掃除が済んでますよ」

そうなると、彼女としては階段を上がって、ロビーを通り抜け、通りへ出ていくしかなかった。

彼女は駐車場から、陰を求めて逆方向に歩いた。とっくに掃除人が、家に持って帰って妻か娘にやろうとバッグを隠してしまっている、ああいうところの人間というのはそうしたものなのだ、とジョアンが言うのが想像できた。どうしたものか考えるあいだ腰を下ろせるベンチか低い塀はないだろうかと、彼女は探した。そういった類のものはどこにも見当たらなかった。

大きな犬が後ろから近づいてきて、通り過ぎるときに彼女にぶつかった。こげ茶色の犬で、脚が長く、横柄で強情そうな顔をしていた。

「ジュノー、ジュノー」と男が呼んだ。「前をちゃんと見なさい」

「まだ子どもで、礼儀知らずなんです」と男はロビンに言った。「歩道は自分のものだと思ってるんですよ。性悪な女の子じゃないんですがね。怖かったですか？」

ロビンは「いいえ」と答えた。バッグをなくしたことで頭がいっぱいで、犬に攻撃されたことをそれに上積みするつもりなどなかったのだ。

「ドーベルマンを見ると怖がる人が多いんですけどね。ドーベルマンは獰猛であるってことになってるんで。この子も番犬役をやってるときは獰猛になるように訓練されているんですが、散歩のときはそうじゃないんです」

ロビンは犬の種類などほとんどわからなかった。ジョアンの喘息のせいで、犬も猫も飼ったことがなかったのだ。

「いいんです」と彼女は言った。

犬のジュノーが待っているところへ行く代わりに、飼い主は犬を呼びもどした。彼は持っていた引き綱を犬の首輪につけた。

「芝生の上で放してやるんです。劇場の下のね。この子はそれが好きなんですよ。だけど、ここでは引き綱をつけなくてはいけない。僕が怠慢でした。ご気分が悪いんですか？」

ロビンはこの会話の方向の変化に驚きを感じることさえなかった。彼女は「わたし、バッグをなくしたんです。わたしが悪かったんですけど。劇場のトイレの洗面台の横に置いてきてしまって、探しにもどったんですけど、なくなっていました。お芝居がはねたあと、バッグを置きっぱなしにしたまま出てきてしまったんです」と話した。

「今日はなんの芝居だったんですか？」

「『アントニーとクレオパトラ』です」と彼女は答えた。「お金はバッグのなかで、それに家に帰る列車の切符も」

「列車で来たんですか？　『アントニーとクレオパトラ』を観に？」

「はい」

ジョアンとともに母から聞かされた、列車でどこかへ行く際の、というか、どこであれ移動する際の注意を彼女は思い出した。必ず紙幣を二、三枚、折りたたんで下着に留めておくこと。それに、知らない男の人と話をしないこと。

「何をにここにこしてるんですか？」と男は訊ねた。

「さあ」

「いや、そのままにこにこしていていいですよ」と男は言った。「列車代は喜んでお貸ししますから。何時の列車ですか？」

彼女が答えると、男は言った。「わかりました。でもそのまえに、何か食べなくては。でないとお腹が空いて列車の旅を楽しめませんからね。いまはぜんぜん持ってないんです、ジュノーを散歩に連れて行くときは金は持たないんで。でも、僕の店はそんなに離れていません。一緒に来てください、レジから出しますから」

彼女はいままで心ここにあらずで、男に訛りがあることに気づいていなかった。どこの訛りだろう？　フランス語でもないし、オランダ語でもない――この二つなら聞き分けられると彼女は思っていた。フランス語は学校で習ったし、オランダ語は病院に患者として来ることがある移民から。

それに、もうひとつ彼女があらっと思ったのは、彼が、列車の旅を楽しむという言い方をしたことだった。彼女の知り合いの誰にしろ、大人にむかってそんなことは言わない。ところが彼はそれを、しごく当たり前な当然のこととして口にした。

ダウニー通りの角で、彼は言った。「こっちに曲がります。僕の家はすぐそこです」

彼は家と言った、さっきは店と言ったのに。でも、店が家だということもあり得る。

彼女は不安ではなかった。あとになって、なぜだったのだろうと思った。一瞬のためらいもなく、彼女は男の援助の申し出を受け入れた、彼に助けてもらうことにした、散歩のときは金を持たないようにしているが、店へ行けばレジから金を出せるという話をじつにもっともなことだと思った。

これは、彼の訛りが原因だったのかもしれない。オランダ人農夫やそのおかみさんの訛りを馬鹿にする看護師もいた——もちろん、陰でだが。それでロビンはそういった人たちを、あたかも彼らが発話障害、あるいはいささかの知的障害さえ持っているかのように、特別な思いやりをもって扱うのが癖になってしまった。馬鹿げているとわかってはいたのだが。だから、訛りというものは彼女の心に、ある種の博愛精神や礼儀正しさをかき立てたのだ。

それに彼女は男のことを、あまり注意して見てはいなかった。さいしょはひどく動揺していたし、そのあとは横に並んで歩いていたので、簡単に観察できなかった。彼は背が高くて脚が長く、足早だった。ひとつ彼女が気がついたのは、短くつんつんに刈られた彼の髪が日差しにきらめいていることで、彼女には明るい銀色に見えた。つまり、灰色に。彼の額は高くて広く、これまた太陽に輝いていて、彼女はなんとなく彼が自分より一世代上であるかのような印象を受けていた——慇懃だがちょっとせっかちで、教師風の、強引なタイプの人間、敬意は要求するがけっして親しさは求めない。そのあと、屋内に入ると、灰色の髪には錆朱が混じっていて——赤毛には珍しく、肌はオリーヴ色がかっているのに——彼の屋内でのふるまいはともするとぎこちないのが見て取れた。自分の居住空間に人がいることに慣れていないかのようだ。彼はたぶん、彼女より十歳以上年上ということはないだろう。

彼女は彼を、間違った根拠に基づいて信頼していたのだ。だが、信頼したのは間違っていなかった。

店は本当に家のなかにあった。昔の名残の狭い煉瓦造りの家で、その他は店舗用の建物が並ぶ通りに面していた。普通の住宅のような玄関らしきものと上がり段と窓があり、窓には、精巧な時計が飾ってあった。彼はドアの鍵を開けたが、「閉店」と書いてある札をひっくり返しはしなかった。

ジュノーは二人の先に立って駆け込み、彼はまたしても彼女に謝った。

「ここにいてはならない人間がいないか、出かけたときとすべて寸分違わないか、確かめるのが自分の仕事だと思ってるんです」

そこは時計でいっぱいだった。黒っぽい木に明るい色の木、彩色された数字に金メッキのドーム。棚にも床にも、商取引を行うはずのカウンターの上にまで置かれていた。そのむこうでは、いくつかの作業台の上に内部をさらけ出した状態のものがのっていた。ジュノーはそのあいだをきちんとすり抜け、そして階段を上がっていく足音が聞こえた。

「時計には興味ありますか？」

ロビンは「いいえ」と答えてしまってから、礼儀を思い出した。

「なるほど、じゃあ、僕が長広舌をふるう必要はないわけだ」と彼は言い、ジュノーが通った通路を導いて、おそらくトイレらしいドアの前を通り、彼女に急な階段を上がらせた。すると、すべてが清潔に輝き、きちんと片付いたキッチンがあって、ジュノーが床の赤い皿の横でしっぽを振りながら待っていた。

「ちょっと待ってろ」と彼は言った。「そうだ。待つんだ。お客さんがいるのが見えないのか？」

彼は脇へよけてロビンを大きな居間に通した。塗装を施された広い床板の上には敷物はなく、窓にはカーテンもなくて、ブラインドだけだった。壁のひとつはかなりの部分をハイファイ装置に占められていて、反対側の壁に沿って、引き出すとベッドになるタイプのソファが置かれていた。キャンバス地の椅子が二脚、書棚には、一段だけ本がならび、ほかの棚はすべて雑誌がきちんと積み重ねてあった。絵もクッションも装飾品も見当たらなかった。独身男の部屋だ、すべてがよく考えられた必要なもので、一種の禁欲的な満足感を表していた。ロビンが唯一よく知っているもうひとりの独身男の住まいとはずいぶん違っていた――ウィラード・グレイグの家はむしろ、死んだ両親の家具の真ん中に臨時につくられた侘しい野営地だった。

「どこに座るのがいいかな？」と彼は訊ねた。「ソファは？　椅子よりあっちのほうが座り心地がいい。コーヒーを淹れるから、君はここで座ってそれを飲んでてね、そのあいだになにか夕食をつくるから。ほかのときはどうしてるの、芝居がはねてから、列車で家に帰るまでのあいだは？」

外国人の話し方は違う、言葉のあちこちにちょっと間をあける、俳優がやるように。

「散歩」とロビンは答えた。「そして何か食べます」

「じゃあ、今日と同じだね。ひとりで食べていたらつまらなくない？」

「いいえ。お芝居のことを考えるんです」

コーヒーはひどく濃かったが、彼女は慣れた。キッチンでお手伝いしましょうかと申し出るべきだとは思わなかった。女性が相手ならそうしていただろうが。彼女は立ち上がって、ほとんどつま先立ちになって部屋を横切り、勝手に雑誌を取った。だが、手に取ると同時に、役に立たないとわかっていた――雑誌はどれも安っぽい茶色の紙に、読むこともできないし何語かもわからない言葉で印刷されていたのだ。

じつのところ、膝の上で広げてみるや、文字さえ識別できないのがわかった。

彼がコーヒーの追加を持ってやってきた。

「ああ」と彼は言った。「で、僕の言葉が読めるんですか?」

皮肉な口調だったが、彼の目は彼女を避けていた。なんだかまるで、自分の住まいのなかでは内気になってしまったかのようだった。

「これが何語なのかさえわかりません」と彼女は答えた。

「セルビア語です。セルボ・クロアチア語と呼ぶ人もいますが」

「そこのご出身なんですか?」

「僕はモンテネグロ出身です」

彼女はここで詰まってしまった。モンテネグロがどこにあるのか知らなかったのだ。ギリシャの隣り? 違う――あれはマケドニアだ。

「モンテネグロはユーゴスラビアにあります」と彼は言った。「というかまあ、そう言われています。でも、僕たちはそうは思っていませんがね」

「ああいう国からは出られないんだと思っていました」と彼女は言った。「ああいう共産主義の国からは。普通に国を出て西側に来ることはできないと思っていました」

「いや、できますよ」彼はさほど関心のないことみたいな、というか、もう忘れていたことみたいな口ぶりで答えた。「本当にそうしたいと思ったら出国できます。僕が国を離れてからもう五年近くになります。それにいまではもっと簡単ですからね。もうすぐもどるつもりなんです、そしてまた出てこようと思っています。さて、あなたの夕食をつくらなくては。でないと、お腹が空いたままお帰しすることになる」

「ひとつだけいいですか」とロビンは言った。「どうして文字が読めないんでしょう？　つまり、これは何文字なんですか？　これがあなたのお国のアルファベットなんですか？」

「キリル文字です。ギリシャ文字に似ています。じゃあ、僕は料理にとりかかります」

彼女は奇妙な文字が印刷されたページを膝に広げて座りながら、異国の世界へ入り込んでしまった気がした。ストラトフォードのダウニー通りにある小さな異国の世界。モンテネグロ。キリル文字。あまりあれこれ質問するのは失礼だ、と彼女は思った。彼を標本みたいな気分にさせるのは。自重しなくては、とはいえ、いまや質問ならいくらでも思いつけた。

階下の時計ぜんぶ——あるいはその大部分——が時を告げ始めた。もう七時だった。

「遅い列車はないんですか？」キッチンから彼が訊ねた。

「あります。十時五分まえのが」

「それでもかまいませんか？　誰かあなたの心配をする人がいるんですか？」

彼女はいないと答えた。ジョアンは機嫌を悪くするだろうが、あれは、心配するとは言えない。

夕食はシチューというか濃いスープで、鉢で供され、それにパンと赤ワインだった。

「ストロガノフです」と彼は言った。「お口に合うといいですが」

「とっても美味しいです」と彼女は心から言った。ワインについてはそうきっぱりとは言い切れなかった――彼女としては、もうすこし甘いほうがよかった。「これはモンテネグロの料理なんですか？」

「そういうわけでもありません。モンテネグロ料理はあんまり美味しくないんです。僕たちの国は料理じゃ有名ではないので」

ならばこう訊いてもきっとかまわないだろう。「じゃあ、何で有名なんですか？」

「あなたたちはなんですか？」

「カナダ人です」

「いや。あなたたちはなんで有名なんです？」

これには困ってしまった、間抜けな気がした。それでも、笑った。

「わかりません。何もないんじゃないかしら」

「モンテネグロ人がなんで有名かっていうと、怒鳴ったり叫んだり喧嘩したりすることです。ジュノーみたいなもんです。しつけが必要なんです」

彼は立ち上がると音楽をかけた。何が聴きたいか訊ねられなかったので、ほっとした。彼女は、どの作曲家が好きかなどと訊ねられたくはなかった。思いつくのはモーツァルトとベートーベンの二人だけだったし、この二人の作品を区別できる自信はなかった。フォークミュージックは本当に好きだったが、彼はそんな好みにうんざりし、わざと自分を低く見せているんじゃないか、それは彼女がモンテネグロに抱いている印象のせいではないかと考えるかもしれないという気がした。
彼はジャズのような曲をかけた。

ロビンは恋人を持ったことがなかったし、ボーイフレンドさえいなかった。なぜこういうことになったのだろう、というか、そういうことが起きなかったのだろう？ 彼女にはわからなかった。もちろん、ジョアンがいた、でも、ほかにも同じような重荷を負った女の子たちはいたが、ちゃんとなんとかしていた。彼女がこの問題に、さっさとじゅうぶんな関心を払わなかったのが原因かもしれない。彼女の暮らす町では、女の子の大半は中等学校を終えるまでに真剣に誰かを愛するようになり、中等学校を卒業せずに中退して結婚する子もいた。もちろん、もっと上の階級の女の子たち——娘を大学へやることのできる親を持つ少数の女の子たち——は、中等学校時代の恋人とは別れて、もっといい相手を見つけにいくことになっていた。捨てられた男の子たちはすぐにかっさらわれ、素早く動かなかった女の子たちは選択肢が少なくなっているのを悟ることとなった。ある年齢を過ぎると、新しい男が現れても妻がいるのが普通となった。

だが、ロビンにも機会はあった。彼女は看護師になる勉強をしにいったが、それは彼女にとって新たなスタートだったはずだ。看護師になる勉強をしている女の子たちには医師とのチャンスがあった。ここでもまた彼女は失敗した。彼女は当時そのことに気づかなかった。あまりに真剣すぎる、それが問題なのかもしれない。『リア王』のようなものには真剣になりすぎるくらいなのに、ダンスやテニスを活用することについてはそうならない。女の子におけるある種の真剣さは美貌を帳消しにしてしまうことがある。だが、ほかの女の子が男を捕まえたのを羨ましく思った覚えは、ただの一度もなかった。じつのところ、この人と結婚していたらなあと思える相手など、彼女はまだ誰も思い浮かべることはできなかった。

べつに結婚なるものが嫌だったわけではない。ただ待っていたのだ、まるで自分が十五歳の女の子であるかのように。そして、ほんのときたまだが、自分の置かれた本当の状況とぶつかることがあった。ときおり、いっしょに働いている女たちのひとりが彼女のために誰かと会うお膳立てをしてくれることがあり、すると彼女は自分にはこういう相手が相応しいと思われているのかとショックを受けた。そして最近、ウィラードにまでぎょっとさせられた。そのうちそっちへ引っ越してジョアンの世話を手伝おうかと、冗談まじりで言われたのだ。

彼女が結婚しないのを、きっとさいしょからジョアンのために自分の人生を捧げようと思っていたのだと考える人たちもすでにいて、称賛されることさえあった。

食事が終わると、列車に乗るまえに川沿いを散歩しないかと彼は誘った。彼女が承諾すると、名前を知らないことには困る、と彼は言った。

「あなたを人に紹介するようなことになるかもしれませんからね」

彼女は名前を告げた。

「鳥と同じロビン？」

「駒鳥(ロビン・レッドブレスト)と同じです」と彼女は答えた。それまで何度も、べつに考えもせずにそう口にしてきた。いまや彼女はひどく気恥ずかしくなり、大胆にも続けてこんなふうに言わずにいられなかった。

「今度はあなたが名前を教えてくれる番よ」

彼の名前はダニエルだった。「ダニロ。だけど、ここではダニエル」

「そうよね、ここはここだから」と彼女は、相変わらずロビン・レッドブレストの気恥ずかしさから来る小生意気な口調のままで言った。「だけど、どこなの？　モンテネグロの——あなたが住んでいたのは町、それとも田舎？」

「僕は山で暮らしていました」

店の上の部屋で座っていたときには、距離があり、その距離が彼のそっけない、あるいはぎこちない、あるいは狡猾な動きによって変化するのではないかと不安に思うことはけっしてなかった——そして、そう望むこともけっしてなかった。ほかの男とこういうことになった数少ない折には、彼女は相手のために気まずさを感じた。これで必然的に、彼女とこの男はかなりくっついて歩くこととなり、誰かと行きあったら、二人の両腕が触れあいそうだった。あるいは彼がちょっと彼女の後ろへ下がって道を空け、彼の腕とか胸が一瞬彼女の背中に当たる。こうした可能性、それに行きあう人たちにはカップルに見えるに違いないという思いとが、ざわめきのようなものを、緊張感を、彼女の両肩と彼の側の腕にかけてもたらしていた。

彼は『アントニーとクレオパトラ』について訊ねた。よかったか（はい）、そして、どこがいちばんよかったか。そのとき彼女の頭に浮かんだのは、さまざまな大胆かついかにもそれらしい抱擁だったが、そんなことは言えなかった。

「最後のところ」と彼女は答えた。「彼女が毒蛇を体に当てがおうとするところ」——彼女は胸と言おうとしたのだが、言い変えたのだ。だが、体もたいして変わらなかった——「それから、おじいさんが毒蛇の入っているイチジクの籠を持って入ってきて、みんなで軽口を叩いたりするところ。

そのときはあんなことになると予測していないからあの場面がいいんだと思うわ。あのね、ほかにも好きなところはあるの、ぜんぶ好きなんだけれど、あそこは格別ね」

「そうだね」と彼は言った。「僕もあそこは好きだな」

「あなたも観たの？」

「いや。いまは金を貯めているんでね。だけど、シェイクスピアはまえにさんざん読んだ、学生は、英語を勉強するときに読むんですよ。昼間は時計の勉強をして、夜は英語を勉強していた。君はなんの勉強をしていたの？」

「たいしたことないわ」と彼女は答えた。「学校ではね。学校を出たあと、看護師になるために身につけなくちゃならないことを勉強したの」

「勉強することがたくさんあるんだろうね、看護師になるには。きっと」

そのあと二人は、今夜は涼しい、これはありがたいことだ、夜が目に見えて長くなってきている、とはいえ、まだ八月がまるまる残っているのだが、などと話した。それからジュノーについて、いっしょについてきたがったが、家にいて店を守らなくてはならないじゃないかと彼が諭すと、たちまち落ち着いた、と。二人のあいだで、会話はどんどん合意の上でのごまかしみたいに、陳腐な映画のような、つねに先の展開の予想がお決まりの必然的なものとなってくるように思えた。

だが、鉄道の駅の明りの下に来ると、見込みがあるように思えたもの、あるいは、謎めいていたものはたちまちなくなった。窓口には列ができていて、彼は後ろに並んで順番を待ち、彼女の切符を買った。二人は乗客が待っているプラットホームへと歩いた。

「お名前と住所を紙に書いてくださったら」と彼女は言った。「すぐにお金をお送りします」

さあ、何かが起こるんだ、と彼女は思った。そしてその何かはなんでもなかった。もう、何も起こらないのだ。さようなら。ありがとうございました。お金は送ります。急がなくてもいいですよ。ありがとうございます。どうってことないですよ。それでもやっぱり、ありがとう。さようなら。

「ここをちょっと歩きましょう」と彼は言い、二人はプラットホームを、明りから離れたほうへ歩いた。

「金のことは気にしないでください。僅かな金額だし、どのみち届かないかもしれない。僕はすぐ発つ予定なんでね。郵便は時間がかかることがあるから」

「あら、でも、お返ししなきゃ」

「じゃあ、どうやって返していただくか言いましょう。よく聴いててくださいね？」

「はい」

「僕は来年の夏、ここの同じところにいます。同じ店に。すくなくとも六月には帰っています。来年の夏に。だからあなたは観にいく芝居を決めて、ここまで列車に乗ってきて、あの店へ来てください」

「そしてお金をお返しするのね？」

「そうです。僕は夕食をつくって、いっしょにワインを飲んで、僕はあなたにこの一年何があったかぜんぶ話すから、あなたも僕に話してください。それと、もうひとつ頼みたいことがある」

「なんですか？」

「同じドレスを着てきてください。そのグリーンのドレス。そして髪もおなじに」

彼女は笑った。「そうすれば、わたしだってわかるものね」

「うん」

ふたりはプラットホームの端にいた。すると彼が言った。「ここは足元に気をつけて」それから「だいじょうぶ?」と、二人で砂利の上へ降りながら。

「だいじょうぶ」とロビンはおぼつかない声で答えた。砂利の上の不安定さのせいだったのか、それともいまや彼が彼女の肩を抱き、ついでその手をむき出しの腕へと滑らせたせいだったのか。

「僕たちが出会ったというのは大切なことだ」と彼は言った。「僕はそう思う。君もそう思う?」

彼女は、「はい」と答えた。

「はい。はい」

彼は両手を彼女の腕の下に滑らせると、腰にまわしてぐっと引き寄せ、そして二人は何度も何度もキスをした。

キスによる会話。繊細で、心を奪い、大胆で、すべてを一変させる。やめたときには、二人とも震えていて、彼は努めて声を抑えよう、冷静に話そうとしながら言った。

「手紙は書かないことにしよう、手紙はよくない。ただお互いのことを心に留めておいて、来年の夏に会おう。君は僕に知らせる必要はない、ただ来てくれたらいいから。もしも君がまだ同じ気持ちなら、ただ来てくれたらいい」

列車の音が聞こえた。彼は彼女に手を貸してプラットホームに上がらせ、それからはもう彼女には触れず、並んできびきびと歩きながらポケットのなかで何か探していた。

彼女と別れる直前、彼は畳んだ紙を手渡した。「いっしょに店を出るまえに、これに書いておいた」と彼は言った。

列車のなかで、彼女は彼の名前を読んだ。「ダニロ・アジッチ」そして「ビェロイェヴィチ 僕の村」という言葉があった。

彼女は駅から、茂った木々が黒々と並ぶ下を歩いた。ジョアンはベッドに入っていなかった。トランプのひとり遊びをしていた。

「ごめんなさい、早い列車に乗り遅れたの」とロビンは言った。「夕食は食べてきたわ。ストロガノフを食べたの」

「そういうにおいがしてる」

「それにワインも一杯飲んだわ」

「それもにおってる」

「このまま寝るわ」

「そのほうがいいわね」

輝く雲をたなびかせて(ワーズワース『不滅の頌歌』)、と階段を上がりながらロビンは思った。神こそ、我らがみなもと。

なんて馬鹿げているんだろう、それに冒瀆ですらある、もしも冒瀆なんてことを信じるなら。鉄道のプラットホームでキスされて一年後に出頭するようにと言われた。ジョアンが知ったら、なんて言うだろう? 外国人。外国人は誰も手を出さない女の子を拾う。

二週間ばかり、二人の姉妹はほとんど口をきかなかった。それから、電話もかからず、手紙も来ないし、それにロビンが夕方出かけるのは図書館へ行くためだけなのを見て、ジョアンは安心した。

何かが変わったのはわかっていたが、それはそう真剣なものではないと思ったのだ。彼女はウィラードに冗談を言い始めた。

ロビンを前にして、彼女は言った。「ここにいるわたしたちのお嬢さんったら、ストラトフォードで謎の冒険を始めたの、ご存じ？　そうなのよ。あのね。お酒とグーラーシュ（ハンガリー風シチュー）のにおいをさせながら帰ってきたの。どんなにおいかわかる？　ゲロよ」

たぶん彼女は、ロビンがどこかの怪しげな、ヨーロッパの料理がメニューにあるようなレストランへ行き、食事といっしょにワインを一杯注文して洗練された女みたいな気分になっていたとでも思ったのだろう。

ロビンが図書館へ行くのはモンテネグロのことを本で知るためだった。

「二世紀以上のあいだ」と彼女は読んだ。「モンテネグロ人はトルコ人及びアルバニア人と戦い続け、その戦は彼らにとってほとんど人たるものの本分のすべてであった（それゆえ、モンテネグロ人は威厳があって好戦的で、そして働くのが嫌いだとされており、最後の部分はお決まりのユーゴスラビア・ジョークとなっている）」

どの二世紀だったのか、彼女には突き止めることができなかった。彼女は、さまざまな王や司教や戦争や暗殺について、それに、あらゆるセルビア詩のなかでもっとも素晴らしい、モンテネグロの王によって書かれた『ガーランド山』を読んだ。読んだものはほとんど一語も記憶に残らなかった。あの名前を除いては。モンテネグロの本当の名前で、彼女にはどう発音するのかわからなかった。Crna Gora（ツルナ・ゴーラ）。

彼女は地図を見た、国自体見つけるのが難しかったが、拡大鏡を使えば、しまいにはさまざまな町の名前（どれもビェロイェヴィチではなかった）や、モラチャ川とタラ川、ゼタ谷以外のあらゆる場所に広がっているかに思える陰影のついた山脈に慣れ親しむことができた。

こんな調べ物を続ける必要性を説明するのは難しく、彼女は説明しようとはしなかった（もちろん、図書館通いも、没頭している様子も、人目についてはいたが）。きっと彼女がやろうとしていたのは――そしてすくなくとも半分は成功していたのは――ダニロを現実の場所に、現実の過去に据えようとすることだったのだろう、自分が学んでいるこうした名前はきっと彼も知っているものなのに違いない、この歴史を彼はきっと学校で勉強しただろう、これらの場所のいくつかを彼は子供のころか青年時代に訪れたに違いない、と考えることだったのだ。そしてもしかしたら、いまごろ彼はそこを訪れているのかもしれない。印刷された地名に触れた彼女の指は、まさにいま彼がいる場所に触れているのかもしれない。

彼女はまた時計づくりについても、本や図表から学ぼうとしたが、これはうまくいかなかった。

彼は彼女の心に留まった。目覚めると彼への思いがあったし、仕事の合間にも。クリスマスの祝いのときには、本で読んだ東方正教会の儀式に思いを馳せた。金色の祭服を着た鬚を生やした司祭、蠟燭に、お香に、外国語による低い悲しげな詠唱。寒さと湖のなかほどまで張った氷に、彼女は山岳地帯の冬を思った。自分が世界のあの見知らぬ部分と繋がるべく選ばれたかのように、違う種類の運命をたどるべく選ばれたかのように感じた。それが、彼女が自分に語り掛ける言葉だった。運命。愛人。恋人ではない。愛人。ときおり彼女は、彼があの国からの出入国について話すときの無頓着で気乗りしない様子を思い出し、何か秘密のたくらみに、映画もどきの陰謀や危険なことに関わっているのではないかと、彼の身を案じた。彼が手紙は一切やめようと決めたのは良いことだったのかもしれない。彼女は生活のすべてを、手紙を書き、そして返事を待つことに注ぎ込んでいただろうから。書いては待つ、待っては書く。それにもちろん、もし届かなかったらと気をもむ。

彼女にはいまや、つねに持ち歩くものができた。自分が、自分の体が、自分の声が、自分の行動のすべてが輝いていることに、彼女は気がついていた。おかげで歩き方が変わり、理由もなくにこにこし、患者をめったにないほど優しく扱った。一時にひとつのことをじっくり考えるのを彼女は楽しみ、職務をこなしたり、ジョアンと夕食をとったりしながら、その楽しみを味わえた。あの部屋のむき出しの壁には、ブラインドの羽板のすきまから差し込んだ筋のある光の長方形が映し出されていた。あの雑誌はざらざらした紙で、写真ではなく、古くさいイラストが描かれていた。彼がストロガノフをよそってくれたのは、周りに黄色い帯が描かれた分厚い陶器の鉢だった。ジュノーの鼻づらはチョコレート色で、脚はほっそりして力強かった。そして、外の街中の空気はひんやりしていて、公共の花壇からよい香りが漂い、川沿いには街燈が並び、そのまわりには小さな虫の世界があり、あちこち飛び交っていた。

彼が切符を持ってもどってきたときには、胸が沈み、終わったと思った。ところがそのあと、ゆっくりとした足取りで歩いて、プラットホームから砂利の上へ降りた。薄い靴底越しに、尖った小石が痛かった。

どれほどこのプログラムを繰り返そうが、何ひとつ色褪せることはなかった。彼女の記憶も、記憶に施された脚色も、くっきりとしたままだった。

僕たちが出会ったということは大切なことだ。

はい。はい。

それなのに六月が来ても、彼女はぐずぐずしていた。どの芝居にするか、まだ決めていなかったし、チケットを取り寄せてもいなかった。結局彼女は記念日を、あの去年と同じ日を選ぶのがいちばんではないかと考えた。その日の芝居は『お気に召すまま』だった。芝居なんか観ずにまっすぐダウニー通りへ行ってもいいんじゃないかと、彼女はふと思った。どうせ心ここにあらずとなるか、気持ちがたかぶりすぎて、たいして頭に入らないだろうし。でもその日のパターンを変えるのは縁起が悪い気がした。彼女はチケットを手に入れた。そしてあのグリーンのドレスをクリーニング屋へ持っていった。あの日以来着ていなかったのだが、完全にきれいに、新品同様ぴしっとさせたかったのだ。

クリーニング屋のプレス係の女はその週何日か休んでいた。子どもが病気だったのだ。だが、プレス係は仕事にもどるからドレスは土曜の朝にはできている、と店は請けあった。

「わたし、死んじゃうわ」とロビンは言った。「明日までにあのドレスが仕上がってなかったら、わたし、死んじゃう」

彼女はテーブルでラミーをやっているジョアンとウィラードを見た。二人がこんなふうにしているところを彼女はさんざん見ていた。それがいまや、二人の顔を二度と見ないということもあり得るのだ。彼女の人生の緊張感や反逆精神、危険性から、あの二人はなんと遠いところにいるのだろう。

ドレスは仕上がっていなかった。子どもがまだ病気だったからだ。ロビンはドレスを家へ持ち帰って自分でアイロンをかけようかと考えたが、神経がたかぶりすぎてうまくできないだろうと思った。ジョアンに見られていては、なおさらだ。彼女はすぐさま街中の、唯一見込みのある洋装店へ向かい、そして運良く、と彼女は思ったのだが、べつのグリーンのドレスを見つけた。同じくらいぴったりだが、デザインは直線的なラインで、袖なしだ。色はアボカドグリーンではなくライムグリーン。店の女はこれが今年流行の色で、たっぷりしたスカートや絞ったウエストはもう流行おくれだと言った。

列車の窓越しに、雨が降りはじめたのが見えた。ロビンは傘を持っていなかった。しかも、向かいの座席の乗客は顔見知りだった、ほんの数か月まえに病院で胆嚢を摘出した女だった。この女にはストラトフォードに住んでいる既婚の娘がいた。彼女は、知りあいである二人が同じ場所に向かう車中で会ったのなら、会話しつづけるべきであると考える人間だった。

「娘が迎えにきてくれるんですよ」と彼女は言った。「行先まで送りますよ。なにしろ、雨が降ってるし」

ストラトフォードに着くと、雨は降っていなかった。太陽が出ていて、ひどく暑かった。にもかかわらず、ロビンは送るという申し出を受けるしかなかった。ロビンは後部座席に、棒つきアイスキャンディーを食べている二人の子どもといっしょに座った。ドレスにオレンジかイチゴの汁をつけられなかったのは奇跡だと思えた。

ロビンは芝居が終わるのを待てなかった。エアコンの効いた劇場で彼女は震えていた。ドレスが非常に軽い素材でできていて、袖なしだったからだ。それとも、緊張していたせいかもしれない。

彼女は謝りながら列の端まで行き、不規則な段のある通路を上がって明るいロビーに出た。また雨が降っていた、土砂降りだ。バッグをなくしたあの同じ婦人用トイレでひとり、髪に取り組んだ。湿気のせいで、ふくらませたのが台無しになっている。ふわっと滑らかになるように巻いた髪の毛は、カールした黒い小さな房になって顔のまわりに垂れていた。ヘアスプレーをもってくればよかった。彼女は逆毛を立てながら、できるだけのことをした。

外に出ると雨は止んでいて、また太陽が輝き、濡れた歩道にぎらぎら照りつけていた。いまや彼女は出発した。学校時代、数学の問題を解きに黒板のところへ行かなければならなかったときのように、あるいは、クラス全員を前にして覚えたものを暗唱しなくてはならなかったときのように、脚に力が入らなかった。もうすぐ、ダウニー通りの角だ。あと数分で、彼女の人生は変わる。覚悟はできていなかったが、これ以上の引き伸ばしは耐えられなかった。

二番目の区画に来ると、前方に、よくある店舗の建物に両側から挟まれてあの風変わりな小さい家が見えた。

彼女は近づいた、どんどんと。ドアは、通り沿いの大半の店と同様、開けっ放しになっていた——空調設備をつけている店は少なかった。ハエが入らないよう、網戸だけが閉まっている。二歩上がる、すると彼女は網戸の外に立っていた。だが、ちょっとの間、網戸を押し開けないで、入るときに躓かないよう、目が内部の薄暗さに慣れるのを待った。

彼はそこにいた、カウンターの奥の仕事場で、裸電球の下で仕事中だった。前屈みになっていて、横顔が見える、時計相手の作業に没頭していた。彼女は変化を恐れていた。じつのところ、彼を正確に覚えていないんじゃないかと不安だった。あるいは、モンテネグロでどこかが変わっているかもしれない——違う髪型になっているとか、鬚を生やしているとか。だが、いや——彼は同じだ。仕事場の照明が彼の頭を照らし、あの同じツンツンした髪が見える、以前のように赤茶の混じった銀色に輝いている。厚みのある肩、やや猫背で、袖をまくりあげて筋肉質の前腕がむきだしになっている。彼の顔の、自分のやっていること、取り組んでいるメカニズムを完璧に理解して、一心に専念している表情。彼女が心に抱いていたのと同じ顔つきだ。もっとも、彼が時計相手に作業しているところを見たのは初めてだったが。彼女はその表情が自分に向けられるのをずっと想像してきたのだ。

いや。入っていきたくはない。彼に立ち上がって、こっちへ来て、網戸を開けてもらいたい。そこで彼女は彼を呼んだ。ダニエル。最後の瞬間に気おくれして、ダニロとは呼べなかった、外国語の発音がうまくできないかもしれないと不安になったのだ。

彼には聞こえなかった——というか、たぶん、作業していたせいだろう、すぐには目を上げなかった。それから、ちゃんと目は上げたのだが、彼女のほうへではなかった——どうやら目下必要なものを探しているようだった。だが目を上げたときに、彼女の姿を捉えた。彼は慎重に何かを横へどかすと、作業台をぐっと押しやるようにして立ち上がり、仕方がないといった様子で彼女のほうへやってきた。

彼は彼女に向かってわずかに首を振った。

彼女の手はいまにも網戸を押し開けようとしていたが、開けるのを止めた。彼が口を開くのを待ったが、しゃべらない。彼はまた首を振った。困惑している。彼はじっと立っていた。彼女から目をそらし、店を見回した——ずらっと並んだ時計のほうを、何か教えてくれるんじゃないか、助けてくれるんじゃないかとでもいうように見た。また彼女の顔に目を向けた彼は、身震いし、無意識に――でもたぶんそうではなかったのだろうが――前歯をむき出した。まるで、彼女を目にして強い恐怖に駆られたかのように、危険を察知したかのように。

そして、彼女はそこで、これは冗談、ゲームなのかもしれないという可能性はまだあるとでもいいたげに、立ちすくんでいた。

いまや彼はまた彼女のほうへ、どうするか心を決めたといわんばかりにやってきた。もう彼女のことは見ないで、決然と、それに――彼女にはそう思えたのだが――嫌悪感を露わにしながら、開けっ放しになっていた店のドアである木のドアに手を置き、彼女の面前でぴしゃっと閉めてしまった。

これは手っ取り早い方法だった。慄然としながら彼女は、彼が何をしているのか理解した。彼がこんなふるまいをしているのは、彼女を追い払うにはこのほうが簡単だからだ、説明したり、彼女の驚愕や女らしい騒ぎ、彼女の傷ついた気持ちや、たぶん起こる虚脱状態や涙に対応したりするよりは。

恥ずかしい、なんとも恥ずかしい、それが彼女の気持ちだった。もっと自信のある、もっと経験を積んだ女なら、怒りを感じ、ひどく憤慨しながら歩み去っていただろう。いやな男、くたばれ。ロビンは職場のある女が自分を捨てた男についてそう言うのを聞いたことがあった。ズボン穿いてる生き物なんて、信用しちゃだめよ。あの女は、べつに驚かないけどね、みたいにふるまっていた。そして心の奥深いところで、ロビンもいま、驚いてはいなかった。悪いのは自分なのだ。あの去年の夏の言葉、駅での約束と別れを、ちょっとした愚行だと、バッグをなくした、ひとりで芝居を観に来る孤独な女に対する要らぬ親切だと承知しておくべきだったのだ。彼は家に帰りつかないうちに後悔していたのだろう、そして彼女が彼の言葉をまともに受け取らないように祈ったことだろう。

彼がモンテネグロから妻を連れ帰ったという可能性も大いにある、二階には妻がいた——それならあの彼の顔の警戒の表情も、うろたえて身震いしたのも説明がつく。もし彼がロビンのことを考えていたとしても、それはまさに彼女がやったようなことをやるんじゃないかという不安のなかでだったことだろう——わびしい処女の夢を見ながら、愚かな計画をつくりあげる。もしかするとこれまでにも彼をめぐって女たちが馬鹿な真似をしたことがあり、彼はそういう女たちを追い払う方法を見つけたのかもしれない。これがそうだ。親切よりは非情のほうがいい。謝罪はなし、説明もなし、希望もなし。相手のことがわからないふりをする、それが効果なければ、目の前でドアをバタンと閉める。なるべく早く嫌われるよう仕向けられたら、それに越したことはない。

とはいえ、相手によっては骨の折れる仕事だ。

確かに。そしてここで彼女は、泣いている。通りを歩いているときはなんとか抑えていたが、川沿いの小道で、彼女は泣いていた。同じ黒鳥が一羽で泳いでいる、同じ子ガモの群れとガアガア鳴いている親たちがいて、水面に太陽が映っている。逃げようとしないほうがいい、この打撃を無視しないほうがいい。一時のあいだ逃げたとしても、またその打撃に耐えなければならない、壊滅的な影響を与える凄まじい一撃を胸に食らわされることに。

「今年はタイミングが良かったのね」とジョアンは言った。「お芝居はどうだった？」

「ぜんぶは観なかったの。劇場へ入ろうとしたら、なんかの虫が目に飛び込んじゃって。目をぱちぱちしたんだけど取れないから、席を立ってトイレへ行って洗い流さなくちゃならなくて。そうしたら、きっとタオルにちょっとついてたのね、それで擦ったものだから、もう片方の目にも入っちゃったの」

「目が腫れるほど大泣きしてたみたいに見えるわよ。あんたが入ってきたとき、きっとものすごく悲しいお芝居だったんだろうと思ったわ。塩水で顔を洗ったほうがいいわよ」

「そうするつもりだった」

彼女がしようと、というか、しないでおこうと思っていたことはほかにもあった。ストラトフォードへは二度と行かない、あそこの通りは二度と歩かない、もうお芝居は観ない。ライムだろうがアボカドだろうが、グリーンのドレスは二度と着ない。モンテネグロのニュースはひとつも聞かないようにする、これはそう難しくないはずだ。

Ⅱ

いまや本物の冬が始まり、湖は防波堤までほぼずっと凍っている。氷はでこぼこしていて、大きな波がそのまま凍ったように見える部分もある。作業員が外に出てクリスマスの照明を下ろしている。インフルエンザが報告されている。風に向かって歩いている人たちの目は涙で潤んでいる。女たちの大半はスウェットパンツにスキージャケットという冬の定番の服装だ。

だがロビンは違う。病院の最上階である三階を訪れようとエレベーターから降りた彼女は、長い黒のコート、グレイのウールのスカート、ライラックグレイのシルクのブラウスという格好だ。チャコールグレイの濃い直毛は肩までで切りそろえられ、耳には小さなダイヤをつけている（昔同様いまもなお、町でいちばん美人で素敵な女は結婚していない、というのはよく言われることである）。いまでは看護師の服装をする必要はない、非常勤で、しかもこの階だけで働いているからだ。

三階までは普通にエレベーターで上がってこられるが、降りるのはもっと難しい。受付にいる看護師に隠しボタンを押してもらわないと出られないのだ。ここは精神科病棟だ。もっとも、そう呼ばれることはめったにないが。建物は、ロビンのアパートと同じく湖を見晴らす西向きなので、サンセット・ホテルと呼ばれることが多い。年配の人たちのあいだにはロイヤル・ヨークと呼ぶ人もいる。ここの患者は短期入院ばかりだ、短期入院をずっと繰り返している人もなかにはいるが。妄想や禁断症状、精神的苦痛が永続的になった人は、ほかの場所に、町のすぐ外にある、長期療養施設という正式名称を持つカウンティー・ホームに収容される。

この四十年、町はそれほど大きくなっていないが、変化はしている。ショッピングモールが二つできた。だが、中央広場の店もなんとか頑張っている。新しい家々——高齢者向け住宅——が断崖の上に建ち並び、湖を見晴らす古い大きな家々のうち二軒がアパートになった。ロビンは幸運にもそのひとつを手に入れた。ジョアンと暮らしていたアイザック通りの家は、樹脂外壁で小ぎれいに整えられ、不動産屋のオフィスになった。ウィラードの家はおおよそ同じままだ。彼は数年前に卒中を起こしたが、歩くときは杖二本を必要とするものの、良好な回復ぶりだ。彼が入院していたとき、ロビンは何度も見舞いにいった。彼は、彼女とジョアンがどれほどよい隣人だったか、いっしょにトランプ遊びをするのがどれほど楽しかったか語った。

ジョアンが死んで十八年になり、家を売ったあと、ロビンは昔の交友関係から抜け出した。もう教会へは行かないし、患者として病院に来るのでない限り、若い頃の知りあい、いっしょに学校へ通ったような人たちとは、ほとんど会わない。

結婚の可能性はいまごろになってまた、限定的にではあるが開けてきた。きょろきょろ見まわしている男やもめが、ひとりになってしまった男たちがいる。そういう男たちは普通、結婚を経験している女を求める——とはいえ、良い仕事経験もまた結構なことだ。だがロビンは、結婚には関心がないことをはっきり示してきた。若い頃からの知りあいは彼女について、結婚に関心をもったことがない人だ、そういう人間なのだと言う。いまの知りあいのなかには彼女のことを、きっとレズビアンに違いないが、非常に遅れた、不自由な環境で育ったので、それを自覚することができないのだと思っている人もいる。

いまでは町には違う種類の住人がいて、彼女が親しくしているのはそういう人たちだ。彼らのなかには結婚しないでいっしょに暮らしているカップルもいる。インドやエジプトやフィリピンや韓国で生まれた人たちもいる。昔の生活パターン、古い時代のルールも、ある程度は生き残っているが、大勢の人たちがそんなことに気がつきもしないで自分の好きなようにやっている。欲しい食べ物はほとんどどんなものでも買えるし、天気の良い日曜の朝には、歩道のテーブルに座っておしゃれなコーヒーを飲みながら、教会の鐘の音を、宗教心抜きで楽しむことができる。浜辺はもはや鉄道の建物や倉庫に囲まれてはいない——湖に沿って一マイルある遊歩道を歩くことができる。合唱団と演劇クラブがある。ロビンはいまでも演劇クラブの非常に活動的な会員だ。以前ほど舞台には出ないが。数年まえ、彼女はヘッダ・ガブラー（イプセンの戯曲の主人公）を演じた。面白くない芝居だったが彼女のヘッダの演技は素晴らしかった、というのが一般の反応だった。劇中人物としてのとりわけうまい演技は——と人々は言った——実際の彼女の人柄とはまさに正反対のものだった。

近頃では、この町から大勢の人がストラトフォードへ出かけていく。彼女はその代わり、ナイアガラ・オン・ザ・レイクへ芝居を観に出かける。

反対側の壁に簡易ベッドが三つ並んでいるのに、ロビンは目を留める。

「いったいどうしたの？」彼女は受付にいる看護師、コーラルに訊ねる。

「一時的です」とコーラルは、あいまいな口ぶりで答える。「患者の再振り分けです」

ロビンはコートとバッグを受付の後ろのクローゼットに掛けにいき、コーラルは、あれはパース郡の患者たちだと説明する。むこうが満床になったための一種の入れ替えなのだ。ただ、誰かが勘違いして、ここの郡の施設の受け入れ準備がまだできておらず、しばらくのあいだこの病院で預かることになったのだ。

「こんにちはを言いにいったほうがいいかしら？」

「お任せします。さっきわたしが見たときは、みんなぼうっとしてましたけど」

三つの簡易ベッドはサイドのガードが上げてあり、患者たちは平らに寝ている。そしてコーラルの言ったとおりだ、皆眠っているように見える。老女がふたりに老人がひとり。ロビンは向きを変え、それからまた向き直る。じっと立って老人を見下ろす。口が開いていて、義歯は、もし持っているのだとしたら、外されている。髪はまだある、白くて、短く刈られている。肉が削げ落ちて、頬がこけているが、両のこめかみのあいだはまだ幅広く、威厳の気配を幾分か保っていて、それに――彼女が最後に見たときと同じく――動揺の表情も。肌に何か所か、しなびて青白い、ほとんど銀色に近い部分があるのは、おそらく皮膚癌を切除した痕だろう。彼の体は衰え、脚は上掛けの下でほとんど消えてしまっているが、胸や肩の厚みは彼女の記憶にあるのとまさに同じだ。

彼女は男のベッドの足元につけてあるカードを読む。

アレクサンダー・アジッチ。

ダニロ。ダニエル。

たぶん、あれは彼のセカンド・ネームなのだろう。アレクサンダー。でなければ彼が嘘をついたか、用心して嘘を、というか半分嘘を言ったのだ、最初から、ほとんど最後まで。

彼女は受付へもどり、コーラルに声をかける。

「あの男の人について何かわかる？」

「あらどうして？　お知りあいですか？」

「もしかしたら」

「なにかわかるか見てみます。検索もできますし」

「急がなくていいの」とロビンは言う。「時間のあるときで。ただの好奇心だから。そろそろ担当の患者さんたちのところへ行かなくちゃね」

週に二度、こうした患者たちと話し、レポートを書くのがロビンの仕事だ。妄想やうつ状態が良くなっているか、薬が効いているか、身内やパートナーの訪問が彼らの心的状態にどういう影響をもたらしているか、といったことについて。彼女は、精神病患者を家庭の近くに置いておくというやり方が七〇年代に導入されて以来、もう何年もこの階で働いていて、しょっちゅうもどって来る人たちの多くと知りあいだ。精神病患者を扱う資格を得るために、特別なコースをいくつか履修したのだが、どのみちそれは彼女に向いていた。ストラトフォードから、『お気に召すまま』を観ないで帰ってきてしばらくして、彼女はこの仕事にのめりこみ始めた。あることが——彼女が期待していたものではなかったが——彼女の人生を変えてしまったのだ。

彼女はミスター・レイを最後までとっておく。たいてい、いちばん時間を必要とするからだ。必ずしも彼が望むだけつきあえるわけではないが——それはほかの患者が抱えている問題次第だ。今日は、あとの患者たちは薬のおかげでおおむね快方に向かっていて、ご心配をおかけして申し訳ないと謝るばかりだ。ところが、ミスター・レイはDNAの発見における自分の貢献が報われても認められてもいないと信じ込んでいて、ジェームズ・ワトソンに出した手紙のことで怒り狂っている。ジム、と彼は呼ぶ。

「私がジムに出したあの手紙」と彼は言う。「あんな手紙を出しておいてコピーをとっておかないのはいけないことくらいわかっているさ。ところがきのう、書類入れを調べてみたら、どうなっていたと思う？　どうなっていたと思うか言ってみてくれ」

「あなたが言ってくださいな」とロビンは答える。

「なかったんだ。なかったんだ。盗まれたんだ」

「置き場所を間違えたのかもしれませんよ。わたしが見てみましょう」

「べつに驚かないがね。とっくの昔に諦めているべきだったんだ。私はお偉いさん相手に戦ってる、そういう連中と戦って、勝つのはどっちだ？　本当のことを言ってくれ。さあ言ってくれ。私は諦めるべきなのかな？」

「決めるのはあなたです。あなたしかいません」

彼はまたもや自分の不運の詳細を彼女に語りはじめる。彼は科学者ではなかった、測量士として働いていたのだが、生涯を通じて科学の進歩を追わずにいられなかったに違いない。彼の語る情報も、先の丸くなった鉛筆で描いた図でさえも、確かに正しい。ただ自分は騙されたという話だけが、不出来でありきたりで、おそらく映画かテレビに多くを負っているのだろう。

とはいえ、彼女はいつも、どうやってらせんが解け、ふたつのＤＮＡ鎖が離れるか、彼が説明してくれるところが好きだ。じつに優雅に、じつに感に堪えないといった手つきで教えてくれる。それぞれのＤＮＡ鎖はそれ自体の指示に従い、己をふたつにする定められた旅を開始する。

彼もこの部分がとても好きだ、目に涙を浮かべて驚嘆する。彼女はいつも説明してもらった礼を言い、彼がここで止めることができたらいいのに、と思う。だが、もちろん彼は止めることができない。

それでも彼女は、彼はよくなってきていると思っている。不正の脇道をほじくりかえしはじめるのは、盗まれた手紙といったものに集中しはじめるのは、たぶん彼がよくなってきているということを意味するのだ。

ちょっと背中を押せば、彼の注意の向きがちょっと変われば、たぶん彼は彼女に恋することだろう。これまでにも二人の患者がそうなった。二人とも結婚していた。だからといって、退院した彼らと寝る妨げにはならなかった。だがそのころには、気持ちは変化していた。男たちが感じていたのは感謝の気持ち、彼女のほうは善意、どちらの側も、ある種見当違いのノスタルジアを抱いていた。

　べつに彼女が後悔していたわけではない。いまや彼女はほとんど後悔しなくなっている。散発的で密やかなものだが全体として慰めとなる自分の性生活を後悔するだなんて、とんでもない。隠しておくことに注ぎ込んだ努力は、もしかするとほとんど必要なかったのかもしれない、世間が彼女をどう判断してきたかを考えたら——いまの知りあいもずっと昔の知りあいと同じく、完全に間違っていた。


　コーラルがプリントアウトしたものを寄越す。

「たいしてなかったです」と彼女は言う。

　ロビンは礼を言って紙を畳み、クローゼットへ行ってバッグにしまう。読むときはひとりがいい。だが家に帰るまで待てない。彼女は隔離室(クワイエット・ルーム)へ降りていく、そこは昔は礼拝室だった。いまのところそこで静か(クワイエット)にしている人は誰もいない。


　アジッチ、アレクサンダー。一九二四年七月三日、ユーゴスラビアのビェロイェヴィチで生まれる。一九六二年五月二十九日、一九二四年七月三日ビェロイェヴィチ生まれのカナダ国民、兄ダニロ・アジッチの保護のもと、カナダに移民。

　アレクサンダー・アジッチは兄ダニロの元で一九九五年九月七日に後者が死亡するまでいっしょに暮らした。一九九五年九月二十五日、彼はパース郡長期療養施設に収容され、その日以来ずっとそこで患者として過ごしている。

アレクサンダー・アジッチは明らかに生まれつき、あるいはその後すぐに罹患した病気による聾唖者である。子供時代、特殊教育施設に通うことは一切できなかった。ＩＱは測定されていないが、時計修理作業の訓練は受けている。手話の訓練は受けていない。兄に依存しており、見たところ、兄以外の人間と気持ちを通じ合うことは不可能なようだ。無関心、食欲不振、散発的な敵意、全体的な退行が、施設入所以来見られる。

なんてこと。

兄弟。

双子。

ロビンはこの紙を誰かにつきつけたい、どこかのお偉方に。

こんなの馬鹿げています。こんなこと、納得できません。

そうは言うものの。

シェイクスピアで予備知識はあったはずなのに。シェイクスピア作品では、双子はよく取り違えや厄介ごとの原因となる。ああいうトリックは、目的を達成するための手段ということになっている。そして最後には、謎は解明され、悪ふざけは許され、真実の愛または何かそういったものが再燃し、騙された者たちは潔く、文句など言わない。

彼はきっと用足しに出掛けていたのだろう。ほんの短いあいだ。あの弟にあまり長いあいだ店を任せておくことはしなかっただろう。たぶん網戸はフックがかかっていたのではないか――彼女は押し開けてみようとはしなかった。もしかしたら彼は弟に、自分がジュノーをあの区画でひとまわり散歩させるあいだ、網戸にフックを掛けて開けてはいけないと言いつけていたのかもしれない。なぜジュノーがいないのか、彼女は不思議に思ったのだ。

もうちょっと遅く行っていたら。もうちょっと早かったら。芝居が終わるまで劇場にいれば、それとも、いっそ芝居を観ていなければ。髪を気にしたりしていなければ。

でもそれから？　どういうすべがあったというのだ、彼にはアレクサンダー、彼女にはジョアンがいるのに？　あの日のアレクサンダーのふるまいからすると、侵入や変化にはとても耐えられなかっただろう。それにジョアンはきっと傷ついたことだろう。おそらく、聾啞者のアレクサンダーとひとつ屋根の下で暮らすことよりも、ロビンが外国人と結婚することに、より深く。

いまでは信じがたいが、あの時代はそうだった。

一日のうちに、数分のあいだで、すべては駄目になった。そういうことは、難しい問題が起きたり、希望を持ったり失ったり、ときおりそんなことを繰り返しながら長い時間をかけて駄目になるほうが多いのだが、そうではなかった。そして、物事というのはたいてい駄目になるものだというのが本当なら、早いほうが耐えやすいのではないか？

だが、実際にはそんな考え方はできない、自分のこととなると。ロビンにはできない。いまでさえ、あのチャンスを得られていたらと思うことがある。演じられたトリックに一瞬たりとも感謝するつもりなどない。だが、それがわかったことを感謝するようにはなるだろう。すくなくとも、それについては——馬鹿げた邪魔が入った瞬間までのすべてを全きものとしておいてくれる発見については。おかげで、ひどく腹は立つものの、恥は消えうせ、遠くから心を温めてもらえる。

ふたりがいたのはきっとべつの世界だったのだ。舞台の上につくりあげられる世界と同じような。あの頼りない取り決め。キスの儀式、すべては計画通りに進むはずという無謀な信念にふたりは包まれていた。そんなもの、こっちかあっちへちょっと動いたら、もう迷子だ。

ロビンの患者で、歯ブラシや櫛は正しい順序で置かれていなくてはならず、靴は正しい方向に向け、階段は数を数えなくてはならない、さもないと何か罰が当たると信じている人がいた。

もし彼女がそういう点に関してしくじったのだとしたら、あのグリーンのドレスの一件だ。クリーニング屋の女のせいで、子どもが病気だったせいで、彼女は間違ったグリーンのドレスを着てしまった。

誰かに話せたらいいのに、と彼女は思った。彼に。

パワー

Powers

ダンテはひと休み

一九二七年三月十三日。春の兆しが見えているはずの時期なのに、冬が来ている。大嵐のせいで道路は閉鎖、学校も休みだ。散歩に出て道を外れてしまったどこかのお年寄りが、たぶん凍え死んだのではと言われている。今日、スノーシューを履いて通りの真ん中を歩いたら、雪の上にはわたしの足跡しかなかった。そして店から出てきたころには、その足跡も完全に雪に埋まっていた。これは湖がいつものように凍っておらず、西からの風が湿気をたっぷりすくいあげては、わたしたちの上に雪にして落としているからだ。出かけたのはコーヒーやその他必要なものをひとつふたつ買うためだった。すると店で、なんとテッサ・ネタビーに会った、たぶん一年ぶり。会いにいかなかったのが申し訳なく思えた。彼女が学校を中退したあと、友だち関係めいたものをつづけようと努めたこともあったのに。そんなことをしたのはわたしひとりだけだったと思う。彼女は全身すっぽり大きなショールにくるまって、なんだかお話の本から抜け出してきたみたいに見えた。じっさい、頭でっかちなんだもの。あの幅広の顔に、黒い、もじゃもじゃのカールした髪、それに肩幅も広いし。身長は一五〇センチそこそこのはずだけど。彼女はにこにこしていて、以前と変わらないテッサだった。そして、調子はどう、と訊くと——彼女と顔を合わせると必ず、口先だけでなくそう訊いてしまう。彼女、十四歳くらいのころに、病気か何かで長いあいだ学校を休んでいたことがあるから。でも、そう訊ねるのは、それ以外にたいして言うことがないせいもある。彼女はわたしたちが暮らす世界にはいない。どのクラブにも入っていないし、どんなスポーツにも参加できないし、普通の世間づきあいをぜんぜんしていない。彼女はちゃんと人と関わる生活を送っていて、そこにはなんの問題もないんだけど、それをどう説明したらいいのかわたしにはわからないし、もしかしたら彼女にも無理かもしれない。

ミスター・マックウィリアムズが店でミセス・マックウィリアムズを手伝っていた。店員たちが来られなかったからだ。いつも人をからかってばかりいる彼は、こんな大嵐が来るっていうお告げはなかったのかとか、どうしてほかのみんなに知らせてくれなかったのかとか、あれこれテッサをからかい始め、ミセス・マックウィリアムズが止めなさいとたしなめた。テッサは何も聞こえなかったような態度で、サーディンをひと缶くださいと言った。彼女がサーディンひと缶の夕食を前に座っているところを想像したら、急にたまらなくなってしまった。そんなことはまずないだろうけど。彼女がほかの人たちのようには料理ができないなんて考える理由はないんだもの。

店で聞いた大ニュースは、ピュティアスの騎士ホールの屋根が陥没したというものだった。あそこではわたしたちのオペレッタ『ゴンドラの舟人』が上演されることになっていて、三月末の予定だった。タウンホールのステージでは大きさがたりず、古いオペラハウスはいまではヘイズ家具でつくられた棺桶の倉庫になっている。そして今夜はリハーサルの予定なのだけれど、いったい誰があそこまで行けるのか、どういう結果になるのかわたしにはわからない。

三月十六日。『ゴンドラの舟人』は、今年はお流れと決定。日曜学校ホールでのリハーサルには六人しか出席しなかったので、わたしたちは諦め、ウィルフの家にコーヒーを飲みにいった。するとウィルフは、仕事がひどく忙しくなってきたので今回を最後の出演にするつもりだった、べつのテノールを見つけてもらいたいと言い出した。彼はいちばん上手いので、これは打撃だ。

たとえまだ三十そこそことはいえ、お医者さんを名前で呼ぶのはいまだになんだか変な感じ。彼の家は以前はコーガン医師の家だったので、いまだにコーガン先生の家と呼ぶ人がたくさんいる。特別に医者の家として建てられていて、片側に診療所棟が突き出している。でもウィルフがぜんぶ改装して、仕切り壁をいくつか取り払ってしまったので、すごく広々と明るくなって、奥さんをもらう準備がすっかり整ったな、とシド・ラルストンにからかわれていた。ジニーがその場にいたんだから、ちょっと微妙な発言だったけど、たぶんシドは知らなかったのだろう（ジニーは三度求婚されている。最初はウィルフ・ラブストーンから、つぎにトミー・シャトルズから、そしてユアン・マッケイから。医者、検眼士、それから牧師。彼女はわたしより八か月年上だけど、追いつける望みはなさそうだ。彼女にはちょっと、求婚へと誘導するようなところがあるんだと思う、本人はいつも、どうしてだかわからないの、結婚を申し込まれるときはいつも寝耳に水なのよ、と言ってるけど。何もかも冗談にしてしまって、求婚なんかされても嬉しくないってわからせるやり方もあるんじゃないかな、みすみす馬鹿な真似をさせないうちに）。

もしも重い病気になるようなことがあったら、死んでしまう場合に備えて、この日記を処分するか、見直して意地悪な部分をぜんぶ消すことができますように。

なぜか、みんななんだか真面目な雰囲気になってしまって、学校でどんなことを勉強してもうどれほど忘れているか、みたいな話になった。誰かが、以前町にあった討論クラブのことを持ち出した。戦争のあとみんなが車を乗りまわすようになって、映画へ行ったりゴルフを始めたりして、打ち切りになってしまったということを。どんな真剣なテーマが話しあわれていたか。「人格を形成するのにより重要なのは、科学か、文学か？」そんなことを聴きにみんなが出かけるだなんて、いまなら誰も想像できない。べつに組織された集まりじゃなくったって、みんなで座ってそんなことについて話すだけでも間抜けな気分になるだろう。するとジニーが、少なくとも読書会くらいはつくるべきだ、そうすれば、いつも読もうと思いながら手がのびなかった大事な本にとっつけるようになる、と言い出した。何年たっても居間の書棚のガラス扉の奥に鎮座したままになっているハーバード・クラシックス。『戦争と平和』はどうかとわたしが提案すると、それはもう読んだとジニーは言った。そこで結局『失楽園』と『神曲』の投票となり、『神曲』が勝った。あの本について わたしたちが知っているのは、べつに喜劇ではない（原題の直訳は『神聖喜劇』）ということと、イタリア語で書かれたということだけだ。もちろん、わたしたちは英語版で読んだけれど。シドはラテン語で書かれていると思っていて、ラテン語はハート先生の授業で一生間にあうほど読まされたと言ったので、わたしたちが皆大笑いすると、彼ははじめから知っていたようなふりをした。ともかく、『ゴンドラの舟人』が棚上げとなったのだから、時間はつくれるはずだし、わたしたちは一週おきに集まってお互いに励ましあうつもり。

ウィルフはみんなに家じゅうを見せてくれた。廊下の片側が食堂で、居間はその反対側、キッチンにはつくりつけの戸棚とダブルシンク、最新式の電気調理器がある。裏の廊下には新しいトイレと最新式の浴室があり、クローゼットはそのままなかへ入れるほど大きくて、ドアには等身大の鏡が取りつけられている。床はどこもかしこもゴールデンオークだ。家に帰ると、我が家はひどくみすぼらしく、羽目板がいやに黒っぽくて古くさく見えた。朝食のとき父さんに、食堂から入れるサンルームをつくったら、すくなくともひとつは明るくていま風の部屋ができるんじゃないかと言ってみた(言うのを忘れていたけど、ウィルフは家の診療所とは反対側にサンルームを設えていて、おかげで全体のバランスがよくなっている)。父さんったら、朝日と夕日にあたるためにベランダが二つあるのに、なんでそんなものが必要なんだ、だって。そういうわけで、我が家の改良計画はうまくいきそうもない。


四月一日。起きて最初にやったのは、父さんをかつぐこと。廊下へ駆け出しながら、コウモリが煙突からわたしの部屋へ入り込んだってわめいたら、父さんはズボン吊りを肩にかけないまま、顔じゅう石鹸の泡だらけにして浴室から飛び出してきて、ぎゃあぎゃあわめくのはやめて箒を持ってこいと言った。そこでわたしは箒をとってきてから、怖がっているふりをして裏の階段に隠れ、父さんはメガネも掛けずにあちこち叩いてコウモリを見つけ出そうとした。しまいに可哀想になってきたので、「エイプリルフールだよ!」って叫んだ。

するとそのあと、ジニーから電話がかかってきた。「ああナンシー、どうしよう? 髪が抜けてるの。枕の上が髪だらけ。わたしのきれいな髪がごっそり束になって抜けて、枕に散らばってて、禿げ頭になりかかってるの。もう二度と家から出られない。抜けた髪でかつらがつくれないか、ちょっとうちまで見に来てくれない？」

そこでわたしは落ち着き払って答えた。「小麦粉と水を混ぜたやつで元通り貼りつけておけばいいのよ。エイプリルフールの朝にそんなことが起きるだなんて、面白いわね？」

さてつぎは、あんまり書いておきたくないこと。

わたしは朝食も待たずにウィルフの家へ歩いていった。彼が早くに「病院」へ行くのを知ってるから。玄関のドアを開けてくれたのはワイシャツとチョッキ姿の御本人だった。まだ閉まってるだろうと思って診療所のほうへは行かなかったのだ。彼が雇っている家政婦のおばあさん――名前も知らない――が、キッチンでバタバタしていた。あのおばあさんがドアを開けるのが当然だと思うんだけど、いまにも出かけようとしている彼が玄関ホールに立っていた。「ナンシーじゃないか」と彼は言った。

わたしは一言も言わず、ただ苦しそうな顔をしながら喉元を抑えた。

「どうしたんだ、ナンシー？」

さらに喉元を抑えて、情けないしゃがれ声を出して、首を振ってしゃべれないことを示した。ああ、みじめ。

「入って」とウィルフは言い、横の廊下からドアを通って診療所へと連れていってくれた。あのおばあさんがこっちを覗いているのが見えたけど、それに気づいたことはおくびにも出さず、演技を続けた。

「さてと」彼はわたしを患者用の椅子に座らせてそう言いながら、明りを点けた。窓にはまだブラインドが下ろされていて、消毒薬か何かのにおいがぷんぷんしていた。彼は舌を押さえつける棒と、喉を照らして覗きこむ道具を取り出した。

「さあ、なるべく大きく開けて」

言われたとおりにしながらも、彼がわたしの舌を押さえつけようとしたところで、「エイプリルフール！」と叫んだ。

彼の顔に微笑みはちらりともなかった。彼はさっと棒を引くと、器具のライトをぱちんと消し、一言も言わないまま診療所から外へ出るドアを乱暴に開けた。そしてこう言った。「僕は病気の人たちを診なくちゃならないんだよ、ナンシー。どうして年相応にふるまえるようにならないんだ？」

そこでわたしは尻尾を巻いてこそこそ退散した。どうして冗談を笑って受け流せないのかと言ってやる勇気はなかった。きっとあのキッチンにいたお節介女が、彼がかんかんになったことやわたしが逃げるように出ていかなきゃならなかったことを町じゅうに言いふらすだろう。一日じゅうひどい気分だった。しかも最悪にして馬鹿げた偶然が重なって、なんと気分が悪くなって、熱っぽく、喉もちょっと痛むので、居間で座って脚に毛布を掛け、例のダンテを読んで過ごした。問題は、明日の夜の読書クラブの集まりでは、わたしはほかの皆よりもずっと読み進んでいるはずだ。何ひとつ頭に入っていないことで、なぜかというと、読んでいるあいだじゅう、同時に、なんて馬鹿なことをやってしまったんだろうと考えていて、年相応にふるまえという彼のあのひどく冷たい声が聞こえていたからだ。だけど、日々の生活にちょっぴり面白いことがあったっていいじゃないの、と頭のなかで反論してしまう。彼のお父さんはきっと牧師さんだったんだ、それで彼ってああなのかな？　牧師さんの家族は引っ越しが多いから、いっしょに大きくなってお互いのことをわかっていてふざけたりする仲間とつきあったことがないのだろう。

チョッキと糊のきいたワイシャツ姿でドアを開けている彼の姿がいまも目に浮かぶ。背が高くてすごく細くて。あのきっちりわけた髪と、厳めしい口ひげ。ああ、最悪。

わたしに言わせてもらえば冗談というのは重大な犯罪ではない、と釈明する手紙を、彼に書こうかな？　それとも、品位のあるわび状を書くべき？

ジニーには相談できない。なにしろ彼はジニーにプロポーズしている、ということはジニーをわたしよりも価値のある人間と考えているってことだ。それに、ジニーもそのことで内心自分はわたしより上だと思っていたのでは、なんて考えてしまいそうな気分だし（ジニーが彼を振ったとはいえ）。

四月四日。ウィルフは読書会に来なかった。どこかのお年寄りが卒中を起こしたからだ。それでわたしは彼に手紙を書いた。謝りながらも、あまりへりくだりすぎないようにした。ものすごく気になっている。手紙じゃなく、自分のやったことが。

四月十二日。今日、誰かが来たので玄関に出たら、自分のまだ短い愚かな人生最大の驚きを味わった。父さんは家に帰ってきたばかりで、ディナーの席に着いていて、そして玄関にはウィルフがいた。わたしが書いた手紙にぜんぜん返事をくれないので、きっと永遠にわたしに愛想をつかしたままでいるつもりなんだと諦めて、これから先は彼に対して、フンって顔をしているしか選択肢はないんだと思ってた。

お食事の邪魔をしてしまったのではありませんか、と彼はわたしに訊ねた。

そんなこと訊いてくれなくてもよかったのに。二キロ痩せるまでディナーは食べないでおこうって決めてるんだから。父さんとミセス・ボックスが食事しているあいだ、わたしは閉じこもってダンテを読む。

わたしは、そんなことないわ、と答えた。

じゃあ、いっしょにドライブに行きませんか、と彼は誘った。川に行けば氷が流れていくのが見られるよ、と彼は言った。彼はさらに、ほとんど徹夜していて、一時には診療所を開けなくちゃならないからうたた寝する暇もない、新鮮な空気を吸ったらもっと元気になれそうだから、と説明した。どうして夜通し起きていたのかは話してくれなかったので、きっと赤ん坊が生まれたんだけど、そんな話をするとわたしにきまりの悪い思いをさせるかもしれないと思ったのだろう、と推測した。

ちょうど今日の分を読みはじめたところなの、とわたしは話した。

「ダンテはちょっとひと休みだ」と彼は言った。

そこでわたしはコートを取ってきて、父さんに断ってから、いっしょに外へ出て彼の車に乗り込んだ。ノース・ブリッジへ行くとちらほら人が来ていた。ほとんどが昼休み中の男の人か男の子で、集まって氷を見ていた。今年は冬になるのがうんと遅かったので、それほど大きな塊ではない。それでも氷は橋脚にぶつかって、きしみながら流れていき、いつものことだけれど氷の隙間に水が流れ込んで音をたてている。魅入られたように突っ立って見つめているしかなく、足が冷たくなってきた。氷は割れているかもしれないけれど、冬はまだあきらめていないみたいで、春はかなり遠そうだ。よくもまあ、突っ立ったまま、こんなものを面白がって何時間も眺めていられる人がいるものだ、とわたしは思った。

ウィルフもすぐに飽きてきた。車にもどり、何を話したらいいか困っているうちに、わたしは思いきって訊ねた。手紙は届いた？

届いたと彼は答えた。

あんなことをして本当に馬鹿だったと思うとわたしは言った（それは本当だけど、自分で思っていたよりも深く後悔しているみたいな口調になっていたかもしれない）。

「そんなこと気にしなくていいよ」と彼は答えた。

彼は車をバックさせて、町に向かった。「君に結婚を申し込みたいと思っていたんだ。でも、こんなふうにするつもりじゃなかった。そっちのほうへ話を近づけていこうと思ってた。もっと適切な状況でね」

「それってつまり、あなたはそうしたいと思っていたけど、いまはそうじゃないってこと？　それとも、実際にそう望んでるってこと？」

そう訊いたとき、彼を煽るつもりはぜったいになかった。本当に、はっきりさせたかっただけだ。

「そう望んでるってことだよ」と彼は答えた。

ショックから立ち直りもしないうちに、わたしの口から「いいわ」という言葉が飛び出していた。どう説明していいのかわからない。「いいわ」というわたしの返事は、きちんと礼儀正しく、でもあまり熱っぽくはない口ぶりになった。どちらかというと、いいわ、お茶を一杯いただきます、みたいな感じ。驚いた様子さえ見せなかった。なんだか、二人でこの瞬間をさっさと通り抜けてしまわなければならない、そうすればゆったりと普通にしていられる、みたいな感じだった。でもじつを言えば、わたしはウィルフといるとゆったりと普通にしていられたことなんてない。以前は、どちらかというと彼のことがよくわからず、怖いけれど面白いと思っていて、それから、あの不幸なエイプリルフールのあとは、とにかくきまり悪くてたまらなかった。あのきまり悪さを乗り越えるために、いいわ、結婚します、と答えたりしたんじゃないといいんだけど。確かに、「いいわ」を引っ込めて、もっとよく考える時間が必要だと言うべきではないか、とは思ったんだけど、そんなことをしたらきっとわたしたち二人ともがこれ以上ないほど最悪のばつの悪さを味わうことになりそうだった。それに、いったい何をよく考えたらいいのかわからないし。

わたしはウィルフと婚約している。信じられない。婚約するって、みんなこんなふうなの？

四月十四日。ウィルフがやってきて父さんに話し、わたしはジニーのところへ行って話した。まず単刀直入に、あなたに話すのは抵抗があったと打ち明けてから、気にしないで花嫁主介添人（メイド・オブ・オーナー）を務めてもらえるといいんだけど、と頼んだ。もちろん気にしたりしない、と彼女は答え、わたしたちは二人ともなんだかしんみりとなり、互いの体に腕をまわして、ちょっと涙ぐんでしまった。

「友だちと比べたら、男なんて取るに足らないわよね」と彼女は言った。

わたしはなんだかおちゃらけた気分になって、ともかくぜんぶあなたが悪いんだからね、と言ってやった。

あの可哀想な男がふたりの女の子に振られるだなんて、耐えられなかったんだもん、と。

五月三十日。ずいぶん長いあいだここに書かなかったのは、やらなきゃいけないことの嵐に巻き込まれているから。結婚式の日取りは七月十日。ドレスはミス・コーニッシュにつくってもらうのだけど、下着姿で立たされて、あちこちピンで留められて、じっとしてなさいって怒鳴られて、もうどうかなりそう。ドレスは白のマーキゼットで、どうにも躓いてしまいそうなので、引きずる裾はやめておく。それから嫁入り支度として、夏用ネグリジェが六枚に波紋地にユリの模様の日本の絹のキモノ、冬用パジャマが三組、ぜんぶトロントのシンプソンズで買ったもの。パジャマは嫁入り支度としてはいまひとつかもしれないけど、ネグリジェじゃ温かくないし、それにそもそもネグリジェなんて嫌いだし。結局いつも胴に絡みついてしまうんだもの。シルクのスリップやそのほかの物もたくさん、ぜんぶピーチか「肌色（ヌード）」。この機会に買いだめしておいたほうがいいってジニーは言う、もし中国で戦争が起こったら、いろんなシルク製品が品不足になるからって。ジニーは例によってあらゆるニュースを把握している。介添人になる彼女の衣装はパウダーブルーだ。

きのう、ミセス・ボックスがケーキを焼いた。六週間寝かせることになっているから、ちょうどぎりぎりで間に合った。幸運のおまじないとしてわたしがかきまぜなくちゃならなかったんだけど、フルーツ入りのタネはすごくかたくて、腕がもげるんじゃないかと思った。オリーが来ていたので、ミセスBが見ていないときにはちょっと代わって混ぜてくれた。あれがどんな幸運をもたらしてくれることやら。

オリーはウィルフのいとこで、二か月ほどここに滞在している。ウィルフには兄弟がいないので、彼――つまり、オリー――が花婿主介添人（ベスト・マン）を務める。彼はわたしより七か月年上で、彼とわたしはまだ子供、でもウィルフはそうじゃないみたいな感じ（ウィルフが子供だったときがあっただなんて想像できない）。彼――オリー――は三年間結核療養所にいた、でもいまはよくなっている。療養所で、彼は片方の肺をぺちゃんこにされた。これは聞いたことがあって、もう片方の肺しか使えなくなっているのかと思ったら、どうやら違うらしい。薬で治療して感染部が包嚢(エンシスト)に包まれて（主張(インシスト)ではない）休眠状態になるあいだ、使えないように潰しておくだけなのだ（ほらね、お医者と結婚することになって、わたしはいまではすっかり医学の権威になりつつある！）。ウィルフがこう説明しているあいだ、オリーは両耳を手で蓋していた。どんなことをされたかなんてことは考えず、自分の体はセルロイドの人形みたいにがらんどうだと思っているほうがいいんだって。彼はウィルフとは正反対の人柄だけど、二人はすごく馬が合うみたい。

　幸いなことに、ケーキはケーキ屋でプロにアイシング・デコレーションしてもらう予定。でなきゃミセス・ボックスは重圧に耐えきれないだろう。

六月十一日。あと一か月もない。本当はこんなこと書いてる場合じゃなくて、結婚祝いの欲しいものリストをせっせとつくらなくちゃならないのに。こんなにいろいろ自分のものになるだなんて、嘘みたい。ウィルフはわたしに壁紙を選んでくれと、しつこい。部屋がすべてまっ白な漆喰塗りなのは彼の好みかと思っていたら、どうやら妻が壁紙を選べるようにそのままにしてあっただけらしい。そんなことを言われて唖然とした顔になっていたんじゃないかと思うけど、気を取り直して、お気遣いは嬉しいけれど、本当のところ、住んでみるまでは自分がどんなふうにしたいのか想像できないって答えた（彼はきっと新婚旅行から帰ってきたらぜんぶ仕上がっているようにしておきたかったんだろう)。そんなわけで、壁紙の件は先送りできた。

製材所には相変わらず週に二日通っている。結婚したあとも続けようかとちょっと思っていたんだけど、父さんは、もちろんダメだって。父さんったら、夫を亡くしたか苦境にある人以外、結婚してる女の人を雇うなんて違法だと言わんばかりだったけど、わたしは、そもそもお金をもらってないんだから雇ってることにはならないと言ってやった。すると父さんは、さいしょは言いにくかったことを口にした。つまり、女が結婚すると、休まなきゃいけない期間があるだろうって。

「おまえが人前へ出なくなる時期が」と父さんは言った。

「ああ、それは気がつかなかった」わたしはそう答えながら、馬鹿みたいに赤くなってしまった。

そんなわけで、わたしがやってることをオリーが引き継いでくれたらいいのにと考えていて(父さんが)、本当のところ、オリーが仕事を覚えて最終的にはぜんぶ引き受けられるようになることを望んでいる(父さんは)。もしかしたら、わたしが仕事を継げる人と結婚することを望んでいたのかもしれない——でも、ウィルフのことはピカ一だと思ってはいる。それにオリーは定職がなくて、賢くて、教育があるから(どこでどの程度の教育を受けたのかはっきりとは知らないけど、どう見ても、事実上このあたりの誰よりも物知りだ)、最高の選択ってところじゃないかな。そしてそのために、わたしはきのう彼を事務所へ連れていって、帳簿とかを見せることになり、父さんは彼を従業員やそこにいた人たちに紹介し、すべてうまくいったみたいだった。オリーは事務所ではすごく注意深く真剣に仕事に取り組む姿勢を見せ、でも従業員に対しては陽気に冗談混じりで(だけどふざけすぎはしない)、話し方をほどほどに変えることまでしてみせたので、父さんは大喜びして機嫌がよかった。わたしがおやすみなさいを言ったとき、父さんは「あの若者がここへ来たのは、本当にもっけの幸いだな。あいつは自分の将来と落ち着ける場所を探している男だ」と言った。

反論はしなかったけど、オリーがここに腰を落ち着けて製材所を経営するようになる可能性は、わたしがジーグフェルド・フォーリーズ（若い女性たちによるレビュー・ショー集団）に入るのと同じくらいなものだろう。

彼はただ、いい子ぶらずにはいられないだけだ。

以前はジニーが彼を引き受けてくれるんじゃないかと思っていた。ジニーは博学で、タバコも吸うし、教会へは行くけど無神論者だと受け取る人もいそうな意見の持ち主だ。それに、オリーのこと、背は低いほうだけど（一七四、五センチくらい）見栄えは悪くないって言ってたし。目はジニーの好きな青だし、髪はバタースコッチキャンディー色でウエーブが額にかかってて、それがいかにもチャーミングに見える。ジニーに会ったとき、彼はもちろん彼女にとっても親切で、いろいろ話すように仕向けて、彼女が家に帰ったあと、「君の小さなお友だちはなかなかのインテリだね」と言った。

「小さな」だって。ジニーはすくなくとも彼と同じくらいの背丈はあるので、そう言ってやろうかと思った。でも、背丈がちょっと不足している男の人に背の高さがどうこうみたいなことを言うのは意地悪なので、口をつぐんでおいた。「インテリ」ということについては、なんて言ったらいいかわからなかった。わたしに言わせればジニーはインテリだ（たとえば、オリーは『戦争と平和』を読んでいるのだろうか？）、でも、彼女はインテリだと言っているのかそうじゃないと言っているのか、彼の口調からは判断できなかった。わたしにわかったのは、彼女がインテリだとしても彼にはそんなことどうでもいいし、インテリじゃないなら、彼女はインテリみたいなふりをしているわけで、彼にとってはそれもどうでもいいってことだけ。何かクールな嫌味を言ってやればよかったんだけど。たとえば「あなたの言うことってわたしには難しすぎるわ」とかね。でももちろん、とっさには何も思いつけなかった。そして最悪だったのは、彼がそう言ったとたん、わたしは内心ひそかにジニーについてなんとなく感じるものがあり、ジニーを弁護（心のなかで）する一方で、小ずるく彼に同意しているところもあったのだ。この先ジニーのことをこれまでどおり賢いと思えるかどうか、自信がない。

ウィルフもその場にいてやり取りをぜんぶ聞いていたはずなんだけど、何も言わなかった。かつて求婚したことのある女の子の味方をしたくならないのか訊いてもよかったんだけど、あの件をわたしがどれだけ知っているか、彼にすっかり明かしたことはなかったし。彼はオリーとわたしがしゃべっているのをただ聞いていることが多い、前屈みになって（彼はすごく背が高いから、たいていの人の場合はこうしなくちゃならない）、顔に微かな微笑を浮かべて。あれが微笑なのか単なる彼の口元の具合なのかさえ、よくわからない。二人は夜になるとやってきて、父さんとウィルフがクリベッジをやって、オリーとわたしはただふざけながらおしゃべりするってことになるのが、しょっちゅうだ。ウィルフとオリーとわたしが三人でブリッジをやることもある（父さんはどうもブリッジが気に入らない、なんとなく「気取ってる」と思ってて）。病院かエルシー・ベイントン（ウィルフのところの家政婦なんだけど、なかなか名前が覚えられない――ただ、ねえちょっとって叫んでおいては、ミセス・ボックスに訊かなくちゃならない）からウィルフに呼び出しがかかって行かなきゃならないこともある。クリベッジの勝負が終わると彼がピアノのところへ行って、楽譜なしで弾いてくれることもある。暗いなかでね、たぶん。父さんはぶらぶらベランダへ出て、オリーやわたしと腰を下ろして、わたしたちは皆でロッキングチェアを揺らしながら聴き入る。そういうときウィルフは、自分のためにピアノを弾いているだけで、わたしたちのために演奏しているのではないように思える。わたしたちが聴いていようがいまいが、おしゃべりを始めようが、彼にはどうでもいいのだ。そして、わたしたちはおしゃべりを始めることもある。好きな曲といえば「ケンタッキーの我が家」という父さんにとっては、ちょっとクラシックすぎたりするのだ。父さんがそわそわし始めるのが見ていてわかる、あの手の音楽を聴いてると、父さんは世界がもうろうとしてくるような気分になる、だから父さんのために、わたしたちはおしゃべりを始める。だけど、演奏を聴かせてもらってみんな楽しかったっていつもかならず言うのは、父さんなのだ。するとウィルフは、うわの空で、ありがとうございますと礼儀正しく答える。オリーとわたしは心得ているから何も言わない。この場合、彼はどっちにしろわたしたちの意見なんて気にしていないのはわかってるから。

いちど、オリーがウィルフの演奏に合わせてほんの小さな声で歌っているのに気づいたことがある。

「夜が明けてきて、ペール・ギュントはあくびする――」

わたしは小声で訊ねた。「何?」

「なんでもない」とオリーは答えた。「彼が弾いてる曲だよ」

わたしはオリーに綴りを教わった。Peer Gynt.

もっと音楽のことを勉強しなくちゃ、音楽は、ウィルフとわたしにとって共通のものとなってくれるだろう。

急に暑くなった。満開のボタンの花は赤ん坊のお尻くらいの大きさだし、シモツケの茂みから花が雪のように散っている。ミセス・ボックスは、こんな天気が続いたら結婚式の頃には何もかもカラカラだって言ってまわってる。

これを書きながらコーヒーを三杯も飲んでしまい、しかもまだ髪も整えていない。「とっとと生活態度を変えないとね」とミセス・ボックスには言われる。

彼女がそんなことを言うのは、エルシー・ナントカさんがウィルフに、自分は引退するから家のことはわたしにしてもらうようにって言ったから。

だから、いまやわたしは生活態度を変えて、すくなくとも差しあたっては「日記よ、さようなら」だ。以前は、自分の人生には何か普通ではないことがおこる気がして、すべてを記録しておかなくちゃと思っていた。あれはただの気のせいだったのかな？

セーラー服の女の子

「ここでだらだらしていられると思わないで」とナンシーが言った。「あなたを驚かせることがあるの」

オリーは、「君は驚きの塊だよ」と答えた。

これは日曜のことで、オリーはむしろだらだらしていたいと思っていた。ナンシーについて、オリーがつねに好感を持てるとは言えないのが彼女のこのエネルギーだった。

彼女にはすぐにそのエネルギーの使い道があるだろうと彼は思った。ウィルフが――彼らしく無感動かつありきたりに――期待を寄せている家庭のために。

教会のあと、ウィルフはまっすぐ病院へ行き、オリーはナンシーとその父親といっしょにもどってきて、ディナーを食べた。日曜は冷たい料理だ――ミセス・ボックスは日曜は自分の教会へ行って、午後は自分の小さな家で長い休息をとることになっているので。オリーはナンシーがキッチンを片づけるのを手伝った。食堂からは紛れもない鼾が聞こえていた。

「君のお父さん」と、オリーが覗きこんでから言った。『サタデー・イヴニング・ポスト』を膝においたままロッキングチェアで眠ってるよ」

「父さんはね、日曜の午後には寝てしまうってことをぜったい認めないの」とナンシーは言った。「いつも新聞を読むつもりでいるのよ」

ナンシーはエプロンをつけて、ウエストで紐を結んでいた――本気で台所仕事をするためにつけるような類のエプロンではなかった。彼女はエプロンを外すとドアノブに掛け、キッチンのドアの横にある小さな鏡の前で髪をふわっと膨らませた。

「わたし、ひどい恰好」と彼女は、悲しげな、でもまんざらでもなさそうな口調で言った。

「確かにね。いったいウィルフが君のどこに惹かれているのか僕にはわかんないよ」

「気をつけないと、ひっぱたくから」

彼女はオリーを外へ連れ出し、アカスグリの茂みをまわってカエデの下の――すでにオリーには二、三回話していたのだが――昔、彼女のブランコが下がっていたところへ案内した。それから、裏の小道を区画の端まで行った。日曜なので、誰も芝生を刈ってはいない。じつのところ、裏庭には人っ子ひとりおらず、閉ざされた家々は、ひっそりかつ堂々とした佇まいで、あたかも、なかにいるのはひとり残らずナンシーの父親のような品位ある人々で、「当然の休息」を取るべく一時的に深く眠り込んでいるのだとでもいいたげだった。

だからといって、町がまったく静まりかえっているというわけではなかった。日曜の午後は田舎の人たちや田舎の村々出身の人たちがビーチへ行く時間帯で、ビーチは四分の一マイルほど離れた断崖の下だった。ウォータースライドから聞こえる金切り声と水をはね散らしたり避けたりする子供たちの叫び声、車のクラクションやアイスクリームを売るトラックの呼び込みの音、目立とうと躍起になっている青年たちの大声や心配であたふたしている母親たちの叫び。これらすべてがまとまって、ひとつの混沌とした大声になっていた。

みすぼらしい、舗装されていない通りを横切った小道の端には、ナンシーが昔の氷室だという空っぽの建物があり、そのむこうは空き地で、干上がった溝に厚板の橋がかかっていて、それから車一台——というか、できれば一頭立ての馬車——が通れるほどの幅の道に出た。道の両側は棘のある茂みが壁をなし、鮮やかな緑の小さな葉のあいだにかさかさしたピンクの花が点々と咲いていた。茂みは風を通さず、陰もつくらず、ともすると小枝がオリーのワイシャツに引っかかった。

「野ばらよ」とナンシーは、この忌々しいヤツはなんだと訊ねたオリーに教えた。

「驚かせることって、これ?」

「まあ見てなさい」

彼はこのトンネルで汗だくになりながら、ナンシーがもうちょっとゆっくり歩いてくれたらいいのにと思った。この娘といっしょにいると驚かされることが多かった、どこといってずば抜けているわけではなく、たぶんただ甘やかされていて、生意気で、自己中心的なだけなのだが。もしかすると彼はナンシーをまごつかせるのが好きなのかもしれない。彼女は普通の女の子よりもほどよく賢いだけなので、彼にはまごつかせることができた。

オリーの目にちょっと離れたところにある屋根が見えてきた。そこそこ大きな木々の陰になっている。ナンシーはそれ以上何も教えてくれそうになかったので、あそこに着いたらどこか涼しい場所で腰を下ろせるだろうと期待するだけにしておいた。

「お客ね」とナンシーが言った。「やっぱり」

薄汚いフォード・モデルTが道の端のUターンスペースに停まっていた。

「ともかく、ひとりだけだわ」とナンシーは言った。「そろそろ終わりかけていることを祈りましょ」

だが、二人が車のところまで行っても、その中二階建てのまあまあの家——オリーの出身地では「黄色」と呼ばれていたがこの地域では「白」と称される(実際のところは汚らしい褐色だった)色の、煉瓦造りの建物——からは誰も出てこなかった。生垣はない——庭にただ鉄条網が巡らしてあるだけで、内側の芝生は刈られていなかった。それに、門から玄関まで続くコンクリートの歩道もなく、土道がついているだけだった。町の外ではべつに珍しいことではなかった——歩道を設えたり、芝刈り機を持っていたりする農夫はそんなにいなかった。

おそらく以前は花壇があったのだろう——すくなくとも白と金色の花が、長く伸びた草むらのそこここに直立していた。あれはきっとデイジーだと彼は思ったが、ナンシーに訊ねて、おそらく嘲るような口調で訂正されるのを聴く気にはなれなかった。

ナンシーは彼を、もっと優雅な、というかのんびりした時代の正真正銘の遺物へと導いた——ペンキは塗られていないがきちんと仕上げられた、二つの座席が向かいあっている木のブランコだ。周辺の草はどこも踏み固められていない――どうやらあまり使われていないらしかった。ブランコは葉の密生した二本の木の陰にあった。ナンシーは座ったとたんにまた立ち上がり、二つの座席のあいだで足を踏ん張ると、このぎしぎしきしむ装置を前後に揺らし始めた。

「こうやってわたしたちが来ていることを彼女に知らせるの」とナンシーは言った。

「誰に？」

「テッサよ」

「その人、君の友だちなの？」

「もちろん」

「お年寄りの友だち？」オリーは気のない口調で訊ねた。ナンシーがその太陽のような魅力とも呼べそうなもの――彼女が読んで心に留めていそうな女の子向きの本のなかでは、たぶんそう呼ばれていただろう――をいかに惜しみなく振りまくか、彼はいやというほど見ていた。彼女が製材所で年寄りを無邪気にからかうようすが思い浮かんだ。

「わたしたち、学校でいっしょだったの、テッサとうちは。テッサとわたしはね」

これでべつの思いが浮かんだ――あの、ジニーを彼とくっつけようとしていたことが。

「で、彼女の何がそんなに面白いわけ？」

「まあ見てなさいって。そうだ！」

ナンシーは揺らしている途中に飛び降りて、家の近くにある手押しポンプへ駆けていった。せっせと何度もポンプを押し下げる作業が始まった。長いあいだポンプをけんめいに動かしてやっと水が出てきた。それでもなお彼女は疲れた様子を見せず、しばらくポンプを押しつづけてから、フックに掛かっていたブリキのマグカップに水を満たして、こぼしながらブランコまで運んできた。彼女の熱心な顔つきから、すぐさまこちらに差し出してくれるものとオリーは思っていた、ところがナンシーは自分の口へもっていくと、嬉しそうにごくごく飲んだ。

「町の水とは違うわよ」彼女はそう言いながら、カップを彼に手渡した。「いい水よ。美味しいの」

彼女は井戸のところに掛けてある古ぼけたブリキのマグカップで浄化していない水を飲むような女の子なのだ（自分の体のなかで起こった災厄のせいで、彼はほかの若者ならあまり注意を払わないであろう危険性に敏感だった）。もちろんナンシーにはいささか見せつけているようなところもあった。だが彼女は本当に、根っからむこうみずで、自分は何かに守られているのだと、どこか一途に信じ込んでいた。

オリーは自分についてはそうは言えなかっただろう。だが彼は――冗談に紛らわしてでなければ口にできなかったことだろうが――自分は何か常ならぬことのために生まれてきた、自分の人生はそのことで意味を持つのだという気がしていた。もしかしたらそのために二人は親しくなったのかもしれない。だが、違うのは、彼は進みつづける、彼は妥協したりしないという点だった。女の子である彼女は妥協しなくてはならないだろうが――すでにそうしているが。女の子の持つどんな選択肢よりも幅広い選択肢のことを思うと、彼は急に気が楽になり、彼女に同情心が湧き、陽気な気分になった。なぜナンシーといっしょにいるのか自問する必要のないとき、彼女をからかったり彼女にからかわれたりしていると時間がきらめくような気楽さで過ぎていくことも、ままあったのだ。

水は確かに美味く、驚くほど冷たかった。

「みんなテッサに会いに来るの」と彼女は、オリーの向かいに腰を下ろしながら言った。「この家は、いつ人が来るかわからないの」

「へえ？」と彼は言った。もしかしたら、あまのじゃくで周囲を気にしない彼女は、ときおり田舎の娼婦となるセミプロの女の子と仲良くしているのかもしれない、という突拍子もない考えがオリーの頭に浮かんだ。悪の道に踏み込んだ女の子と、ともかくも友だちのままでいるのかもしれない。

ナンシーは彼の考えを読みとった――彼女は賢さを見せることがあった。

「あら、違うわよ」と彼女は言った。「わたしが言ったのはそんなことじゃないってば。いやだ、それって、聞いたこともないほど最悪の考えだわ。テッサに限ってぜったいそんなこと――ひどすぎる。あなたは自分を恥じるべきよ。あの人に限って――そのうちわかるわ」彼女の顔は真っ赤になっていた。

ドアが開き、通常の長々とした別れの挨拶もなく――というか、耳に聞こえるような別れの挨拶は一切なしに――中年の、彼らの車同様、くたびれてはいるがくたびれ果ててはいない男と女が小道をやってきて、ブランコのほうを見てナンシーとオリーに気づいたものの、何も言わなかった。奇妙なことにナンシーもまた何も言わず、威勢よく挨拶したりはしなかった。男女は車の向こう側へ行くと、乗り込んで走り去った。

すると、玄関口の陰から誰かが現れ、ナンシーは、今度は声をかけた。

「こんちわ。テッサ」

その女はがっしりした子供のような体型だった。大きな頭は黒い縮れ毛で覆われていて、肩幅は広く、太くて短い脚。脚はむき出しで、奇妙な服装だった――セーラー服とスカート。すくなくとも、暑い日には妙な格好だし、それにもう学生でもないのに。きっと、以前通学時に着ていた服なのだろう、倹約タイプなのでそれを家で着つぶしているのではないか。あの手の服はすり切れないし、それにオリーに言わせれば、女の子を可愛らしく見せることもけっしてなかった。そんな服装の彼女は、たいていの女学生以上でも以下でもなく、不恰好に見えた。

ナンシーはオリーを押し出して紹介し、オリーはテッサに――通常女の子には受けのいいほのめかすような言い方で――お話はよく聞かされています、と告げた。

「聞かされてなんかいないわよ」とナンシーが言った。「この人の言うことは一言だって信じちゃだめよ。この人をここへ連れてきたのはね、正直言ってこの人をどうしたらいいかわからなかったからなの」

テッサの目はまぶたが垂れ下がっていて、あまり大きくなかったが、目の色は驚くほど深く柔らかな青だった。オリーを見ようとその目を上げると、目は特になんの好意も敵意も好奇心すらたたえることなく、彼に向かって光った。その目はただ深々と自信ありげなので、オリーは、その上さらに馬鹿げた儀礼的な言葉を続けることなどできなくなった。

「入ったら」と彼女は言い、二人を導いた。「かまわなければバターづくりを済ませちゃいたいんだけど。攪拌してたときにさっきのお客が来て、手を止めることになっちゃって、でももう一度やっておかないと、バターが悪くなるかもしれないから」

「日曜にバターづくりだなんて、いけない子ね」とナンシーは言った。「ほらね、オリー。バターはこうやってつくるのよ。あなたなんてきっと、ちゃんとできあがって紙に包まれてお店に並ぶ状態で雌牛から出てくると思ってたんでしょ。さあ、やって」と彼女はテッサに言った。「疲れたらわたしがちょっと代わってあげる。じつはね、わたしの結婚式に来てちょうだいって頼みにきたの」

「その話はちょっと聞いてる」とテッサは答えた。

「招待状は送るつもりだったのよ、だけど、あんたのことだから気にも留めないかもしれないでしょ。ここまで出向いて、来るって言うまであんたの首を絞め上げたほうがいいと思ったの」

一同はキッチンへ直行した。窓のブラインドは敷居まで下げられていて、頭上の高いところで扇風機が大気をかきまわしていた。部屋は、料理やハエ取りや灯油や布巾のにおいがした。もしかすると何十年ものあいだ壁や床板にしみついているにおいなのかもしれない。だが誰かが――たぶんあの、ほとんど唸らんばかりの荒い息遣いで攪拌している女の子だろう――戸棚とドアをコマドリの卵のような青色に塗るという手間をかけていた。

床が汚れないように攪拌機のまわりには新聞紙が敷かれ、床はテーブルとレンジのまわりのよく歩く部分がすり減ってくぼんでいた。たいていの農家の女の子が相手なら、オリーは僕にも攪拌をやらせてくださいと思いやりを見せて申し出ていただろうが、この場合はどうも自信が持てなかった。このテッサという女の子は気難しいわけではなく、ただ歳のわりに老けていて、がっかりするほど率直で打ち解けない気質らしかった。しばらくすると、ナンシーでさえ、彼女を前にして静かになった。

バターができあがった。ナンシーはぱっと立って見に行き、オリーにもそうするよう声をかけた。その薄い色合いに彼は驚いた、ほとんど黄色くない。だが彼は、ナンシーに物知らずだとたしなめられるかと思い、何も言わなかった。すると二人の娘はべとべとする白っぽい塊をテーブルの布の上に置き、木のへらで叩いて、布ですっぽり包んだ。テッサが床の扉を持ち上げると、二人はバターを持って地下室の階段を下りていった。そこにそんなものがあるとは、オリーはとても気づかなかっただろう。ナンシーは足を滑らせかけて悲鳴をあげた。テッサひとりのほうが楽だったろうとオリーは思ったが、ナンシーに騒々しく可愛らしい子供ならではの特権を与えるのは、テッサにはやぶさかではないらしかった。テッサはナンシーに床の新聞を片づけさせておいて、自分は地下室から持ってあがったレモネードの瓶を開けた。隅のアイスボックスから氷の塊を出すと、流しのなかでおがくずを洗い流して金づちで割り、グラスに入れられるようにした。ここでもまたオリーは手伝おうとはしなかった。

「さあ、テッサ」レモネードをごくごく飲んだナンシーが言った。「さあ、そろそろやってよ。お願い。ねえ、やって」

テッサは自分のレモネードを飲んだ。

「オリーに言ってやって」とナンシーは言った。「この人のポケットに何が入っているか、言ってやってよ。右から始めて」

テッサは目を上げもせずに答えた。「そうね、財布が入ってるんじゃないの」

「さあ、続けて」とナンシー。

「ああ、当たりだ」とオリーは言った。「財布が入ってる。今度はなかにどれだけ入ってるか当ててもらわなきゃいけない？　じつはあんまり入ってないんだ」

「そんなのどうでもいいわ」とナンシーは答えた。「ほかに何が入ってるか、この人に言ってやってよ、テッサ。右のポケットにね」

「だけど、これってなんなの？」とオリーは訊ねた。

「ねえテッサ」ナンシーは甘い声で言った。「ほら、テッサ、知らない仲じゃないでしょ。わたしたち、古い友だちじゃない、学校に入ったときからの友だちでしょ。わたしのためにやってよ」

「これは何かのゲームなの？」とオリーは訊ねた。「君たち二人のあいだで考えたゲーム？」

ナンシーはその言葉に笑った。

「どうしたのよ」と彼女は言った。「何か恥ずかしいものでも入れてるの？　臭いボロ靴下とか？」

「鉛筆」とテッサがうんと小さな声で言った。「お金がいくらか。硬貨ね。どのくらいの金額かはわからない。紙が一枚、何か書いてある？　何か印刷してある？」

「ぜんぶ出してみて、オリー」とナンシーが叫んだ。「ぜんぶ出して」

「ああ、それとガムが一枚」とテッサが言った。「ガムだと思う。それでぜんぶ」

ガムは包まれておらず、綿ぼこりにまみれていた。

「ここに入れといたの、忘れてたよ」とオリーは言った。忘れてはいなかったのだが。ちびた鉛筆が出てきた。五セント白銅貨と一セント銅貨が何枚かずつ、畳んである、すり切れた新聞の切り抜き。

「誰かからもらったんだ」と彼は言い、ナンシーはひったくると広げた。

「詩と散文の高品質自筆原稿買い取りたし」彼女は読み上げた。「誠実に検討――」

オリーは紙片を彼女の手からもぎ取った。

「誰かから渡されたんだ。僕の意見を聞きたいからってね、こういう体裁でいいかどうか」

「オリーったら」

「まだポケットに入ってただなんて知りもしなかったよ。ガムにしてもさ」

「あなた、驚かないの？」

「もちろん驚いてるよ。すっかり忘れてたんだ」

「テッサに驚かないの？　こんなことがわかるなんて？」

オリーはひどく動揺していたが、テッサのためになんとか笑顔をつくった。彼女のせいではない。

「こういった物をポケットに入れてる人は多いんじゃないかな」と彼は言った。「コイン？　当然だ。鉛筆も――」

「ガムは？」とナンシーが言った。

「あり得る」

「それに印刷してある紙。テッサは、印刷してあるって言ったのよ」

「紙って言ったんだ。テッサには、何が書いてあるのかはわからなかった。わからなかったんだよね？」と彼はテッサに訊いた。

テッサは頷いた。彼女はドアのほうを見て、耳を澄ませた。

「小道に車が入ってきたみたい」

彼女の言うとおりだった。いまや、全員に聞こえた。ナンシーはカーテン越しに覗きにいき、その瞬間、思いがけなくテッサがオリーににこっとしてみせた。共謀の笑顔でも、謝罪の笑顔でも、よくある媚びた笑顔でもなかった。歓迎の笑顔だったのかもしれないが、はっきり招き入れるようなところは一切なかった。それはただ単に温かさを、彼女のなかにある気さくな気持ちを示しているだけだった。それと同時に、彼女の広い肩が動いて、あたかもあの微笑みが彼女全体に波及したたかのような落ち着きが生まれた。

「くっそお」とナンシーは言った。だが彼女は興奮を、オリーは調子が狂ってしまった自分の吸引力と驚きを押さえなければならなかった。

テッサがドアを開けると、ちょうど男がひとり車から出てきたところだった。彼は、ナンシーとオリーが小道をやってくるのを門のところで待っていた。おそらく六十代、がっしりした肩で生真面目な顔つき、薄い色の夏のスーツにクリスティーズの帽子をかぶっていた。車は新型クーペだった。彼はナンシーとオリーに素っ気ない敬意を込めて会釈し、医院から出てくる二人のためにドアを支えていたのだとしたら見せたかもしれない好奇心は、思慮深く隠していた。

テッサの家のドアが男の背後で閉まって間もなく、もう一台の車が小道のずっとむこうに現れた。

「行列ね」とナンシーは言った。「日曜の午後は混むのよ。それに夏だしね。何マイルも離れたところからテッサに会いに来るの」

「ポケットに何が入っているのか彼女に言わせるために？」

ナンシーはその言葉を聞き流した。

「たいていは、なくしたもののことを訊ねにね。大事なもののことを。ともかく、本人にとっては大事な」

「彼女、料金を請求するの？」

「しないんじゃないかな」

「しなきゃだめだよ」

「どうして？」

「貧乏なんじゃないの?」

「飢えてるわけじゃないわ」

「もしかしたら、そんなに当たらないんじゃないかな」

「あら、きっと当たってるわよ。でなきゃみんな続々とここへ来たりしないでしょ?」

野ばらの茂みに挟まれた眩しく風通しの悪いトンネルを歩いて行くうちに、二人の会話の調子は変化した。顔の汗を拭いていると、けなしあいをする気力が失せたのだ。

オリーが言った。「どうもわからないな」

「誰にもわからないんじゃないの。失せ物だけでもないの。彼女、死体も見つけてるの」

「死体?」

「線路伝いに歩いてて吹雪に巻き込まれ凍え死んだんじゃないかって言われてた男の人がいて、見つからなかったの。そうしたら、テッサが教えたのよ、断崖の下の湖の横を見てみなさいって。そしたら案の定。線路なんかじゃなかったの。それから、雌牛がいなくなったことがあって、溺れ死んだんだってテッサが教えたの」

「で?」とオリーは言った。「もしそれが本当なら、どうして誰も調査しないんだ? つまり、科学的にさ?」

「ほんとにほんとのことなのよ」

「彼女を信用しないって言ってるんじゃないよ。だけど、彼女がどうやってそんなことできるのか知りたいんだ。彼女に訊いてみたことないの?」

ナンシーの答えは彼を驚かせた。「そんなの失礼でしょ?」と彼女は答えたのだ。

いまや、話はもうたくさんだと思っているらしいのはナンシーのほうだった。

「ならさ」と彼はしつこく言いつのった。「彼女は学校へ通ってた子供の頃からいろんなものが見えたの？」

「ううん。どうかなあ。べつにテッサがなにか言ったりしたことはなかったけど」

「ほかのみんなと変わらなかった？」

「ほかのみんなとまったく同じじってことはなかったわよ。だけど、そんな人いる？　だって、わたしだって同じだとは思ってなかったわ。ジニーだって自分はみんなと同じだなんて思ってなかったし。テッサについて言えば、彼女はあんなふうに離れたところに住んでて、朝学校に来るまえに牛の乳搾りをしなきゃならなくて、ほかのわたしたちは誰もそんなことしてなかったってことくらいかな。わたしはいつもテッサと仲良くしようとしてたの」

「わかるよ」オリーは優しく言った。

ナンシーは耳に入らなかったかのように話しつづけた。

「だけど、あれが始まったのは——きっと、テッサが病気したときだと思う。わたしたちが中等学校の二年目だったとき、テッサは病気になったの、発作を起こしたの。学校をやめちゃって、そのままもどってこなかった。そしてそのころから彼女、なんとなくいろんなことをやめちゃったの」

「発作」とオリーは言った。「癲癇発作？」

「そんなの聞いたことない。ああ」——ナンシーは彼から顔を背けた——「わたしったら、ほんとに最低」

オリーは足を止めた。「どうして？」と彼は訊いた。

ナンシーも立ち止まった。

「あなたを連れていったのはね、ここにだって特別なものがあるんだってことを見せるためだったの。彼女を。テッサをね。つまり、あなたにテッサを見せるためだった」

「そうか。で？」

「だってあなたは、ここには注目する価値のあるものなんか何もないと思ってるでしょ。わたしたちなんて、物笑いの種にしかならないと思ってるじゃない。ここにいるわたしたちみんな。だから、テッサをあなたに見せるつもりだったの。見世物みたいに」

「僕なら彼女に対して見世物なんて言葉は使わないな」

「でも、わたしはそういうつもりだった。こんなこと考える頭、蹴飛ばしてもらわなきゃ」

「そこまで言わなくても」

「テッサに謝りにいかなきゃ」

「僕ならそんなことはしないな」

「そうなの？」

「しない」


その夜、オリーはナンシーが火を使わない夕食を用意するのを手伝った。ミセス・ボックスは料理したチキンとゼリー寄せサラダを冷蔵庫に入れておいてくれ、ナンシーは土曜日に、イチゴを添えて出そうとエンゼルフードケーキをつくってあった。二人は、午後は陰になるベランダにぜんぶを持ちだした。メインコースとデザートのあいだに、オリーは平皿とサラダの皿をキッチンへ下げた。

出し抜けに、彼は言った。「彼女のところへ何かご馳走とか運ぼうって、誰か考えないのかな？チキンとか、イチゴとかさ？」

ナンシーはうんと形のいいイチゴに果糖をまぶしていた。ちょっと間をおいて、彼女は問いかけた。「ええ？」

「あの女の子だよ。テッサ」

「ああ」とナンシーは言った。「テッサはニワトリを飼ってるから、食べたいなら一羽しめたらいいもの。イチゴも植えてたって不思議じゃないし。たいてい植えてるわよ、田舎じゃね」

帰り道で悔恨の念を噴出させたことは彼女に良い効果をもたらしていたが、いまはもう終わっていた。

「彼女は見世物じゃないってだけじゃない」とオリーは言った。「彼女は自分のことを見世物だとは思っていない」

「そりゃもちろん、そんなことないわよ」

「彼女は自分がなんであれそれに満足している。彼女の目は素晴らしい」

ナンシーはウィルフに、デザートの用意でばたばたしているあいだピアノを弾いてちょうだいよ、と声を掛けた。

「クリームを泡立てなくちゃならないんだけど、この暑さじゃいつまでもかかっちゃうわ」

ウィルフは、みんな待ってるよ、僕は疲れてるんだ、と答えた。

だが彼はちゃんと演奏した。あとになって、皿洗いがすんで暗くなってきたころに。ナンシーの父親は夕方の礼拝には行かなかったが——そこまでは無理だと彼は思っていた——日曜はどんな種類のトランプゲームもボードゲームも許さなかった。彼はまたも『ポスト』紙に目を通し、一方ウィルフはピアノを弾いた。ナンシーは父親からは見えないベランダの階段に腰を下ろし、父親がにおいに気づかないことを祈りながらタバコを吸った。

「結婚したら——」と彼女は手すりにもたれているオリーに言った。「結婚したら、好きなときにタバコを吸うの」

オリーはもちろん、肺のことがあるのでタバコは吸わなかった。

彼は笑った。「おいおい。それが理由なの?」

ウィルフは楽譜なしで『小夜曲（セレナーデ）』を弾いていた。

「上手いな」とオリーは言った。「手が器用なんだ。だけど女の子たちはよく、冷たい手だって言ってた」

だが彼はウィルフやナンシーや二人の結婚のことを考えていたのではなかった。彼はテッサのことを考えていた、彼女の風変わりなところやその落ち着きぶりを。この長くて暑い夜を、野ばらの小道の端で彼女はどう過ごしているのだろうと思っていた。まだ訪問者が続いているのだろうか、まだ皆の人生の問題を解決するのに忙しいのだろうか? それとも、外に出てあのブランコに座って、上ってくる月だけを相手にぎしぎし揺れているのだろうか?

間もなく彼は、彼女が夕刻をポンプからトマト畑までバケツで水を運んだり、豆やジャガイモに土寄せしたりして過ごしており、もしも彼女と話す機会を得たいなら、彼も同じことをやらなければならないと知ることになった。

そのころナンシーはますます結婚式の準備に没頭するようになり、テッサのことを考えるゆとりなどなくなったし、オリーのこともほとんど気に留めなくなり、ただ、最近はいてほしいときにそばにいてくれたためしがないと、一、二度口にしただけだった。

四月二十九日。オリーへ

ケベック・シティーからもどって以来ずっとあなたからお便りいただけるものと思っていましたが、いただけないので（クリスマスでさえ！）、驚きました。でもね、理由はわかってると言ってもいいんじゃないかと思うの——何度か手紙を書きはじめたんだけど、自分の気持ちの整理がつくまで先のばしにしなくちゃなりませんでした。『サタデー・ナイト』誌に出た記事だか物語だか、なんて呼ぶのか知らないけど、あれはよく書けていたんじゃないかと言えるし、雑誌に掲載されるなんて素晴らしいことには違いありません。父さんは「小さな」湖港という言い方が気に入らず、ヒューロン湖のこちら側では最高の、もっとも出入りの激しい港なのだということをあなたに再認識してもらいたいと思っていますし、わたしは「平凡な」という言葉がひっかかります。この町ってほかのどこと比べても平凡なのかしら、それに、いったいどんなふうだったらいいの——詩的？

でもね、いちばんの問題はテッサと、このことが彼女の人生にどんな影響を与えるかってことです。あなたがそういうことを考えていたとは思えません。彼女に電話してもつながらないし、車を運転して会いにいくのはちょっときついし（なぜなのかはご想像にお任せします）。ともかく、わたしの聞いたところによると、彼女のところへは人が続々と押し寄せていて、彼女の住んでいるところへ車でいくにはいまは最悪の時期なので、レッカー車がみんなを溝から引っ張り上げているようです（そんなことをしても、ぜんぜんお礼も言ってもらえないのよ、この町の環境が遅れてるって叱られるだけで）。道路はめちゃくちゃで、修理できないほどぼろぼろになっています。野ばらは確実に過去のものとなっているでしょう。すでに町議会は、この件で最終的にどれくらいの費用がかかるだろうかと大騒ぎ、そして、こんなふうにマスコミにいろいろ出たのはテッサの仕業で、これで彼女が荒稼ぎしてると思ってすごく腹を立てている人がたくさんいます。彼女がすべてただでやってるんだってことを、みんな信じないの。そして、この件で誰かがお金を儲けたのだとしたら、それはあなたよ。じつはこれは父さんの言葉なんだけど——あなたがお金目当ての人間じゃないってことは知ってます。あなたにとっては、活字になるという栄光がすべてなのよね。皮肉に聞こえたらごめんなさい。野心を持つのはいいことよ、でも、他人はどうなるの？

そうね、もしかしたらあなたはお祝いの手紙を期待していたのかもしれない、でもね、悪いけど、このことは言わずにはいられなかったの。

あのね、もうひとつだけ。訊いておきたいんだけど、あなたはずっとあれを書こうと考えてたの？　あなたがひとりでテッサのところへ何度か行き来してたということは、聞いてます。あなた、わたしにはそんなこと一言も言わなかったし、いっしょに行ってくれって頼みもしなかったわよね。ネタ（あなたならきっとこんなふうに言うんでしょ）を摑みかけてるなんて、ほのめかしもしなかったし、わたしに思い出せるかぎりじゃ、あなたは体験したことすべてを、いやに素っ気なくまとめちゃったのね。それにあなたの書いたもののどこにも、わたしがあなたをテッサのところへ連れていったとか紹介したとかってことは一言も書いてないじゃない。そういうことについての感謝は一切ないし、個人的にお礼とか感謝とかされたこともないし。それに、あなたは自分の目的についてテッサに正直に話していたのかしら、それと、彼女から——今度はあなたの言葉を引用するわね——あなたの「科学的好奇心」を発揮する許可はもらったの？　彼女をどうするつもりなのか説明した？　それとも、あなたはただちょこっとやってきて、「ライターとしてのキャリア」の第一歩を踏み出すためにこの町の「平凡な人々」を利用して、また去っていっただけなの？

ではごきげんよう、オリー。あなたからのお手紙はもう期待しません（わたしたちは一度でもあなた様からお手紙をいただく栄に浴したわけではありませんけれど）。

あなたの義理のいとこ、ナンシーより

ナンシー様

僕としては、君はなんでもないことで大騒ぎしているだけだと言わざるを得ないね、ナンシー。テッサは誰かに発見されて「記事にされる」運命にあった、ならばその誰かが僕だっていいだろう？　記事を書こうって考えは、彼女と話しにいくうちに、ほんの少しずつ頭に浮かんできたものだ。それに、僕はまったくのところ自分の「科学的好奇心」から行動していたんだ。僕の性格のなかで、この好奇心についてだけは詫びるつもりはない。君の許しを得るべきだったとか、僕の計画や行動をすべて君に知らせておくべきだったとか思っているようだけど、あの頃君はウェディングドレスとか結婚祝い贈呈会とか銀の皿を何枚もらうかとかなんだかんだで、これ以上ないほどあたふた走りまわっていたんだよ。

テッサについて言えば、記事が出たあとは僕が彼女のことを忘れてしまったんじゃないかとか、これが彼女の人生にどんな影響を及ぼすか考えていないんじゃないかとか思ってるんなら、大間違いだ。それに、じつは彼女から手紙をもらってるんだけど、それには君が言ってるような大騒ぎになってるだなんて書いてないよ。いずれにせよ、彼女はそれほど長くあそこで我慢している必要はない。あの記事を読んで非常に興味を持った何人かの人と、僕は接触している。この件についてはきちんとした調査が行われる。一部はここで、でも大半はアメリカでね。国境の向こうのほうがこういったことに使える資金も多いし、純然たる関心もより多く注がれるんじゃないかと思うんだ、だから、ボストンかボルチモアか、もしかしたらノースカロライナで、可能性を――テッサは研究対象としての、そして僕はこの線に沿った科学ジャーナリストとしての――探ってみるつもりだ。

君にそんな厳しい見方をされているのは残念だ。結婚生活がどんな具合か、何も――曖昧にぼかされた（おめでたい？）告知を除いては――聞かせてくれないんだね。ウィルフのことも一言も書いてないけど、きっとケベック・シティーへはウィルフもいっしょに行ったんだろうね。楽しく過ごせたことを祈るよ。彼がこれまでどおり順調でありますように。

敬具、オリー

テッサ様

どうやら電話を切っちゃってるみたいね。いまのあなたみたいにあんなに有名になったら、必要な措置なのかもしれないけれど。意地悪で言ってるんじゃないのよ。最近はよく、自分ではそんなつもりじゃないようなことを言ってしまうの。わたし、赤ちゃんができたの――あなたの耳に入ってるかどうかは知らないけど――どうやらそのせいで、いらいら神経質になってるみたい。

あなたはとても忙しく、また混乱した日々を過ごしているんでしょうね、毎日たくさんの人があなたに会いに押し寄せてきて。普通の日常生活を送るのはきっと難しいでしょうね。もし暇があれば、会えたら嬉しいんだけど。あのね、これは本当のところ、もし町へ来ることがあったら（あなたはいまでは食料品はぜんぶ配達してもらってるって、お店で聞いたけど）ちょっと会いに来てちょうだいっていうご招待よ。わたしの新しい――内装も新しくしたし、それにわたしにとっては新しいって意味――家のなかを一度も見てないでしょ。というか、わたしの古い家でさえ見てないわよね、考えてみたら――いつだって、わたしのほうがあなたに会いにひとっ走りしてたんだから。本当ならもっとたびたび行きたかったんだけど。なんだかいつも忙しいの。手に入れては使いつつ、わたしたちは自分の力を浪費している（ワーズワースのソネットより）。どうしてわたしたちはこんなに忙しくしては、やりたかったはずのことを、やりたかったであろうことを、やりそこねてしまうのかしら？古い木のへらでバターを叩いたの、覚えてる？　楽しかったわ。あれはわたしがオリーをあなたのところに連れていったときのことだったけど、あなたがあの出会いを悔やんでいないことを願ってます。

　ねえテッサ、わたしが自分には関係のないことにお節介を焼いてるとか、鼻を突っ込んでるとか思わないでほしいんだけど、オリーの手紙に、アメリカで研究だかなんだかやってる人たちと連絡を取ってるって書いてあったの。このことについては、彼はあなたとも連絡を取ってるんじゃないかしら。彼が言ってるのがどういう研究かは知らないけど、あのね、彼の手紙のその部分を読んだとき、ぞっとしちゃったの。なんだか、あなたがここを離れて――もしそれがあなたの考えていることだとしたら――あなたのことを友だちだとか普通の人間だとか思ってる人が誰もいないところへ行くのは、良くないことだって感じるの。とにかく、このことをあなたに伝えなくては、と思いました。
もうひとつ、あなたに話さなくてはと思うことがあります、どう話せばいいのかわからないんだけど。それは、こういうことなの。オリーは確かに悪い人間じゃないけれど、彼には影響力がある——しかもこうして考えてみると、女性に対してだけじゃなく、男性に対しても——でね、彼はそれに気づいていないっていうんじゃなくて、その責任をきちんと取らないの。ざっくばらんに言うと、彼に恋なんかしたら最悪だと思う。彼、あなたのこととか、その実験のこととか、そういうことについて書くために何らかのかたちであなたと組もうと思ってるみたいで、彼ってすごく親切で飾り気がないんだけど、あなたが彼の態度を実際以上のものと勘違いするかもしれないでしょ。こんなこと言ったからってわたしに腹を立てないでね。会いに来て。xxx（キスキスキス） ナンシーより。

ナンシーへ
わたしのことはご心配なく。オリーはすべてわたしに連絡してくれてます。あなたがこの手紙を受け取るころには、わたしたちは結婚しています。そしてたぶんすでにアメリカにいるでしょう。あなたの新しいお家のなかを見られなくて残念です。敬具、テッサ。

頭の穴

中央ミシガンの丘陵はオークの森で覆われている。ナンシーがただ一度そこを訪れたのは一九六八年秋のことで、オークの葉は紅葉していたが、まだ木にしがみついていた。彼女がなじんでいたのは森ではなく、秋になると葉が赤や金色になるおびただしい数のカエデの木がある広葉樹の植林地だった。大きなオークの葉の暗い色合い、錆色というかワイン色は、陽の光を浴びていてさえナンシーの気分を高揚させてはくれなかった。

私立の病院があるその丘には木が一本もなく、どの町や村からも、人の住む農場からさえも離れていた。以前小さな町などで、一族が死に絶えたり維持できなくなったりした名家の大邸宅を「改造」した病院が見かけられたものだが、それは、ああいった類の建物だった。玄関の両側には二つの出窓、三階にはずらっと屋根窓が並んでいた。すすけた古い煉瓦、そして、低木も生垣も、リンゴの木もなく、刈られた芝生と砂利を敷いた駐車場があるだけだ。

たとえ誰かが逃げようと思っても、どこにも隠れる場所はない。

ウィルフが病気になるまえだったら、そんな考えは頭に浮かばなかったことだろう――いずれにせよ、これほどパッとは。

彼女は、職員の車だろうかそれとも見舞客のだろうかと思いながら、ほかの数台の横に車を停めた。こんな人里離れたところへやってくる見舞客はどれほどいるのだろう?

玄関の掲示を読むには階段をかなりあがらなくてはならなかった。掲示には、通用口へおまわりください、と書かれていた。近寄ると、一部の窓には鉄格子があるのが見えた。出窓にはなかった――でも、出窓にはカーテンがなかった――が、その上の窓や、下の、地下室の一部が地上に出ているらしいところの窓にはあった。

そちらへまわるようにと記されていたドアは、その低い階へ入るようになっていた。彼女は呼び鈴を鳴らし、それからノックし、そしてまた呼び鈴を押してみた。鳴るのが聞こえたように思ったのだが、確信はなかった。なかでは大きな物音がしていたからだ。彼女はドアノブをまわしてみた、すると驚いたことに――窓には鉄格子がはまっているというのに――ドアは開いた。彼女がいるのは厨房の入口だった、大きくて忙しない施設の厨房で、大勢の人が洗ったり片づけたりせっせと昼食の後始末をしていた。

厨房の窓はむき出しだった。天井は高く、騒音を増幅していて、壁も戸棚もすべてまっ白に塗られていた。晴れた秋の日差しがたけなわだというのに、夥しい照明が点けられていた。

もちろん、彼女の訪問はたちまち皆の目に留まっていた。だが、すぐさま彼女に声をかけてそこで何をしているのか突きとめようとは、誰も思わないらしかった。

彼女はほかのことに気がついた。光と騒音の強い圧力に加えて、いまでは彼女が自分の家でも感じるのと同じ感覚があった。他人が彼女の家に入ってきたら、きっともっと強く感じるはずの。

何かの調子が狂っているという感覚、直したり変えたりすることはできず、ただ、できるだけ我慢しているしかない、といった。そんな場所へ入ってくると、たちまちお手上げになる人もいる、どう我慢すればいいのかわからず、腹を立てたり怯えたりして、逃げ出さざるを得ない。

白いエプロンをつけた男がゴミバケツを乗せたカートを押してやってきた。出迎えにきてくれたのかただたんに通り道だっただけなのかわからなかったが、男はにこにこして、親切そうだったので、彼女は男に自分の名前と、誰に会いに来たのかを告げた。男は耳を傾け、何回か頷いて、笑みをいっそう満面に広げ、頭を揺すって指先で自分の口を叩きはじめた――口がきけない、あるいは何かのゲームで口をきくことを許されていないと教えているのだ。そして、そのままカートを押して、低い地下室のほうへと傾斜路を下って行ってしまった。

あの男は従業員ではなく入所者なのかもしれない。きっと、働ける人は働かされるような施設なのだ。働くのは彼らにとっていいことだという考えで、そしてたぶんそのとおりなのだ。

やっと、責任者らしい様子の人物が、ナンシーと同じくらいの年頃の黒っぽいスーツを着た——ほかの大半が身を包んでいる白いエプロンはつけていない——女性がやってきたので、ナンシーはもう一度ぜんぶ話した。手紙を受け取ったこと、収容者——入居者と呼ぶほうがいいんでしょうか——がナンシーを連絡先としていたことを。

厨房の人たちが雇われた従業員ではないと彼女が思ったのは正しかった。

「でも、皆ここで働くのを気に入っているようです」と女性施設長は言った。「皆、プライドを持っています」左右に警告の笑顔を向けながら、彼女はナンシーを、厨房に隣接した自分のオフィスに案内した。話すうちに、彼女はあらゆる妨害を処理し、厨房の仕事の決定を下し、白いエプロンに身を包んだ者がドアから顔をのぞかせるたびに苦情を処理する役目なのだということがはっきりしてきた。彼女はきっと書類や、やや乱雑に壁のフックに突き刺してある請求書や通知書の処理もしなければならないに違いない。それに、ナンシーのような訪問者に対処することも。

「わたしたちはありったけの古い記録を調べて、血縁者として届けられている名前を探しだし——」

「わたしは血縁者ではありません」とナンシーは言った。

「まあ、なんでもいいんですが、で、あなたが受け取られたような手紙を出したんです、こういうケースをどんなふうに扱ってもらいたいかというガイドラインを得るためにね。じつを申しますと、反応はそれほど多くないんです。わざわざ車でお越しいただいてありがたいです」

こういうケースというのはどういう意味かとナンシーは訊ねた。

施設長は、ここにいるべきではないのかもしれない人たちが何年もここにいるんです、と答えた。「お断りしておきますが、わたしはここへ来てまだ間もないんです」と彼女は説明した。「ですが、知っている限りのことをお話ししましょう」

彼女によると、この施設は文字通り誰でも受け入れる場所で、正真正銘の精神病患者も、耄碌した年寄りも、何らかの点で正常に発育できない者も、家族が扱いかねる、あるいは扱おうとしない者もいた。ずっとさまざまな患者がいたし、いまもそうなのだ。非常に扱いにくい患者は皆北棟で、保護されている。

ここは元は私立の病院で、所有者である医師が経営していた。その医師が死んだあと、家族——医師の家族——が引き継ぎ、すると彼らには彼らのやり方があった。施設は一部が慈善病院となり、適切な慈善の対象ではけっしてない患者を慈善の対象として補助金を獲得するための、普通ではない手立てが使われた。まだ登録されていないながら実際には死亡している患者もおり、ここにいるための適切な資格や記録を持っていない者もいた。もちろん、彼らの多くは働いて生活費を稼いでおり、これは通常は彼らの意欲をかきたてるにはいいことだったのかもしれない——実際そうだ——が、そうは言っても、すべて不正な、法に反することだった。

そしていまや、徹底した調査が行われ、この施設全体が閉鎖されようとしている。建物はどのみち老朽化している。収容可能人数が少なすぎる、いまではこういうやり方はされない。深刻な状態の患者はフリントかランシングの大きな施設へ行き——まだ確定ではないが——最近のトレンドである介護用住宅やグループホームへ入居可能な者もいるし、身内といっしょならなんとか暮らしていける者もいる。

テッサもこのうちのひとりだと考えられていた。どうやら、ここへ来たときには電気療法が必要だったらしいのだが、もう長いあいだ、ごく軽い薬物治療しか受けていない。

「ショック療法ですか?」とナンシーは訊ねた。

「おそらく、ショック治療法です」と施設長は、何か特別な違いでもあるかのように答えた。「血縁者ではないとおっしゃいましたね。それはつまり、彼女を引き取るおつもりはないということですね」

「わたしには夫がいます――」とナンシーは言った。「夫がいるんですが、夫は――本当ならこういう施設にいるんでしょうが、わたしが家で世話をしているんです」

「ああ、そうですか」と施設長は答え、信じていないというのではないが、同情的でもないため息をついた。「それに問題は、どうやら彼女は市民権さえ持っていないようなんです。本人も自分がアメリカ市民だとは思っていません――ならばきっと、いまさら彼女に会いたいとは思わないでしょうね」

「いいえ」とナンシーは答えた。「いいえ、会いたいです。そのために来たんです」

「ああ、そうですか。彼女はすぐそこにいますよ、パン焼き場に。ここで何年もパンを焼いてるんです。さいしょはパン焼き職人を雇っていたようですが、その職人が辞めてからは誰も雇っていないんです、テッサがいれば必要ありませんからね」

立ち上がりながら、彼女は言った。「ところで。しばらくしたら覗いて、ちょっとお話ししたいことがあるとあなたに声をかけたほうがいいかもしれませんね。そうすれば逃げ出せるでしょう。テッサはなかなか頭が良くて状況がわかっているから、あなたが自分を連れていかずに出ていくのを見たら動揺する可能性があります。だから席をはずす機会をつくってあげますよ」

テッサは完全な白髪ではなかった。巻き毛はぴったりしたネットのなかに押し込まれ、しわもなく艶やかで昔よりさらに広く高く白い額がむきだしになっている。体型もさらに幅が広がっていた。巨石のように硬く見える大きな胸がパン焼き職人の白い服に包まれていて、この重荷にもかかわらず、目下の姿勢――テーブルに屈みこんで巨大な平べったい生地を丸めている――にもかかわらず、彼女の肩はまっすぐで堂々としていた。

パン焼き場には彼女のほかにただひとり、痩せて背が高く端正な顔立ちの女の子――いや、大人の女だ――がいて、その可愛い顔は絶えずピクピク奇妙にしかめられていた。

「ああ、ナンシー。あんたなのね」とテッサは言った。ひどく自然な口ぶりだった。かくも見事な分量の肉を骨にまといつかせている人らしく、大きく息をはずませ、思わず知らず親しみを漂わせながらではあったが。「やめなさい、エレノア。ふざけないで。あたしの友だちに椅子を持ってきて」

最近の風潮にしたがって、ナンシーが自分を抱擁しようとしているのを見て、彼女は慌てた。「いやだ、あたしは粉だらけだよ。それに、エレノアがあんたに嚙みつくかもしれないし。エレノアはね、誰かがあたしに親しくしすぎると気に入らないの」

エレノアはそそくさと椅子を持ってもどってきた。そこでナンシーは、相手の顔を見つめながら愛想よく話すことにした。

「どうもありがとう、エレノア」

「その子はしゃべらないの」とテッサが言った。「でも、よく手伝ってくれる。その子がいなきゃとてもやってけない、そうだよね、エレノア？」

「あのね」とナンシーは言った。「わたしのことわかったなんて、びっくりだわ。昔と比べたらすっかりしなびちゃってるでしょ」

「うん」とテッサは答えた。「はたして来てくれるかなと思ってた」

「わたしが死んでたっておかしくないのよ。ジニー・ロスを覚えてる？ 彼女は死んだの」

「うん」

テッサがつくっていたのはパイ皮だった。彼女は生地を丸く切り抜き、ブリキのパイ皿にぴしゃっと押しつけてから、それを片手で宙に支えて熟練した手つきでまわしながら、もう片方の手に持ったナイフで切っていった。彼女はこれを何回か素早く繰り返した。

彼女は「ウィルフは死んでない？」と訊いた。

「ええ、死んでないわ。でもね、テッサ、ちょっと頭がおかしくなってるの」遅まきながらナンシーはこんなことを言うとは気が利かなかったと気づき、気軽な口調を差し挟もうとした。「ちょっとおかしなことをするようになっちゃってね、かわいそうなウルフィー」何年もまえに、彼女はウィルフを狼ちゃん(ウルフィー)と呼んでみた、彼の長い顎や薄い口ひげや明るくて厳しい目にぴったりだと思ったのだ。ところが彼は気に入らず、愚弄されているのではないかと疑ったので、やめたのだった。いまはもう彼は気にしないし、そう呼ぶだけで彼女は気分が引き立ち、彼に対して優しい気持ちになれるので、目下の状況では助けになった。

「たとえばね、彼ったら、敷物を毛嫌いするの」

「敷物を？」

「こんなふうに部屋をぐるぐる歩きまわるの」ナンシーは宙に長方形を描いてみせた。「家具を壁から離さなくちゃならなかったわ。ぐるぐるぐるぐる」不意に、なんとなく謝るように、彼女は笑った。

「ああ、ここにもそれをやる人がいるよ」とテッサは事情通らしく、わかるわかるというように頷いた。「自分と壁とのあいだに邪魔物は一切あってほしくないんだよね」

「それにすごくわたしに頼るの。始終、ナンシーはどこだ？　なの。いまじゃ、彼が信頼するのはわたしだけなの」

「暴力はふるう？」テッサはまたも、プロらしく、専門家らしく訊ねた。

「いいえ。でも疑ぐり深いわね。人が入ってきてはいろんなことを彼から隠してると思ってるの。誰かが歩きまわって時計を動かしたり、新聞の日付まで変えてるって。ところが、わたしが誰かの医学的な問題のことを話すと、さっとそんな状態から抜け出して、まったく正確な診断を下したりするの。人の心って不思議なものよね」

　ほらほら。またも気配りが足りなかった。

「彼は混乱はしてるけど、暴力的ではないわ」

「ならよかった」

テッサはパイ皿を置くと、「ブルーベリー」というラベルの貼ってある商標のない大きな缶から中身をおたまですくい出しはじめた。中身はやや薄くてねっとりしているように見えた。

「ほらエレノア」とテッサは言った。「あんたの切れ端だよ」

エレノアはナンシーの椅子の真後ろに立っていた——ナンシーは振り向いて見ないよう気をつけていた。いまやエレノアは、目を上げずに調理台をすっとまわって、ナイフで切り落とされた生地の切れ端をまとめはじめた。

「だけど、あの男も死んだよね」とテッサは言った。「あたしはそれしか知らないけど」

「どの男のことを言ってるの？」

「あの男だよ。あの、あんたの友だち」

「オリー？　オリーが死んだって言うの？」

「知らなかったの？」とテッサは問い返した。

「知らない。知らないわ」

「知ってるだろうと思ってた。ウィルフは知らなかったの？」

「ウィルフも知らないわ」無意識に夫を生者のあいだに入れて守りながら、ナンシーは答えた。

「ウィルフは知ってると思ってた」とテッサは言った。「あの人たち、親戚じゃなかったっけ？」

ナンシーは答えなかった。テッサがここにいるのだから、当然オリーは死んだと考えるべきだったのだ。

「なら、内緒にしてたんじゃないかな」とテッサは言った。

「ウィルフはいつもそういうことをするのが得意だったわ」とナンシーは答えた。「どこで死んだの？　あなたはいっしょだったの？」

テッサは首を振って、否定、あるいは知らないということを示した。

「でもいつ？　あなたはなんて聞かされたの？」

「誰から聞いたんでもないよ。何も教えちゃくれないからね」

「ああ、テッサ」

「あたしの頭には穴が開いてた。長いあいだそうだったんだ」

「それって、昔、あなたにはいろんなことがわかった、ああいうこと？」とナンシーは訊いた。

「どんなだったか覚えてる？」

「あたし、ガスを吸わされたの」

「誰に？」とナンシーは厳しい口調で問いただした。「ガスを吸わされたって、どういうこと？」

「ここの担当者たちだよ。注射を打たれた」

「ガスって言ったじゃない」

「注射も打たれたし、ガスも吸わされたんだよ。あたしの頭を治すためにね。それと、あたしの記憶が残らないようにするため。ちゃんと覚えてることはあるんだけど、どのくらいまえだったのかがわからない。あたしの頭にはその穴がすごく長いあいだ開いてたの」

「オリーはあなたがここへ入るまえに死んだの、それともあと？　彼がどんなふうに死んだかは、覚えてないの？」

「ああ、あたしは彼を見たんだ。黒い上着で頭を包まれてた。首には紐が結わえられていた。誰かにそうされたんだ」彼女は一瞬、ぎゅっと口を引き結んだ。「誰かが電気椅子へ送られるべきだったんだ」

「もしかしたらそれって悪い夢だったのかもしれないわ。現実に起こったことと夢をごっちゃにしちゃったのかも」

テッサは何かを終わらせるかのように顎を上げた。「そんなことない。そんなふうにごっちゃにしてしまうことはないよ」

ショック療法、とナンシーは考えた。ショック療法のせいで記憶のところどころに穴が開いたのだろうか？　何か記録にあるはずだ。もう一度施設長と話さなければ。

彼女は、エレノアが捨てられた生地の切れ端で何やらやっているほうを見た。彼女は切れ端を器用に形づくって、尖った頭と耳と尻尾をくっつけていた。小さなパイ生地のネズミだ。

テッサは鮮やかな素早い手つきでパイの上皮に空気穴の切れ目を入れていった。ネズミもべつのブリキの皿に乗せられて、数個のパイといっしょにオーヴンへ入れられた。

それからテッサは両手を差し出して、エレノアに小さな濡れタオルで、べとべとした生地や粉をきれいにふき取ってもらうあいだ、じっと立っていた。

「椅子」とテッサが小声で言うと、エレノアは椅子を持ってきてテーブルの端のナンシーの近くに置き、テッサが腰を下ろせるようにした。

「それから、あたしたちにお茶を淹れてきてよ」とテッサは言った。「心配しないで、あんたのおやつにはちゃんと気をつけてるから。あんたのネズミさんたちのことはちゃんと見てるよ」

「さっき話してたことはぜんぶ忘れようよ」と彼女はナンシーに言った。「あんた、赤ん坊が生まれるって言ってたんじゃなかった？　あの、最後に手紙をもらったときに。男の子だったの、女の子だったの？」

「男の子」とナンシーは答えた。「もう何年も何年もまえのことよ。そしてそのあと、女の子をふたり産んだの。いまはみんな大人になってるわ」

「ここにいると時間が過ぎていくのがわからないの。ありがたいことなのかもしれないし、そうじゃないのかもしれないし、わかんない。で、子供さんたちは何してるの？」

「息子は——」

「なんて名前にしたの？」

「アラン。息子も医学の道へ進んだの」

「息子さん、医者なんだ。それはいいね」

「娘たちは二人とも結婚してるわ。というか、アランも結婚してるけど」

「で、その子たちの名前は？　娘さんたちは？」

「スーザンとパトリシア。二人とも看護の勉強をしたの」

「あんた、どの子もいい名前をつけたね」

お茶が運ばれてきて——きっとここではつねにやかんに湯が沸いているのに違いない——テッサがカップに注いだ。

「世界一の陶器ってわけじゃないけど」と彼女は言いながら、ちょっと欠けたカップを自分が取った。

「じゅうぶんよ」とナンシーは答えた。「ねえテッサ。昔どんなことができたか、覚えてる？　あなたは昔——昔はいろんなことがわかったわ。誰かが何かなくすと、それがどこにあるのかあなたは教えることができた」

「いや、まさか」とテッサは答えた。「そんなふりしてただけだよ」

「そんなはずないわ」

「そういうこと話すと、頭がごちゃごちゃするの」

「ごめんなさい」

施設長が戸口に現れた。

「お茶を飲んでいらっしゃるところをお邪魔したくはないんですが」と彼女はナンシーに話しかけた。「よろしければ、飲み終わったらちょっとわたしの部屋へ寄っていただけないかと思って――」

テッサは女施設長が話の聞こえないところまで去るのを待ちかねるように言った。

「あれは、あんたがあたしにさよなら言わずにすむようにってことだよね」と彼女は言った。すっかり馴染んだ冗談を口にしているように思えた。「あの人のいつもの手なんだよね。皆知ってるよ。あんたがあたしを引き取りに来たんじゃないってことはわかってた。そんなわけないもんね？」

「あなたにはなんの関係もないことなのよ、テッサ。わたしはウィルフを抱えているからっていうだけのことなの」

「そりゃそうだよね」

「彼はそのくらいのことしてもらって当然なのよ。精一杯いい夫でいてくれたんだから。わたし、ぜったい彼を施設には行かせないって自分に誓いをたてたの」

「そりゃそうだ。施設には入れちゃだめ」とテッサは言った。

「あら。なんて馬鹿なこと言っちゃったのかしら」

テッサは微笑んでいた。そしてナンシーはその笑顔のなかに、何年もまえに当惑させられたのと同じものを見た。かならずしも優越感というのではないのだが、並外れた、なんら正当な根拠のない慈愛だ。

「来てくれて嬉しかった、ナンシー。あたしが健康でいるのがわかるでしょ。これってたいしたことなんだから。さあ、あの女のところへ寄っていったら」

「あの人のところへ寄るつもりはないわ」とナンシーは答えた。「わたしはこっそり出ていったりしない。ちゃんとあなたにさよならを言うつもりよ」

こうなると、テッサから聞いた話について施設長に訊ねることはできなくなったが、どのみち、はたして訊ねるべきなのかどうか、わからなかった——テッサに隠れてこそするように思えたし、何か報復行為を招くかもしれない。こういう場所ではどんなことが報復行為の原因となるか、わかったものではない。

「あのさ、さよならを言うのはエレノアのつくったネズミをひとつ食べてからにしてよね。エレノアの目の見えないネズミ。あの子はあんたに食べてもらいたがってる。もうあんたのことが好きになったんだよ。それに、心配しないで——あの子には、いつも手はちゃんと清潔にさせてるからね」

ナンシーはネズミを食べ、とても美味しいとエレノアに言った。エレノアは握手することに同意し、それからテッサも同じようにした。

「もし彼が死んでなかったのなら」とテッサは非常にしっかりとした思慮分別のある口調で言った。「どうしてここへあたしを引き取りにこなかったの？　彼、そうするって言ったのよ」

ナンシーは頷いた。「手紙を書くわ」と彼女は言った。

本当に書くつもりだったのだが、帰宅したとたんウィルフにひどく手がかかるようになり、ミシガンを訪問したこと全体が、ひどく心をかき乱されるものながらも非現実的に思えてきて、手紙は書かずじまいとなった。

四角、円、星

七〇年代初めの晩夏のある日、ひとりの女がバンクーバーを歩いていた。この都市を訪れるのは初めてで、彼女にわかる限りこれが最後になりそうだった。泊まっているダウンタウンのホテルから歩きはじめてバラード・ストリート橋を渡り、しばらくすると、四番街に来ていた。この頃の四番街には小さな店が建ち並び、お香や水晶、大きなペーパーフラワー、サルバドール・ダリや白ウサギのポスター、それに、世界の貧しい、よく名前を聞く地域でつくられた、鮮やかな色合いでぺらぺらか、大地の色で毛布みたいに重いかどちらかの安い服などを売っていた。そういう店のなかでかかっている音楽が、通りすがりの者に襲いかかってくる――ほとんどこちらを張り倒さんばかりに思えた。同じく甘ったるい異国のにおいも、それに怠惰な様子の男の子や女の子たち、あるいは若い男女。彼らは事実上、歩道を家にしていた。女はこの若者文化と呼ばれていると彼女が思っているものについて、耳にしたり読んだりしていた。これはここ数年の傾向で、じつのところ衰退しはじめていると考えられていた。だが彼女は、そんな文化がこれほど濃密な場所を歩かなくてはならなかったこともなかったたし、そのただなかにひとりぼっちでいるように思える状況に身を置いたこともなかった。

彼女は六十七歳、ひどく痩せているので、腰も胸もないも同様で、大胆な足取りで頭から突き進むように歩きながら、右へ左へと挑戦的で好奇心旺盛な視線を投げていた。

三十歳以上年下でない人間はひとりも見当たらないように思えた。

男の子と女の子が、真面目くさった、それでいてちょっと間抜けに見える表情で近づいてきた。二人とも組みひもを頭に巻きつけている。二人は、小さな巻物を買ってくれと言った。なかには自分の運命が記されているのかと彼女は訊ねた。

「たぶんね」と女の子は答えた。

男の子はたしなめるように「教えが書いてある」と言った。

「ああ、それなら」とナンシーは言い、差し出された刺繡の施された帽子に一ドル入れた。

「ねえ、あなたたちの名前を教えてちょうだい」彼女は訊ねながら笑顔を抑えられなかったが、笑みが返ってくることはなかった。

「アダムとイブ」と女の子は答え、紙幣を取り出すとゆったりした服のどこかにたくしこんだ。

「アダムとイブとピンチミータイトが」とナンシーは言った。「土曜の夜に川へ出かけた……（子供の遊び唄）」

だがそのふたり組は、強い軽蔑とうんざりした表情を浮かべて立ち去った。

まあこんなものだろう。彼女は歩きつづけた。

わたしがここにいちゃいけないって法律でもあるわけ？

ちっぽけなカフェが窓に看板をかかげていた。ホテルで朝食をとって以来、彼女は何も食べていなかった。もう四時過ぎだ。彼女は足を止めて、なにを宣伝しているのか読んでみた。
「草（グラス）に祝福（ブレス）を」。そしてその殴り書きされた言葉の後ろには、怒った表情の、しわくちゃで、ほとんど涙を誘うような人物が、薄い髪を後ろへなびかせて、頬と額をむきだしにして映っていた。ぱさぱさで色褪せた赤茶色の髪。かならず自分の髪の色よりは明るめにね、と美容師は言った。彼女本来の色は暗い、暗い茶色だ、ほとんど黒に近い。

いや、そうではない。いまの色は白だ。

こういうことは人生で数回しか起こらない——すくなくとも、もし女ならばたったの数回だ——こんなふうに、なんの覚悟もなく自分自身に出会うのは。寝間着姿で、あるいは、けろりとしてパジャマの上だけ着て通りを歩いているのに気がついたりする夢と同じくらいひどかった。

この十年か十五年、彼女はちゃんと時間をかけて、化粧がどんな効果を及ぼすかよりよく確かめられるように、髪を染めはじめる時期を間違いなく決められるように、強い光で照らして自分の顔を観察してきた。だが、こんな衝撃を経験したことはなかった、新旧の問題点やこれ以上無視できない衰えだけではなく、まったく知らない人間を目にした一瞬など、経験したことはなかった。

彼女の知らない、そして知りたくもない人間。

もちろん、すぐに表情を穏やかにしてみた、すると、ずっとましになった。彼女にはやっと自分が映っているのがわかったと言ってもいい。そして彼女はただちに希望を探しはじめた。一分も無駄にできないといわんばかりに。髪にはスプレーをかけて、あんなふうに顔がむき出しにならないようにしなくては。もっとはっきりした色合いの口紅が要る。最近ではなかなか見つからない明るい珊瑚色、この何も塗っていないのに近い、流行のくすんだピンクブラウンではなく。必要なものをすぐさま見つけようと決意した彼女は、向きを変え――三区画か四区画手前でドラッグストアを見かけていたのだ――アダムとイブの横をもう一度通るのはごめんだという思いから、通りを渡った。

こういうことがなければ、邂逅はなかったことだろう。

高齢者がもうひとり、歩道を歩いてきた。男で、背は高くないが、背筋がまっすぐで筋肉質、頭のてっぺんまで禿げていて、てっぺんにはフリルのような細い白髪がちょうど彼女の髪のようにあちこちへなびいている。デニムの開襟シャツに古ぼけたジャケットとズボン。通りの若者たちの真似をしようとしているところなどまったくなかった――ポニーテールも、バンダナも、ジーンズもなし。それでいて、ここ二週間彼女が毎日見てきた類の男たちとは見間違えようがなかっただろう。

彼女はすぐさま気がついた。オリーだ。だが彼女は、そんなはずはないと考える相応な理由を抱えて、ぴたっと足を止めた。

いいい、オリー。生きている。オリー。

すると彼が叫んだ。「ナンシー！」

彼女の顔の表情は（どうやら彼には気づかれなかったらしい、恐慌の一瞬を乗り越えたあとは）、きっと彼の顔の表情とほぼ同じだったに違いない。懐疑心、歓喜、謝罪。

何を謝るというのだ？　友だちとして別れたのではなかったという事実、こんなに長いあいだ互いに連絡を取りあおうともしなかったという事実に対して？　あるいは、おのおのに生じた変化、いまはこうしてこんな姿をさらすしかない、それはどうしようもないのだということについて。

ナンシーには間違いなく彼以上に衝撃を受ける理由があった。だが、彼女は、いまはそれを持ちださないつもりだった。互いに自分の立ち位置がわかるまでは。

「ここへは一泊で来てるだけなの」と彼女は話した。「というか、昨夜と今晩と。アラスカへ船旅に行ってたの。夫をなくしたおばあさんばかりでね。ウィルフは死んだのよ。もう一年くらいになるわ。わたし、おなかがぺこぺこ。どんどん歩きに歩いてたの。どうやってここまで来たのか、ほとんどわからない」

それから彼女は、ひどく馬鹿げた言葉をつけたした。「あなたがここに住んでいるとは知らなかった」なにしろ彼女は、彼がどこに住んでいるとも思っていなかったのだから。でも、彼が死んだと確信を持っていたわけでもなかった。彼女にわかった限りでは、ウィルフはそういった類の知らせを一切受け取っていなかった。もっともウィルフからさほど多くは聞き出せなかったのだが。あの、ミシガンへちょっとテッサに会いにいった短いあいだにもう、ウィルフは意思疎通の圏外へ出てしまっていたのだ。

オリーは、自分もバンクーバーに住んでいるのではないのだと言った。彼もまたこの街には短期間滞在しているだけなのだ。彼は病院で診療を受けるために来た、ただの定期健診みたいなものだ。彼はテクサダ島に住んでいた。それがどこにあるのかは、と彼は語った、ややこしすぎて説明できない。ここからだと船を三回、つまりフェリーを三回乗り換えると言えばじゅうぶんだろう。

彼は彼女を脇道に停めてあった汚れた白いフォルクスワーゲンのバンへ案内し、二人はレストランへ向かった。バンは海のにおいがすると彼女は思った。海藻や魚や、それにゴムの。そして、いままでは彼は魚を食べ、肉はまったく食べないということが判明した。小さなテーブルが六つしかないレストランは、日本食の店だった。若い僧のような優しい伏し目がちの顔の日本人の男の子が、カウンターの向こうで恐ろしい速さで魚を切り刻んでいた。オリーが声をかけた。「調子はどうだい、ピート?」すると青年は大声で答えた。「サ・イ・コー」と、包丁のリズムをいささかも乱さずに、愚弄するような北アメリカの口調で。ナンシーはちらと不快なものを感じた――オリーは青年の名前を呼んだのに、青年のほうはオリーの名前を呼ばなかったせいだろうか? それに、自分がそれに気づいたことをオリーが気づかないでほしいと思ったから? 店とかレストランの人たちと仲良くなることを大事だと思うタイプの人間――男――もいるのだ。

生の魚など考えただけで我慢できないので、彼女はヌードルを頼んだ。箸は彼女には馴染みがなかった――一、二回使ったことのある中国の箸とは違うように思えた――が、出されたのはそれだけだった。

腰を落ち着けたのだから、テッサのことを話さなくてはと彼女は思った。でも、彼が話してくれるのを待つほうがいいのかもしれない。

そこで彼女は船旅のことを話しはじめた。何があろうとあんなのはもう二度とごめんだと彼女は語った。確かに天気の悪い日もあって、雨や霧で眺めが遮られたりしたが、天候のせいではない。じつのところ、眺めはじゅうぶん、じゅうぶん過ぎるくらいで、一生分堪能した。山また山、島また島、それに岩や水面や木々。皆が口をそろえて言う。素晴らしいわね。見事じゃない?

見事、見事、見事。素晴らしい。

クマも見た。アザラシも、アシカも、クジラも見た。皆写真を撮った。汗を流して、毒づいて、新しい高級カメラがちゃんと作動していないのではと気にしながら。それから船を下りて、有名な鉄道で、有名な金鉱の町へ、そしてさらに写真を撮って、明るい一八九〇年代の服装をした俳優たちがいて、そしてほとんどの人たちがそこで何をしたかって？　キャラメルファッジを買うために並んだの。

列車での合唱。そして船では、酒を飲む。朝食のときから飲む人もいる。トランプゲームにギャンブル。毎晩ダンス、十人のおばあさんに、おじいさんはひとり。

「わたしたちみんな、リボンつけて、カールして、スパンコールつけて、髪をふわっとさせて、まるでショーに出るワンちゃん。あのね、競争はすさまじいのよ」

この話のあいだ、オリーはさまざまな個所で笑ったが、彼女は一度、彼が彼女ではなくカウンターのほうを、気もそぞろの気遣わしげな表情で見ているのに気づいていた。彼は自分のスープを飲んでしまっていたから、つぎに出てくるもののことを考えていたのかもしれない。もしかしたら彼は、一部の男に見られるように、料理がすぐに出てこないと軽んじられていると感じるのかもしれない。

ナンシーはヌードルをつるつる落としてばかりいた。

「ああ、神様、と思いつづけたわ、わたし、こんなところで何を、いったい何をやってるんでしょう？　って。出かけるべきだって、皆に言われてたの。ウィルフは数年間調子が悪くて、わたしは家で世話をしていたの。彼が死んだあと、外に出て何かに入れって皆から言われてね。シニア向け読書会に入るとか、シニアの自然観察散歩の会に入るとか、水彩画教室に入るとか。シニア訪問ボランティアの会っていうのまであったわ、入院している身を守るすべのない可哀想な人たちのところへ押しかけるのよ。でね、そういうのは何ひとつする気になれないでいたら、みんなが口を揃えて、どこかへ行け、どこかへ行けって言いはじめたの。子どもたちもよ。完全な休暇が必要だって。で、わたしはぐずぐずしながら、本当のところどうやってどこかへ行ったらいいのかわからなかった、そうしたら誰かが、ねえ、船旅はどうかしらって。それで、そうか、船旅に出ればいいんだって思ったわけ」

「面白いね」とオリーは言った。「僕の場合、連れあいを亡くしたからって船旅に行こうとは思わないだろうな」

ナンシーは間髪を入れずに返した。「それは賢いわ」と彼女は言った。

彼女はオリーがテッサについて何か言うのを待ったが、魚が出され、彼はそれに夢中になった。彼はちょっと味見してみるよう彼女を説得しようとした。

彼女は応じなかった。じつのところ、食事そのものを諦めてしまい、タバコに火を点けた。

大騒動を引き起こしたあの記事のあと、彼がもっと何か書かないのかとずっと注意して、待っていたのだと彼女は話した。あの記事は彼の文才を示していたと彼女は言った。

彼は一瞬、彼女が何のことを話しているのか思い出せないとでもいうような当惑の表情を浮かべた。それから、さも驚いたように首を振り、あれは何年も何年もまえのことだと言った。

「あれは僕がほんとうに望んでいたことじゃなかったんだ」

「どういうこと?」とナンシーは訊ねた。「あなた、昔みたいじゃないわねえ? あなたは変わった」

「もちろん、変わったよ」

「わたしが言ってるのは、何か、根本的に、物理的に違うってこと。体型が違ってる。あなたのその肩。それともわたしの記憶違い?」

彼は、まさにそのとおりだと答えた。自分がもっと肉体的な生活を望んでいることに彼は気づいたのだ。いや。起こったことを順番に話すと、昔の悪魔(結核のことを言っているのだろうと彼女は思った)がもどってきて、自分はあらゆる間違ったことをやっていたのだと彼は気づき、そこで変えたのだ。もう何年もまえのことになる。彼は船大工に弟子入りした。それから遠洋漁業を営む男と繋がりができた。彼は億万長者のために船の世話をした。これはオレゴンでのことだ。いろいろ仕事しながらカナダへもどり、そしてここ——バンクーバー——でしばらくぶらぶらしたのち、シーシェルト——ウォーターフロントで、当時はまだ値段が下がっていた——にちょっとした土地を買った。彼はカヤックのビジネスを始めた。つくって、貸して、売って、レッスンもする。やがて、シーシェルトは人が多すぎると感じるようになってきて、土地を事実上ただで友人に譲った。

「だけど、僕の人生に金儲けは関係ないからね」と彼は語った。

彼の知るうちで、シーシェルトの土地で金儲けしなかったのは彼ただひとりだ。

彼はテクサダ島の土地のことを耳にした。そしていまでは島を離れることはあまりない。生計は、あれやこれやでたてている。まだ多少カヤック商売もやっているし、それに漁業もいくらか。雇われの便利屋や家屋建築士、大工もやっている。

「なんとかやってるよ」と彼は言った。

彼は自分で建てた自分の家のことを説明した。外見は掘立小屋だが、内側は素晴らしい、すくなくとも彼にとっては。屋根裏の寝室には小さな丸窓がある。必要なものはすべて手の届くところに、むきだしで置いてあり、戸棚にしまってあるものはない。家からすぐのところに浴槽を地中に埋め込んである、甘い香りのハーブ畑の真ん中だ。バケツで湯を運び、冬でも星空のもとでゆったり浸かる。

彼は野菜を栽培していて、シカと分けあっている。

彼がこんなふうに話しているあいだじゅう、ナンシーはどうも引っかかる気分だった。不信感ではない──ひとつの重大な矛盾はあったが。むしろどんどんつのる困惑、そして落胆だった。彼は一部の男たちがしゃべるようにしゃべっていた（たとえば、クルーズ船でともに過ごしたある男──船中で、彼女はオリーにそう思わせたほどつねに人と距離を置いて、非社交的だったわけではなかった）。男たちの多くは自分の生活について、日時や場所のこと以外一言もしゃべらない。だがそうではない男もいる、もっと現代的で、無頓着に聞こえるけれど熟練した語り口で、人生は確かに山あり谷ありだが、不幸はよりよいことへの道を指し示してくれる、教訓を学んで、そして朝になると間違いなく喜びが訪れる、みたいなことを言うのだ。

ほかの男たちがそんなふうにしゃべることに彼女は異議を唱えなかった──たいていはべつのことを考えていればよかった──が、ガタガタした小さなテーブルに身を乗り出したオリーに、木の皿に乗せられた怪しげな魚料理の上に身を乗り出したオリーにこれをやられると、心に悲しみが広がった。

彼は変わってしまった。彼は本当に変わってしまった。

だが、彼女はどうだ？　ああ、問題は、彼女はまったく変わっていないということだ。船旅のことを話しながら、彼女はひどく興奮していた──自分のおしゃべりを、自分の口から流れ出る描写を聴いて、楽しんでいた。べつに、昔オリーに本当にそんな話し方をしていたというわけではない

——どちらかといえば、そんなふうに話したいと思っていた話し方だ、そして彼がいなくなってからは、ときどき心のなかで彼にそんなふうに話していた（もちろん、彼への怒りが消えてからのことだが）。何かが起こると、あのことをオリーに話せたらなあ、と思う。思いどおりの話し方でほかの人と話していると、ときおり行き過ぎてしまうことがあった。相手がどう思っているか彼女にはわかる。皮肉っぽい、批判的、邪険だとさえ。ウィルフはそんな言葉は使わなかったが、もしかしたらそう思っていたのかもしれない、彼女にはわからなかった。ジニーは微笑むが、以前のような微笑み方ではなかった。未婚のままの中年期に、ジニーは秘密主義で、穏やかで、思いやり深くなった（秘密は彼女の死の直前に明かされた、彼女は仏教徒になっていたことを認めたのだ）。

そしてナンシーは、自分が恋しがっているのが何なのかさっぱりわからないまま、オリーをとても恋しく思った。彼のなかでは何か厄介なものが微熱のように燃えていた、彼女には勝てないものが。あの、彼とつきあいのあった短いあいだ彼女を苛立たせていたものこそが、結局いまにして思えば、輝いていたものにほかならなかったのだ。

いまや彼は真面目に話していた。彼女の目を見つめて微笑みかけていた。魅力的であるという便利な手段を昔彼が持っていたのを、彼女は思い出した。でも、それが自分に対して使われることはないと彼女は思っていた。

彼が「僕のこと退屈だと思ってないだろうね？」とか「人生って素晴らしくない？」とか言うんじゃないかと、彼女は半ば恐れていた。

「僕はものすごく運がいいんだ」と彼は言った。「いままでずっと運がいいんだよ。ああ、そうは言わない人もいると思うよ。そういう人たちは、何事も続かなかったじゃないか、とか、ぜんぜん金を稼いでないじゃないかとか言うだろうね。僕が無一文だった時間は無駄な時間だったんだって言うだろう。だけど、それは違う」

「声が聞こえたんだ」と彼は眉を上げて、半分自分ににやっとしながら言った。「本当だよ。聞こえたんだ。箱から出ろっていう声が聞こえたんだよ。『何かやれ』の大箱から出ろ。エゴの箱から出ろ。僕はずっと運がよかった。結核にかかったのでさえ運がよかった。おかげで大学に行けなかったからね。行っていたら、頭にぎっしり馬鹿げたことを詰め込んでいただろう。それに、戦争がもっと早く起こっていたとしても、徴兵を免れていただろうからね」

「結婚していたら、どのみち徴兵されるはずないでしょ」とナンシーは言った。

(彼女はかつて、ひどく懐疑的な気分になって、それが結婚の理由だったのではないかとウィルフに疑問をぶつけたことがあった。

「他人の理由なんて、僕はあまり関心がないね」とウィルフは答えた。どちらにせよ戦争なんて起きないし、と彼は言った。そして、その後十年間戦争はなかった)

「ああ、そうだね」とオリーは答えた。「だけど、じつをいうと、あれはきちんと法律に則ったものではなかったんだ。僕は時代の先を行ってたんだよ、ナンシー。だけど、ほんとに結婚してたわけじゃないってことをいつも忘れちゃってさ。ひょっとしたら、テッサがすごく深みのある真面目なタイプの女性だったからかもしれないな。彼女といるときは、とにかく彼女といるんだ。テッサには気楽なところがまったくなかった」

「それで」とナンシーはできるだけ軽い調子で言った。「それで。あなたとテッサは」

「『破綻』によりすべては台無しに、ってところかな」とオリーは答えた。

つまりどういうことかというと、と彼は話を続けた。関心とそこから生じた資金提供の大半が枯渇してしまったのだ。調査のための資金提供が。考え方の変化があり、おそらくくだらないものだと判断され、科学界がそっぽを向いたのだ。実験の一部はなおしばらく続いたが、熱は入っていなかった、と彼は語った。そして、もっとも関心を持っているように思えた人たち、もっとも熱心に思えた人たちでさえ——僕に接触してきた人たち、とオリーは言った、自分のほうから接触したのではないとでも言いたげに——そういう人たちと、まず最初に連絡が取れなくなった。手紙に返事をくれなくなり、連絡を寄越さなくなり、やがてしまいには、この話はなしにしましょうと記した手紙が彼らの秘書から届いた。彼とテッサはこうした連中に、いったん風向きが変わるや、汚物のように、美味い汁を吸いたがる迷惑な人間のように扱われたのだ。

「学者なんてさ」と彼は言った。「結局僕たちは、あの連中の意のままになってたんだ。あんな連中はたくさんだ」

「あなたがかかわっていた相手はほとんどが医者だと思ってたわ」

「医者。出世を目指す連中。学者」

この古傷と不機嫌の脇道から彼を引っ張り出そうと、ナンシーは実験について訊ねた。

ほとんどはカードが使われていた。トランプではなく、特別なESP（超感覚的知覚）カードで、独自のシンボルが描かれていた。十字、円、星、波、四角。それぞれのシンボルのカードを一枚ずつテーブルに表を向けて置き、残りは切って、伏せたまま置く。テッサは、重ねられたうちのいちばん上のカードのシンボルが前に並んだどのシンボルと同じかを言わされる。これがオープン・マッチング・テストだ。ブラインド・マッチング・テストも同じだが、五枚のキー・カードも伏せて置かれる。ほかのテストは難易度が増す。サイコロが使われることもあるし、コインも。何も使わず頭にイメージを思い浮かべるだけのこともある。一連のイメージを思い浮かべるだけで、書かれたものは一切ない。被験者と調査する人は同じ部屋の場合もあるし、べつべつの部屋のこともあるし、四分の一マイル離されることもある。

そしてテッサの成功率は、純然たる偶然により起こり得る結果と比べられた。確率の法則、彼によるとそれは二十パーセントだということだった。

椅子とテーブルと明りがひとつずつしかない部屋。まるで取調室だ。テッサはそこから疲れ果てて出てきた。どこに目をやっても、シンボルが彼女を何時間も悩ませた。頭痛が始まった。

結果はいずれも決定的ではなかった。さまざまな異議が出された、テッサについてではなく、テストに欠陥があるのではないかということについて。人間には偏好があるということが言われた。例えばコインを投げるとき、裏よりも表が出ると思う人のほうが多い。たんにそう思うだけ。それだけのことだ。そしてそれに、彼がまえに話したことが加わった。当時の風潮、知識人の風潮がそんな調査を、くだらないものの範疇に入れてしまったのだ。

闇の帳が降りてきた。レストランのドアには「閉店」の札が掛けられた。オリーは勘定書を読むのに苦労していた。彼がバンクーバーへ来た理由、診療の必要な問題というのは、目と関係していることが判明した。ナンシーは笑い、勘定書を彼から取り上げ、支払った。

「当然でしょ——わたし、金持ちの後家だもの」

それから、話がまだ終わっていなかったので——ナンシーに言わせれば、まだまだ終わるどころではなかった――二人は通りを歩いてデニーズへコーヒーを飲みに行った。

「君はもっと洒落たところのほうがよかったんじゃないの?」とオリーは訊いた。「もしかして、一杯飲みたいとか思ってた?」

ナンシーは即座に、当分じゅうぶんなほど船で飲んだから、と答えた。

「僕はもう死ぬまでじゅうぶんなほど飲んだんでね」とオリーは言った。「十五年間飲んでないんだ。十五年と九か月、正確に言えば。月まで数えるのはかならず元酒飲みだ」

実験期間中、超心理学者たちと関わっていたあいだに、彼とテッサには数人の友だちができた。自分の能力で生計をたてている人たちと知りあったのだ。いわゆる科学とは関係なく、彼らのいう運勢判断とか、読心術とか、テレパシーとか、心霊現象のパフォーマンスによって。良い場所に腰を据えて、家の外や店先で商売し、何年もそのまま暮らしている者もいた。彼らは個人的な助言をしたり、未来を予言したり、星占いをしたり、ある種の治療を施すのを商売にしていた。興行をやる者もいた。それはたぶん、講演や朗読やシェイクスピア劇の一部や、誰かがオペラを歌ったり、旅行のスライド(興奮(センセーション)ではなく教養(エデュケーション))を見せたりで構成される文化講演会のようなショーに付随したもののことで、ずっとランクが下がると、バーレスクと催眠術と全裸に近い女が蛇に巻きつかれているようなものとがごちゃ混ぜになった安っぽいカーニバルになった。当然のことながら、オリーとテッサは自分たちはさいしょのカテゴリーに属していると思いたかった。興奮ではなく教養というのは、じつのところ二人が考えていたことでもあった。だが、ここでもまたタイミングが良くなかった。あの高級志向みたいなものはほとんどなくなってしまっていた。音楽を聴いたり、ある程度の教養を得たりするのはラジオで間に合うし、見たい旅行スライドは、みんな教会のホールで見ていた。

二人が見つけた唯一の金を稼ぐ方法は、巡回興行に同行して、市の公会堂や秋の市で仕事することだった。二人は催眠術師や蛇女、卑猥な独り語り芸人、羽飾りをつけたストリッパーと舞台をともにした。そういった類のものもまた下り坂になっていたのだが、勃発した戦争が奇妙な弾みをつけた。ガソリンが配給制になったせいで人々が都会のナイトクラブや大きな映画館へ行かなくなった時代に、興行の寿命はしばらくのあいだ人為的に引き伸ばされた。それに、テレビはまだ魔法のような離れ業で自宅のソファに座っている人々を楽しませるべく登場してはいなかった。五〇年代初頭のエド・サリバンなどなど——あれで本当に終わりになったのだ。

とはいえ、一時は多くの見物人が押し寄せた、大入り満員——オリーは、真剣でありながらも興味をそそるちょっとした講義で観客を沸かせて楽しむこともあった。そしてたちまち彼は出し物の一翼を担うようになった。テッサがひとりでやってきたよりもなにかもうちょっと刺激的なものを、もっとドラマ性とか緊張感のあるものをやる必要があったのだ。それに、ほかにも考慮すべき要因があった。テッサは自分の神経や身体が耐えられる限り、よく頑張っていたが、彼女のパワーは、それがなんであろうが、あまり頼りにならないことが判明した。彼女は四苦八苦しはじめた。それまでなかったほど神経を集中しなければならず、それでもうまくいかないことがよくあった。頭痛がしつこく続いた。

大半の人の疑いは真実だ。ああいったパフォーマンスはトリックだらけだ。ごまかしだらけ、欺瞞だらけだ。ときにはそれしかないこともある。だが、人々が——大半の人々が——期待することもまた、ときには真実なのだ。人々は、すべてがでっちあげではないことを期待する。そしてテッサのような演者は、根っから高潔で、こういう期待がわかっていて理解しているからこそ——誰があれ以上理解できようか？——正しい結果が得られることが保証されたある種のトリックや決められた方法を使いはじめることがあるのだ。なにしろ、毎晩、毎晩、そういう結果を得なければならないのだから。

手段が稚拙で、鋸で真っ二つにされる女性が入っている箱のまがい物の仕切りのように、ひと目でわかるものもある。隠しマイクとか。よくあるのが暗号を使うことで、舞台の上の人間と客席のパートナーとのあいだで行われる。こうした暗号はそれ自体が芸術ともなり得る。暗号は秘密で、一切書き留められることはない。

彼の暗号、彼とテッサの暗号もそれ自体が芸術だったのかとナンシーは訊ねた。

「幅があってね」と彼は答えた。顔が輝いていた。「ニュアンスがあるんだよ」

それから彼は言った。「じつのところ、僕たちはけっこうわざとらしいこともやってたんだ。僕は黒マントを羽織って——」

「オリー。まさか。黒マントですって？」

「そうなんだ。黒マント。そして僕は志願者をつのり、マントを脱いで彼または彼女に着せかける、テッサが目隠しされたあとでね——観客のひとりにしてもらって、きちんと目が隠されているようにする——そして僕は彼女に呼びかける。『僕がマントに包んだのは誰だ？』あるいは、『マントを着ているのは誰だ？』または、『コート』と言ったり。それとも『黒い布』とか。『僕が掴まえたのは？』とか。『誰が見える？』とか。『髪は何色？』『背は高い、低い？』言葉でできるんだ、ちょっとした声の抑揚でできる。どんどん細かいことを訊いていく。それがほんのオープニングショットなんだ」

「それについて、書くべきよ」

「実際そのつもりだったんだよ。すっぱ抜きみたいなものを考えてた。だけどそれから思ったんだ、でも、誰が関心を持つだろう？　人は騙されたいと思う、あるいは、騙されたくないと思う。証拠はどうでもいいんだ。もうひとつ考えたのはミステリー小説だ。うってつけの環境だからね。小説でうんと金を稼げば僕たちは抜け出せると思ったんだ。それから映画の脚本のことを考えた。君は観たかい、あのフェリーニの映画の――？」

ナンシーは観ていないと答えた。

「つまらん作品だ、どっちみち。フェリーニの映画のことを言ってるんじゃないよ。僕の企画のほうだ。あのときのね」

「テッサのことを聞かせて」

「君に手紙を書いたはずだよ。書かなかったっけ？」

「いいえ」

「きっとウィルフに書いたんだ」

「なら、わたしに話してくれてるはずよ」

「そうだね。もしかしたら書かなかったのかも。もしかしたら、あの頃はあまりにひどい状況だったから」

「それって何年のこと？」

オリーは思い出せなかった。朝鮮戦争が始まっていた。ハリー・トルーマンが大統領だった。さいしょテッサはインフルエンザにかかっただけのように見えた。ところが彼女はよくならず、どんどん弱って、得体の知れない痣に覆われるようになった。白血病をわずらったのだ。

二人は夏のさかりに山のなかの町に身を潜めていた。冬が来るまえにカリフォルニアに着いていたいと思っていた。二人は、つぎに出演する場所にさえ行くことができなかった。いっしょに巡業していた仲間たちは二人を置いていってしまった。オリーは町のラジオ局でちょっとした仕事をもらった。彼はテッサとショーをやりながら良い声を鍛え上げていた。彼はラジオでニュースを読み上げ、コマーシャルもたくさんやった。一部については台本を書くこともした。常勤の男が大酒飲みのための病院で、金治療（アルコール中毒などに対する古い治療法）だかなんだかを受けるので休んでいたのだ。

彼とテッサはホテルから家具付きアパートに移った。もちろんエアコンはなかったが、幸いなことに木の陰になるちょっとしたバルコニーがあった。彼はソファをそこへ押していって、テッサが新鮮な空気にあたれるようにした。彼女を病院へ連れていかなければならなくなるのは嫌だった――もちろん、これには金銭的な問題もあった、二人はどんな種類の保険にも入っていなかったからだ――だが、彼女には、木の葉が揺れるのを眺めていられるここのほうが安らげるという思いもあった。でも、終いには病院へ入れざるを得なくなり、入院して二週間ほどで彼女は死んだ。

「彼女はそこに葬られているの？」とナンシーは訊ねた。「わたしたちならお金を送るだろうとは思わなかったの？」

「いや」と彼は答えた。「いや、というのはどちらの問いに対してもだ。あのね、金を無心しようとは思わなかった。僕がなんとかしなけりゃと思ったんだ。それと、彼女は火葬にした。遺灰を持って町から姿をくらました。なんとか西海岸にたどり着いた。じつのところ、それが僕に向かって言った彼女の最後の言葉だったんだ、火葬にしてもらいたい、そして太平洋の波の上に撒いてほしいってね」

それでそうしたのだ、と彼は語った。オレゴンの海岸のことは彼の心に刻まれている。海と幹線道路に挟まれた浜辺、早朝の霧と肌寒さ、潮のにおい、哀愁に満ちた波の音。彼は靴と靴下を脱いでズボンの裾をまくりあげ、水のなかに入っていった。すると、何かもらえるんじゃないかとカモメが後を追ってきた。だが、彼が持っているのはテッサだけだった。

「テッサは――」とナンシーは言った。それから、あとを続けられなくなった。

「そのあと僕は飲んだくれるようになった。一応のことはやっていたけど、長いあいだ、僕の中心部分は枯れ木だった。そこから抜け出すしかなくなるまではね」

彼は顔を上げてナンシーを見ることはしなかった。重い一時、彼は灰皿をいじくっていた。

「人生は続くんだってことに気がついたってわけね」とナンシーは言った。

彼はため息をついた。非難と安堵の。

「辛辣だな、ナンシー」


彼は彼女を泊まっているホテルまで車で送った。バンのなかではギアがさんざんガチャガチャ音をたて、車体全体がガタガタ揺れた。

ホテルは特に高かったり贅沢だったりするところではなかった――ドアマンはいないし、なかを覗くと食虫植物のように見える花が小山のように飾られているのが目に映ることもない――が、それでも「こんなポンコツ車がここへ入ってくるのは、きっとめったにないことだぞ」とオリーが言うと、ナンシーは笑って同意するしかなかった。

「あなたのフェリーは？」

「乗り遅れた。もうずっとまえにね」

「どこで寝るの？」

「ホースシューベイに何人か友だちがいる。でなきゃ、このなかでもいいし、友人たちを起こしたくないと思えばね。これまでも何度もこの車のなかで寝たことがあるんだ」

彼女の部屋にはベッドがふたつあった。ツインだ。彼を連れて入ったら、いやらしい眼差しのひとつ、ふたつは向けられるかもしれないが、そんなものはもちろん我慢できる。本当のところは、他人が考えそうなこととは大違いなのだから。

彼女は口を開く準備に一息吸い込んだ。

「いいや、ナンシー」

この間ずっと、彼が一言でも本当のことを言うのを彼女は待っていた。この午後じゅう、というか、もしかしたら人生の大部分ずっと。彼女は待っていて、そしていま、彼は本当のことを口にしたのだ。

いいや。

彼女がまだ口に出していなかった申し出に対する拒否と受け取ってもよかったかもしれない。傲慢で癪に障ると思ってもよかったはずだ。だが実際のところ彼女が耳にしたのは、はっきりとした優しい、その一瞬、これまでかけられたどんな言葉よりも思いやりにあふれているように思えた言葉だった。いいや。

自分が口にしてしまうかもしれない言葉の危険性を彼女は感じていた。自分自身の欲望の危険性を。なにしろそれがどんな種類の欲望なのか、何に対する欲望なのか、自分でもよくわからないのだから。それがなんであれ、もうずっと以前にふたりは尻込みしているのだし、いまではもう歳なのだから——ひどく年取っているわけではないが、じゅうぶん見苦しくて馬鹿みたいに見える歳ではある——尻込みしなければならないのは間違いない。それに、運悪く、嘘をつきながらいっしょに過ごしてしまったのだし。

だって、彼女もまた嘘をついていたのだから。黙っていることによって。そして差し当たっては、嘘をつき続けるつもりだった。

「いいや」と彼は、卑下はしているもののきまり悪さはない口調でまた言った。「まずいことになるよ」

もちろん、まずいことになる。そしてその理由のひとつは、家に帰ったら彼女はまずさいしょに、ミシガンのあの施設に手紙を書いてテッサがどうなったのか突き止め、古巣へ連れもどすつもりになっていたからだ。

「旅は身軽に、ということがじゅうぶんわかっていれば、道行は容易い」

「アダムとイブ」に売りつけられた紙片は上着のポケットにそのまま入っていた。ついに取り出したとき——帰宅して、一年近くそのジャケットをまた着ることがないままでいたあげく——彼女はその上にスタンプで押された言葉に驚きあきれ、むっとした。

道行は容易くはなかった。ミシガンへ出した手紙は未開封でもどってきた。どうやらもうそういう病院は存在しないらしかった。だがナンシーは問い合わせができることを発見し、取りかかった。当局に手紙を書き、可能ならば記録を掘り起こすのだ。彼女は諦めなかった。痕跡が途絶えたということを認めようとはしなかった。

オリーの場合は、認めざるを得なくなるかもしれなかった。彼女はテクサダ島へ手紙を出した——住所はそれだけでじゅうぶんではないかと思ったのだ、住人はごくわずかに違いないからわかるだろうと。ところが手紙はもどってきて、封筒には一語だけ記されていた。「転居」

封を開けて自分が書いた文章を読むのは耐えられなかった。書きすぎた、それは間違いなかった。

窓枠のハエ

彼女は自宅のサンルームで、ウィルフの古いリクライニングチェアに座っている。眠るつもりはない。晩秋の晴れやかな午後だ——じつをいえば、グレイカップ・デー（カナディアン・フットボール決勝戦の日）なので、本当なら持ち寄りパーティーに参加してテレビで試合を見ているはずなのだ。彼女は口実をつくってドタキャンした。彼女がこういったことをするのに、いまではみんな慣れてきている——相変わらず彼女のことが心配だと言う人もいるが。もっとも実際にでかけていくと、昔の習慣や欲求がまた頭をもたげ、ときとしてパーティーの盛り上げ役にならずにはいられないこともある。すると皆はしばらく心配するのをやめる。

彼女の子どもたちは、「過去に生きる」ことに専念しないでもらいたいと言う。

だが彼女としては、自分がやっているのは、時間があればやりたいと思っているのは、過去に生きるというよりもむしろ過去の蓋を開けてしげしげと眺めることなのだと思っている。

いつの間にかべつの部屋へ入ろうとしている彼女は、自分が眠っているとは思っていない。サンルームは、背後の明るい部屋は、縮小して暗い廊下となっている。その部屋のドアにはホテルの鍵が差し込まれている。あれは古い時代のホテルの鍵だと彼女は思っているのだが、これまで彼女自身は目にしたことがないものだ。

そこはみすぼらしい部屋だ。くたびれ果てた旅人のためのくたびれ果てた部屋。天井灯、針金のハンガーが二つぶら下がった吊棒、閉めれば下がっている服の目隠しになるピンクと黄色の花柄のカーテン。花柄の生地は部屋に楽観的な雰囲気を、あるいは陽気ささえ与えようという意図だったのかもしれないが、なぜか正反対の効果をもたらしている。

オリーはいきなりどさっとベッドに横になって、スプリングに惨めな泣き声をあげさせる。どうやらいままでは彼とテッサは車で移動していて、運転はすべて彼がやっているようだ。今日は春のさいしょの熱気と埃がたちこめていて、彼はつねになく疲れている。テッサは運転できない。彼女はさかんに音をたてながら衣装ケースを開け、それから、浴室の薄板の間仕切りの奥でさらに音をたてる。彼女が出てくると彼は眠っているふりをするが、まぶたの隙間から彼女が化粧台の鏡を覗きこんでいるのが見える。鏡にはところどころシミがある、裏がまだらに剝げているのだ。彼女は黄色いサテンの足首まであるスカートをはいて、黒いボレロを羽織り、五十センチほどの長さのフリンジのついたバラの模様の黒いショールを掛けている。彼女の衣装は本人のアイディアで、独創的でもなければ似合ってもいない。彼女の肌はいまは頬紅が塗られているが、くすんでいる。髪はピンで留めてスプレーをかけ、ぼさぼさのカールがぺたんとして黒いヘルメットのようだ。まぶたはパープルに塗られ、眉は吊り上がった形に黒く描かれている。カラスの羽の形。まぶたはまるで罰のように、視力の衰えた目に重く垂れ下がっている。じつのところ、彼女の全体が、衣装や髪やメーキャップの重みに耐えているように見える。

彼があげるつもりのなかった声——不平または苛立ちの——が彼女の耳に届いた。彼女はベッドのところへやってきて、彼の靴を脱がそうと身をかがめる。

ほうっておいてくれと彼は言う。

「すぐにまた出かけなきゃならないんだ」と彼は言う。「彼らに会いにいかなきゃならない」

彼ら、というのは劇場の人たちとか、ショーの主催者とか、そんな人たちのことだ。

彼女は何も言わない。鏡の前に立って自分を見つめ、それから、相変わらず重い衣装と髪——それは鬘だ——、それに自分の気持ちという重荷に耐えながら、何かしなければいけないことがあるかのように部屋を歩きまわるが、落ち着いて何かすることはできない。

オリーの靴を脱がせようと身をかがめたときでさえ、彼女は彼の顔を見てはいなかった。そして、ベッドに横になったとたん彼が目を閉じたのだとしたら——彼女はそうだと思っている——それは彼女の顔を見ないようにするためだったのかもしれない。彼らは芸人カップルとなり、いっしょに寝たり食べたり旅したりし、互いの呼吸のリズムを間近で聞いている。それにもかかわらず、けっして、けっして——観客に対する共同責任によって結びつけられているあいだを除いては——互いの顔を見ることができない、あまりにもぞっとするようなものを目にしてしまうのが怖くて。

壁には、色褪せた鏡のついた化粧台を置くのにじゅうぶんなだけのスペースがない——化粧台の一部は窓に張り出していて、入って来る光を遮っている。彼女はちょっとの間それをどうだろうという表情で見つめ、それからぐっと力を入れて化粧台の角を数インチ部屋のなかへと動かす。彼女はひと息ついてから、汚れたレースのカーテンを脇へ寄せる。窓枠のいちばん向こう端の隅、普段はカーテンと化粧台で隠れているところに、ハエの死骸が小さな山になっている。

最近この部屋に泊まった誰かが暇つぶしにこのハエを殺し、小さな死骸を集めて、ここを隠し場所としたのだ。死骸はきちんとピラミッド形に積み上げられているが、さほどしっかりまとまってはいない。

彼女はそれを見て叫び声を上げる。嫌悪や警戒ではなく驚きの、そして喜びの、とも言えそうな叫びだ。あら、あら、あら。ハエの山は彼女を大喜びさせる。まるで、顕微鏡の下に置かれたときの、宝石に変わったものであるかのように。すべてが青や金やエメラルドに輝いて、羽は輝くガーゼのようで。あら、と彼女は叫ぶが、それは、窓枠の上に虫の輝きが見えるからであろうはずがない。彼女は顕微鏡を持ってはいないし、それに、ハエは死んでいるから光沢はすべて失せている。

叫んだのは、彼女にはここのハエが見えていたからだ。小さな死骸の山が、この片隅に隠されて、いっしょくたにごちゃまぜにされて塵となりかけているのが見えていたからだ。化粧台に手を掛けるまえに、カーテンを引くまえに、ハエの山がそこにあるのが彼女には見えていた。ハエの死骸がそこにあるのが、彼女に物事がわかるああいう具合にわかっていたのだ。

だが長いあいだ、彼女にはわからなかった。彼女には何もわからず、繰り返し練習したトリックや計略に頼っていた。かつてはほかのやり方があったのだということを、彼女はほとんど忘れかけていた、信じがたく思っていた。

彼女はすぐにオリーを起こした、彼がなんとかつかみ取った休息のなかへ侵入した。どうしたんだ、と彼は訊ねる。何かに刺されたのか？　彼は呻きながら立ち上がる。

違うわ、と彼女は答える。彼女はハエを指差す。

あれがあそこにあるって、あたし、わかってたの。

オリーはたちまちこれが彼女にとってどういうことか悟る、きっと大きな安堵に違いない、だが、彼は彼女の喜びに、あまり入っていけない。これは、彼もまたいくつかのことをほとんど忘れかけていたからだ――かつて彼女のパワーを信じていたことを、彼はほとんど忘れている、いまでは二人のインチキがうまくいくことを、彼女のために、そして自分自身のために切に願っているだけだ。

いつわかったんだ？

鏡を見ていたとき。窓を見たとき。いつだったのかはわからない。

彼女はひどく嬉しい。以前は、自分にどういうことができるかで、嬉しかったり悲しかったりしたことはなかった――当たり前だと思っていたのだ。いまや彼女の目は、埃を洗い流したかのように輝き、彼女の声は、うまい水で喉がすっきりしたかのような響きだ。

そうか、そうか、と彼は言う。彼女は手を伸ばして両腕を彼の首に巻きつけ、頭を彼の胸に押しつける。ぎゅっと力を込めると、彼の内ポケットで書類がかさかさ音をたてる。

これはないしょの書類で、巡った町のひとつで出会った男から彼がもらったものだ――巡業している芸人たちの世話をし、通常の業務を越えたことまでしてくれることで知られた医師だった。彼は医師に妻のことが気がかりなのだと話した。ベッドに横になって、何時間もつづけて、必死になって神経を集中している顔つきで天井を見つめる、そして何日間も、観客を前にしたときに必要に迫られてしゃべる以外は一言も口をきかない（これはすべて本当だ）。彼は自分自身に、それから医師に問いかけた。彼女の尋常ならざるパワーは結局のところ、彼女の心や気質の危うい不均衡と関連してはいないのだろうか、と。彼女は過去に何度か発作を起こしたことがあり、そういったことがまたすぐ起こる可能性はないのだろうかと気になっている。彼女は性格の悪い人間ではないし、悪癖のある人間でもない、だが彼女は普通の人間ではない、ユニークな人間で、ユニークな人間と暮らすというのはなかなか負担が大きいこともある、じつのところ、普通の男に耐えられる以上の負担かもしれない。医師はこれをわかってくれ、彼女が静養のために入れそうなところを教えてくれた。

体を押しつけている彼女にはきっと聞こえているはずのこの音について、いったいなんだと訊かれやしないかと彼は不安だ。書類だ、と答えて、何の書類？　と訊ねられるのは困る。

だが、もし彼女のパワーが本当にもどってきているのなら――ほとんど忘れかけていた、彼女に対する強い関心を再びかき立てられながら、彼はこう考える――もし彼女が以前のようになっているのなら、目で見なくとも書類に何が書かれているかわかっているんじゃないだろうか？

彼女には確かに何かがわかっているのだが、わかるまいと努めている。

だって、もし、彼女がかつて持っていたもの、計り知れなく見える目と即座に教えることのできる舌を取りもどすということが意味するものがこれなら、そんなもののないほうが幸せなんじゃないだろうか？　そしてもしそれが、彼女がそういうものを捨てるということで、そういうものから捨てられるということではないのだとしたら、彼女にとって変化は歓迎できるものなのではないだろうか？

自分たちふたりには何かほかのこともできる、と彼女は思っている、べつの人生を生きられる。

一刻も早く書類を始末するぞ、と彼は心中で思う。こんなことはきれいさっぱり忘れるんだ、自分にだって、希望を持つことも名誉を重んじることもできる。

そうだ。そうだ。テッサは頬の下のかさこそいう微かな音から脅威となるものがすべて消えるのを感じる。


一時救われたという思いが、その場の空気全体を軽くする。非常に晴れやかで力強いので、その攻撃を受けて既知の未来が褪せるのを、汚れた古い木の葉のように吹っ飛んでいくのをナンシーは感じる。

だが、その瞬間の奥底にはいくばくかの不安定さが控えていて、ナンシーはそれを無視しようと決める。駄目だ。彼女はすでに、引き離されている、あのふたりから引っ張り出されて自分自身にもどろうとしている、と気づいている。冷静で意志の強い人物――もしかしてウィルフ？――が、針金のハンガーと花柄のカーテンのあるあの部屋から彼女を連れ出すという任務を引き受けているかのように思える。優しく、容赦なく、背後で崩れはじめるもの、崩れて、ひっそりと黒ずんで、煤か何かふわっとした灰のようになっていくものから彼女を引き離していく。

訳者あとがき

本書は二〇〇四年、アリス・マンローが七十三歳のときに刊行された十一冊目（選集は除く）の短篇小説集 *Runaway* の全訳である。二〇一三年にカナダ人として初めてノーベル文学賞を受賞した短篇作家マンローの作品集には、それぞれ少しずつ異なる風合いがあるのだが、本書は、サスペンスフルな仕掛けのある物語性の濃い作品が多いように思う。

短篇小説のなかで長い時間が流れるのはマンロー作品ではよくあることだが、ひとりの女の人生を描ききっていると言えるのが、ジュリエットという女性を主人公とする連作「チャンス」「すぐに」「沈黙」の三篇である。本書の原題は冒頭短篇のタイトルである『家出』なのだが、マンローの愛読者で早くからこの連作に注目して映画化を考えていたスペインのペドロ・アルモドバル監督が、二〇一六年に完成させた映画『ジュリエッタ』に倣って、邦題を『ジュリエット』とした。

女を、母を、親子を、これまでさまざまな形で見事に描いてきたアルモドバル監督が強く惹かれたのももっともで、この三篇にはアリス・マンロー的要素が凝縮されている。ちなみにこの三篇は二〇〇四年、「ニューヨーカー」夏の小説特集号に一挙掲載されたものだが、「ニューヨーカー」がひとりの作家にこれだけの誌面を割くのは珍しい。

まずは連作の第一作「チャンス」。古典を学ぶ大学院生である主人公のジュリエットは、マンロー自身と同じくオンタリオ州の保守的な田舎町の出身。女の子が学問に情熱を傾けるなどということが奇異な目で見られる環境のなか、決して見栄えは悪くないにもかかわらずボーイフレンドもいない。私立女子校で臨時教員を務めることになり、長距離列車でバンクーバー（マンローが最初の結婚生活を送った街）へ向かう車中で、ジュリエットはある事件に遭遇する。そして同じ列車に乗りあわせた漁師と出会い、人生の針路が変わる。

つぎの「すぐに」では、いまは港町で件の漁師と暮らすジュリエットが、赤ん坊の娘ペネロペを連れて病気の母を見舞いがてら実家へ里帰りする。一九六九年という設定になっているが、一九五四年、マンローが一歳にならない長女シーラを連れて故郷ウィンガムへ帰省したエピソードが重なって見える。マンローの母はパーキンソン病で長年病床に臥しており、作中のペネロペ同様、娘のシーラは病み衰えた祖母を見て泣いたという。

いまや洗練された自由な女であるジュリエットは、未婚の母となった自分の姿をいまだ因習にとらわれた故郷の町の人々に見せつけてやろうとばかり、意気揚々としている。だが、進歩的だと思っていた両親も町の人たちとたいして変わらず、世間体を気にし、教師を退職して農業を始めた父は手伝いの無学な若い女にいやに気をつかっており、ジュリエットには気に障ることだらけだ。母を看取らなかったというマンローにとっての大きな悔いが、ここでもモチーフとして使われている。

そして最後の「沈黙」。いまやバンクーバーでインタビューを得意とする人気アナウンサーとなっている中年のジュリエットが、とある島を訪れるシーンから物語は始まる。島の施設に半年こもって「修行」をしていた大学生の娘ペネロペを迎えにいくのだ。いそいそと目的地に着くと、娘の姿はなく、ペネロペは母のもとへ帰りたがってはいないと責任者の女から告げられる。ペネロペがバンクーバーの女子校に進学したさいしょの夏、父親である漁師は嵐で命を落としていた。

子は成長とともに、当たり前のことだが親とはべつの人間になっていく。ときに親が思いもよらない人間となってしまうこともあるし、親は必ずしも子から見て望ましい親であるとは限らない。

マンロー作品のエッセンスはその「非常に不可思議なところ」だと、アルモドバル監督は語っている。「彼女の作品でいちばん好きなのは映画に移し替えることは不可能な部分、主要な出来事をめぐるさまざまな解釈だ。ちょっとしたコメント、それがストーリーのもっとも重要なものとなる。最後まで読むと、読みはじめたときよりも登場人物のことがわからなくなった気がする。私にとってそれはじつに素晴らしいことなんだ」（ガーディアン紙より）。アルモドバルは舞台をスペインに置き換え、原作のエッセンスを巧みに盛り込みつつ、完全に自分の作品世界として、見事な「母と娘の物語」に仕上げている。

原書の表題作である「家出」は、世間に対して斜に構えた反抗的で不安定な男とそんな男に惚れているワーキングクラスの若い女のカップルが、近所に住む初老のインテリ女性との関わりから厄介な事態に、という物語。危機は去ったかと思いきや、最後にちらと不吉な気配を漂わせるところがマンローらしい辛辣さ。

「情熱」は、これまたマンロー作品によく登場する、マンロー自身の一族にも通じる「地位にふさわしい以上の知性を負わされた貧しい人間」が主人公。いまは社会の階段を上ってまったく違う世界で暮らしているらしいグレイスという女性が、人生を変えるきっかけとなったある裕福で知的な一家との出会いを回想する。

「罪」は、知的でリベラルな都会の文化人である両親に育てられた少女が、一家で旧弊な田舎町へ引っ越してきて、出生の秘密を知る物語。賢く鋭敏な少女の目に映る大人たちの姿が興味深い。

「トリック」はタイトルどおり、シェイクスピア作品などでもよく使われているトリックがストーリーのひねりとなっているが、もちろんマンローの短篇の醍醐味はべつのところにある。これまた旧弊な田舎町が舞台。体の弱い姉を介護しながら暮らす若い看護師ロビンは、年に一度都会へひとりでシェイクスピアの芝居を観にいくのを楽しみにしている。そんなものを観に行く人は町にはおらず、わかるわけがないのにわかったふりをして上流ぶっているだけだと思われるのが関の山だ。だがロビンは心底芝居に惹きつけられている。目立つ美人でありながら、そんなところが男を遠ざけるのかロビンには恋人がいない。ある年、観劇に出かけたロビンは、バッグを失くしたことがきっかけでモンテネグロ人の男（マンロー作品の主要登場人物が外国人というのは珍しい）と知りあいたちまち恋に落ち、気持ちが変わらなければ、翌年の同じ時期に同じ場所へ同じ服装で行くという約束をする。その間一切連絡は取りあわずに。この、ハーレクインロマンスにでも出てきそうな陳腐な設定が、マンローの手にかかるとどれほど鮮やかな心震える物語となるか。ぜひお読みになって確かめていただきたい。

そして最後の「パワー」。これはなんと超能力の物語だ。構成と語りに趣向が凝らされており、舞台はこれまた田舎町。さいしょは一九二七年春先の、ほどほどに頭が良くて闊達で苦労知らずの暮らしをしているらしいナンシーという娘の日記で始まり、弾むような文章で町の若い医者ウィルフとの婚約の経緯が語られる。ついで三人称の語りで、ナンシーが都会からやってきたウィルフの従弟オリーを、こんな田舎町にもすごいものがあるのだと認めさせたいばかりに、透視能力を持つ貧しい元級友テッサのところへ連れていく次第が綴られる。そしてこのことがテッサの人生を狂わせてしまう。最後の夢のシーン以外心の内を語ることがなく、描かれる一方のテッサの人生がなんとも切なく、そしてまた、テッサを語ることで浮かんでくるナンシーの人物像も興味深い。これも「女の人生」を味わえる優れた一篇だ。

マンロー作品ではいつものことだが、この短篇集でもあちこちでお馴染みの設定やプロット、似た性格の登場人物が現れる。ニューヨークタイムズに、マンローへの熱烈なファンレターともいうべき本書の書評を寄せた作家ジョナサン・フランゼンは、本書の内容にはほとんど触れず、マンロー作品の特徴とその素晴らしさを長々と綴っている。

マンローの作品は五十年以上にわたってほんの小さな流れから糧を得てきた、とフランゼンは言う。同じ要素が繰り返し繰り返し現れるが、マンローの作品を素晴らしいものとしているのはまさにこの、素材を熟知しているゆえであり、マンローは自分の知る小さな世界へもどればもどるほど、より多くのものを発見しているのだ、と。そして「物事の――物事の内側にある物事の――複雑さは果てしないように思えます。簡単なものなど何もない、単純なものなど何もないということなのです」というマンロー自身の言葉を引いて、そうした眼差しで書かれたマンロー作品の最良の要約は作品自体しかない。とにかく「読むべし！」と言っている。まったく同感である。

マンローの作品は読み返すたびに新たな発見があるし、そしてアルモドバルが言っているように、読めば読むほど登場人物のことがわからなくなるとも言えるかもしれない。なにしろマンローという作家は、人間という不可思議な存在をそのまま描き出しているのだから。

二〇〇一年に心臓の手術を受けたマンローは、本書刊行の際には、これが最後の作品集になるかもしれないと周囲に漏らしていたようだ。老いを感じはじめたころだったのだろう。本書は刊行の少しまえに世を去った三人の友人に捧げられている。

なお本書は二〇〇四年ギラー賞、ロジャーズ・ライターズ・トラスト小説賞を受賞、「ニューヨークタイムズ」今年の十冊に選ばれている。アメリカ初の女性大統領となるかもしれないヒラリー・クリントンは、短篇ではアリス・マンローを愛読していると語り、とりわけ好きな作品集として本書をあげている。夫の不倫騒動や数々の政治スキャンダルを乗り越えてきたヒラリーが本書を愛読書として挙げるのは、なんとなくわかる気がする。

今回もまた、新潮社出版部の須貝利恵子さん、そして校閲部の皆さまにはたいへんお世話になりました。原書の不明箇所について丁寧にご教示いただいた翻訳家平野キャシーさんにも、深く感謝いたします。

二〇一六年九月八日

小竹由美子

Runaway
Alice Munro

ジュリエット

著 者
アリス・マンロー
訳 者
小竹由美子
発 行
2016年10月30日

発行者　佐藤隆信
発行所　株式会社新潮社
〒162-8711 東京都新宿区矢来町71
電話 編集部 03-3266-5411
読者係 03-3266-5111
http://www.shinchosha.co.jp

印刷所
株式会社精興社
製本所
大口製本印刷株式会社

乱丁・落丁本は、ご面倒ですが小社読者係宛お送り下さい。
送料小社負担にてお取替えいたします。
価格はカバーに表示してあります。

ISBN978-4-10-590131-8 C0397

ディア・ライフ

Dear Life
Alice Munro

アリス・マンロー
小竹由美子訳
二〇一三年、ノーベル文学賞受賞。A・S・バイアット、
ジュリアン・バーンズ、ジョナサン・フランゼン、
ジュンパ・ラヒリら世界の作家が敬意を表する
現代最高の短篇小説家による最新にして最後の作品集。

CREST BOOKS